Walter Mazzotta

L'apparizione

Mnamon

A mia moglie Adelaide e ai nostri meravigliosi bouledogues

Antefatto

La mezzanotte era da poco trascorsa e la luna sembrava arresa alla coltre di nubi spesse che la tenevano avvolta in ampie spire. Un lampo cadde obliquo a squarciare il cielo e lumeggiò sinistro lungo il versante boschivo che in quel tratto infittiva, al riparo di alberi secolari, sino a farsi tetra cupola. Minacciava pioggia e sopra a quel promontorio, accecato dalle alte volute del fogliame, la luce non batteva se non per tenui, smorti bagliori.

Lassù le due ragazze si erano inerpicate, in cerca di una via di fuga, lasciandosi alle spalle la non lontana "statale", dove tacevano ormai luci e suoni. Correvano a perdifiato, talora incespicando, a causa dell'oscurità e della spossatezza. Correvano, senza sapere più da quanto, di tanto in tanto voltandosi indietro, come a presagire una minaccia. L'eco dei loro passi irregolari, dei respiri ansimanti risuonava, mescolandosi al sommesso frastuono della campagna, immersa in un nero, inquietante silenzio. Delle due donne l'una pareva più decisa e cercava di fare da sprone all'altra, che arrancava spaesata. Era alta, silhouette brevilinea, capelli neri e lisci che si arricciavano cadendo sulle spalle magre: sul viso di bambina matura, consapevole, segnali evidenti di uno sforzo carico di tensione. La tensione si alimentava d'ansia, sul volto segni di uno sgomento che eccedeva la paura. Tuttavia, dietro quei lineamenti alterati da innaturale contrazione si sarebbe detto ci fosse, nello sguardo, negli occhi scuri e tristi, un'antica cupezza, un'aria malinconica, di assorta fissità. Vestiva una blusa azzurra, laminata da stellette rifrangenti color argento, con le spalline molto rialzate, secondo la moda; una minigonna grigio polvere e un paio di scarpette da tennis bianche con striature rosse, alte alle caviglie, completavano la mise.

La giovane cercava, in tutti i modi, di infondere sicurezza alla disavveduta compagna, una coetanea spaurita dagli occhi celesti sui quali era calato il terrore; sul viso rotondo, dagli zigomi arrossati, un'espressione dolente che andava ben oltre la rassegnazione. Il corpo, generoso su fianchi e seno, si trascinava senza più volontà, spinto solo dalla disperazione. Saltellava disarticolata, dietro la volitiva, esperta compagna, perdendo ogni tanto l'equilibrio: cosicché, per effetto dei molti scivolamenti e delle continue cadute, la camicetta rosa e la gonna nera risultavano slabbrate in più punti. Si era tolta le scarpe, per poter correre più in fretta: ma il risultato era stato quello di smagliare le calze, procurandosi piccole, fastidiose ferite ai piedi.

Un tuono particolarmente violento anticipò un rovescio di pioggia fredda, pungente come una cascata di spilli. Le ragazze levarono gli occhi al cielo e poi si guardarono sconvolte, l'un l'altra commiserandosi. Nuovamente la più energica si provò a scuotere l'altra, incitandola a non abbattersi, a continuare a correre. A un tratto la sentì gemere in un grido soffocato e la vide scivolare sul terreno reso molle dall'acquazzone. Si precipitò a soccorrerla, tentò di rianimarla: gli occhi sbarrati, l'amica si dibatteva nell'asfissia della paura, incapace di risollevarsi.

«Forza, Gabriella, ti prego, non adesso… Non ora che siamo quasi al casolare!».

Gabriella ansimava, guardandosi intorno stravolta.

«Oh, no, Dominique. Non posso, non ce la faccio».

La smorfia sulle labbra sottili preannunciava una crisi di pianto.

«Ma sì, ma sì che ce la fai! – la incalzò la compagna, provando a scuoterla – Cristo santo! Ti dico che siamo quasi arrivate, non possiamo mollare proprio ora».

Il rumore sordo di un arbusto spezzato le fece trasalire. Si abbracciarono d'istinto, stringendosi l'una contro l'altra. Le nubi, basse e minacciose, si addensavano sopra le loro teste: l'acqua continuava a cadere con eguale intensità, pesante, ferocemente insaziabile.

Rimasero avvinghiate per qualche secondo, attendendo che l'annunciata minaccia si concretizzasse: quasi desiderandolo, come se la cosa, nella sua tragica ineluttabilità, potesse almeno dissipare una tensione divenuta insostenibile.

Ma non accadde nulla: restarono ancora un poco in silenzio, lo sguardo appeso a un vuoto che sapeva di terra umida, di foglie che si piegavano inermi sotto il gettito torrenziale e di ruvide cortecce, odorose di resina.

Tenendosi sottobraccio, le due ragazze ripresero lentamente a muoversi, gli occhi oramai abituatisi a scrutare il buio nelle sue segrete forme. Ancora un rumore, ancora uno scricchiolio che sembrava così prossimo, così terribilmente vicino. Gabriella cacciò un urlo e cominciò a correre, disordinatamente arrancando, *ora a destra ora a sinistra, alla rinfusa; pochi istanti e Dominique, che aveva chiuso gli occhi e respirato forte per mantenere la calma, né avvertì nuovamente le grida. Caracollò per qualche metro e la trovò in terra, raggomitolata su se stessa, piangente. Di nuovo vincendone l'accorata resistenza, sciolse quel corpo penosamente annodato e lo restituì eretto.*

Quando Gabriella fu in piedi, Dominique notò la sbucciatura sul ginocchio destro, dove la pelle si era aggrumata in un colorito brunastro, di sangue frammisto a fanghiglia.

«Non è nulla.» le disse, per confortarla «Soltanto un piccolo graffio».

«Lui è qui!» esclamò l'altra, scrutando nel buio con gli occhi pieni d'angoscia «Ci farà del male, non possiamo evitarlo».

Dominique non rispose e alzò appena lo sguardo sopra la testa dell'amica, quasi a scongiurare la presenza di un pericolo.

«Vieni. Qui non c'è nessuno, a parte noi: e dobbiamo solo superare questa parte di bosco. Vedrai, non ci succederà niente».

Si incamminò a passo svelto e Gabriella la seguì, lo sguardo perduto, senza più volontà. Precipitarono dentro alla boscaglia che chiudeva il sentiero in un recinto di terra rossa e steli frementi sotto il battito della pioggia. Continuavano ad avanzare, incalzate dall'incubo insuperato d'una invisibile presenza che le tallonava, le stringeva alla gola in un nodo immaginario quanto soffocante.

Le gambe che tremavano, le due giovani sentivano l'umidità entrare fin nelle ossa e battevano i denti, scosse dal freddo e dalla paura. Fino a quando, al limitare di quella opprimente radura che sembrava non avere mai fine, videro stagliarsi, oltre le fronde degli alberi, la sagoma tetra di un casolare. L'emozione fu allora incontenibile, le portò a moltiplicare gli sforzi e, in un attimo, si trovarono dinnanzi allo spiazzo in erba e terriccio che disegnava il perimetro di quell'antica bicocca dalle spesse mura scrostate, le tegole del tetto caduche, calcinacci sparsi ovunque.

Spinsero sulla porta con disperata foga, fino ad averne ragione; subito constatarono che nell'interno deserto permaneva una situazione di abbandono.

Le mura erano rose dall'umidità. Un camino, spento e in disuso, conservava resti di legname bruciato e ormai rinsecchito. Richiusero il battente in fretta e vi premettero contro le schiene, come volessero evitare irruzioni sgradite. Restarono così ferme per un poco, misurando il silenzio della casa con il soffio irregolare del proprio respiro. Il cuore batteva ancora forte ma, nel giro di pochi minuti, tornò a frequenze più normali.

Dominique gettò una rapida occhiata intorno; una luce fioca si insinuava fra le pareti e il pavimento di mattonelle rosse, filtrando dalle grate di finestrelle a forma di rombo. Il soffitto era piuttosto alto e percorso da travi di legno che poggiavano su assi ad arco acuto, insidiate dal fitto lavorio delle tarme.

A eccezione di un lungo canterano e di un tavolino monco di una gamba, entrambi relegati in un angolo, nonché di un vecchio armadio a tre ante che certamente aveva conosciuto tempi migliori, l'interno – un unico, spazioso ambiente con addosso i segni trasparenti di una ineluttabile decadenza – poteva considerarsi spoglio.

Sebbene fossero al riparo da incontri indesiderati, le ragazze titubavano, guardandosi intorno con gli occhi ben spalancati, i muscoli del viso contratti in un'espressione sfiduciata, guardinga. Rimasero a lungo con le spalle incollate alla porta, senza osare il più piccolo movimento, le orecchie tese a captare insensibili rumori nello spazio caduco dell'improvvisato rifugio, laddove il silenzio era violato soltanto dallo straripare inesausto del temporale.

Dominique era stanca ma non abbattuta; si volse a incontrare lo sguardo di Gabriella che ancora esitava. Le si avvicinò, rallegrandosi nel notare, sul suo bel visetto tondo, un'espressione meno tormentata e disfatta che in precedenza. Voleva tentare di contagiarle la fiducia che il peggio fosse oramai passato.

«Hai visto? Rilassati, qua siamo al sicuro».

Gabriella stava cominciando ad abbandonarsi, le terminazioni nervose sciolte dal fremito convulso che l'attanagliava. Fu allora che Dominique si accorse di quei segni rossastri che rigavano il collo della sua fragile amica. Cercò di contenere la rabbia che le montava addosso e con le dita sfiorò delicatamente le ferite ma quella d'istinto si ritrasse, aggrottando le sopracciglia, lo sguardo che tornava a incupirsi.

«Perdonami...» le sussurrò, carezzandole una guancia. Gabriella le fermò la mano, trattenendola nelle sue. «Non fosse stato per te, saremmo già morte».

«Ma ora nessuno può più farci niente, credimi».

Si abbracciarono e restarono così strette ad ascoltare la pioggia contundere le tegole, un insistito picchiettare che scuoteva quei nervi già logori. Le palpebre cominciavano tuttavia a chiudersi sugli occhi vinti da un sonno leggero, a cui le ragazze lentamente si arresero, continuando a tenersi allacciate, in un abbraccio teneramente protettivo.

Ben presto, però, un rumore inavvertito le fece trasalire; si sorpresero entrambe a occhi spalancati e orecchie tese nel semibuio. Fuori la pioggia era notevolmente calata d'intensità e il frastuono sul tetto di molto attenuato; sentivano ora il palpitare del vento che scuoteva le fronde degli alberi.

«Ma cosa…?!».

«Shh… Sta' zitta, per carità!».

Si levarono con cautela, misurando i movimenti, mentre lo sguardo cercava di riadattarsi alla semioscurità. Tutto era tornato a tacere e Dominique tentò inutilmente di captare suoni provenienti dal profondo di una notte che sentivano ostile.

D'improvviso si voltò e vide l'orrore materializzarsi negli occhi allucinati di Gabriella, che proruppe in un grido scomposto; Dominique restò immobile, lo sguardo volto verso l'angolo lontano, la zona in ombra tra il camino e l'armadio a muro.

La sagoma scura se ne stava acquattata alla parete, fantasma reale partorito da chissà quale abisso. A Dominique parve di sentire un risolino sommesso nel semibuio, finché l'ombra non si fece presenza, in un solo salto, dinnanzi a loro; brandiva uno strano arnese nella mano destra, lo fece roteare dall'alto al basso. Gabriella strillò più forte, garrula, sguaiatamente; lei volle invece, istintivamente, che il suo sguardo guardasse altrove mentre, come in trance, intuiva quel che stava accadendo. L'accetta rovinò sul volto della sua incredula compagna; un fiotto di sangue investì Dominique, uno zampillo violaceo le impiastricciò la faccia e i capelli. Spalancò la bocca, senza che le uscisse un fiato. Serrò le palpebre, inondate dal getto, per riaprirle un istante dopo, ma già lo sguardo correva libero al di là di quelle mura, verso la notte avvolgente e infida, oltre le sbarre a rombo di quella insolita prigione.

Uno

Cominciò una mattina di fine maggio, di quelle già assolate, nei tempi veloci e mutevoli della primavera romana: preludio anticipato dell'estate, come spesso accade da questa parte di mondo. Mi ero alzato di buonora, come d'abitudine. Del giorno mi piacevano i vagiti silenti che anticipano il chiassoso divenire del quotidiano, il sottaciuto brusio dell'alba prima che la realtà ti costringa nei suoi modi affannosi.

La giornata – nella tela del cielo ancora pregna di un pastello bruno – mi si schiudeva gaia, con i colori delicati del primo indeciso chiarore, quando tutto appare così superbamente irrisolto e niente lascia intendere di ciò che, di lì a poco, sarà: qualunque cosa possa essere.

Senza un malincuore, dunque, presi congedo dal dolce tepore delle lenzuola e, nudo come un verme, mi incamminai piano lungo le pareti domestiche. Ero solito coricarmi, a prescindere dalle stagioni, senza indumenti indosso, neppure l'intimo, perché, sin da ragazzo, una volta a letto, non mi riusciva di tollerare alcun tessuto, non fosse quello originario. Anche quel giorno mi levai, impudico e sbadigliante e, tra uno stiracchio e l'altro, cominciai a calcare per intero il diametro del domicilio. Ogni mattina era come recuperare quello spazio fatto di arredi, colori e odori, di oggetti e memorie che riassumevano la mia esistenza.

Eccomi a ripercorrere ogni singolo ambiente: la camera da letto, con l'ampia finestra che subito spalancai; la cucina, con i piatti della cena ancora da lavare e poi, attraverso il terrazzo che dava dalla parte opposta dell'appartamento, il salone, ingombro delle mie cianfrusaglie, dei libri, CD e quant'altro. Di là si apriva *la Stanza*, il mio vero regno: sopra la scrivania in mogano poggiava un PC e, dentro una vetrinetta, la serie preziosa dei gioielli *Reflex* e delle altre apparecchiature fotografiche, tra il digitale e l'analogico; in un angolo due cavalletti e un "portatile" accomodato su un divanetto in pelle, con sovraccoperta di tela celeste. Era con quella roba che mi procuravo di che vivere, coniugando la necessità al piacere; negli anni la fama era cresciuta insieme agli onorari. Insomma, si parlava in giro di Loris Varelli, il fotografo.

La fotografia aveva sempre rappresentato – ben al di là di una precoce, adolescenziale infatuazione – non semplicemente lo scopo, ma la mia stessa idea di vita, la mia segreta ossessione. Nel mio ricordo non c'è pagina che non s'adatti a una qualche istantanea, non un pensiero che non divenga immagine fotografica. Ho sempre lavorato sull'immagine, prima e dopo lo scatto, persuaso che le forme proiettate sulla lastra magnetica *non siano già più le stesse* che al momento dell'inquadratura.

Ritenevo che la realtà mi parlasse proprio attraverso le foto, come se dentro il meccanismo che imprigiona l'immagine se ne celasse una più complessa: come se quella porzione di reale che i miei occhi riuscivano a cogliere *nascondesse un segreto*.

Fin dai miei primi approcci analogici – con quei fascinosi, così infinitamente realistici bianchi e neri – ho sempre percepito, nell'immagine che desumevo e rielaboravo da quella selezionata, una grana d'invisibilità finalmente rivelata; la foto restava nel tempo, del tempo rivelando la vacuità.

La fotografia restò la mia infaticabile compagna, situandosi in una zona profonda e inviolabile del mio inconscio.

Anche quella mattina, una qualunque mattina di maggio, me ne stavo a contemplarle, le mie sofisticate macchine, le sole in grado di raccontarmi la realtà, quella vera.

Aprii una mensola e me ne misi una al collo, la prescelta della giornata, e continuai ad andarmene a zonzo per la casa, con il mio *occhio in più* ciondolante sul petto.

Vivevo all'ultimo piano di una palazzina anni sessanta, in un quartiere residenziale e anonimo, alle spalle della Piazza dedicata ai Navigatori. Papà comperò l'appartamento di via Roberto Scott, spendendo una cifra davvero conveniente per l'epoca: una casa spaziosa, ben esposta, che affaccia su un parco, confinante con l'Appia e il pratone della Caffarella. Lui ne fu subito entusiasta. Al punto che, vinto da un'irrefrenabile euforia, insolita in un tipo come lui, decise di bagnare il nuovo acquisto procurandosi un incidente mortale sulla Cassia, di ritorno da una costosa cena in un ristorante del viterbese, insieme a colleghi di lavoro. Mia madre, vinta da una insistente emicrania, si era opportunamente defilata, con ciò salvando la sua e la nostra vita. Gliene sono sempre stato riconoscente e spero che di lassù, lei così vicina alla fede, apprezzi ciò che non ha fatto in tempo a vedere, pur pazientemente sopportando – spesso in subite pose – la frenesia artistica del figlio. Non me lo sono mai chiesto ma credo sia per tenere vivo il loro ricordo che decisi di murarmi al riparo di queste vecchie mura, quando la mia nuova posizione sociale mi avrebbe consentito una migliore sistemazione.

Il liceo classico vaticinò il mio ingresso all'Università, dove seguivo – non senza eccessivo trasporto, lo confesso – i corsi di Storia dell'Arte. La prematura scomparsa di mio padre mise fine alle vicende accademiche. Mollati gli studi, mi ingegnai in differenti occupazioni, senza mai rinunciare alle foto. Quando il fato decise di venirmi incontro, mi occupavo della vendita di libri usati presso una sconquassata bancarella, messa su alla buona con il supporto economico di un mio agiato compagno di studi. Devo dire, peraltro, che il catalogo non era affatto male.

La fortuna vestì i panni di Luca Aldebrandi, secondogenito di Giorgio che fu critico d'arte moderna e contemporanea e allievo di Roberto Longhi a Bologna: un *enfant prodige* dalla figura slanciata, gli occhi chiari e i modi vagamente affettati. Luca aveva seguito le orme del padre e teneva corsi al DAMS, nel capoluogo emiliano. Si dilettava, inoltre, di fotografia, nei diversi formati e con risultati apprezzabili, confortati da indubbia sapienza teorica.

Durante uno dei suoi tanti soggiorni a Roma – per diletto o lavoro, non ricordo – si era trovato a passare per via Margutta proprio durante la settimana nella quale, a prezzo di sofferti sacrifici, mi era riuscito di esporre una serie di mie composizioni in analogico, nella celebre Galleria.

Mentre girovagava distrattamente tra le tele, l'occhio di Luca precipitò sopra un trittico, cui avevo dato nome "Oscurità": si trattava di tre sequenze dai toni sfumati e chiaroscurali, raffiguranti lo stesso nudo di donna, colto in penombra, sullo sfondo di una parete scura attraversata da una luce che cadeva obliqua.

Mi confessò che lo aveva affascinato il gioco delle apparenze e dei contrasti tra i tre ritratti che, a uno sguardo più consapevole, svelavano impercettibili differenze; lo turbava l'alone di mistero e sensualità che dalle foto sprigionava e lodò l'utilizzo della luce e il senso della prospettiva. Un valore aggiunto aveva attribuito all'uso particolare del bianco e nero e soprattutto dell'analogico.

Ricordo che l'idea mi era venuta nella camera di un alberghetto a Città di Castello, dove avevo soggiornato per una sola notte, in piacevole compagnia. L'atmosfera del luogo, il profilo raccolto della mia amichetta, per metà coperto dalla lunga, nera chioma che andava pettinando, mi furono d'ispirazione. Avevo con me un vecchio modello "Canon" che montava un rarissimo obiettivo, per ottenere il quale avevo sperperato il guadagno di un mese di lavoro. Non persi tempo a mettere in pratica ciò che mi stava passando per la mente; certo mai avrei creduto – rispolverando casualmente, dopo anni, la vecchia trilogia – che quelle immagini avrebbero fatto la mia fortuna.

Ecco, invece, il giovane Aldebrandi, virtuoso rampollo di una genia di intellettuali, propormi una vantaggiosa offerta per potersi assicurare la proprietà delle tre inquadrature: liberamente dispiegando il suo talento esegetico per il lancio promozionale dell'intera collezione. Un suo contributo, ampiamente elogiativo, sulle peculiarità della mostra uscì il giorno seguente sulle pagine di un importante quotidiano: il che significò, per l'ignoto artista, pubblicità gratuita e l'opportunità di sostenere l'affitto dei locali per altre due settimane, durante le quali una pioggia di sguardi interessati si abbatté su quei quadri. Le vendite salirono notevolmente e con esse la popolarità.

Anche quel mattino di maggio, andavo assaporando il gusto di una vita senza più ansie da scadenze di fine mese. Misi la caffettiera a bollire sul fornello a gas e mi affacciai al balcone, premurandomi di tenere le pudende sotto coperta. L'aria frizzante del primo albeggiare mi solleticava la pelle; spume nebbiose, residuo della notte soccombente, dissolvevano in squarci luminosi. Guardavo attraverso il pallore incerto del nuovo orizzonte e ascoltavo il bisbiglio della città che stancamente riprendeva a pulsare. Ed era quella, pur ripetendosi ogni giorno, una sensazione sempre diversa, inedita, che non volevo farmi mancare.

Tornai in cucina, misurando ogni passo. Assaporai il primo caffè della giornata, sorso dopo sorso; da quella pratica rituale, dal godimento che ne avrei trovato, sarebbero dipese le ore successive, il loro ancora incognito umore. Tutto sembrava calibrato verso una serena evoluzione; espletai le mie abluzioni, versai dell'altro profumatissimo liquido nero sulla tazzina, mordicchiando una fetta di lievito ben zuccherato. Accesi la radio, con disappunto verificando lo spostamento di megahertz da una frequenza a un'altra; ero un inguaribile abitudinario e quel cambio non richiesto di programma rischiava di compromettere l'importante tassello di un meccanismo di innesto quotidiano, sino ad allora perfettamente oliato.

Ma, prima che potessi porre rimedio al deprecabile accidente, le mie orecchie furono investite da una raffica percussiva che subito riconobbi: la folata ritmica era il prodotto delle potenti rullate di Stewart Copeland, l'eccentrico batterista dei Police, impegnato – in *ensemble* con suoi ottimi amici e colleghi di Melpignano – nella cosiddetta "Notte della Taranta". «Proprio vero», mi dissi, spalancando le fauci a un sorriso disteso, «che non tutto il male viene per nuocere».

Corsi nello studiolo, mi procurai una reflex "Olympus" di nuova generazione, sostituendo l'obiettivo montato il giorno avanti con uno a maggiore definizione. Accesi una sigaretta e corsi in terrazzo, dal lato del salone dove, tra uno schizzo di Dalì e un *pastiche* parigino di Cartier Bresson, avevo incollato a parete alcuni miei esperimenti visivi. La strada periferica che separava il gruppo di palazzine dal parco antistante era, nel timido chiarore che preannuncia il risveglio, praticamente deserta. Il riflesso di un pallido chiarore da dietro le nubi, che dilatavano a levante, attraversava il parco dischiudendo, nell'erba bagnata dall'umido, tenui, cangianti tonalità di verde. Questa luce ancora irrisolta batteva sui parabrezza delle auto in sosta, rifrangendosi poi in rapidi guizzi sulle facciate in ombra degli edifici.

La reflex colpiva a raffica, impressionando nell'obiettivo ogni singola frase, ogni fuggevole palpito di quel primo agitarsi dei colori. Sapevo che *qualcosa* muoveva davanti ai miei occhi, ostinati e ciechi: qualcosa di impercettibile mi fissava per poter essere scorto, per continuare a stupirmi. Nel contempo, erano i timpani a rimanere esterrefatti.

Terminata la folgorante performance delle "tarantole", la sconosciuta emittente aveva lanciato uno stacco pubblicitario. Emisi un grugnito, realisticamente prefigurando un perentorio mutamento di rotta, in termini di proposta musicale; e già mi vedevo arreso alle note dell'ultimo tormentone discografico, quando colsi – insperata epifania – l'abbrivo anfetaminico di Ray Manzarek al kurtweiliano "Alabama Song", nell'esecuzione dei leggendari Doors. Bene, la vita, almeno per qualche manciata di minuti, avrebbe continuato a sorridermi e io avrei proseguito nel mio giro d'orizzonte figurativo.

Rimestavo, appunto, con il fiato del grandangolo sul collo del campanile della chiesetta in finto stile gotico, che si affaccia coi suoi bianchi macchiati di grigio sullo sfondo di una vicina piazzetta; quando alla band del compianto Morrison si affiancarono i Dire Straits, con l'arpeggio elettrico di Mark Knopfler sul finale di "Sultans of Swing". Come non bastasse, mentre facevo rientro nei miei alloggi, deliziosamente stordito da quella gragnola stereofonica,

Peter Gabriel affondò direttamente nei precordi sulle arie della malinconica *Family snapshot*.

Era davvero troppo: tanta grazia musicale, riversata al tuo risveglio da una frequenza radiofonica casualmente intercettata, meritava un approfondimento.

Sul display del supporto lumeggiava, preceduta dal numero dei megahertz in FM, la scritta: *Radio Family*, mai prima di allora avvistata nell'oceano delle emittenti private. Feci ciondolare una "Lucky Strike" sulle labbra, sedetti sopra il divanetto dello studiolo e posizionai il portatile tra le ginocchia. Alla stringa di *Google* digitai: *Radio Family*; accanto a una decina di pertinenze irrilevanti, trovai la soluzione.

Una famiglia di Lucca – padre, madre, tre fratelli – ci aveva investito dei capitali; erano tutti e cinque appassionati di musica rock e di blues, passione che si contagiavano da almeno due generazioni. Trovata, da circa un anno, la frequenza libera e il nome (*Family* voleva essere un omaggio al gruppo pop degli anni sessanta e, più banalmente, un aggancio autoreferenziale), avevano cominciato a spargere nell'etere quel tipo di note.

Nell'apposita finca, alla voce contatti, si allegavano un indirizzo e–mail e un numero di telefono: ero in procinto di comporlo sul mio cellulare, quando il "fisso" iniziò a rumoreggiare. Alzai le terga dal prediletto divano e, immusonito dalla volgarità di colui che aveva la sfrontatezza di chiamare a quell'ora, sollevai la cornetta.

«Come ti va, fratello?».

Se lo avevi anche vagamente perduto, lei era in grado di restituirti subito il migliore degli umori. O per lo meno a me, che davvero non ero un buontempone, mia sorella Giulia faceva questo effetto. Detestavo essere interrotto nel bel mezzo di solitarie meditazioni, soprattutto tra le cinque e le sei del mattino: ma a lei perdonavo sempre, e di molto peggio.

«Tesoro, stai lavorando a qualcosa, oggi?».

«Guarda, quando tu esordisci così a me vengono i brividi; sono sicuro che c'è una grana in vista, magari un invito da parte della zia, o peggio di quel coso... Tuo cugino».

«Si chiama Alfredo ed è pure *tuo* cugino» – ribatté seccamente lei, lasciando per un attimo il discorso in sospeso e me a crogiolarmi della malaugurata ipotesi. Fortunatamente, dopo qualche secondo di autentico psicodramma, la sentii ridacchiare.

«Non ti preoccupare, non ti farei mai un torto simile. Piuttosto l'invito parte da me, per il pranzo; ci sarà anche una persona che vorrei tanto farti conoscere».

Anche a prescindere dalla mia asocialità, c'era più di un motivo perché nicchiassi.

«Non si tratterà mica di un'altra delle tue amiche, super emancipate, nubili e in cerca di sistemazione?».

All'altro capo, risuonò divertito il rimbrotto.

«Tranquillo, bello mio! E poi, anche fosse? Secondo te è così illecito preoccuparsi di un fratello che, alla tua tenera età, se ne sta appartato, in compagnia delle sue foto, totalmente allergico ai contatti col mondo?».

Giulia non poteva certo dirsi una donna banale: però, ci teneva molto a dare di sé un'immagine di rassicurante quarantenne, matura e responsabile, impegnata nel sociale e nel mantenimento di un perfetto equilibrio familiare. E non si sottraeva alla ghiotta opportunità di fare da chioccia a quel fratello sbandato, che si intestardiva a tirare avanti un'esistenza ai margini della sana normalità.

«Comunque rassicurati» – sentenziò stizzita – «Niente donne a caccia di marito, stavolta».

Lo aveva detto con una punta di malcelata acidità: segnale che preludeva a una sarcastica controffensiva.

«E poi ci vuole la tua faccia tosta per pensare che tutte le mie amiche si facciano invitare da me per avere l'occasione di caderti ai piedi».

«Devo ridere?».

«Fossi in te non riderei mica tanto. Hai raggiunto l'età della ragione e il tuo budget di offerta comincia a essere limitato».

Mia sorella mi faceva impazzire con il suo senso dell'umorismo, che lei avrebbe voluto *british style*.

«Ad ogni modo» – precisò, convinta di avermi dato ciò che meritavo – «la persona in questione è un uomo».

Profittai della circostanza per continuare in tono scherzoso.

«Un uomo, eh? E tuo marito è al corrente? So bene che è via da qualche giorno per lavoro».

La battuta sembrò non ottenere l'effetto desiderato.

«Se così fosse, non mi precipiterei certo a chiamarti. Smettila di dire scemenze e vieni da me... Diciamo alle 13.30. Ok?».

Sapevo, a quel punto, di non avere né tempo, né modo di obiettare; malgrado ciò, mi rimanevano seri dubbi sulla scelta. A dispetto di una professione che avrebbe voluto impormele, non amavo le occasioni d'incontro, le cene di lavoro, le tristizie mondane: in più, cercavo di evitare gli inciampi parentali.

Però, adoravo Giulia. Non mi disturbavano i suoi eccessi volitivi, l'istintivo impulso a invadere recessi della personalità umana che sarebbe meglio restassero sopiti; ma da lei dovevi aspettarti di tutto. Una volta di più avrei voluto dirle ciò che mai avevo potuto, per imbarazzo o per non rivelare la parte di me più cedevole al manrovescio dei sentimenti: confessandole, cioè, che lei avrebbe rappresentato – in un'altra vita e in un remoto accesso – il mio ideale di donna. L'idea mi divertiva e, dentro di me, ne risi anche allora, appena mi tornò alla mente.

Rimossi in fretta il suo profilo greco, con il nasino leggermente ricurvo sulla punta a conferirle un aspetto più acuto, severo: e gli occhi di un celeste marino che dava sul verde, i capelli corvini, corti sulla nuca, precipiti sull'occhio destro in una buffa ma sensuale ciocca. Casualità volle che nelle sue vene corresse il mio stesso sangue, buon motivo per disciplinare la mia autentica idolatria.

Terminata la conversazione, digitai il numero della *Family* sul mio cellulare e chiesi dell'operatore radiofonico di cui avevo appena saggiato le competenze e il buon gusto.

L'attesa fu breve: il talentuoso DJ – che, durante la diretta, aveva lesinato nel proporsi, lasciando spazio alla musica – accorse all'apparecchio in una manciata di secondi. Restai, non dico deluso, certamente un po' stupito dall'intendere nella voce un timbro particolarmente giovanile, quasi fanciullesco. Dal tenore delle proposte mi sarei aspettato, forse ingenuamente, di avere a che fare con un intrattenitore più *agé*. Mi disse di chiamarsi Filippo.

«Sono Loris, Filippo. Per banale che possa sembrarle, non ho resistito alla tentazione di ringraziarla. Di solito, a quest'ora, a eccezione della filodiffusione, non passa mai nulla di sensazionale. Per uno della mia età, che ha l'abitudine di alzarsi presto, oggi è stato davvero un gran bel risveglio».

La risatina spontanea che seguì il panegirico mi confermò nell'ipotesi si trattasse di un ragazzo. Sembrava davvero felice della mia chiamata e non fece nulla per mascherarlo.

«Grazie, grazie. Questo è davvero bello e importante per me».

«Lasci che sia io a ringraziarla. Ora so cosa devo ascoltare la mattina, davanti a una buona tazza di caffè».

«Ma no, ma no» si schermì, confermandomi il suo stato di allegrezza «Grazie a lei che mi da la certezza che ci sia almeno una "creatura della notte" disponibile a seguirmi nei miei percorsi».

La citazione d'epoca finì con il piegare la mia paradigmatica discrezione.

«Posso chiederle l'età, Filippo?»

Pareva sempre più divertito e mi rispose senza alcuna riluttanza.

«Nessuna problema. Ho ventidue anni. Lei si sta certamente chiedendo cosa c'entra uno della mia generazione con questo tipo di musica, soprattutto coi suoi protagonisti, certo un po'… stagionati».

Non mi consentì più repliche. Parlava volentieri, a ruota libera, di sé e del suo rapporto con la radio.

«Avevo tredici anni quando ho ascoltato per caso Eric Clapton che suonava un classico del blues, "Stormy Monday". Non è stato difficile proseguire su quella strada».

Mi disse di aver conseguito la maturità scientifica, di essersi iscritto alla facoltà di Scienze Politiche e di aver conosciuto i *Family* proprio in quel periodo.

«Per la verità, i miei studi procedono molto a rilento. Qua in radio, invece, mi diverto e guadagno pure qualcosa; così, riesco a mantenermi all'Università. Sa, a casa mia non navighiamo nell'oro.

«Che altro potrei dirle? Mi piacciono i gatti randagi e il cinema di Kurosawa e Almodovar».

Non fu semplice interrompere il flusso di coscienza di quel simpatico giovanotto. Mi inserii controcorrente, violando un mio personale codice di condotta che mi inibiva alle confidenze, sia pure elementari, soprattutto nei confronti di estranei.

«Come avrà capito, condivido le sue passioni musicali; e sono sostanzialmente d'accordo sui gatti e Kurosawa. Però, Almodovar non lo reggo proprio».

«Pazienza» rispose il ragazzo, che sembrava aver recuperato in fretta il sorriso.

«Ora, però, caro Loris, non creda di cavarsela così a buon mercato. Io, di me, le ho spifferato più o meno tutto».

Sospirai, vinto dalla sua genuina onestà.

«D'accordo. La invidio per i suoi ventidue anni e perché ha di fronte a sé ancora molte speranze. Io di anni ne ho cinquanta e di speranze assai poche. Però combatto il grigiore dell'esistenza e delle mie tempie con l'aiuto della fotografia».

Notai che, dall'altra parte del cavo, era calato, del tutto inatteso, un silenzio di piombo.

«Pronto? Filippo, è ancora là?».

La comunicazione pareva interrotta: eppure ero sicuro di avvertire il suo respiro, come se fosse rimasto appeso a un'idea che stentava a esplicitare.

«Loris, mi scusi. So che sono terribilmente inopportuno, ma ho sentito delle foto e…».

Si bloccò nuovamente, per poi finalmente decidersi a completare il pensiero.

«Stavo pensando che se lei di cognome fa Varelli, io ho appena parlato con un famoso fotografo».

«Il che, mi creda, non farà di lei un uomo migliore» aggiunsi, perché l'ironia smitizzasse l'eclatante agnizione. Compresi, subito, che la scoperta aveva eccitato la sua curiosità, come temevo.

«No, è che io ho visto una sua mostra, alla Sala Pinacoteca del Campidoglio e… Cavolo! Lei è davvero un fenomeno!».

Ritenni fosse giunto il momento propizio per dare alla conversazione una chiusa dignitosa: ma il giovanotto sembrava di altro avviso e volle aggiungere una coda teorica all'enfatica dichiarazione.

«Quella sua sequenza fotografica, per esempio: quella che ha vinto pure dei premi…».

«Intende "Oscurità"?» mi lasciai scappare, rassegnato. Sapevo di correre notevoli rischi ma il ragazzo mi faceva simpatia e gli restavo, in un certo senso, debitore.

«"Oscurità"! La trovo fantastica! Avrei anche un sacco di cose da chiederle, in proposito. Vede, ho un immenso interesse per tutta l'arte figurativa».

Coglievo, nel tono concitato, l'estasi del bambino rapito dalla vista di un giocattolo nuovo fiammante e inatteso. Insistette, felice dell'insperato incontro e dovetti spiegargli come procurarsi un catalogo ragionato dei miei lavori. Era raggiante e, purtroppo, insaziabile.

«Mi perdoni, Loris. Non mi giudichi uno sfacciato ma un'occasione così quando mi ricapita più! Beh, insomma, volevo chiederle… Non è che sarebbe possibile vederci e parlare un po' di foto, dei suoi studi e… Magari una volta soltanto, vuole?».

La sigaretta che agitavo nervosamente tra l'indice e il medio meritava un tiro: e quel ragazzo, intelligente e caparbio, una *chance*. Capii che stavo invecchiando, nell'udire la mia voce che suggeriva, prevaricando il pensiero:

«Senta, Filippo, facciamo così. Oggi non ho tempo; però, domattina, si potrebbe fare colazione assieme all' "Age D'Or", il Caffè in Piazza di Pietra. Lei quando smonta?».

«Alle sette ho una lunga pausa, fino a mezzogiorno».

«Bene. Mi raggiunga là, alle sette e trenta. Vedrò di accontentarla».

Ululò la sua gratitudine, continuando a scusarsi per l'indubbia impudenza. Mi schermii, biascicando qualche banalità. Successivamente mi resi conto del pasticcio in cui mi ero andato a cacciare. Possibile non avessi più il controllo pieno e assoluto della volontà? Sprofondavo di lì a poco nel disagio; maledissi quella strana, inconsueta ingenuità, di natura probabilmente senile.

Accesi la sigaretta e soffiai una nuvoletta di fumo. Una manciata di ore mi separavano dall'appuntamento con la mia dolce sorellina e, anche da quel lato, non c'era nulla di cui rallegrarsi.

Due

Giulia possedeva un elegante attico sulla collinetta di Monte Mario, a una spanna dal Circolo del Tennis e dallo Stadio Olimpico. L'appartamento, arredato con gusto e sobrietà, apparteneva alla famiglia di Giuseppe Cavalieri, illustre cardiologo, il cui secondogenito era andato in sposo a mia sorella una quindicina d'anni prima. Massimo Cavalieri aveva stabilito di non seguire le orme paterne ed era diventato – grazie a indubbie qualità, sostenute da altolocati appoggi – uno stimato architetto. Di Massimo, robusto quarantaduenne dall'aspetto giovanile, mi piacevano l'aria felicemente assorta e l'innegabile pazienza con cui riusciva a sopportare – lui, socievole ma, tutto sommato, introverso – la dilagante personalità della moglie, maestra nelle relazioni interpersonali che riusciva a gestire, anche improvvisando, in presenza dei più diversi soggetti. Impiegata in un'azienda farmaceutica molto nota, Giulia aveva da poco assunto la responsabilità di un intero reparto.

La seconda *Lucky Strike* della giornata e le note sapide del vecchio Oscar Peterson, rimasterizzate in un CD di brani epocali, seppero distrarmi dai veleni del traffico cittadino. Quando Giulia venne ad aprirmi mi rifugiai nel suo abbraccio e ci scambiammo una serie di piccoli baci sulle labbra, secondo un'usanza che risaliva agli anni della nostra adolescenza.

Tra noi c'è sempre stato reciproco rispetto; un affetto profondo ci ha tenuto insieme, aiutandoci a superare piccoli screzi, e ci ha sostenuto nelle drammatiche pieghe delle nostre vicende familiari.

Tenendoci sotto braccio, percorremmo il lungo corridoio alle cui pareti, intonacate di fresco, stavano appese riproduzioni di pittori espressionisti e un paio di mie composizioni, realizzate molto prima della notorietà: la prima, invero assai modesta nella qualità se non nella scelta tematica, ritraeva un terreno brullo e battuto dal sole; la seconda, ad entrambi assai cara, coglieva segretamente mia madre dallo stipite socchiuso della porta della camera da letto mentre, in succinta sottoveste, si guardava allo specchio. Stava a rimirarsi, piegata su un fianco e qualcosa nel suo sguardo continuava a commuovermi e, insieme, a turbarmi, oggi come allora.

A sorprendermi, nello smarrimento del ricordo, fu la voce svogliata di Gianluigi, il minore dei due figli di Giulia e Massimo, un tredicenne lentigginoso, già piuttosto sviluppato per l'età, di carnagione bruna come il padre. Uscì dalla sua tana con aria annoiata e si allungò per baciarmi sulle guance.

«Ciao, zi'. A ma', vengo tra cinque minuti».

«Sì, ma sbrigati. Oltre allo zio, abbiamo anche un altro ospite a tavola».

Osservai divertito mio nipote storcere il naso in una smorfia inverosimile, per palesare tutto il suo entusiasmo. Gli occhi, l'espressione del volto erano, invece, della madre.

A Giulia ridevano gli occhi mentre rifiniva la tavola, sapientemente imbandita. Muoveva il corpo elegantemente, gambe e braccia disegnavano gesti sincronici, come in una studiata coreografia. Era magra, di altezza media, le leve ben proporzionate alla statura; il piccolo seno rotondo era a suo agio nel décolleté beige che ne esaltava la figura.

Nel salotto grande, esposto a meridione, la luce cadeva orizzontalmente sui vetri dell'ampia finestra, sfumando nel ricamo a punto croce delle tendine. Riposte le ultime posate, secondo un rispettoso galateo, Giulia mi prese una mano fra le sue.

«Umberto sta per arrivare» disse, con voce emozionata «Capirai presto, spero, perché ci tenessi così tanto a fartelo conoscere».

Le sorrisi, sfiorandole i capelli con le dita.

«E Sara?» chiesi, guardandomi intorno. Ma presupponevo la risposta.

«Da una sua amica: si preparano per l'interrogazione di latino e greco di fine trimestre».

Sara era la sorella maggiore di Gianluigi; una biondina di quindici anni, disinvolta e intraprendente, cui i genitori concedevano larga autonomia. Diversamente dal povero Gianluigi, riusciva spesso a defilarsi dalle trappole mondane dei suoi, ricorrendo ad alibi spesso inattaccabili, come quello, appunto, degli scrutini di fine anno scolastico.

Mentre attendevamo il misterioso convitato, Giulia pareva tradire un singolare nervosismo che lei, mentendo, addebitava all'assenza di Massimo e alla preoccupazione che sempre l'attanagliava a causa dei frequenti spostamenti aerei del consorte.

In realtà, sapendomi scarsamente propenso agli incontri improvvisati, temeva le conseguenze di un mio malcelato disagio. Di contro, tutta quell'ansietà, che non s'addiceva al temperamento di mia sorella, vellicava la mia curiosità nei riguardi dell'ospite.

Mi versai del Martini secco, lo immersi nel ghiaccio e mi acquattai su di una comoda poltrona in un angolo della sala da pranzo. Lei sedette accanto a me e accavallò la gambe, facendone ciondolare una sull'altra. Accesi una *Strike* e gliela allungai: tirò un paio di boccate che l'aiutarono ad allentare la tensione. Mi ringraziò con un paio di strizzatine d'occhio.

«Lo sai che più passa il tempo, più mi ricordi papà».

Se riferito all'aspetto fisico, il suo voleva di certo suonare come complimento. Il mio vecchio – che a invecchiare non aveva fatto a tempo – passava per essere un tipo attraente. Atteggiai le labbra a un mezzo sorriso, l'animo carico di sottile amarezza. Cos'altro mi accomunava a mio padre? E cosa ricordava Giulia di lui? Quando la fedele Renault finì fuori carreggiata, ponendo anzitempo termine alla sua vita, mia sorella doveva ancora compiere undici anni. Chissà, forse inconsciamente, continuavo a rimproverarle di essere stata lei la preferita di papà. Aveva avuto con lui un rapporto felice, deresponsabilizzato, in qualche modo perfettamente risolto: laddove il mio era già polemico, complesso, problematico. Non ci siamo mai granché intesi, io e il buon Guido Varelli, distinto agente di commercio.

La distanza tra lui e me, apparsa assai presto incommensurabile la nostra palese inconciliabilità, fece maturare in me un rammarico che eccedeva l'elementare, edipico, senso di colpa. Quand'era con noi, mi infastidiva la sua concretezza piccolo borghese, da giudizioso *pater familias*; però ne ho spesso invidiato il coraggio, la costanza con cui, figlio di contadini poveri, senza nessun ausilio al di fuori della sua tenacia, seppe emanciparsi dalla miseria e costruirsi una reputazione. Come un piccolo eroe deamicisiano, il giorno lo passava a spaccarsi la schiena in un mercato rionale e la notte studiava per il conseguimento di un titolo di studio superiore che gli facilitasse l'accesso a una dignitosa carriera. Erano gli anni del dopoguerra e della difficile ripresa economica, il Paese era senz'altro più umile di adesso, non so dire se migliore.

Lavorò sodo, tutta la sua breve vita, lasciando a sua moglie Cristiana e ai suoi figli un onesto capitale ma, mentre era ancora in vita, non molto del suo prezioso tempo.

Tra noi due si parlava poco, senza per lo più intendersi. Rigido negli argomenti, poco incline a prestare ascolto alle altrui argomentazioni, papà cozzava ripetutamente contro i silenzi attraverso i quali gli rendevo palese la mia perdurante ostilità. Leggeva pochi libri e molti giornali, reputandolo il solo modo per stabilire un contatto realistico con il presente. Lo ricordo integro, monolitico e per giunta assai testardo. Malgrado certe sue idee sconfinassero nell'autoritarismo, aveva forte il senso dello Stato, delle istituzioni, le cui regole era per natura incline a rispettare. Si mostrava preoccupato dalla mia indisciplina scolastica e lo irritava il trasporto che mettevo, invece, nella creazione fotografica. Logico che tutte le sue speranze fossero, per antitesi, riposte nella figlioletta, il cui carattere era ancora da plasmare e che lui semplicemente adorava.

Giulia mi stava osservando con il capo leggermente inclinato e quella buffa ciocca di capelli che le cadeva immancabilmente sopra l'occhio destro.

«Beh, ti sei incantato? A che stavi pensando?».

Mi limitai a scuotere il capo, senza farla partecipe delle mie riflessioni. Era rimasta prigioniera del pur minimo passato trascorso con il padre e sentiva di avere un diritto di prelazione nel resoconto della memoria di lui; in alcun modo avrei voluto interferire nei sentimenti che tra loro erano intercorsi.

Il trillo del campanello diradò le fosche nubi del ricordo e lei si precipitò alla porta per dedicare un'accoglienza festosa a un attempato signore sulla sessantina, un tipo elegante che vestiva un completo grigio di ottima marca. Era piuttosto alto e talmente magro da sembrare allampanato; i gesti, il portamento, l'andatura cospiravano nel dargli una posa da raffinato galantuomo. Gli occhi, piccoli e marroni, scintillavano sul sorriso disteso, mentre mi stringeva la mano: notai che i capelli avevano la stessa tonalità di grigio dell'abito.

Giulia si preoccupò degli onori di casa, presentandomi il nuovo ospite nella persona di Umberto Carosi, un suo collega nell'azienda farmaceutica.

«In realtà, i miei incarichi sono molto diversi da quella di Giulia» specificò l'uomo, una volta che ci fummo accomodati a tavola.

«Sono un chimico puro e, per fargliela breve, studio le combinazioni tra elementi eterogenei, la cui fusione determina l'integrità del farmaco».

«Un lavoro di indubbia responsabilità» dissi, tanto per mostrarmi interessato.

«Sì, sì» fece lui, di rimando, con un filo di scetticismo nel tono della voce «Anche se la responsabilità vera è nelle mani, e soprattutto nella testa, del tale che le formule le pensa».

Capii presto, nei timorati approcci che ci scambiammo durante il pranzo, che Carosi era di indole assai simile alla mia: riservato e discreto, sia nel chiedere che nell'esporsi.

Di conseguenza, spettò a Giulia – in questo piuttosto abile – il compito di farci lentamente familiarizzare. Gianluigi ci osservava come si fa con gli scimpanzé allo zoo. Mangiammo con appetito i gustosi manicaretti cucinati dalla mia sorellina e fu solo a fine banchetto, mentre attendevamo il caffè, che il chimico mi rivolse la domanda che diede un'improvvisa sferzata al nostro colloquio, sino ad allora alquanto formale.

«La fotografia è un'arte che mi appassiona» cominciò, ammiccante «Sono un discreto collezionista di foto d'epoca e ho sempre molto apprezzato i suoi scatti».

Si era girato verso di me e ora mi fissava, con uno sguardo da vero entomologo.

«Anzi, devo confessarle, signor Varelli, di essere, presumibilmente, uno dei suoi più antichi e convinti ammiratori».

Dal canto mio mi ero limitato a abbozzare, fulminando di sbieco la candida sorellina, che mi ricambiava di uno sguardo supplice. Era rimasta in piedi, nell'atto di versare il caffè nelle rispettive tazzine. Carosi le regalò un sorriso di apprezzamento, prima di tornare a occuparsi di me.

«La mia opinione, Loris – mi permette di chiamarla così? – la mia opinione è che nell'atto del fotografare ci sia qualcosa di meschino, di ipocrita. Almeno, nella sua accezione volgare».

Mandavo giù il caffè a piccoli sorsi e lo guardavo gesticolare con movimenti leggeri delle dita, quasi volesse riempire lo spazio che ci separava di segni immaginari. Mi accorsi, poco a poco, del velo di contumace tristezza che, impercettibile, costringeva il suo sguardo.

«Noi abbiamo la pretesa, attraverso le foto, di *fermare il tempo*. Ma, lo ripeto, è un'ipocrisia: sappiamo bene che il tempo, nell'attimo della foto, svanisce proprio mentre la scattiamo. È solo un atto di presunzione della memoria, che desidera conservare, fissare per sempre ciò che continua a vivere e a modificarsi. Nessuna cosa resta uguale a se stessa, come noi ardentemente vorremmo. Insomma, per il tramite della foto, condanniamo a morte cose, oggetti, persone, la realtà stessa».

Si interruppe, vuotò di un fiato il suo caffè e stette per un attimo a fissare il fondo della tazzina, come ammaliato dal residuo. Lentamente riemerse, gli occhi pieni di una vivacità un po' dolente.

«Condanna che, di fatto, riversiamo su noi stessi, per non volere accettare – nostalgia o vanità che sia – che tutto abbia una sua storia, indipendente dal controllo che su di essa noi vorremmo poter esercitare».

Era stato molto abile nel corrompere in fretta quella sensazione di già tristemente noto, in me subentrata al suo banale esordio da fan premuroso, in vena di accattivarsi da subito i favori dell'idolo. Mi ero sbagliato nel valutare oziosa la sua interessante premessa. Decisi allora di stare al gioco, incurante della posta in palio. Mi fissò con maggiore intensità, per un istante che parve eterno.

«Cos'è che prova esattamente quando poggia l'occhio sul vetrino? Mi interessa davvero».

La richiesta, niente affatto gratuita, era stata posta con il candore spassionato del neofita, il che strideva con i toni leziosi dell'argomentare.

«Il filtro *cambia la natura* di ciò che mi sta davanti» risposi, con altrettanta franchezza «È un po' come... Se la vedessi per la prima volta».

«Sì, sono d'accordo. Però, mi chiedo e le chiedo: *cos'è che vede*, realmente?».

L'affondo era difficile da parare; Carosi sollevava a teoria ciò che il mio occhio aveva sempre, più o meno coscientemente, notificato nel concreto; di tal pratica avevo fatto la mia personale grammatica, senza mai troppo curarmi di prendere appunti.

«Perché a me pare» insistette «che più osserviamo la realtà, meno riusciamo a vederla».

«Il problema è che guardiamo *senza vedere*» precisai «Non soltanto perché guardiamo distrattamente le cose; ma soprattutto perché la fallibilità dell'occhio dipende dalla estrema relatività cui ci costringe il nostro personale punto di vista».

Carosi fece un gesto di approvazione col capo e annusò furtivamente il suo bicchiere di calvados. Subito trovò di che ribattere; non capivo a cosa mirasse tanta ostinazione.

«Un filosofo antico sosteneva che la realtà, nel mostrarsi, *si cela*». Ciò detto, sciorinò una serie di citazioni da Plotino, Foucault e non so più chi altri. Alzai le mani, in segno di resa.

«Dottor Carosi, le sue dotte disquisizioni valicano decisamente il limite delle mie conoscenze scientifiche».

Il collega di Giulia si schermì, colto da vago imbarazzo. Gettò uno sguardo fugace verso mia sorella, in cerca di approvazione. Lei si limitava ad ascoltare, senza far trasparire un grammo della sua esaltazione, che a me soltanto riusciva di percepire.

«Oddio, mi perdoni! Non intendevo certo dare sfoggio di erudizione. Tarde reminiscenze scolastiche, si figuri… Le rammento, però, che è stato proprio lei a provocare. Ma volevo arrivare al punto e chiederle quale sia la relazione che lei stabilisce con ciò che vede, con la realtà che ha davanti, quando la inquadra attraverso l'obiettivo».

Accavallò le gambe e, posato il bicchiere, cominciò a lisciarsi il viso, accuratamente rasato, con la mano; sembrava attendesse la mia risposta come la soluzione di un rebus intorno al quale si arrovellava da sempre. Il volto teso, attento, perspicace, mostrava qua e là qualche minuta ruga: ogni minima increspatura nei lineamenti asciutti e regolari congiurava, peraltro, nel conferirgli un aspetto austero ed elegante.

«Non so, non credo di essermi mai posto il problema» farfugliai, in cerca di una risposta attendibile, che potesse soddisfare, in qualche modo, il mio esigente interlocutore. Diversamente dal solito, quello strano tipo suscitava in me reazioni assai distanti dal consueto, spazientito distacco.

«Sono sempre stato un fotografo istintivo. Vorrei, piuttosto, essere capace di spiegarle ciò che provo ogni volta che accosto l'occhio al mirino. Ma di queste sensazioni particolari e uniche è difficile fare un inventario».

Sospesi il discorso e guardai Giulia e il suo ospite con aria interrogativa, quasi mi aspettassi da loro un imbocco, un conforto che non venne. Carosi, invece, si alzò in piedi, d'improvviso, girò intorno alla stanza e si accostò alla poltroncina dove si era seduta mia sorella. Sprigionava fiamme dagli occhi vivacissimi.

«Come definirebbe, Loris, quel *qualcosa* che nella foto c'è e nella realtà non si da a vedere?».

Allargai le braccia, implicitamente esortandolo a rispondere in vece mia. Mi divertiva vederlo così eccitato, in un gara che aveva come traguardo l'ignoto e che, di conseguenza, non prevedeva né vincitori, né vinti.

«*L'indicibile*, amico mio, ecco cos'è!» sbottò euforico, per poi subito ricomporsi. Capiva di avere ecceduto ma sembrava dare a quei contenuti un'importanza smisurata, quasi che da quel fatuo ragionare dipendessero le sorti dell'universo. Lanciai un'occhiatina divertita a Giulia che, al contrario, pareva conquistata dall'eloquenza del suo collega.

«Pensi a quanto è povera la nostra capacità di percezione sensoriale» rimarcò Carosi, scuotendo il capo «E pensi al privilegio che la sua arte le riconosce: poter varcare la soglia, superare il limite, materializzando *l'assenza*».

Ora Carosi sembrava rincorrere particelle di senso legate all'atomo da una combinazione chimica di cui soltanto lui conosceva la formula. Con atto benevolo, volle farci partecipi delle sue stupefazioni.

«Non mi inganno, vero Loris, se affermo che nella fotografia è tutta una questione di luce?».

«Molto giusto. Di luce e, naturalmente, di ombre».

«Certamente».

Venne a sedersi accanto a me e il suo corpo, snello e lunghissimo, dava l'impressione di sfidare la gravità.

«Cos'è che guarda la "signora nel giardino di Saint-Adresse", al riparo del suo ombrellino da sole, nel celebre dipinto di Monet? Oltre la siepe c'è il nero del fogliame, un vuoto che il nostro sguardo non è in grado di interrogare. Eppure...

«Un'assenza, mio caro, o se preferisce, una presenza assente. Definiamolo, per comodità, il fantasma. Le piace l'idea del fantasma?».

Si fermò a guardarmi, quasi volesse studiare le mie reazioni. Non dissi nulla, la mano corse nelle tasche dei pantaloni, al pacchetto con le Strike; me ne infilai una tra le labbra e ne offrii ai miei interlocutori. Giulia accettò senza riserve: il suo collega, con gesto garbato, declinò.

Accesi la sigaretta, tirai una boccata; la mia faccia, in quel momento, esprimeva meno che niente. Il personaggio mi incuteva rispetto e mi inquietava, non sapevo che pensare di lui, né a quali conclusioni mirasse. La tesi sostenuta non mancava di fascino e decisi di continuare a assecondarlo.

«Nessuna obiezione. Vada per il fantasma».

Sembrò sollevato e riprese con il medesimo piglio.

«Negli ultimi anni, parallelamente alla passione per le arti figurative, ho maturato un vivo interesse per i fenomeni cosiddetti occulti».

Alzai platealmente gli occhi al cielo. Non potevo credere che, dopo aver richiamato numi tutelari del pensiero antico e moderno, quel gentiluomo si arenasse nelle secche della parapsicologia. Giulia stessa ne parve contrariata.

«Ma, caro Umberto, non ti sembra di cadere in contraddizione? Parli di forze occulte, quando tutto, nel tuo discorso, lasciava intendere che l'immateriale, che la foto ci permette di percepire, tendesse a stabilire con la realtà una relazione concreta».

Colsi un lampo negli occhi del chimico; ero stato ingeneroso a dubitare, per un attimo, della sua sagacia: sapeva benissimo dove andare a parare e ce ne diede immediata la prova.

«Giulia cara, non hai torto se temi uno sconfinamento nel paranormale. Parliamo allora, se preferite, di ciò che diciamo inverosimile soltanto perché contrasta la nostra comune appercezione del reale. Loris, mi aiuti lei. Manteniamo intatti i referenti del nostro discorso. L'immagine che lei mi propone per mezzo della sua lanterna magica non allude sempre al *fantasma*, inteso come ipotesi di un sommerso, di un invisibile che si manifesta?»

Era un tipo bizzarro e intelligente, mi conquistava la sua formidabile energia da imbonitore del pensiero. La puntigliosità quasi rabbiosa dell'argomentare si accompagnava a modi suasivi e timbri delicati, pastosi. Quel suo incaponirsi su dilemmi irriducibili alla logica, rovelli intellettualistici fuori luogo, parossistici vezzi da svitati, coglieva, altresì, nel segno, andando a scuotere qualcosa nei miei precordi, qualcosa che non mi era riuscito ancora di mettere a fuoco con nessuno dei miei obiettivi.

«La realtà è pura apparenza» riprese il chimico «Cosa ci sia, dietro la grana del visibile, è difficile da definire. Per questo mi piace pensare che ogni rappresentazione di realtà abbia il suo fantasma».

Una parte di lui mi ammaliava, una parte mi respingeva. Una cosa era certa: Carosi aveva carisma e indubbie doti da affabulatore. Cominciavo, però, a chiedermi se vi fosse altro scopo nella sua visita a casa di Giulia a parte metterci al corrente della sua vasta competenza in quella impalpabile materia.

«Mi diceva, Umberto, di essere un collezionista di arte».

Sorrise, stringendosi sulle spalle.

«Beh, nel poco tempo libero mi dedico allo spoglio dei cataloghi, leggo ciò che posso sulle tecniche di disegno e riproduzione fotografica. Frequento, inoltre, un interessante giro di botteghe d'antiquariato. Ma lei dimentica la cosa più importante».

Lo guardai per un istante, senza capire.

«L'ammirazione che nutro, da sempre, per il fotografo Loris Varelli, di cui non perdo una "personale" da anni. Mi vanto, come le dicevo, di essere stato uno dei suoi primi e più discreti estimatori».

Sulla discrezione non potevano esserci dubbi, dal momento che non ricordavo di averlo mai incontrato alle rassegne.

«Vogliate scusarmi, solo un attimo» disse, in un momento in cui la conversazione sembrava languire. Lo vidi sgattaiolare lungo il corridoio, fino a scomparire alla vista.

«Allora, fratello?» mi interrogò Giulia, fulmineamente «Che ne pensi?».

«Strano tipo. Mi ricorda qualcuno, per essere più precisi una sua ancor più strampalata collega».

Le strizzai l'occhio, evitando di un pelo il manrovescio che mi sparò d'istinto sulla faccia. Dopo poco, Carosi si riaffacciò con in mano una cartella di cuoio nero. L'aprì, di fronte a noi, con molta cura; prima di asportarne il contenuto si fermò, per un istante, a guardarci. Si rivolse a me, con quella voce cortese e calda che ormai gli conoscevo.

«Queste, Loris, me le porto sempre dietro, quasi fossero foto di famiglia. Mi creda, non lo dico per inutile piaggeria nei suoi confronti».

Con gesto leggero sfilò dall'involucro un paio di bianchi e neri, stampati in analogico. Indugiò nel mostrarceli, mentre sembrava saggiarne la grana con i polpastrelli.

«Berenson, mi pare, insisteva sulla tattilità, sul contatto sensoriale che si stabilisce con le linee di un dipinto. Possiamo provare anche con una foto, non crede?».

Dopo averle a lungo sfregate, me le porse, commentando:

«Ecco degli esempi di ciò che stavamo dicendo. *L'assenza* che si fa presente, il *fantasma*».

Ci mostrò, quindi, un paio di fotografie. Una la riconobbi subito, come mia: un angolo notturno di Amsterdam, un vicolo stretto e buio dove un lucernaio d'epoca fletteva una luce bianca lungo l'asfalto grigio e le pareti in ombra di una palazzina. Di quella foto ricordavo tutto: il momento, l'epoca, l'incanto di una serata irripetibile. Ero giovane, allora, e ben lontano dall'immaginarmi il futuro.

L'altra era una veduta, colta da una prospettiva obliqua, innaturale, e aveva un che di sinistro. Un cielo oscuro, una mezzaluna che rifrangeva stille luminescenti sopra una radura fitta di vegetazione. Alti platani, dalle foglie a cupola ricoprivano un fazzoletto di terra bagnato da rivoli di piovasco; lontana, in un sensibile campo lungo, la sagoma di un vetusto rudere tagliava l'orizzonte. Cupi riflessi violacei maculavano l'intero ordito.

Più guardavo, più mi inquietavo e meno mi riusciva di ricordare. C'era qualcosa di familiare nel disegno, le forme e le coloriture potevano senz'altro far pensare a un mio scatto. Tuttavia, dopo qualche tentativo di far luce dentro di me, dovetti arrendermi. Tutto concentrato nell'infruttuoso riepilogo, non mi accorsi che Carosi si era acquattato alle mie spalle. D'improvviso, il chimico puntò l'indice sopra un lembo della foto, facendomi trasalire:

«Non riesce a vederlo?» mi domandò, nella sguardo un lampo fuggevole «Eppure, è proprio qui dentro ed è *lui* che ci guarda».

Suggestionato dalla energia del suo sguardo su di me, dalla criptica allusività di quelle parole, tornai a fissare il riquadro: e, nel breve volgere dei secondi, ne fui imprigionato. L'attrazione divenne morbosa, non riuscivo a distogliere lo sguardo dalla veduta. Il magma insinuante delle forme appena tratteggiate, la caduta della luce su voluttuose macchie d'ombra mi tenevano inchiodato. Lo sguardo soffocava in quel dirupo quasi osceno di oscurità, dove invisibili figure sembravano volteggiare, nel vuoto di un cielo nero: e quella sagoma antica sullo sfondo, che ora mi sembrava di ricordare... Capii che non ci poteva essere ritorno, che la memoria naufragava in un oblio disperato e senza ragioni. Ero anch'io là dentro, come ci fossi da sempre: ma *non era mia* quella foto, *non era mia!*

Il turbamento crebbe e così pure un sentimento di ansia, di angoscia che, in breve, divenne spavento, fremito febbrile. Tutto intorno a me cominciò a vanificare, tanto che l'unica realtà divenne l'immagine che avevo di fronte: anzi, mi confusi in essa, come ne facessi parte e iniziai a sentire l'umido che mi entrava nelle ossa. La temperatura saliva, il corpo venne pervaso dai brividi. La spina dorsale vibrò in un soprassalto nevrotico, inconsulto: gettai la foto in terra, chiusi gli occhi e diedi addio a ogni possibile equilibrio.

Quando ripresi i sensi, vidi lo sguardo agitato di Giulia su di me: mi cingeva con un braccio e non nascondeva una forte preoccupazione. Tossii, attenuando la secchezza che avevo in gola. Respirai a fondo e distesi le labbra a un sorriso, a beneficio di mia sorella.

«Loris, caro, tutto bene?» mi interrogò Giulia, premurosa. Annuii e dilatai il sorriso, per sembrarle credibile.

«Ma che ti è successo?» rincalzò lei, ancora inquieta per il mio momentaneo, inatteso mancamento. Non le risposi. Fugate le tenebre nelle quali ero sprofondato, scorsi Carosi che si chinava a recuperare il suo prezioso cimelio. Nel vederlo riporre, impassibile, le foto nella loro custodia, mi assalì un moto di collera, che mi riuscì faticosamente di contenere. Ritenerlo responsabile di quella strana vertigine sarebbe stato come elevare le sue alchimie allo statuto di ragionevoli principi.

«Tutto in ordine, sorella» sentenziai, risoluto, per fugare ogni sospetto sulla ritrovata lucidità. Ma la mia testa vorticava ancora e la mente cercava a stento un passaggio tra nebulosi, vacui sentieri.

Tre

Mentre parlavo con lui al telefono, ne avevo meccanicamente tracciato il ritratto. Mi stupii – adesso che me lo trovavo davanti – di quanto l'idea che me ne ero fatto corrispondesse all'originale. Filippo Boschi, il DJ di "Radio Family", era un giovanotto minuto, dalla pelle delicata, gli occhi vispi di un azzurro intenso, piccolo di statura: folta, rossa e arruffata la capigliatura.

La mattinata romana nasceva bigia e piovigginosa. Ci incontrammo, come stabilito, all' "Age d'Or", un vecchio locale che manteneva un suo decoro.

Varcato l'ingresso, a destra del quale luccicava, ricca e invitante, la vetrinetta dei dolciumi, un lungo corridoio conduceva alle due sale, separate da un tramezzo; i tavoli, di marmo screziato, erano rivestiti da tovaglie di stoffa verde e, nella sala in fondo al corridoio, un grande specchio rettangolare simulava profondità.

Andammo a sederci in un tavolino d'angolo, proprio accanto allo specchio. La luce spessa degli antichi lampadari contrastava il chiarore opaco che, dalla strada, penetrava attraverso la vetrata.

Ordinammo entrambi caffè lungo e croissant integrali al miele. Filippo mi fissava con occhi avidi di curiosità: dal canto mio, mi lasciavo cullare dai tanti ricordi che mi legavano a quel posto.

«Bello qui! Molto *vintage*, non le pare?».

La voce del giovane DJ risuonò alle mie orecchie come un'eco lontana. Mi voltai verso di lui e lo guardai come lo vedessi per la prima volta.

«Come dice? Mi perdoni, Filippo, ma non stavo ascoltando».

«Oh, nulla, una sciocchezza. Volevo dirle che è un vero piacere essere qui con lei, oggi».

Mi accorsi che mi fissava con aria trasognata, cosa che mi mise presto a disagio. La conversazione era latitante: la nostra colazione giunse opportuna a distoglierci dall'*empasse*. Un cameriere magrolino arrivò con le ordinazioni, posò il vassoio e s'allontanò senza grosse cerimonie.

«Forse sono stato troppo impulsivo a chiederle questo incontro» disse Filippo, di punto in bianco «Lei si sarà fatto di me un'idea sbagliata».

Diedi un morso al cornetto e masticai piano.

«Quale idea?» domandai, distrattamente, una volta deglutito il boccone.

Si strinse nelle spalle e sospirò.

«Non so. Forse starà pensando che io sia un po' matto».

Presi a osservarlo con scrupolo, dalla testa ai piedi.

«Dunque, vediamo un po': certo, l'aspetto del folle ce l'hai. Sai che ti dico? Potrebbe anche scapparci uno strepitoso reportage fotografico, con te protagonista assoluto».

«Magari!» esclamò, ridendo. Colpiva la sua faccia da bambino cresciuto, su cui vagava un' impercettibile tristezza.

«Raccontami qualcosa di te, Filippo: e dammi pure del tu».

Mi nascondeva di certo qualcosa e volevo aiutarlo a sbloccarsi del tutto. Sulle prime, cincischiò soffermandosi sull'esperienza radiofonica, appagante ma scarsamente remunerativa.

«Di soldi in casa ce n'è sempre molto bisogno. Mio padre se l'è data tempo fa con una conosciuta all'ipermercato dove lavora; mamma, quando non alza troppo il gomito, riesce a racimolare qualche provento in casa di certi ricconi, all'Aventino.

«Mio fratello tira su qualcosa, ogni tanto, ma pure lui non è che se la passi benissimo. C'ha una rock band e se ne va in giro per locali a esibirsi. L'estate raggranella bene, ci sono le arene e di gente ne viene sempre tanta. Il problema è che ha quasi trent'anni e nessuna prospettiva concreta. A proposito: ho ereditato da lui la passione per la roba che trasmetto in radio.».

Stava prendendo confidenza e speravo che, prima o poi, sarebbe arrivato al punto: era evidente che la fotografia fosse solo un pretesto che nascondeva dell'altro.

«Per pagarmi da solo gli studi non basta la radio: così, ogni tanto, faccio dei lavoretti… Ma ne ho piene le scatole e l'Università è diventata niente più che un capriccio».

«E perché mai?» obiettai «Una volta conseguita la laurea, potresti…».

Ebbe uno scatto nervoso e mi impedì di terminare la frase.

«Balle, Loris! In tre anni ho dato solo tre esami. A parte che, se anche mi riuscisse di continuare, con il pezzo di carta mi ci sbatto!».

«Fossi in te non sarei poi così pessimista» insistetti, adducendo i consueti, fumosi argomenti, sempre più simili a affettuose, retoriche imposture.

«Un titolo è pur sempre un titolo. Nella vita non si sa mai: io stesso ho il rimorso di avere piantato tutto in asso».

Fortunatamente, interruppi per tempo il frettoloso prontuario di luoghi comuni, prima che il vaniloquio scivolasse nel patetico.

«Ti ringrazio per le belle parole. So che sei sincero» ebbe la cortesia di sottolineare «Ma non voglio straziarti coi miei problemi. Non dimenticare che ho molte cose da chiedere a te, che sei il mio fotografo preferito».

«E via! Manco fossi Cartier Bresson o Man Ray», celiai. Per tutta risposta, mi tempestò di nozioni dettagliate sulle mie tante rassegne fotografiche, mostrando competenze non comuni e una verve da neofita aguerrito. Al termine del lungo, appassionato monologo, non mi rimaneva che il plauso.

«D'accordo, d'accordo. Beato te che riesci a vedere così tante belle cose dietro immagini colte nella casualità».

I suoi occhi si erano di colpo accesi d'una luce vivida.

«Ma quale casualità! Per me, nella roba che fai c'è un sacco di studio dietro, altro che!».

Pensai, per un attimo, a Umberto Carosi e ai suoi irrelati fantasmi. Pensiero che si allontanò all'istante, così come era venuto. Filippo, che aveva colto una mia momentanea distanza, cercò di colmarla, un poco divagando.

«Spero di non annoiarti. Sto qui a riempirti di chiacchiere...».

«Niente affatto» lo rassicurai, mentendo solo di striscio «È naturalmente appagante, per uno che fa il mio mestiere, avere un confronto con il suo pubblico».

Continuammo, per un po', a dirci del più e del meno. Parlò ancora del suo rapporto con la madre, verosimilmente assai complesso.

«È una donna che piace ancora, nonostante i quarantotto suonati. Peccato per il viziaccio del bere che le costa, ci costa, molto caro».

Si accorse che, al suo inelegante richiamo dell'anagrafe materna mi ero, quasi involontariamente, rivolto allo specchio che avevo di lato: il tipo stempiato e ingrigito, con qualche ruga sotto gli occhi doveva, in qualche modo, somigliarmi.

«Oh, no, non intendevo...» piagnucolò, accorgendosi in ritardo della trascurabile gaffe.

«Lei non è... Insomma, lei mi ha detto la sua età, però... Però lei...».

«Ci davamo del tu, non ricordi?».

Mimavo un plateale corruccio, nello sguardo segnali evidenti di canzonatura. Apparve subito sollevato ma il suo sorriso aveva, nel respiro trattenuto, un retrogusto ansiogeno. Apriva poco le labbra e subito le richiudeva, come chi voglia finalmente esternare ciò che prova, avvertendone, però, immediato il senso di colpa.

«Perdonami, la tua età non c'entra niente. In realtà, vedi, volevo dirti che ti trovo davvero bello».

Lo fissai per un attimo, a bocca aperta, prima di scoppiare a ridere. Un tale, seduto al tavolo d'angolo parallelo al nostro, si voltò verso di noi.

«Filippo, non c'è bisogno di tanta enfasi. Guarda che non mi sono mica offeso».

«E aggiungo che non è solo la tua personalità, quello che fai» continuò il ragazzo, come non mi avesse sentito. «Io ti trovo bello *fisicamente*».

Il doppio allo specchio mi strizzò nuovamente l'occhio. "Niente male – mi disse – ora fai colpo anche sugli uomini."

L'ingresso rumoroso di tre nuovi clienti nel Caffè sviò i nostri discorsi. Due donne raggiunsero il salottino, muovendo lo sguardo alla ricerca di un tavolo di loro gusto. Entrambe alte e slanciate, nonché dotate di lunghe leve, si agitavano nei vestiti ampiamente scollati. Sembrava fossero appena uscite da un salone di bellezza, il tocco morbido del rimmel a inarcare le sopracciglia, il rossetto che infuocava labbra troppo carnose. Picchiettando gli alti tacchi a ritmo alternato, ci lanciarono un'occhiata di sussiego, prima di prendere posto di fronte a noi. Quella che si era seduta dandomi le spalle si assestò i lunghi capelli biondo oro, con un agile colpetto delle dita e iniziò a sbracciarsi gesticolando verso il corridoio: dove un atletico giovanotto, dall'aria ganza e dal sorriso bleso, si ciondolava, le mani infilate nelle tasche di costosi pantaloni avana. La camicia bianca sbottonata un poco sul petto muscoloso, venne a posizionare le larghe terga accanto a quelle sode delle due amichette. Lui pure volse la faccia, già baciata dai primi soli, verso il nostro tavolo.

Fu inevitabile accorgersi dello smarrimento estatico da cui fu travolto Filippo. Si incollò allo sguardo del nuovo venuto e non mollò sino a quando questi gli preferì le due signore.

«Allora, Filippo. Cosa mi dicevi di tua madre?».

Tornò in sé, nuovamente accennando, senza molta convinzione, alla biografia della genitrice.

«Che altro c'è da sapere? A parte il vino, non è che abbia poi tutti questi interessi. Quando è in grado di lavorare non si tira indietro, è una specie di stacanovista. Altrimenti, se ne sta sbattuta in casa davanti a qualche melensaggine televisiva; oppure sul pianerottolo, cosa che odio, a spettegolare con le vicine. E ripetono all'infinito il ritornello su quanto siano infami gli uomini, mariti inclusi: che, detto tra noi, è anche vero».

Diede un morso vorace al lievito e, senza smettere di masticare il boccone, definì il concetto.

«Tu guarda mio padre, ad esempio: perdere la testa per quella sciacquetta della sua collega, una che pensa soltanto a curarsi le unghie».

Appoggiò i gomiti sul tavolo e il mento sopra il palmo aperto delle mani. Sembrava incupito, cercò un'altra volta con lo sguardo il fusto patinato del tavolo accanto. Le donne sembrava proprio ignorarle. Quando il suo occhio scintillante e malinconico si posò su di me, mi sfiorò un sospetto mortificante, che rimossi all'istante.

«Molto meglio parlare di te, delle tue foto, che non dei miei casini».

Lo disse con dolcezza, languidamente, senza false intenzioni. Tutto in lui congiurava verso una disarmante ingenuità, un respiro leggero che non fui in grado di sostenere. Come talora accade, anche nelle menti che si ritengano allenate, la parola fu più veloce del pensiero.

«Ah, sicuro! Tutti vogliono parlare con me delle foto, bla, bla... Però nessuno che si chieda se a me importi qualcosa».

La buttai là, cruda, immotivata; una protesta rimasta muta per anni, ruminata nella frustrazione di un complesso da notorietà di cui tendevo a soffrire. Ma non ero stato proprio io a espormi, a mettermi in mostra? Ora recalcitravo, come una primadonna volubile e isterica: il minimo che potevo riceverne era il suo disprezzo.

«Scusami» si limitò, invece, a sussurrare, senza altro aggiungere, a capo chino.

«Ma no, dai, Filippo. Sono io a scusarmi con te».

Allungai un braccio, amichevolmente scuotendo il suo. Ma quando la sua mano sfiorò la mia, istintivamente la ritrassi. Il ragazzo ne fu deluso, piccato.

«Ma che vai a pensare?».

Scandì puntigliosamente la frase, quasi volesse misurare il peso delle parole che, alle mie orecchie, risuonarono piene di angoscia. Il suo sguardo era quello dell'animale ferito e negli occhi umidi la lacrima si rifiutava, per orgoglio, di sgorgare.

«Sono dispiaciuto» dissi, francamente in imbarazzo «Forse mi hai frainteso: io…».

«No, ti sbagli! Sei tu a essere completamente fuori strada».

Aveva alzato la voce e si dimenava sulla sedia scompostamente. Ora tutta l'attenzione dei presenti, da coloro che si attardavano davanti alla vetrinetta dei dolci, sino ai pochi clienti ai tavoli, era calata su di noi; Filippo non se ne curò più che tanto e proseguì nella chiassosa reprimenda.

«So benissimo quello che ti passa per la testa. Va bé, sono un finocchio, e allora? Però, ti sbagli di grosso se pensi che voglia intenerirti con le manfrine sulla famiglia sfigata».

Sapevo che tutti gli sguardi erano rivolti sull'attempato signore e il suo giovane amichetto e non osavo alzare gli occhi intorno. Qualcuno, forse, poteva avermi riconosciuto ma la cosa era priva di importanza. Speravo solo che il giovanotto ponesse fine al concitato sfogo: ma, al momento, l'idea, per quanto saggia, non sembrava neppure sfiorarlo. Si alzò persino in piedi, per meglio esplicitare la violenza dell'arringa e puntò l'indice su di me, perché non ci fosse alcun dubbio sull'identità dell'accusato.

«E dillo ciò che pensi! Eccolo qua il frocio che tenta di rimorchiarmi con la scusa delle foto: e tra un po' cercherà pure di farmi sganciare qualche quattrino. E perché no, Loris? Chissà, potresti averla anche te qualche segreta debolezza».

Piombò di schianto sulla sedia, esausto, gli occhi vitrei. Si rese presto conto del putiferio inutilmente sollevato e, sbiancando per la vergogna, si coprì il volto con le mani.

«Oddio! Che figura di merda!».

Restai a lungo senza parole: contavo i minuti che correvano lenti, giocherellando con la tazzina vuota. In breve, la vita attorno a noi recuperò i suoi livelli abituali e io tirai un sospiro di sollievo.

«È passata? Stai bene?» gli chiesi, in punta di forchetta, paventando recrudescenze umorali.

Si limitò a fare su e giù con la testa, sembrava un asino bastonato. Feci un segnale al cameriere, sforzandomi di dominare la vergogna che provavo e che un tenue rossore sulle guance evidenziava. Pagai il conto, rifiutandomi alle composte proteste di Filippo e mi incamminai verso l'uscita, fingendo indifferenza. Lui mi tenne dietro, come un giudizioso cagnolino. Ecco le conseguenze per aver ceduto alle lusinghe del prossimo di cui, per natura, dubitavo come di me stesso. Nel giro di poche ore ero incappato nelle mire di due esagitati del calibro di Boschi e Carosi.

Tuttavia: come spiegare l'effetto catatonico che quella foto aveva avuto su di me? Perché il chimico me ne attribuiva la paternità, quando io ero convinto di non averla mai scattata?

E come non provare tenerezza per quel piccolo DJ, al contempo allegro, entusiasta e malinconico, lo sguardo infiammato d'ansia e passione?

Nel riguadagnare l'uscita quasi inciampai nel tizio che esitava sulla soglia. Di media statura, fisico asciutto, sui trentacinque, vestiva una giacca grigia sotto alla quale spiccava il fucsia della camicia sgargiante, aperta sul collo lungo, affusolato; calzava jeans attillati, di una sottomarca di importazione. I radi capelli erano neri e forti, nei lineamenti del volto spiccavano lo zigomo pronunciato e l'osso mascellare duro, quadrato, che gli conferivano un'espressione volitiva.

Mi scusai per l'involontario impatto: mi guardò senza nulla obiettare. Si tirò da parte, per farmi spazio e, toltisi gli occhiali da sole con montatura cremisi, mi perforò con uno sguardo affilato, tagliente. Se ne poteva percepire l'ostentazione, dal modo in cui porgeva l'occhio – di indefinibile tonalità, tra grigio, verde, marrone – perché lo si notasse. Qualcuno abboccò all'amo e io stesso ebbi da subito la sensazione di averlo già veduto.

In ogni caso, nulla mi avrebbe trattenuto più a lungo nel locale, se non l'occhiata insieme torva e sfacciata che il tipo lanciò all'indirizzo del giovane DJ. Una smorfia di sarcasmo gli attraversò la faccia e compresi, dall'espressione stralunata di Filippo Boschi, che i due dovevano conoscersi. Filippo rimase come ipnotizzato di fronte al ghigno mal represso dell'uomo. Inchiodato sull'uscio, il mio elettrizzato amico non riusciva quasi a muoversi. L'altro lo rimirò impunemente per un bel po'; poi tornò a guardare me, la bocca ritorta in un sorriso compiaciuto. Infine, lo riconobbi in un tal Roberto Miceli, un *freelance* che si era guadagnato una qualche celebrità partecipando a una trasmissione televisiva di successo, in qualità di opinionista, esperto di gossip; uno smargiasso insolente, cafone nei modi e nel gusto, la cui sicumera si rafforzava nel vanto di altrettanto ripugnanti aderenze "politiche."

Vedendolo soggiogato dalla dubbia personalità di Miceli, mi permisi di strattonare Filippo per indurlo a abbandonare la sua posa da statuina ebete; tanto più che il giornalista sembrava ora ignorarlo per dedicarsi alle cure della giovane cassiera, che gli regalava affettate moine. Ma non ci fu verso. Miceli tornò a girarsi e gli fummo nuovamente a tiro. Dapprima di recò al banco dei dolci, dove ordinò un mini babà al rum: avvolta la prelibatezza nella carta, il giornalista si fece avanti per stuzzicarci.

«E così il giovane Boschi viene a deliziarsi il palato nei ritrovi *a la page* della capitale, eh? Ma non millanti di essere sempre a corto di spiccioli, tu?».

Ridacchiando, mi venne più vicino; più basso di me di una spanna, mi scrutava da sotto in su, con l'atteggiamento di chi va irridendo il mondo. Emanava un tanfo ipocrita, da consumato cialtrone: o, forse, era solo l'impressione di chi, come me, guardava le cose di traverso e aveva bisogno di un obiettivo deformante per caricarle di umanità.

«Certo, la presenza di questo aitante gentiluomo spiega molte cose» sentenziò, con sprezzante acidità.

Mi tese una mano curatissima che strinsi malvolentieri.

«Ci conosciamo già?» chiese, ricambiandomi di uno sguardo acuminato «Comunque, il mio nome è Miceli, Roberto Miceli. Spero che lei abbia avuto modo di seguirmi alla TV o di leggere qualche mio spunto di cronaca».

Scrollai le spalle, per fargli intendere la mia totale indifferenza. Pugnalato nella vanità, finse un sorriso di circostanza e, con aria di sufficienza, mi diede un colpetto bonario sul braccio, forse per compiangere la mia stolida ignoranza. A Filippo riservò invece un affettuoso buffetto sulle guance che raggelò definitivamente il ragazzo.

«Ci vediamo, piccoletto, eh? Ti consiglierei di non scappare come un ladro, la prossima volta».

Non potevo intendere il significato di quella frase: d'altronde, tutto suonava misterioso nel comportamento di Filippo, compreso il suo strano rapporto con Miceli.

Il ragazzo continuava a esitare, lo sguardo incollato nel vuoto, mentre il giornalista rispondeva ai saluti calorosi di un paio di avventori, rapidamente dileguandosi in una delle salette dell' "Age". Cosicché, per emanciparlo dallo spaurito incantamento, lo spinsi fuori senza complimenti, tra gli sguardi fustiganti dei curiosi. Non erano fatti miei, dopotutto: ma, dentro di me, mi sarei aspettato una spiegazione, anche campata in aria. Filippo si toccò il braccio indolenzito dalla stretta e mi rifilò un'occhiataccia.

«Mi hai fatto male» lamentò «Per poco non me lo stacchi!».

«Non c'era altro modo, sono spiacente».

In verità, oltre che dispiaciuto, ero irritato. Ma non mi illudevo giungessero chiarimenti.

«Non guardarmi come se ti dovessi ringraziare» disse, inacidito.

«Non voglio i tuoi ringraziamenti» ribattei, sdegnato «Qualche spiegazione, però, me la dovresti, non credi?».

«Io non ti devo nulla e non c'è proprio niente che debba spiegarti».

Si riassettò la maglietta bianca, con l'immagine in filigrana di Jimi Hendrix che suona l'elettrica posizionata al rovescio, dietro alla nuca.

«Comunque, scusami» disse, mestamente «Non intendevo trascinarti in un simile bordello».

«Tuo malgrado, l'hai fatto. E non puoi cavartela così a buon mercato».

Strabuzzò gli occhi, scuotendo ripetutamente il capo.

«A buon mercato? Ma senti questo! Ma che ne sai tu, della mia vita? Vai, vai, tornatene al tuo mondo artificiale e scusa tanto del disturbo».

Cercò di sottrarsi ma lo avvinghiai ancora per un braccio.

«Aspetta, Filippo. Se tu ti decidessi a essere più sincero con me, forse potrei davvero aiutarti».

Non so dire se il compatimento che gli lessi in volto fosse destinato a me o a se stesso.

«Ti ripeto che mi stai facendo male» biascicò, con voce lamentosa.

Lentamente mollai la presa e lui mi lanciò un ultimo, sofferto sguardo. S'allontanò, a passo svelto, lungo Via dei Pastini. L'istinto mi esortava a correrli dietro ma considerai la circostanza con maggiore avvedutezza. In fondo, non avevo nessun diritto di indagare sulla sua vita privata; restai a guardarlo, mentre si incamminava spedito verso Piazza della Rotonda. Le mani in tasca, la testa che gli penzolava da un lato, i pantaloni larghi sulle gambe magre, mi ricordava il monello del film di Chaplin. Stava per rivelarmi qualcosa, ne ero persuaso: ma cosa? E che c'entrava lui con quel ributtante figuro, eroe di deprimenti palinsesti mediatici?

Riflettei sconsolato sull'illogicità delle mie ultime ventiquattr'ore. Fortuna volle che la vibrazione del telefonino mi distogliesse da questi e consimili pensieri. Il numero che comparve nel display non mi forniva grandi ragguagli sul visitatore: ma la voce gentile, la erre dall'intonazione uvulare (mai capito se per vezzo o inflessione originaria), la calata settentrionale me lo rivelarono all'istante.

«Loris, buongiorno».

«Buongiorno, Luca».

Il giovane Aldebrandi ammiccava civettuolo, doveva esserci qualcosa sotto.

«Spero tu abbia memoria del cortese appello di Piccoli che ci vuole partecipi del suo seminario torinese sui destini della fotografia nel post digitale».

Naturalmente, avevo dimenticato l'invito: e non c'era più modo di ovviare, accampando scuse.

«Conosco bene la *Stimmung* con la quale ti destini a eventualità di questo tipo. Ti prego, però, di non farla pesare né a me, né al buon Dino. Come ti dicevo, la sua sarà una chiacchierata del tutto informale, destinata a un pubblico eterogeneo».

Sospirai, rassegnato. Era nota la mia avversione al genere ma le occasioni si moltiplicavano, da quando il mio nome aveva cominciato a circolare negli ambienti "che contano"; né la meritata fama di artista facile al mugugno bastava a evitarle. Si aggiunga che Luca Aldebrandi era una delle poche persone che godevano appieno della mia stima e fiducia e si comprenderà quanto fossi spacciato.

«È un onore e un piacere, per me» mentii, pur sapendo che Luca non se la sarebbe bevuta.

«Va bene, va bene. Passerò a prenderti in macchina, domani alle sette; tempo permettendo, conterei di essere a Torino per l'ora di pranzo».

L'annuncio, perentorio, non lasciava adito a ricusazioni. "Davvero un pessimo inizio di giornata", mi dissi, riattaccando. E il fumo di una sigaretta, per quanto lenitivo, non costituiva certo un deterrente efficace contro la mala sorte.

Quattro

A casa rovistai ovunque, tra scartoffie e vecchi quaderni, cartelle ricolme di ritagli di giornale; riannodai con pazienza le fila del percorso che mi aveva portato a diventare uno stimato professionista. Non lesinai nemmeno di verificare tra rollini obsoleti e negative, nel piccolo museo dei cimeli analogici che conservavo gelosamente, sin da ragazzo.

Passai in minuziosa rassegna cataloghi, diapositive, scarti di fotogrammi rimasti in memoria tra vecchi file; volevo che saltasse fuori quella dannata sequenza, nella speranza che potesse appartenere a un angolo buio del passato: un'accezione remota, sommersa dall'oblio.

Riesumai avanzi di diario, appunti annotati dagli anni ottanta al giorno avanti, fiducioso che, prima o dopo, uno schizzo, una frase, un'immagine avrebbero fatto riaffiorare il ricordo.

Ma, per quanto mi affannassi dietro a quelle reliquie, non trovai nulla di illuminante: niente che potesse ricondurre quella foto a me.

La malaugurata reazione a quello scatto, il breve malore che ne era scaturito, doveva essere stato un effetto di pura suggestione. Carosi non aveva avuto torto nel precisare che il rapporto con l'oggetto visivo passa attraverso tutti i sensi: alle volte, al semplice tatto, ti pare di stabilire una connessione con la foto, talora dell'immagine ti ritorna il profumo.

Quel vortice febbrile in cui, per pochi attimi, ero precipitato; quel venir meno della coscienza, le sinapsi improvvisamente disconnesse in un subbuglio interiore; la sensazione di calore, una fiammata sulla pelle che mi aveva costretto a gettare in terra la foto, quasi fossi sul punto di ustionarmi le dita; tutto ciò non poteva che attribuirsi a una sciocca, anche se umana conseguenza alle parole di Carosi. Dovevo ammettere che si era trattato di una sensazione mai sino ad allora provata: ma non avevo motivo di caricarla di tortuosi significati.

Riavutomi in fretta dal malessere, non avevo voluto che gli si desse troppa importanza, non intendevo allarmare mia sorella, né mettere in difficoltà il suo ospite. Di contro, considerai inopportuno rimuovere compiutamente il trauma, bollarlo come momentaneo accidente postprandiale; banalizzarlo non equivaleva a risolverlo, ché la voragine spalancata sotto ai miei occhi non si sarebbe richiusa spontaneamente. E, insoluto, rimaneva comunque il dilemma della foto: *cosa* ritraeva, effettivamente? E *chi*, se non io, ne era l'esecutore?

Diverso era stato il comportamento dei due commensali, rispetto all'incidente. Se Giulia, come prevedibile, era corsa repentinamente in mio soccorso, Carosi aveva inizialmente temporeggiato, più preoccupato, mi era parso, di recuperare la sua foto che dello svenimento da questa procuratomi; solo in un secondo tempo, peraltro con molto tatto, si era avvicinato a me, degnandomi della sua assistenza.

Quella foto, però, io continuavo ad averla davanti agli occhi. Tornavano a ossessionarmi la luce, le volute sinistre del fogliame e lo sfondo lontano ma come in primo piano, del casolare. Senza volerlo, mi sforzavo di cercare ciò che dell'immagine *mancava*.

Meccanicamente ripensavo alle colte meditazioni di Carosi, al non visibile, alla *presenza assente*, al paventato *fantasma*. Strano individuo quel Carosi, che aveva voluto chiamarmi correo di ardite ipotesi, testimoniate da immagini che non mi appartenevano.

Mi sembrava di impazzire: quella veduta… Avrei giurato di non averla mai immortalata, eppure aveva titillato i precordi, risvegliato in me emozioni insolite, scuotendomi nel profondo.

Non pago della verifica appena effettuata, aggredito dal dubbio, mi rituffai nell'ordinata mescolanza delle mie carte, nella serena convinzione che di quel dilemma presto o tardi sarei venuto a capo. Le ore trascorsero così, nel rovello di una infruttuosa ricerca, che mi sfinì. Non ero venuto a capo di nulla, non un indizio a suggerirmi un nuovo percorso su cui indagare. Mai domo, rovesciai cassetti, sbattei in terra cumuli di inutili cianfrusaglie, in una parola misi a soqquadro l'appartamento. Alla fine, la forza e la pazienza vennero meno e salirono la frustrazione, l'angoscia, la rabbia della sconfitta.

Contattare Carosi, obbligarlo a raccontare la sua verità, dettaglio su dettaglio, sarebbe valso a poco; lui avrebbe potuto dire ciò che voleva, restava il fatto che io non ricordavo. E, allora, perché…?

«Tutto per una stupida foto!» gridai. Qualcosa premeva per uscire dall'ombra e non potevo più ricacciarlo indietro. L'unica era togliersi dalla testa quell'idea malsana, convincersi che fosse solo stanchezza, un momentaneo cedimento psicologico dovuto a stress. Diagnosi elementare, ma da quanto tempo, in fondo, non mi prendevo una vera vacanza?

Mi spogliai e mi infilai sotto la doccia. Il getto dell'acqua sulla pelle attenuò la concitazione; ci rimasi un bel po', mi asciugai con calcolata lentezza. Mi versai della birra e mi stesi sul divano dello studiolo. Una luce crepuscolare filtrava dalla finestra accostata; socchiusi gli occhi, piegando il braccio sulla fronte per pararmi dal riverbero.

Nonostante i buoni propositi, mi sforzavo ancora di ricordare. Le foto: le tante immagini immaginate dai miei onnivori obiettivi. Come ombre cinesi proiettate da una fantomatica lanterna, correvano davanti a me sagome indistinte, luoghi, oggetti, volti, figure della mia esistenza, in un solo vorticoso carrello…

… Mia madre, quando ormai la malattia le ruggiva dentro indisturbata, aveva smesso di parlare, l'organismo sfibrato dalle metastasi. Esprimeva i suoi sentimenti con lo sguardo, ora fissando a lungo il vuoto, ora cercando con gli occhi carichi di muto tormento, un segno della mia presenza o di quella di Giulia; nel vederci, cercava di trovare un sorriso, come per scacciare con una debole contrazione delle labbra il tabù del male: e noi ricambiavamo, a stento celando l'attonita rassegnazione, le nostre mani tremule che carezzavano le sue, smagrite, venose.

In seguito a una drammatica recrudescenza del tumore, fu costretta a un nuovo ricovero. L'avevano sistemata in uno di quei reparti dove, per solito, si confortano delle estreme attenzioni i malati terminali. Un paramedico, in "accettazione", ci aveva fatto riempire una serie di moduli, intanto che la paziente, coricata sopra una branda di emergenza, attendeva semicosciente, nella luce diafana di un asettico corridoio. Assolta la complicata burocrazia mi precipitai da lei, mentre Giulia cercava un contatto telefonico con il medico di famiglia.

Non potrei dimenticare quella tarda serata autunnale, le corsie dell'ospedale invase da una luce gelida, i lamenti dei malati, lo stanco personale in frenetico andirivieni. Una dottoressa, dai modi cinicamente professionali, scortata da un giovanissimo apprendista si avvicinarono al giaciglio improvvisato sul quale versava mia madre. Dopo un rapido controllo del polso, mi pregarono di pazientare qualche momento ancora.

Io mi chinai piano sul corpo emaciato e poggiai una mano sulla fronte che bruciava; parve rianimarsi, scostò piano le palpebre, mi riconobbe, mi guardò ostentatamente, gli occhi che cercavano di spiegare ciò che la bocca più non poteva.

In un lampo ne afferrai il desiderio, l'intima implorazione. Per un attimo mi passò per la testa che sarebbe stato esaltante fotografare l'istante desolato della pietà, riflesso in quello sguardo esangue: ma ricacciai indietro il pensiero. Continuammo a guardarci, per un'eternità, in un sospeso atto d'amore, silente. Sapevo ciò che voleva e capii che non mi restava altro da fare se non esaudire le sue disperate, ultime volontà. Tenendo faticosamente a bada il rimorso, presi il corpo molle, senza più peso, tra le braccia e ripercorsi, con il cuore in tumulto, il tragitto sino alla macchina dove distesi mia madre dolcemente, nel sedile posteriore, proteggendola con una coperta di fibra pesante. Lei socchiuse le palpebre e mi regalò un fioco sorriso di ringraziamento. Richiamai Giulia, vigliaccamente pregandola di espletare la pratica del ritiro, assunzione di responsabilità inclusa; lei obbedì, senza neanche un accenno di protesta.

Ricordo la corsa lungo strade semivuote, nell'asfalto ruvido dove posavano i riflessi delle luci metalliche dei lampioni e di quelle sparate dai fanali delle poche auto ancora circolanti; e l'ultimo saluto tra le mura domestiche che, per la prima volta, ci parvero estranee, se non ostili.

Quando la morte venne a esigere il suo inevitabile tributo, non trovai il coraggio di fissarla nell'obiettivo, come la mia furia di voyeur insoddisfatto avrebbe certo desiderato. Ma ogni singola inquadratura di quella fine esemplare è dentro di me, radicata nella camera oscura della mente, a memento che le migliori esecuzioni sono quelle mai realizzate...

... La testa, intanto, aveva ricominciato a battere, stilettate intermittenti che pungolavano l'encefalo. L'acre sapore di una *Strike* non migliorò le cose. Il cellulare trillò e fu come se un martello si fosse abbattuto sul cranio. Nell'udire la mia voce, Giulia cominciò a guaire, come un cane cui abbiano pestato la coda.

«Fratellino mio, meno male! Ma dove diavolo eri finito? È da ieri pomeriggio che ti inseguo; al telefono di casa non rispondevi e il tuo cavolo di cellulare è sempre spento».

Faticai a erigere una diga contro quel mare in tempesta.

«Mi dirai che tu e io non ci siamo mai dato il cordoglio ma, capirai, dopo quello che ti è capitato ieri. Piuttosto, come ti senti?».

Dovevo approfittare della situazione per sciogliere un dilemma.

«Tutto bene, Giulia, tutto bene. Non dobbiamo ingigantire l'accaduto: si è trattato, probabilmente, di un blocco della digestione ma è passato subito, per fortuna».

«Umberto e io siamo rimasti scioccati, è comprensibile» gemette, di rincalzo, la sorellina.

«Poverino, mettiti nei suoi panni: si riteneva un po' responsabile, dopo quei discorsi sull'assenza, il fantasma. Ha temuto di averti suggestionato».

In qualche modo, era proprio ciò che volevo sentirmi dire. Provai a girarci intorno.

«Dunque, anche lui ha ritenuto che il malessere fosse dipeso proprio dalla visione di quel paesaggio rurale».

«Beh, le due circostanze sono stranamente coincise. Anche se...».

Si interruppe e sentii che rimuginava su sopravvenute perplessità.

«Anche se...?» ripetei, per incoraggiarla a esprimermi i suoi dubbi.

«Insomma, mi è parso chiaro che, nel mostrarti quei due scatti, volesse metterti di fronte alla prova provata delle sue deduzioni. A sentir lui, era stato proprio il tuo obiettivo a cogliere l'assenza, il fantasma. Allora, mi chiedo come tu abbia potuto reagire a quel modo di fronte a qualcosa che conoscevi perfettamente».

«Perciò, tu... Tu hai... Riconosciuto la foto?» balbettai, speranzoso di una risposta che facesse luce sul buio che mi ottenebrava la memoria. Ci fu un intervallo di silenzio, durante il quale le palpitazioni crebbero proporzionalmente alle attese.

«Scusa, Loris» mormorò, alfine, mia sorella «Non capisco perché mi fai questa domanda».

«Perché voglio sapere da te se ricordi di averla già vista, che so, in casa o durante una mostra».

Ci pensò su per un bel pezzo e il silenzio tornò a divorarmi.

«Ma che importanza ha se io l'abbia riconosciuta o meno?».

«Enorme! Perché vedi, io ho raggiunto la matematica certezza di non averla *mai* scattata quella foto, né di averla mai veduta prima di ieri».

Non rispose. Per non essere nuovamente frustrato dal suo mutismo, perfezionai il concetto.

«Un po' strano, non ti pare? Sai bene con quanta cura cataloghi il mio materiale».

«Ma non puoi pretendere di ricordare o di aver veduto tutto!».

«Non divagare, sorellina. Ti ho appena rivolto una domanda molto precisa».

Capii che, stavolta, ci stava davvero riflettendo sopra.

«Non lo so» balbettò, indecisa «Però Umberto sostiene che...».

«Lascia perdere quello che dice Umberto!».

«Oh, insomma, Loris, che vuoi che dica?».

«La verità, Giulia, la verità. La conoscevi già quella fotografia, o no?».

«No, però...».

«Però, cosa? Non farmi stare sulle spine!».

«Ammetterai che c'è *molto di te*, del tuo stile, in quello scatto. Ma, se desideri, ti faccio parlare con Umberto, così vi chiarite».

Per farla contenta, accettai di memorizzare indirizzo e recapito telefonico di Carosi. D'altra parte, l'idea di una chiacchierata con il chimico, dietro il pretesto di un aggiornamento da lui stesso sollecitato sulle mie condizioni di salute, non andava scartata a priori.

«Allora, è vero, Loris: è stata proprio la foto, la causa del tuo male».

Mugugnai, non volevo cedere all'ineluttabilità delle circostanze, tutte decisamente a mio sfavore.

«No, Giulia. La colpa è dei tuoi manicaretti, decisamente troppo nutrienti».

Mi restituì una qualche battuta sarcastica e mi sbatté il telefono in faccia. Rimeditai a lungo la faccenda; l'atto stesso del guardare recava in sé qualcosa di perverso e nel perseverare, per vizio o necessità, rischiavo di pagarne lo scotto.

Cercavo di scrollarmi di dosso quella nube cancerogena, quando il cellulare tornò a vibrare.

«Loris? Sono Laura».

Dopo un iniziale smarrimento, un atroce sospetto si insinuò nella mia testa.

«Non te la prendere, è che sono la solita distratta. A che ora abbiamo appuntamento, stasera: alle otto o alle otto e mezzo?».

Lei sarà anche stata distratta ma io procedevo inconsapevole verso l'annientamento precoce dei neuroni. Per maggiore sicurezza, avevo riportato ogni particolare sull'agenda: il giorno, l'ora, il luogo.

Ebbene, con un colpo di spugna, tutto cancellato, dissolto, evaporato. Eppure con Laura Speranza avevo avuto una storia, tempo addietro: una breve *liaison* ma non indegna di cronaca. Del resto, ogni vicenda sentimentale, breve o lunga che sia, merita rispetto. Gli amori vanno e vengono, qualcosa lasciano, qualcosa portano via per sempre. Accompagnarmi a una donna aveva significato, per me, niente più che un modo, migliore di un altro, di trascorrere in letizia parte del mio tempo, spendere dei soldi, trastullarsi tra un vinello amabile e una smanceria, in locali eccentrici o alberghi fuori mano; senza contare la ghiotta opportunità di fotografare volti e corpi, tra luci sfumate o caroselli di colori. Però, al terzo o quarto accoppiamento, la fatica del vivere, la noia dell'abitudine sovrastavano l'oggetto del desiderio, me lo rendevano insopportabile: a quel punto, non mi restava che troncare, il che significava far cadere tranquillamente la cosa, scongiurando epiloghi melodrammatici.

Giulia, con me, era implacabile. Asseriva, senza mezzi termini, che io usassi quelle belle signore al solo scopo di vedere appagate le mie brame estetiche. D'altronde, il nudo femminile aveva rappresentato il lasciapassare per la mia credibilità artistica e il genere avrebbe continuato, negli anni, a recarmi vantaggio. Ma l'oblio dei sensi c'entrava poco e niente.

Potrei dire, per comodità, che la bellezza femminile mi incantava senza veramente sedurmi. Vivevo le mie relazioni come un *flaneur* cui capita di adagiarsi, per un po', alle mollezze di una condizione domestica; e che, prima o poi, sente forte, irresistibile, il richiamo della strada.

Con le mie occasionali compagne di avventura consumavo stagioni di artificiosa comunione, in rapporti che si negavano al confronto e che non esigevano lasciti, fossero solo di memoria.

Giulia diceva che ero destinato a una vecchiaia triste e solitaria, me e le mie foto, come in un malinconico tappeto dei sogni. Io alzavo le spalle e mi prendevo gioco di lei, prefigurandole un futuro da badante impietosita.

Avevo conosciuto Laura su un aereo di linea in volo verso Fiumicino, di ritorno da Praga, dove un mercante d'arte mi aveva lautamente compensato per un *book* di "vedute artistiche" della città; a conti fatti, niente più che cartoline virtuali firmate, esercizi di stile su commissione. Casualità volle che la prenotazione *on line* le avesse destinato il posto accanto al mio. Ci piacemmo subito, sino al punto di concludere la nostra lunga, amena conversazione sul letto di casa sua. Un idillio breve ma spensierato e, a tratti, persino languido. Di lei conservavo fotogrammi sparsi, studi fotografici purtroppo rimasti allo stato larvale, senza successivi sviluppi.

Nella settimana che precedette la telefonata c'eravamo rivisti, per bizzarria del caso, dopo anni di reciproco silenzio, alla libreria MEL di via Nazionale a Roma, dove bighellonavo alla ricerca di un libro sulle modalità macro di alcune macchine digitali.

Mi intrattenne sulla sua recente attività di estetista in un Solarium, dove si praticavano, oltre ai bagni, lo *shiatzu* e altre terapie miranti al riequilibrio dell'organismo. Non mi era sembrata granché entusiasta della sua nuova occupazione; come pure del matrimonio con un aitante giovanotto, "rimorchiato" tra i clienti del locale.

Trentacinque anni, bella, spigliata, niente affatto spaurita dall'incedere del tempo, capelli castani chiarissimi, occhi immersi in profondità lunari, Laura era alta e snella, anche troppo, per i miei gusti. Il portamento eretto, il profilo tagliente che esaltava le linee convesse della fronte, le gote rosa che ardevano sul nasino all'insù, da discolo impenitente, tutto di lei colpiva il mio senso estetico. Aveva gambe lunghe, diritte e agili che la facevano sembrare una fiera pronta a gettarsi sulla preda.

Seduto sulla scalinata di Trinità dei Monti, l'attendevo disperando della puntualità che mai era stata il suo forte. Tentai una prima volta di telefonare a Carosi, ma senza esito. Ero dimidiato tra il desiderio e il timore di un confronto con lui, per fare luce sul mistero della foto.

Finalmente, Laura comparve ancheggiando lungo Via Sistina, i fianchi fasciati dal vestito cremisi a larghe falde svolazzante sulle ginocchia; non sembrava esattamente a suo agio sui tacchi alti e incespicava di continuo sull'asfalto in rifacimento. La speranza ti viene spesso a conforto, anche laddove le circostanze parrebbero avverse; e così pure la mia sorridente amichetta che mi ammaliò con il riflesso di una dentatura pressoché perfetta. Come un "regionale" stracolmo di pendolari inferociti, portava incurante il consueto ritardo, in genere quantificabile sui venti, trenta minuti: nulla era cambiato, dunque.

«Perdono, perdono» esordì civettuola, sfiorandomi le labbra con un bacio, tanto per saggiare la mia disponibilità «Ho fatto un po' tardi al Solario. Guarda, ho a che fare con certi soggetti!».

La voce, nasale, si arrampicava sopra a un graffiato, molto sensuale.

«Che ne è di tuo marito?» domandai, per mera formalità.

«Non so, a cena con certi amici, mi pare. E tu, bel fotografo, dov'è che mi porti, stasera?».

Le gambe sotto al tavolo di un ristorante messicano, in via dei Gracchi, tra effluvi di spezie aromatiche, guacamole, chili con carne e piccantissimi fagioli neri, ascoltai il divertito resoconto delle sue strabilianti avventure, trascinato sin nell'intimo di delicate situazioni personali.

La narrazione autobiografica, infarcita di commenti salaci e ironiche frecciate, era certo meno interessante del modo in cui la raccontava. Sebbene la *consecutio* le facesse difetto, aveva nella *dispositio* e nella *inventio* le sue armi migliori, affinate da un gusto tutto suo per l'aneddotica e da una gestualità che mi eccitava. Alcuni bicchieri di Ceres doppio malto e generose vampate di tequila boom-boom fecero il resto.

La nostra serata ebbe termine sotto fresche lenzuola, nel lettone dell'appartamento di via Scott. A Laura riuscì persino di destinare smielate tenerezze all'apprensivo consorte che l'aveva raggiunta al cellulare, proprio mentre io me la godevo da tergo.

Scivolai stremato e ancora alticcio tra le braccia di Morfeo, svegliandomi di soprassalto, a notte inoltrata, per constatare la fuga anticipata della mia partner, verosimilmente preoccupata di non destare sul coniuge più che giustificati sospetti.

Mi sembrava di avere percepito, tra i furori dell'amplesso, un qualche tintinnio elettronico. In effetti, sul display del gingillo telefonico compariva un avviso di chiamata persa e un numero che avevo appena rubricato. L'ora tarda mi impediva di restituire il favore a Umberto Carosi: giocavamo a rimpiattino, in un reciproco inseguimento senza fortuna. La testa gonfia di residuo alcolico e paranoie, i battiti alterati a causa del brusco risveglio, avevo perduto il sonno; girovagai un poco per casa, l'asse di gravità barcollante, lo stomaco messo a dura prova da una sensazione crescente di rigetto.

Ingollai una dose di caffè tale da stendere un iperteso; per azzerare l'alto coefficiente di adrenalina mi misi addosso una camicia, una giacca, un paio di jeans e, a bordo della mia "Audi", mi trascinai a velocità sostenuta nell'imbuto di un'umidissima notte romana.

Non mi domandai neppure dove stessi andando e a far cosa; sfrecciavo, incosciente della direzione da prendere, lungo strade semideserte, angoli di marciapiede macchiati da rivoli giallognoli di luce. Finii per approdare sulla china di un pertugio ombroso, un piccolo promontorio, cinto da un ordinato rettangolo di verde, sulla distesa di palazzi e cemento che fiancheggia Viale Jonio.

Sostai in un parcheggio di emergenza, all'ombra di una quercia cadente, miracolosamente ancorata a spesse radici secolari che ramificavano largamente sull'asfalto, increspandolo di grosse venature. Dalla collinetta, dove avevo lasciato l'automobile, mi incamminai verso una piazzetta circolare illuminata dai riflessi vividi di due imponenti lampioni. Sul lato sinistro dello slargo poggiava la facciata diafana di un palazzone di primo novecento, dall'intonaco lievemente scrostato.

Conoscevo l'indirizzo di Umberto Carosi ma c'ero arrivato guidato dal caso, senza reale intenzionalità; ne fui stupefatto, inquietato. Guardai in alto, lungo la verticale di finestre immerse nel buio. Mi sentivo confuso, incapace di prendere una qualsiasi decisione, ancora spossato dai postumi della sbornia. Se la mente non vacillava, le gambe si trascinavano molli e l'umidità mi aggrumava la pelle. Ero tentato di premere il pulsante del citofono e mandare al diavolo le buone maniere: ma, in ultimo, non osavo, malgrado le dita fremessero dalla voglia.

Mi guardai intorno, l'animo agitato. Cominciavo a sentirmi fuori luogo, lontano da casa, in quella piazza vuota, deserta, dove solo risuonava l'eco dei miei passi incerti. Sebbene nell'intero circondario non si scorgesse anima viva, cresceva in me la sensazione di essere osservato. Era una sensazione intensa, fredda come una lama che ti accarezza la pelle. Me la sentivo *fisicamente* addosso e cominciai a far correre lo sguardo in lungo e in largo, come il periscopio di un sommergibile che scruta la superficie fino a individuare il bersaglio.

Di fronte alla palazzina dove risiedeva Carosi c'era un raccolto angolo non edificabile, adibito a giardino pubblico; pochi metri quadrati di praticello all'inglese, un po' trascurati, intorno a un vialetto in terra battuta e ghiaia. Al centro del vialetto era stata impiantata una piccola giostra con cavallucci marini; due sole panchine di legno un po' scheggiato, disposte l'una di fronte all'altra, si offrivano a conforto dei visitatori.

Il piccolo parco non era sufficientemente illuminato e il tenue rigurgito dei lampioni dalla strada adiacente ne sfiorava appena il margine. Tuttavia, sarebbe stato impossibile non accorgersi dell'esile figura di donna accovacciata sopra una delle due arrangiate panchine. Mi chiesi come avessi fatto a non notarla in precedenza, dal momento che, per raggiungere l'abitazione del collega di Giulia, dovevo esserle passato accanto; però, poteva darsi che fosse arrivata dopo di me e si fosse rifugiata nel parco, sorpresa, incuriosita o allarmata dalla mia presenza. Dal canto mio, provavo stupore nel vedere una giovane donna sola, seduta sopra la panchina di un giardinetto pubblico male illuminato, a notte inoltrata.

Sulle prime, finsi indifferenza e presi a ciondolarmi, le mani in tasca, lo sguardo in aria. Lentamente, misurando ogni passo, cominciai ad avvicinarmi al piccolo parco. Mi spinsi avanti, sino a che le suole delle scarpe, a contatto col fondo ghiaioso del giardino, non emisero un sordo scricchiolio che spezzò, risuonando come se tuonasse, l'estasi di quel silenzio irreale. Mi bloccai di colpo, preoccupato di dissipare la composta quiete del circondario e spaventare così la sua solitaria frequentatrice.

Fermo, di fronte alla giostra disabitata, mi guardavo intorno, dando qualche occhiata all'orologio, come se aspettassi qualcuno. Malgrado le fossi oramai a una decina di metri di distanza, la donna non muoveva un muscolo, né mostrava apprensione per la mia presenza che certo non poteva più ignorare.

Ancora un passo e la penombra si dissolse nel riflesso congiunto della luna e dei lampioni. Alzai deciso lo sguardo che incontrò per un attimo il suo. Fu allora che la vidi bene e ne rimasi immediatamente turbato.

Si trattava, verosimilmente, di una ragazza di età non superiore ai diciotto, vent'anni; eppure *qualcosa* – che non avrei saputo spiegare – nello sguardo, nei lineamenti gentili, delicati del volto, nel corpo snello e, a tratti, ancora acerbo, la faceva sembrare *senza età*. Sotto agli occhi scuri e profondi, la pelle mostrava segni di precoce invecchiamento, raggrinzita in minute, visibili piaghe simili a dolorose afflizioni cutanee. Il volto era eccessivamente diafano, uno smorto pallore ne estenuava i lineamenti. Lo sguardo, duro e impenetrabile, lasciava trasparire un grido malinconico e sommesso, come di chi custodisca un terribile segreto. La delicata tessitura dei capelli, neri e lisci si dipanava in morbidi riccioli sulle gracili spalle.

Tutto di lei mi impressionava, intrigandomi, compresa la mise eccentrica, audacemente démodé, con quella flanella di un azzurro stinto, abbagliata dai lampi argentati di una trapunta di stelle, prepotentemente rigonfia sulle spalle; e la mini grigia, anch'essa fuori tempo, sulle lunghe gambe fasciate nella seta del collant che terminava nella stretta alta, inelegante di un paio di scarpette da tennis bianche e rosse.

La statica, assorta fissità del suo sguardo che restava incollato al mio senza nessuna paura o inibizione, cominciò a inquietarmi. Istintivamente mi ritrassi e non trovai di meglio che guardarmi la punta delle scarpe. Sbirciai ancora verso di lei, ancora ritirai lo sguardo. Cominciavo a rendermi conto di ciò che realmente della giovane donna mi turbava: quegli occhi severi, velati di indicibile amarezza, non guardavano me, ma mi trapassavano per cogliere, attraverso me, uno spazio ignoto, che *solo essi sapevano*. E, per un istante, parve anche a me di vederlo quel luogo sconosciuto, come la summa di tutto ciò che i miei occhi avevano sempre *sognato* di vedere. Per un attimo, fu come se ci conoscessimo, se ci fossimo *già incontrati* da qualche parte.

Ora che le ero così vicino, i miei sentimenti contrastavano palesemente. Fremevo dalla voglia di parlarle e di sentirla parlare; al contempo ero scosso, spaventato, pervaso da un irrefrenabile desiderio di fuga. Lei restava immobile, gli occhi che affondavano nel vuoto, le gambe serrate sulle caviglie che quasi si congiungevano. Il volto rigido, sembrava scolpito nella pietra. Mi emozionava il suo sguardo insieme candido e infernale, ingenuo e vissuto: una donna bambina, che mi incantava, raggelandomi. Il suo tormento apparente era diventato il mio, in una osmosi che mi seduceva e sconvolgeva; dubitavo di essere sveglio e presto scivolai in una vertigine panica non dissimile da quella provata in casa di Giulia.

Una voce imperiosa risuonò nel silenzio stagnante. Trasalii e mi voltai di scatto, le pupille di colpo sgranate. Sul marciapiede all'altro lato della piazza, un signore sulla sessantina, in divisa da metronotte, le terga ben piantate sul sellino di una bicicletta, mi scrutava con severità, le ciglia cispose aggrottate, lo sguardo autoritario.

«Ehi, lei! Sì, dico a lei, signore: qualche problema?».

Farfugliai una risposta convenzionale, ero stato colto di sorpresa e mi sentivo ancora la testa in disordine.

«Buonasera. Scusi tanto ma passavo di qua e mi era parso che la signorina – e, indicai con il pollice a retro, l'esile figura assisa esattamente alle mie spalle – potesse aver bisogno di aiuto».

L'uomo allungò lo sguardo verso la panchina, poi tornò a fissarmi intensamente, a lungo.

«Ah, capisco» assentì, scendendo dalla bici; quindi, con tono pacato ma secco, aggiunse: «Dica un po': alzato il gomito, eh?».

Nel suo volto lessi sarcasmo e biasimo e ne fui infastidito. Spingendo a mano la bici, si portò all'ingresso del parco. Io tornai sui miei passi per avvicinarlo; temevo non sarebbe stato facile giustificare il mio interesse per la ragazza, deprivato di malizia.

«Ascolti, non penserà che io... Non vorrei che avesse frainteso».

Tagliò corto, alzando bruscamente il tiro.

«No, ascolti lei, piuttosto. È stata una giornata dura, oggi, me ne voglio tornare a casa, tranquillo, senza sprecare tempo con perdigiorno alticci che fanno pure gli spiritosi».

Cominciavo francamente a irritarmi e alzai i toni, nel ribattere all'ingiuria.

«Ma come si permette? Chieda piuttosto alla signorina...» e mi voltai, indicando con fervore la panchina dietro di me. Restai allibito, nel vederla desolatamente *vuota*. Cercai subito con lo sguardo tutto intorno, alla rinfusa, nella certezza che la donna non potesse essersi allontanata di molto, nel breve interludio di quella concitata interlocuzione. Ma, ovunque guardassi, non vedevo che strade deserte e luci spente: della ragazza, neppure l'ombra. Eppure era là, di fronte a me, solo un attimo prima! E, per quanto agile, non avrebbe potuto dileguarsi con tale rapidità, senza un fruscio: il metronotte e io ce ne saremmo di sicuro accorti.

«Ma... Come può essere? L'ha vista anche lei, no?».

Il tizio continuava a tenere gli occhi puntati su di me, mentre la bocca gli si contorceva in un'espressione di deploro.

«Chi?» si limitò a bisbigliare, squadrandomi in un misto di pena e disappunto.

«Ma la ragazza, no!» esclamai, furente per la frustrazione e il disappunto «Quella che stava seduta sulla panchina, qua dietro; non può non averla veduta!».

Si stava indispettendo e non fece nulla per nasconderlo.

«Amico mio, non c'era *nessuna* ragazza su quella panchina: non c'è nessuno in quel parco, nessuno nei paraggi, *tranne* lei e me. Senta, è un po' che la osservo: prima guardava fisso le finestre della palazzina qui di fronte, poi si è messo a gironzolare nel giardinetto, finché ha scoperto la panchina ed è rimasto a guardarla, incantato. Mi dica un po' io che dovrei pensare!».

«Ma le assicuro che quella donna era là, seduta davanti a me» gridai, adontato. Il sangue mi ribolliva dentro e avevo la fronte madida di sudore.

«E non alzi la voce, o rischiamo di svegliare tutto il quartiere!».

Credo fosse sul punto di prendere decisioni insane sul mio conto ma la pietà ebbe in lui il sopravvento sulla rabbia e il senso del dovere.

«Le ripeto che sono stanco, molto stanco. Quindi, se continua su questo tono, chiamo la polizia e la faccio portare al commissariato di zona, per ubriachezza molesta e turbativa della quiete pubblica».

Mi fermai in tempo per evitare conseguenze spiacevoli. Non mi sorrideva l'idea di trascorrere il resto della nottata in guardina. Capivo, pur nella sgradevolezza delle circostanze avverse, che il metronotte aveva le sue buone ragioni per procedere contro di me. Sospirai, scrollando la testa.

«In ogni caso, le consiglio di approfittare della mia generosità e tornarsene di corsa a casa. Ce l'avrà una casa, no?».

A sostegno della mia buona fede e onesta condotta gli allungai il documento di riconoscimento, senza che mi fosse stato richiesto; diede una sbirciatina veloce alla carta, prima di restituirmela.

«Va bene, va bene. Ora, segua il mio consiglio e si tolga di torno alla svelta, prima che ci ripensi. E cerchi di non esagerare con l'alcool, se non vuole avere noie».

Attese pazientemente che mi fossi allontanato verso la collinetta, dove avevo parcheggiato la mia auto. Giunto sul posto, mi voltai e lo vidi dileguarsi rapido, in sella alla sua due ruote. Presi posto alla guida e, a motore e luci spente, dirottai la vettura lungo il breve pendio per accostare all'altezza del giardinetto. Discesi cautamente, guardandomi intorno; poi, con decisione, entrai nel parco e lo attraversai, in lungo e in largo, in ogni dove esplorando alla ricerca di una traccia, pur minima, che mi consentisse di risalire alla donna della panchina. Ogni sforzo, come immaginavo, si rivelò inutile.

Mi inoltrai anche in un giro d'orizzonte nei dintorni, nella remota speranza di riuscire a incrociare la ragazza. Dopo una buona mezzora, desistetti.

Cosa mi stava succedendo? Temetti di aver perduto la cognizione del tempo e dello spazio. Pensai di essere vittima di allucinazioni, prefiguranti una terribile malattia. Di contro, sentivo di essere in me, perfettamente vigile; quel che mi andava capitando doveva avere una spiegazione razionale e a me non rimaneva che trovarla. Mentre riflettevo, mi accorsi di essere tornato al punto di partenza, sotto le finestre dello stravagante chimico; in fondo, era per colpa sua se mi ritrovavo vittima di circostanze a dir poco singolari. Forse, la soluzione dell'enigma poteva offrirmela lui.

D'istinto, levai lo sguardo verso l'alto. Una luce timida filtrava ora da dietro le imposte di una finestra all'ultimo piano e mi parve di distinguere una sagoma nera che scostava appena le tendine per poi, repentinamente, ritrarsi. Ma, ormai, non potevo più essere sicuro di nulla. Forse era tutto un sogno, un abbaglio a occhi aperti.

Mi buttai di peso sul sedile dell'Audi, poggiai il corpo sfibrato sullo schienale e accesi una sigaretta. Tirai un paio di boccate, seguii con lo sguardo i cerchi di fumo che svaporavano fuori dal finestrino, per dissolversi nell'umidità. Chiusi gli occhi. Sì, magari era solo un sogno ma capivo che uscirne doveva essere terribilmente complicato.

Cinque

«... Detto questo, stimerei utile, in anticipo sulle ipotesi che qui è pur necessario avanzare circa le reali prospettive e possibilità delle macchine digitali, e tenendo ben presente, nelle tecniche attuali di riproduzione fotografica l'evidente ritorno a una dimensione più strettamente *pittorica*; stimerei utile, dicevo, soffermarci sulle diverse modalità d'appercezione che regolano il nostro rapporto con quella che chiamano *realtà*».

Un potente colpo di gomito – seppur vibrato con superba discrezione – evitò che la mia testa reclinasse di quel tanto bastevole a turbare i sonni del vicino di sedia.

Luca Aldebrandi mi osservava con occhio scaltro, nello sguardo dissimulando la ferma riprovazione del militante. Non che la relazione di Dino Piccoli, Chiarissimo Professore del DAMS di Torino, ne stesse, in alcun modo, smentendo la fama; ma la notte antecedente il nostro arrivo nel capoluogo piemontese era schiumata tra spasmodici sussulti, arresi all'incubo, in una veglia pressoché perpetua: sicché chiedere alla mia mente una tenuta intellettiva degna dell'oratore, sarebbe stata follia. Nemmeno un paio di caffè, l'uno su l'altro ingurgitati, mi erano stati di grande aiuto.

Durante il viaggio sulla confortevole vettura dell'amico Aldebrandi, avevo provato a recuperare un po' del sonno perduto durante quell'incredibile notte. Continuavo a chiedermi se si fosse verificata una scollatura tra la realtà delle cose e ciò che i miei occhi avevo visto – o creduto di vedere.

Una volta rincasato, avevo trascorso le poche ore che ancora mi separavano dal giorno in angosciato dormiveglia. Quando Luca si era presentato al mattino, puntuale come un orologio, sotto al portone di casa, mi reggevo a stento sulle gambe; in macchina non avevo spiccicato parola, rannicchiato in posizione fetale sul sedile anteriore, accanto al suo. Eravamo approdati in città intorno all'ora di punta, dalla A4 imboccando una delle due tangenziali che la cingono a semicerchio. Percorsa per un buon tratto via D'Azeglio, ci eravamo diretti verso Corso Vittorio Emanuele, per dirottare poi su Via Roma, dove era situato l'albergo prenotato da Aldebrandi per il nostro breve soggiorno torinese. L'Hotel, ottimamente posizionato, disponeva di alloggiamenti molto confortevoli. Dalla mia camera la vista spaziava sui tetti bruni ed eleganti della città, attraverso una seducente prospettiva che arrivava a scorgere, sul lungo passo di Via Cavour, il costone laterale del Museo di Scienze Naturali.

L'ultima mia visita risaliva al 2004, anno di una non dimenticata rassegna pittorica, al Valentino, dedicata agli "impressionisti e la neve". Torino non mi parve cambiata da allora, con la metafisica dei luoghi a raccogliere dell'esistenza i paradossi, gli aspetti perturbanti. Nietzsche vi aveva incontrato la follia; De Chirico, nella geometria perfetta delle piazze, la nostalgia dell'infinito.

Luca ed io ci eravamo da subito inoltrati nei sinuosi percorsi a cavallo tra il centro storico e più periferiche traverse, a ridosso dei quartieri operai. Dalla stretta dei vicoli, ottusi da angoli di muro antico dove la luce batteva obliqua, fino al lampo improvviso e sconfinato delle piazze monumentali, ci accompagnavano teorie di portici in un succedersi di filosofie e architetture, di antropologie diverse e mutanti, nello scintillio delle boutique di moda, o nell'accomodato austero di antichi negozi dalle vetrine sobriamente esposte. Dall'alto sembravano scrutarci gli alti palazzi di mattonato scuro, anonime strutture grigie e storiche committenze dei reali, tra sette e ottocento; sino alla Piazza San Carlo, voluta dal Castellamonte, dove avevamo deciso di fare sosta, tra i tavolini rotondi di uno dei tanti Caffè.

Il giovane accademico aveva colto, nel mio sguardo, segni di sofferenza: nulla, però, dei recenti trascorsi avevo avuto cuore di confessargli, se non l'apatia dovuta ai postumi di una notte "inspiegabilmente insonne."

La conferenza del Professor Piccoli si sarebbe tenuta nel secondo pomeriggio presso la Sala delle Riunioni, nei locali di una dependance del DAMS, a una spanna da Piazza del Comitato di Liberazione Nazionale. L'edificio, adornato da graffiti in gotico latino, mostrava l'arredo di stanze enormi dai soffitti imponenti. Un lungo corridoio, lastricato in marmo, con le ampie finestre che affacciavano su Via Alfieri, conduceva alla saletta "Bobbio", riservata agli eventi cultuali; le pareti erano tappezzate, per l'occasione, di testimonianze fotografiche d'autore. Dall'ingresso, a volta acuta, si dipartivano due fila di poltrone, alternate a corridoi che avrebbero consentito al pubblico di affluire in sala e prendere posto.

Pregai Luca di restarcene un po' defilati, proposta ch'egli accolse malvolentieri. E, nel vedermi ripetutamente cadere in sonnolenti agonie, durante la colta esposizione del dotto collega, il suo disappunto crebbe notevolmente.

«Accade che il digitale, per le particolari qualità del sensore incorporato alle macchine, in grado di catturare *tutte le particolarità dell'immagine* inquadrata dall'obiettivo, ponga il problema di un riavvicinamento delle tecniche riproduttive della nuova fotografia a quelle della pittura».

La palpebra cominciava a cedere. Avevo assoluto bisogno di prendermi una pausa. Mi alzai, scusandomi, con l'alibi di una non rimandabile necessità fisiologica. Mi trascinai alla toilette, chinai la testa sul lavabo e lasciai che un poderoso getto d'acqua sul viso ottenesse l'effetto che auspicavo.

Nello specchio sopra al lavandino la mia faccia riflessa ostentava segnali di abbrutimento. Poco mancò che mi abbandonassi al sonno: un rumore di passi che si avvicinavano mi tenne sveglio. La porta si spalancò e mi trovai faccia a faccia con l'ultima persona al mondo che mi sarei augurato di vedere.

Roberto Miceli, il *freelance* la cui comparsa all' "Age D'Or" tanto aveva impressionato Filippo Boschi, mosse le labbra in una smorfia eloquente, anche lui stupefatto dall'epifania.

«Ah, il famoso fotografo! Ma, la prego, non stia così sulla difensiva: non la mangio mica!».

Non risposi e mi limitai a voltargli le spalle: dallo specchio continuavo a tenerlo d'occhio.

«Capisco» disse, facendosi improvvisamente serio «E non la biasimo».

Raggiunto il lavabo accanto al mio, trasse dalle tasche un tubetto di burro di cacao con il quale si umettò le labbra.

«Si screpolano di continuo» ci tenne a precisare, enfaticamente «Una vera iattura!».

«Non ne dubito» mi limitai a commentare, mentre tentavo di guadagnare l'uscita.

Il suono stridulo della sua voce mi raggiunse.

«Aspetti!».

Bloccato sull'uscio, mi volsi lentamente. Mi fissava, sfregandosi il mento con le dita.

«Così, lei è amico di quel tale Filippo Boschi».

«A lei importa qualcosa?».

Atteggiò il grugno in un'espressione interrogativa.

«Come dice?».

Mi lanciava occhiate ambigue, indefinibili.

«Dicevo, se a lei importa qualcosa della mia amicizia con Filippo».

«Ah, sì, certo! Dunque, non era per parlare di fotografia che vi eravate dati appuntamento al Caffè di Piazza di Pietra, l'altro giorno».

Mi fulminò del sorriso scaltro di chi pensa di saperla lunga. Stavo per replicare a tono, ma mi frenò una strana forma di pudore. L'uomo tornò a specchiarsi, con indubbio godimento.

«Bene» sospirai «Se non ha altri commenti da fare, io tornerei in sala».

Si volse come un lampo, digrignando i denti, tra l'acido e il sarcastico. Proprio non gli riusciva di usare le buone maniere.

«Quanta ipocrisia, Varelli! E io che pensavo che voi artisti foste più disinvolti. Ma se lo sanno anche i muri che quel finocchio di Boschi è sempre a caccia di clienti!».

In prima battuta fui tentato di calpestarlo: ero fisicamente assai più attrezzato e non mi sarebbe costato alcuno sforzo dargli ciò che meritava. Però detesto la violenza perché, in fondo, è sempre una crudele espressione di impotenza. Respinsi anche la voglia di coprirlo d'insulti, che lo avrebbero onorato di una qualche attenzione. Gli voltai le spalle, con l'intenzione di lasciarlo lì, a ruminare altre idiozie.

«Eh, no, caro il mio Varelli!» protestò, incalzandomi «Si da il caso che il succitato femminiello abbia contratto con me un debito».

«Miceli, io che c'entro in tutto questo?».

«Me lo dica lei, Varelli. Non mi è chiaro se, nel vostro caso, si tratti di meretricio o di più nobili sentimenti».

Alzò le braccia con platele gestualità.

«Non escludo che il piccolo Boschi abbia preso una vera sbandata. Non si preoccupi, non starò certo a farle scenate di gelosia. Ma, vede, gli affari sono affari».

Non sapevo cosa obiettare, la situazione si stava trascinando nel ridicolo; a quel delirio, non mi riusciva di opporre resistenza.

«Senta, facciamo così: dal momento che tra lei e il nostro Filippo intercorre una certa intimità, la pregherei di farsi latore di un messaggio da parte mia, molto confidenziale».

Lo stavo ad ascoltare esterrefatto, incapace di controbattergli alcunché di sensato.

«Il nostro amichetto ha la pessima abitudine di sottrarsi ai suoi doveri, agli impegni presi con troppa leggerezza. La sua faccia tosta, mi creda, è almeno pari alla sua villania. Gli dica di rendersi reperibile quanto prima e onorare il contratto che lo lega a quelle persone molto influenti, alle quali ha mancato di rispetto, mettendo anche me in grosso imbarazzo».

Capii di essermi cacciato in un guado pericoloso. Non bastavano l'istintiva simpatia che provavo per Filippo e la ripugna dei modi volgari di Miceli a fare di me un giudice imparziale o uno spettatore indifferente, che potesse con serenità volgere le spalle al proscenio.

Il giornalista mi batté una mano sulla spalla e si defilò. Rimasi qualche secondo impalato, come sotto narcosi. La buona educazione, se non altro, mi esortava a far ritorno in sala: dove notai che Miceli si era accomodato, nella quarta fila di destra, al fianco di una specie di matrona, dal seno grosso e il collo ingioiellato. Piccoli portò a conclusione il suo sapiente intervento, tra gli scroscianti applausi della numerosa platea convenuta: al che Luca mi rifilò una stoccata velenosa.

«Bene, amico mio, vedrò di procurarti un *abstract*, tanto per non farti sfigurare se mai qualcuno dovesse chiederti un parere sulla lezione di Piccoli».

Abbozzai, cercando di mascherare tutto il mio imbarazzo. Abbandonammo la sala e sostammo un poco nel corridoio, in attesa che l'accademico presenziasse alle interviste e ai ringraziamenti di rito. Sentivo il bisogno di fumare ma non volevo dileguarmi un'altra volta, Aldebrandi non me lo avrebbe perdonato; così, mentre il mio dotto amico dava una sagace sbirciatina alle foto, io ingannavo il tempo disperdendo lo sguardo nella *hall*, frugando tra i volti dei presenti che sfollavano lentamente, qua e là attardandosi in chiacchiere e convenevoli. Lasciai che la mente inseguisse fantasticherie fuori registro, sino a quando non vidi profilarsi le sagome dei due Professori.

Dino Piccoli, come pure il suo sodale d'Accademia, godeva fama di ragazzo prodigio. Una carriera, la sua, cominciata in giovanissima età e culminata in riconoscimenti e attestati di chiara fama che varcavano i confini nazionali. Alle soglie dei cinquanta, il *magister* piemontese godeva di eccellenti uffici in Europa e oltre Oceano; di recente aveva tenuto una serie di seminari nell'Università di Boston, cui la stampa americana aveva dato grande risalto. I suoi tratti somatici contrastavano nettamente quelli di Aldebrandi. Piccoli era piuttosto basso e tozzo di corporatura; i lineamenti del viso, sul quale spiccavano il naso camuso e la carnagione bruna, rimandavano origini contadine. Al suo italiano impeccabile, ricercato, s'accompagnava *naturaliter* la calata piemontese. Si diceva che andasse molto fiero dei suoi baffetti neri e dell'invidiabile chioma riccioluta.

I due studiosi si fecero largo nel corridoio, dove ancora la calca non si era dispersa del tutto, tampinati da uno sparuto drappello di ritardatari che si sbracciavano per rivolgere altri quesiti al relatore. Mi accorsi che, accanto a questi avanzava, rigido nello sguardo come nella postura, un uomo di considerevole statura, le spalline graduate nella perfetta uniforme militare che a stento lo conteneva. Quel volto severo, così compreso nella solennità della divisa, mi si rivelava familiare. Tanto che prima ancora che Aldebrandi muovesse alle presentazioni, i miei occhi e quelli del milite s'illuminarono di incredula, gioiosa stupefazione.

Alessio Zurlan mi parve identico, nonostante gli anni trascorsi, all'ultima volta che ci eravamo salutati. E di tempo ne era passato da quando, compagni di scuola, avevamo stretto un'amicizia che pareva indelebile e che, nell'abbraccio che subito ci legò, confermammo neppure un poco scalfita.

I due studiosi ci guardavano stupiti, mentre ci scambiavamo affettuose battute come ci fossimo visti il giorno precedente. Zurlan se ne accorse e si affrettò a spiegare l'arcano.

«Signori, voi non potete immaginare il regalo che mi avete fatto; non solo per l'invito alla conferenza ma per l'insperata fortuna di ritrovare quello che ho sempre considerato, sebbene da secoli non avessimo notizia l'uno dell'altro, il mio amico più prezioso».

Tornammo ad abbracciarci, sinceramente commossi. Alessio Zurlan, buono e intelligente, pacato e risoluto, sempre determinato e responsabile nelle scelte. Avevo sempre invidiato il suo equilibrio, la ferma disposizione dell'animo: e odiato quel destino che, troppo spesso, gli aveva voltato le spalle, non concedendogli tutte le soddisfazioni che avrebbe meritato. Malgrado così distanti nel carattere e nella mentalità, ci univano reciproca stima e fraterna solidarietà.

«Mio Dio, Alessio!» esclamai, stringendo forte la sua mano «È una vita che non ci vediamo! Sinceramente, non ci speravo neanche più».

Frugò nella memoria, per dare plausibilità alla risposta.

«Esattamente dalla seconda metà degli ottanta, da quando optai definitivamente per l'Esercito. Tu eri contrario, Loris, rammenti?».

«Non era per contrarietà, Alessio: sai bene quanto fossi allergico alle divise».

La mascella vigorosa s'allargò in un sorriso aperto, sincero.

«Già, tu preferivi allora l'impegno politico. E, naturalmente, c'era la fotografia».

Ci rendemmo conto di avere completamente isolato i nostri magnifici ospiti e tentammo subito di riparare. Luca caldeggiò una repentina uscita dal Palazzo, denunciando veementi languori intestinali, insospettabili per uno che solitamente nutriva assai più lo spirito che il corpo.

Di buona lena procedemmo dunque, su suggerimento del Piccoli, alla volta di una antica trattoria, le cui insegne spiccavano al margine di uno stretto vicolo tra via Accademia delle Scienze e la Piazza dedicata a Carlo Alberto, proprio all'altezza dell'angolo in cui la statua equestre del re sembra strizzare l'occhio alla facciata ottocentesca di Palazzo Carignano. L'accoglienza dei proprietari del locale fu sobriamente festosa. Conoscevano assai bene Piccoli, che era un cliente affezionato.

Il ristorante era disposto su due livelli: al piano terreno, superato l'ingresso, s'apriva una saletta dov'erano allocati una decina di tavoli con lumi a parete che, incastonati dentro spesse coppe di cristallo, emanavano una luce soffusa, assai gradevole. Al piano superiore – per il quale concordemente optammo – si accedeva attraverso una larga scalinata di marmo lucido. Là sopra, lo spazio era diviso tra due sezioni, due stanze contigue, una di un gradino più bassa rispetto all'altra e disimpegnate da un separé. Ci accomodammo a un tavolo del ripiano più alto, esattamente al confine tra le due zone.

La cena rispettò pienamente le attese, per la felicità dei nostri palati. Furono serviti agnolotti, penne alla "Macugnaga", *bourguignonne* di pesce e dolci della casa, innaffiati da un superbo "rosso". Superfluo annotare che la predisposizione oratoria dei professori ebbe facilmente la meglio sulle deboli ragioni degli altri due commensali.

Di tanto in tanto osservavo Alessio, il colonnello Zurlan, che sedeva compostamente a tavola. Dentro di me sorridevo al pensiero che la scelta di vita del mio amico fosse così consequenziale ai modi e al temperamento.

Lo rivedevo bambino, nell'Istituto paritario dove i nostri genitori vollero far iniziare la nostra scolarizzazione. Lo conobbi allora e credo fu la sola persona che notai, nel mare di cartelle, suore laiche, madri angosciate e bimbi singhiozzanti al primo giorno di scuola. Con indosso grembiulini neri e fiocchi azzurri, ci assegnarono alle classi. Alessio se ne stava in disparte, lo sguardo colmo di apprensione, senza però che la tristezza sfogasse in lacrime, come negli altri. Ne ricordo l'altezza, già sensibile data l'età, che gli procurò da subito invidie e ironici lazzi da più smaliziati compagni.

Finimmo nello stesso banco e faceva una certa impressione vederci, nell'ultima fila, svettare in lunghezza – io stesso alquanto prematuro nelle misure – rispetto al resto della scolaresca; e mi toccò difenderlo, malgrado di lui più minuto, dalle angherie beffarde di cui veniva fatto oggetto.

Fu l'inizio di un lungo sodalizio che si interruppe fatalmente, quando le nostre esistenze virarono in direzioni opposte e antitetiche.

Ed ecco che ora il destino ci metteva nuovamente l'uno accanto all'altro, nella più insolita delle circostanze. Lui, un alto ufficiale dell'Esercito Italiano; io, un fotografo un po' paranoico, invaso da improvvisa popolarità. I nostri commensali parlavano ma ero certo che anche lui, come me, inseguiva altri pensieri.

«Insomma», stava dicendo Aldebrandi, «è importante che si faccia questo incontro entro ottobre. Ho già parlato con Canuto, mi ha detto che contatterà Nonino e la Cumani. Non sarebbe male coinvolgere anche te, Loris. Potrebbe nascere un colorito dibattito, per esempio sul superamento dell'identità indicale. Tu, Dino, che ne pensi?».

Tra un boccone e l'altro, Piccoli annuiva e intanto faceva correre vino rosso in abbondanza nei nostri calici.

«Sì, sì, sono d'accordo. Personalmente, sto preparando un tracciato ideale che vada da Man Ray a Ruff, per ripartire dalla *bassa definizione*».

Capitava spesso che la conversazione, in mia presenza, si obbligasse alle specificità del fotografare o, almeno, si aggirasse da quei paraggi. Mi ci ero abituato, anche se avrei preferito evitare. Cosicché, di punto in bianco, mi rivolsi al mio vecchio compagno di banco:

«Alessio, hai più avuto notizie di Balesani?».

L'inattesa domanda lo colse alla sprovvista. Si riebbe da un primo smarrimento e si concentrò sulla risposta.

«Ah, sì, Balesani! Pensavo proprio a lui, poco tempo fa. L'ultima volta che mi è capitato di vederlo... Beh, saranno passati più di dieci anni. Mi ha detto che si era risposato con una di Lignano e che avevano avuto un figlio. Era uno che ci sapeva fare con le donne, lui! Un po' come te, Loris».

Mi schermii, scuotendo vigorosamente la testa.

«La differenza sostanziale è che lui continua a sposarsi: io, invece, pare che sia immune dal contagio».

Notai che i due studiosi, per nulla coinvolti, tergiversavano in auliche confessioni.

«E tu, Alessio? Dimmi di te, ché sono molto curioso».

Si passò, con discrezione, il tovagliolo ricamato sulla bocca e bevve ancora un sorso di vino.

«Se alludi all'argomento di poco fa, non ho molto da dire».

«Ma no! Quelli sono fatti tuoi, non è necessario».

Volle interrompermi: nella voce avvertivo qualcosa di grave, di preoccupato.

«Invece io te ne voglio parlare. Ti ricordi di Evy?».

«Certo. Non era quella moretta niente male con cui te la intendevi, poco prima di partire militare?».

«Precisamente. Quando ha saputo che era mia intenzione entrare nell'esercito, mi ha piantato».

«Mi spiace. E perché mai, poi?».

«Non lo so, Loris, ma non gliene voglio. Certo, ci restai di sale: mi ero parecchio affezionato a lei».

Mandò giù un altro bel sorso e tornò a raccontare.

«Acqua passata. Ma non è finita qui. Terminato il corso d'addestramento, mentre ero in licenza a Treviso, ho conosciuto Fiammetta, una ragazza di Napoli che risiedeva al nord per lavoro. Ci siamo frequentati a lungo e, per fartela breve, l'ho sposata. Abbiamo convissuto cinque anni. Fui trasferito di stanza a Campobasso: un periodo duro, c'era molto da fare laggiù e non mi riusciva di tornare a casa tanto spesso».

Prese una pausa, come se, improvvisamente, fosse rimasto a corto di fiato. Mi guardò con una strana intensità, prima di decidersi a completare lo scarno resoconto.

«È che la mia vita è ingabbiata dai doveri del servizio: e più ti gallonano, più ti separano dal mondo. Una specie di lavaggio del cervello, indotto, di cui non ti accorgi nemmeno. Fu quando mi promossero maggiore che…».

Restò un poco in silenzio, lo sguardo vagante tra le pareti. Quando riprese a parlare, il tono era quasi sommesso, rassegnato.

«Pensa che, per festeggiare con lei la promozione, lasciai le consegne al mio secondo, senza preavvisare i superiori; un gesto che poteva anche costarmi caro. C'è un regolamento, ed è molto rigido».

Lo stavo ad ascoltare, immalinconito, presagendo già il finale. Il confronto con l'altro sesso era un po' il suo tallone d'Achille.

Sebbene fosse educato e cortese, diventava legnoso, poco flessibile dal lato dei sentimenti, della pura emozione, molto sacrificando – per un retaggio atavico, legato alla formazione – al rigido ossequio a improrogabili precetti, chissà dove e come mandati a memoria.

«Aveva le valigie pronte, io la guardavo senza veramente capire. Mi parlò con rabbia repressa; disse che ero un egoista, che non m'accorgevo mai di nulla: del suo dolore, dei suoi sentimenti, del suo amore tradito. Aggiunse che l'unica a soffrire, dopo l'inevitabile separazione, sarebbe stata lei, perché io, in fondo, avevo già giurato fedeltà a una divisa».

Tacque e levò il bicchiere in aria, inaspettatamente chiamandoci a raccolta.

«Signori, al nostro incontro e alla vostra cortesia! E tu, Loris, perdona una volta di più la mia costituzionale predisposizione alla noia. Brindo alla nostra serata, per me davvero speciale».

La cena continuò in un clima più cameratesco; fino a che la stanchezza, dopo una breve tregua, ripiombò su di me, determinata a non fare più sconti. Al momento del caffè, la palpebra già fletteva pericolosamente. Gli altri convitati mostravano, all'opposto, di tenere duro, cosicché mi trovai isolato; presi a dondolarmi sulla sedia e, distrattamente, buttai l'occhio oltre il separé, verso l'angolo del piano inferiore dov'era il tavolo più vicino al nostro. Mi parve di scorgervi un movimento e la cosa mi sorprese. Sebbene non avessi potuto giurarlo, avrei detto che nessun cliente si fosse avventurato, nell'arco dell'intera serata, ai tavoli del secondo ripiano; impressione che mi veniva confermata dalla presenza di un solo cameriere di sala, il quale si occupava unicamente di noi, assecondato dal riverente padrone di casa che, di tanto in tanto, compariva a sincerarsi che il menù fosse di nostro gradimento.

Incuriosito, mi allungai di quel tanto che mi consentisse di vedere meglio al di là del separé; fu così che indovinai la curva gentile di un braccio che doveva certamente appartenere a una signora. Era probabile che, malgrado l'ora, si fosse accomodata al tavolo solo da poco, altrimenti non avrei mancato di accorgermene.

Mi spostai ancora con la sedia, fino a che non mi riuscì di metterne a fuoco la figura intera. Poco mancò che mi venisse un colpo. Se ne stava là, seduta, lo sguardo che mancava il vuoto, la stessa malinconica desolazione, la medesima disperata cupezza nel fondo degli occhi scuri, impenetrabili. Le palpebre, cerchiate di nero, sembravano incollate alle sopracciglia, in un'algida, attonita fissità. Il viso era segnato da un pallore innaturale e i capelli le si stropicciavano in smorti riccioli sulle spalline rigonfie della blusa démodé. Anche gli abiti erano quelli della sera precedente, quando ne avevo avvertito la presenza sulla panchina del giardinetto sottostante l'abitazione di Umberto Carosi.

Per un lungo, angosciato istante, i nostri occhi si incontrarono: e, nuovamente, ebbi la sensazione di perdermi in quegli occhi scuri e intensi, come ne sapessi interpretare l'angoscia e la distanza, come conoscessi quella donna da sempre.

Quegli occhi sembravano cercare nel buio di una memoria condivisa, rivolgendomi una sommessa implorazione. Fui sul punto di precipitare dalla sedia ed evitai lo schianto con una secca trazione del busto, un'autentica impennata che mi sballottò scompostamente in avanti, la faccia quasi a contatto del tavolo, dove il caffè nero e corretto, fumava dalla tazzina di porcellana con decorazioni floreali. Il gesto, repentino quanto inatteso, suscitò stupore e divertimento nei volti dei miei tre compagni di tavolo.

«Perché tanta foga?» reagì umoristicamente Luca «Va bene che da queste parti lo preparano divinamente: ma è pur sempre e solo caffè».

Mi sforzai di sorridere ma ci voleva ben altro che lo *humour* in punta di forchetta del Professor Aldebrandi per farmi riprendere da quell'autentico collasso visivo. Zurlan fu l'unico ad avvedersi del reale smarrimento in cui versavo e si piegò un poco verso di me, per sincerarsi delle mie condizioni.

«Qualcosa non va, Loris?».

Lo guardai senza rispondere, forse lo avevo sentito ma non veramente ascoltato. Mi defilai, invece, e tornai a guardare dietro il paravento: e ancora indovinai il profilo sciupato della ragazza, il suo sguardo straniato, che guardava *al di là* di ogni possibile veduta. Non sapevo più cosa fare, né pensare: non poteva, *non doveva* trattarsi di un abbaglio. Scossi il capo, abbassai la testa e mi passai una mano sugli occhi: volevo rimuovere definitivamente l'incubo, cancellandolo per sempre alla vista. Cercai di distrarmi, fingendo interesse per gli aneddoti di Piccoli, che rimestava dietro alle quinte della scena universitaria. Quindi, con malcelata vaghezza, torsi il collo all'indietro, dove l'immagine, impietosamente, sussisteva. Ricominciai a sudare freddo, ero visibilmente eccitato, sconvolto da quella che si riprometteva di diventare un'idea fissa, un'ossessione della mente. No, accidenti, quella ragazza *era vera* e bisognava provarlo!

Ero, dunque, in procinto di alzarmi e, con una scusa qualunque, avvicinarmi al *suo* tavolo. Qualcosa, però, mi tratteneva, mi impediva di osare. Zurlan mi osservava, con la coda dell'occhio, sforzandosi di capire il mio stato d'animo. Decisi, in qualche modo, di coinvolgerlo.

«Alessio, forse ciò che ho in mente di chiederti ti parrà strano ma vorrei che mi accontentassi, se puoi».

Malgrado fosse comprensibilmente perplesso per il mio singolare comportamento, si mostrò tuttavia immediatamente disponibile. Cosicché azzardai:

«Vorrei che ci scambiassimo di sedia, soltanto per un momento».

Accettò senza indugio; ci alzammo entrambi e quando venne verso di me per accomodarsi al mio posto, lo tirai per un braccio, sussurrandogli:

«Ti prego, dopo esserti seduto, fa' un passo indietro, girati alla tua destra e dimmi se vedi qualcuno al tavolo d'angolo, dietro al paravento».

Strabuzzò gli occhi e mosse le labbra, come per chiedermi ragione di quella strana richiesta, ma lo prevenni.

«Per favore! Poi ti spiego».

Titubava, mostrando un certo imbarazzo per le occhiate che ci lanciavano gli altri due, una volta di più tagliati fuori dalle nostre confidenze. Dopo qualche attimo di incertezza, rilassò la mascella contratta e mi regalò un sorriso benevolo. Sedette, dunque, al mio posto e si sbilanciò lui pure per allungare lo sguardo sull'altro livello. Esitò un poco in quella postura sbilenca, poi tornò a sedere correttamente sulla sedia, guardandomi interrogativo. Non stavo più nella pelle e subito lo incalzai:

«Alessio, voglio la verità! Dimmi se hai visto *qualcuno* seduto a quel tavolo».

Non rispose subito. Mi guardava come per capire se volessi prenderlo in giro; sinceratosi che facessi sul serio, mutò l'iniziale perplessità in preoccupazione. Si sforzò di comportarsi come nulla fosse e, con un largo cenno d'assenso, fugò il sospetto.

«Certo che c'è qualcuno! Perché me lo chiedi?».

Emisi un rumoroso, profondissimo sospiro, il volto illuminato a giorno. Ero raggiante e faticavo a contenere la gioia per la rivelazione. Non ero, dunque, un folle visionario! Provai forte la tentazione di alzarmi in piedi e abbracciare Alessio, che mi aveva appena procurato la prova della mia perfetta sanità mentale, ma riuscii a contenermi. Siccome il mio amico continuava a guardarmi stranito, cercai di giustificarmi.

«Non venirmi a dire che quella ragazza là non ha colpito anche te. Hai visto che occhi? E che sguardo strano! Il colore della pelle, poi, così bianco, cadaverico: per non parlare dei vestiti, che mi hanno riportato agli anni ottanta».

Gli avevo parlato molto da vicino e piuttosto sommessamente, per timore che altre orecchie potessero intendere. Dopo avere ascoltato, alzò gli occhi su di me con un taglio di contrizione severa, che rendeva i tratti del suo viso ancor più affilati. Lo sguardo era indefinibile: stupore, rimprovero, inquietudine, si inseguivano esitanti. Allungò un braccio e lo posò sul mio.

«Loris, aspetta un attimo!». Le sopracciglia inarcate misuravano in altezza la sua incredulità.

«Di che ragazza stai parlando?».

Adesso ero io a sgranare l'occhio, incredulo. Mi sporsi con tutto il corpo verso di lui, che istintivamente si ritrasse, come per timore che lo aggredissi.

«Che dici? La ragazza, cazzo, qui al tavolo di fianco!».

Senza nemmeno rendermene conto, avevo alzato la voce, attirando su di me le strabiliate attenzioni dei presenti. Alessio mi rivolse uno sguardo disilluso e ripeté la domanda, forse sperando di aver frainteso:

«Che ragazza, Loris?».

M'alzai di scatto, inviperito, facendo maleducatamente stridere le gambe della sedia sul pavimento. Saltai il gradino che regolava i due livelli e piombai sul tavolo d'angolo, spaventando a morte l'anziano signore che vi stava quietamente accomodato, nell'intento di sfogliare il menù. Entrambi contenemmo un grido, l'un l'altro guardandoci sciocati negli occhi.

«Buonasera, signore» reagì il vecchio avventore, superato lo spavento «Ci conosciamo, forse?».

Non ottenne risposta e, fugata in fretta ogni paura, scosse penosamente il capo, calandosi a capofitto nella lettura della lista dei cibi. Io, per mio conto, avrei voluto solo scomparire.

Sei

Congedati Aldebrandi e Piccoli, che alla strada preferirono l'uno l'albergo e l'altro l'appartamento di Via Peano, a un passo dal Politecnico, mi gettai a corpo morto lungo le vie del Centro. Il sonno, che solo poche ore prima sembrava la soluzione obbligata, aveva ceduto all'ansietà. Era ormai evidente che fossi sulla strada del delirio ma non sapevo, non volevo convincermene.

Soltanto pochi giorni addietro nulla sembrava turbare la mia esistenza, se non quei rigurgiti nostalgici o malinconici che l'età trascina con sé.

Poi, all'improvviso, quella maledetta immagine! Perché mi aveva così turbato? Qualcosa di oscuro tornava alla superficie, dopo essere annegato nel fiume nero della memoria; oppure, era il presagio di una iniqua sofferenza dei neuroni, anticipatrice della fine.

Per scampare all'abbraccio di lenzuola impregnate di sudore e incubi, mi gettai nel gorgo della notte torinese. Con mia grande gioia, mi resi subito conto che il mio vecchio amico desiderava restare al mio fianco. Il passo marziale di Alessio Zurlan mi scortò fraterno lungo viali dove cadevano ostinati i riflessi di luce dalle vetrine dei negozi, di uno smeriglio triste e irreale.

Camminavamo senza parlare, lo sguardo che cadeva qua e là senza vera intenzione. Il colonnello non intendeva offendere i miei silenzi, neppure per testimoniare l'apprensione che pure a stento reprimeva; camminavamo lungo un tacito percorso senza meta, nelle strade dove rimbalzava l'eco dei nostri passi, scambiandoci segnali minimi e occhiate furtive.

L'occasione di violare quel mutismo così pregno di parole sospese si presentò inattesa al crocevia tra due fila di portici che confluivano in una piazzetta in quel mentre disabitata.

Casualmente incrociammo, quasi scontrandoci con loro, un terzetto di giovane donne che sopraggiungeva a passo svelto nella direzione opposta. Parlottavano allegramente, tenendosi a braccetto, tanto da occupare, così schierate in fila orizzontale, l'angolo di marciapiede per intero; l'urto sarebbe stato inevitabile se Alessio ed io non avessimo prontamente sterzato, aggirandole ai due lati, per poi ricongiungerci una volta superato l'ostacolo. Quelle si girarono ridendo della buffa manovra e dello scampato impatto e noi, dal canto nostro, le emulammo come sciocchi collegiali. Ci lanciavano occhiatine provocatorie, continuando a ridacchiare: dovevano essere un po' brille ma la loro esuberante chiassosità mi restituì una briciola di buonumore.

«Come volevasi dimostrare! Tutto è rimasto come un tempo: tutto perfettamente da copione, vecchio mio».

Dal tono di voce di Alessio, pur divertito, si avvertiva impercettibile, un lembo di amarezza. Il colonnello chiosò, con una punta di rassegnazione:

«Avrai notato come quelle tre *ti* abbiano lanciato occhiate manifeste».

«Ma smettila, una buona volta! Quelle, casomai, *ci* hanno guardato. Non male, ne converrai, considerata la palese differenza di età».

Alessio finse militaresca indignazione.

«Ma lascia perdere, dai! Le ragazze guardavano *te*; d'altra parte, come darle torto? Del resto, ricordi? Con te presente, per me non c'è mai stata speranza».

Abbassò lo sguardo, come un bambino geloso, che si vergogna della propria indignazione e io fui sul punto di rimproverarlo. Vidi che rialzava il mento, recuperandosi alla consueta fiera compostezza; mi lanciò un sorriso ed io, confortato, mi avvicinai a lui, lo presi sottobraccio e gli proposi un fuori programma.

«Che ne diresti, mio capitano, se posassimo le chiappe in quel Caffè laggiù e ce ne stessimo ancora un po' tra noi?».

L'idea non gli dispiacque e un minuto dopo occupavamo il tavolino di un malconcio bistrot, insolitamente aperto ai rari viandanti notturni. Sedemmo di fronte all'ampia vetrata dove spiccava, luminosa, l'insegna. Non c'erano che un paio di clienti annoiati al bancone, davanti a un bicchierino di liquore. Il proprietario ci disse che potevamo fare con comodo, tanto lui avrebbe tirato tardi.

Il nostro angolo dava su una piazzetta cinta da anonimi edifici dalle mura color polvere. All'interno del Caffè gli umori parevano incrostati, come le pareti; l'atmosfera, imbevuta da un alone di livido crepuscolo, aveva comunque in sé qualcosa di fascinoso. Ci decidemmo per un "bicerin" fuori orario, come le nostre confidenze.

«Non so più cosa mi stia succedendo, Alessio. Mi ero convinto che la mia vita procedesse tranquilla, magari un po' apatica ma senza scosse, senza più particolari emozioni, se non quelle che mi riserva sempre la fotografia. Poi, d'improvviso, qualcosa nel meccanismo si è inceppato. Hai potuto constatarlo anche tu, questa sera».

Lo guardai di uno sguardo supplice, nella speranza che percepisse l'accorata richiesta d'aiuto che indirettamente gli lanciavo.

«Alessio, io quella ragazza l'ho vista davvero stasera, come adesso vedo te. Oltretutto, non è la prima volta che accade. A meno che... Sì, a meno che non sia piombato in un'unica grande allucinazione e che tu, *lei*, questo locale non siate che un abbaglio, tragiche sfaccettature di una necrosi che mi sta consumando».

Percepì la mia disperazione e mi parlò, trepidante.

«Va bene. Ora sta' calmo e raccontami ogni cosa».

In breve, mi sciolsi nell'accorato resoconto delle ultime novità, cercando di non trascurare alcun dettaglio. Gli dissi di Carosi, della misteriosa foto dalla dubbia paternità, di quando e come la ragazza aveva, per la prima volta, fatto la sua comparsa nella mia vita o, forse, solo nella mia testa. Mi ascoltò in silenzio, molto concentrato su ogni singola frase, sui gesti rapidi e infervorati con cui accompagnavo le parole, comunque insufficienti a spiegare ciò che provavo.

A un certo momento, un poco umettandosi le labbra, si provò a intervenire.

«Allora, vediamo un po'. Se non ho capito male, tutto ha avuto inizio una sera, a casa di Giulia… A proposito, come sta? Non mi dispiacerebbe rivederla».

Abbozzai un sorriso, esortandolo a non divagare.

«Dicevamo della cena… Insomma questo Carosi ti mostra una foto, asserendo che l'abbia scattata tu, cosa di cui non sei affatto convinto. La foto ti colpisce a tal punto da traumatizzarti: il che fa supporre che contenga immagini capaci di risvegliare in te emozioni intense, legate magari a situazioni così drammatiche da restare per sempre censurate nell'inconscio.

«La notte successiva, hai un primo incontro con quella strana creatura; a un giorno di distanza *la rivedi*, vestita esattamente come la sera precedente, nella stessa posa enigmatica.

«Non hai ricordo di esperienze analoghe? Intendo dire, nessuna sensazione simile, nessun campanello d'allarme?».

«Niente da fare, colonnello. Nulla del genere, nemmeno alla lontana».

Sorseggiava il *bicerin*, rigirando il bicchiere tra le dita, con movimenti lenti e metodici. I suoi gesti perfetti, le parole calme, misurate mi rassicuravano.

«Come mai» mi chiese, a un tratto «da notte scorsa te ne sai andato in giro e sei finito, come hai detto, quasi per caso, sotto le finestre del collega di Giulia?».

«Non c'è una spiegazione. Non mi riusciva di dormire e ho pensato che andarmene un po' a spasso mi avrebbe aiutato a rilassarmi».

«E ti succede spesso?» insistette Zurlan.

«Cosa?».

«Di non riuscire a prendere sonno e andartene in giro senza meta».

«Beh, sì e no… Insomma, la sera sono solito coricarmi a notte inoltrata ma non si tratta di vera insonnia. È solo abitudine, un'abitudine molto radicata».

Mi scrutava come per carpire qualche mia debolezza, nell'esitazione della voce, nelle risposte a mezza voce, che sembravano non persuaderlo del tutto.

«Dubiti di ciò che dico, eh? Forse stai pensando che io sia diventato davvero un po' tocco».

«Ma che dici! Sto soltanto cercando di capire, per poterti essere utile».

Aveva di poco alzato i toni, per solito controllati, come tutte le sue azioni. Mi scusai di avere, senza volerlo, urtato la sua suscettibilità. Si schermì, stringendosi sulle spalle.

«Scusa tanto ma non sono bravo, né come detective, né come psicologo. Tutto d'un pezzo, come diceva sempre la mia ex moglie».

Tutto avrei desiderato, fuorché il discorrere dei miei incubi si trasformasse in una spietata disamina dei suoi fallimenti sentimentali. Gli dissi quanto già mi fosse di gran sostegno la sua sola presenza.

«Non scoraggiarti, Loris. Dimmi, piuttosto: questa ragazza ti ricorda qualcuna che hai conosciuto?».

«Ci ho pensato a lungo, sai, e la risposta è negativa. Anche se, ogni volta, mi pare di conoscerla *da sempre*».

Mi guardava fisso negli occhi, mentre rimuginava su quanto detto.

«Molto interessante. Non trovi?» sentenziò, muovendo appena il capo come per sostenere l'esattezza dei suoi pensieri.

«Sì. Ma non mi fa fare grandi passi avanti».

«Magari, a forza di pensarci, un giorno *capirai*. Magari *la verità* ce l'hai davanti, è dentro di te».

«Già» conclusi amaramente «Oppure mi sto lentamente rincoglionendo e la soluzione verrà presto da sé, senza misteri».

Il locale, nel frattempo, si era completamente svuotato; dietro il bancone, il proprietario spalancava la bocca in sommessi sbadigli, intento a pulire svogliatamente bicchieri e posate.

«Però» riprese piano Zurlan «bisogna pur prendere in considerazione la possibilità che tu abbia realmente veduto la ragazza e che i veri distratti siamo stati quel metronotte e io».

«Ah, certamente, dimenticavo!» scattai, come punto da un'ape «E questo sempre in virtù di quel mio presunto *sex appeal*, che attira le donne come mosche. Invisibile ai più, la bella fanciulla si manifesterebbe solo ai miei occhi».

Vidi il suo sguardo luccicare, le labbra stringersi in un sorriso trattenuto; forse, temeva di avermi offeso ma, per contagio, fui io il primo a esplodere. Scoppiammo a ridere, in un afflato che ci ricordò i vecchi tempi e che servì da farmaco al mio sconforto. Da dietro il bancone, il gestore ci osservava mugugnando.

«Però, Loris, parlando seriamente» riattaccò Alessio, non appena ci fummo ricomposti «non siamo ancora in grado di fare supposizioni. Aspettiamo: la tua potrebbe benissimo essere solo una forma di stanchezza, di momentaneo scontento che nemmeno tu sei in grado di registrare. Dunque, non stare lì a spaccarti la testa inutilmente».

Bevvi il mio "bicerin" e mi strinsi nelle spalle.

«La vuoi la verità, mio caro? È che sono sempre stato un paranoico!».

«Piantala! E ascoltami bene, piuttosto».

Si sporse in avanti, in tutta la sua possente corporatura che faceva sfigurare la mia, pur adeguatamente strutturata. I suoi occhi brillavano, abbaglianti come le pupille dei gatti di notte.

«Non sono né uno sciamano, né un terapeuta: però ti voglio bene e mi addolora vederti così provato. Sono a Torino solo di passaggio, domani stesso farò ritorno a Ferrara, nel distaccamento del quale, da qualche tempo, sono il responsabile. Non conosco i tuoi obblighi professionali ma spero che la creatività ti tenga lontano dalle consegne inflessibili. Perché non mi raggiungi, uno di questi giorni? Prenditi una vacanza, sarò lietissimo di ospitarti. L'albergo è inusuale, ma posso metterti a disposizione un intero reparto. Se tu volessi accettare l'invito, ne sarei felice».

Sembrava sincero, gli occhi colmi di una luce in lui inedita. Fui subito tentato d'inventare una scusa plausibile per scansare l'imprevisto; subito mi convinsi, invece, che l'idea non era poi così malsana come al momento l'avevo giudicata. Mi passai una mano sul mento, stuzzicando la barba rada e pungente che cominciava a irritarmi la guance e riflettei sul fatto che a Ferrara non tornavo da tempo.

«Sai che c'è, Alessio? Sono proprio tentato di venire».

Mi guardò di traverso mentre un'ombra gli attraversava il viso fuggevolmente.

«Posso contarci, Loris?».

Lo guardai, cercando di contenere nello sguardo la mia riconoscenza.

«Allora, affare fatto?» insistette il colonnello, che auspicava il consenso.

«D'accordo, amico mio» mi lasciai, infine, sfuggire, anticipando la parte di me che già recalcitrava «Ho un paio di cosette da sistemare a Roma; tra l'altro c'è una rassegna sul nudo d'autore alla quale mi tocca di partecipare. Diciamo che tra un paio di settimane mi faccio vivo e discutiamo l'offerta nel dettaglio».

Gli leggevo in volto il malcelato gaudio per la decisione presa, non era persona facile ai sentimentalismi. Mi strinse vigorosamente la mano e mi lanciò uno sguardo radioso, in segno di approvazione. Quando uscimmo dal Caffè, Torino si riparava dentro frammenti sparsi d'una nebbiolina fuori stagione, l'aria rinfrescata da folate di vento. Ci accomiatammo a malincuore, entrambi rassicurati da un distacco che, stavolta, sarebbe stato di breve durata.

La temperatura doveva essere calata di qualche grado. Mi cacciai le mani in tasca e proseguii spedito lungo via Accademia delle Scienze. Il siparietto confidenziale nel vecchio Caffè, in compagnia del caro Zurlan, mi era stato di conforto. Ricominciavo a considerare le cose sotto una luce diversa, sebbene la minaccia costituita dalle improvvise allucinazioni fosse tutt'altro che fugata. Meditavo sottovoce, parlando a me stesso, nella speranza di dare ordine agli ultimi affastellati avvenimenti; ero così concentrato che la vibrazione del cellulare nel taschino della giacca mi fece sobbalzare.

«Signor Varelli... Loris?».

Il timbro era solenne, la voce sommessa.

«Sono Umberto Carosi. Mi scusi se la disturbo a quest'ora: ho fatto un tentativo e il suo cellulare squillava».

C'era qualcosa di indefinito, di sospeso, in quella tonalità grave, distante.

«Mi spiace di essermi accorto tardi che lei mi aveva cercato».

Ero felice per quella chiamata, perché quasi persuaso che la soluzione dell'enigma l'avesse proprio lui.

«Ho cose molto importanti da comunicarle» disse solennemente «Un'incombenza professionale mi tratterrà fuori città qualche giorno; ma vorrei invitarla a cena venerdì prossimo, se mi desse la sua disponibilità».

Accettai l'invito senza riserve, fremevo dalla voglia di *sapere*.

«Sono uno scapolo imperituro» aggiunse, con una punta di civetteria «ma vedrà che la mia cucina non le farà troppo rimpiangere quella della sua meravigliosa sorella».

Tolta la comunicazione, rimasi a fissare il display del cellulare, come se all'interno di quella scatola luminosa si fosse appena consumato un rito esoterico e aperta una finestra sull'ignoto.

Fantasticando un poco sulla serata che mi attendeva in casa Carosi, procedetti alla volta di Via Roma, in direzione dell'albergo e mi trovai a transitare per un vicolo stretto, chiuso ai due lati da una breve sequenza di palazzine basse e tutte uguali.

Camminavo veloce, la mente distratta da mille e più rovelli e, al primo ostacolo che fatalmente mi si parò davanti, l'impatto divenne inevitabile. L' "ostacolo" sembrava parimenti assorto nei casi suoi e ci scontrammo con involontaria irruenza; entrambi di buona stazza, perdemmo l'equilibrio e dovetti sorreggermi, per non cadere, al cofano di una macchina parcheggiata su quel lato del marciapiede.

Riavutomi dalla scossa inattesa, mi voltai a guardare il mio fortuito antagonista; aveva rivolto gli occhi in basso, sembrava si guardasse le scarpe. Si riassestò, rialzò piano lo sguardo da terra; non scorsi in lui nessuna irritazione ma come un sottile velo di tristezza. Feci per scusarmi ma mi prevenne:

«Mi perdoni» disse, con voce gentile «Ero completamente nelle nuvole».

«No, è lei che deve scusarmi. Camminavo senza guardare e...».

Di certo notò l'ingenuo smarrimento che provai nell'accorgermi che indossava una divisa graduata da funzionario di polizia.

«Non abbia timore» mi rincuorò «Questa ormai non serve più».

Abbassò un poco la testa e sfiorò lievemente con le dita i bottoni dorati della giacca blu notte. Per un breve intervallo, che a me parve invece lunghissimo, mi fissò da capo a piedi, come per tenermi a mente. Si distese, quindi, in un debole sorriso e mi strinse la mano, nuovamente scusandosi, per poi defilarsi nel buio dell'ingresso dello stabile che avevamo di fronte. Restai a guardarlo per un momento, fino a quando non scomparve del tutto alla vista; infilai una sigaretta tra i denti e ripresi il cammino.

L'aria si era fatta frizzante e i portici di via Roma sembravano aspirare quella brezza, a tratti persino gelida. Raggiunto l'albergo, corsi in camera e andai alla finestra, aperta sui tetti nobili della città. La luna stava arrampicata alle tegole delle case, costretta ad affacciarsi timida sui pochi squarci consentiti dall'aggrumarsi di pesanti nuvole nere. Chiusi gli occhi e respirai a pieni polmoni; ogni cosa sembrava sospesa a un magico stupore, una resa fiabesca che sarebbe stata annullata dai colori e dalle luci del mattino, come un getto d'acqua fredda in faccia a vanificare la beatitudine dei sogni. Per me, invece, giorno e notte, luci ed ombre, vero e falso cominciavano a somigliarsi, in un intrigo inestricabile. Mi confermavo nell'idea che la realtà fosse niente altro che questo: un'unica, irrisolta teoria di chiari e scuri, verità e apparenza mescolandosi assieme fino a confondersi. Tutto semplicemente accadeva, non esistevano confini: bisognava soltanto afferrare l'istante oppure ignorarlo.

Mi denudai, mi sdraiai sul letto e spensi la luce, provandomi di dare forma alle ombre che si rincorrevano astruse sul soffitto, nella dolorosa certezza di dover trascorrere ore lente, inafferrabili, inquiete.

Salì a uno a uno, misurando un passo dopo l'altro, i quarantotto gradini che lo separavano dal piano, rifiutandosi, come di norma, all'ascensore. Indugiò un poco dinanzi alla porta, frugò nelle tasche dei pantaloni e ne estrasse un mazzo di chiavi, tenute insieme da un cerchietto di metallo, a forma di anello, da cui pendeva un ciondolo con la testa di gatto. Soppesava ogni movimento, scandendo ogni minimo gesto con l'esattezza di un rintocco di orologio, secondo un automatismo che, per quarant'anni (ch'erano sembrati mille e si erano, invece, dissolti in un batter di ciglia), aveva implacabilmente segnato il ritmo delle sue giornate: per solito lunghe, complesse, faticose. Questa sua flemmatica, apparente indulgenza al tempo che andava, era stata lievemente corrotta da un fremito ansioso che, da qualche anno ormai, lo tormentava. Le dita cominciavano, d'improvviso, a formicolare, in preda a un riflesso nevrotico che dal cervello spingeva sulle falangi, soprattutto nelle giornate di particolare stress emotivo.

Rientrato in casa, spinse la chiave nella toppa e la rigirò per due mandate. Un odore di chiuso e d'antico lo investì, mordendolo alla gola e alle narici. Accese la luce del corridoio, appese il berretto di ordinanza sul pomello più alto dell'appendiabiti e andò a spalancare la finestra del bagno, del salotto e della camera da letto, in ossequio a un rituale che si ripeteva sempre identico.

"E adesso?", pensò. Forse tutto sarebbe cambiato, forse sarebbe rimasto identico a com'era *prima*.

Si tolse la giacca, andò in cucina e mise sul gas la macchinetta del caffè; anche quella poteva ben dirsi un'abitudine e la caffeina non aveva mai nociuto al suo sonno.

Lasciò andare la caffettiera a fuoco lento, corse in camera e ripiegò la divisa, per l'ultima volta deponendola nell'anta più esterna del grosso armadio a muro. Nei fatti, quello scomodo costume di gala non aveva avuto quasi mai occasione di indossarlo, soprattutto da quando era assurto al ruolo prestigioso di commissario capo. Ma quella era stata una serata speciale: si festeggiavano, con tutti gli onori, i suoi quarant'anni di servizio e il definitivo congedo dalla polizia giudiziaria. L'idea era venuta ai suoi commilitoni, che lo veneravano: lui non avrebbe voluto dare troppo risalto all'evento.

Sbirciò lo specchio a parete, storcendo il naso davanti all'attempato individuo che lo scrutava dall'altra parte del vetro. Eppure, Gianni Laudario restava un signore di bell'aspetto, la robusta, ritta figura non intaccata dai sessantatré anni appena compiuti, i capelli brizzolati, solo un poco più radi che in passato, il volto sostanzialmente immune dalle pieghe dell'età, con qualche sparuta ruga a omaggiare i passaggi a livello del tempo. Gli occhi scuri, penetranti, davano voce a un animo da sempre incline alla malinconia; la pelle bruna, i baffi, ora ingrigiti, spazzolati con cura, gli zigomi forti, aveva nei lineamenti scolpita l'originaria fierezza contadina.

«Quanto tempo!» sospirò ad alta voce. Parlava spesso tra sé e sé, da quando la sua Elisabetta l'aveva salutato, in una fredda mattina d'autunno, ghermita da un male assoluto, la cui ingorda insaziabilità aveva reso più penoso il distacco. Lui ancora non ci credeva – malgrado fossero già trascorsi cinque interminabili autunni; non ci aveva mai creduto, rifiutandosi a un verdetto apparso, sin dall'inizio, inevitabile. Quando sua moglie gli aveva, per l'ultima volta, chiesto di rimboccarle le coperte, lui aveva sorriso, teneramente commentando: «Sei sempre stata così freddolosa, bella mia». Ma lei non aveva nemmeno sentito e il tepore che il suo corpo emanava, quel calore capace di confondere notti lugubri, percorse da incubi dovuti a giornate angosciose alla ricerca di verità inesplicabili, restituendogli fiducia ed energia, era tramutato in gelida, catatonica rigidità.

Betta gli era stata fervida, appassionata compagna per una vita intera: sapere che lei c'era aveva rappresentato l'unica terapia all'incedere degli anni e ai capricci di un'instabile fortuna. Dopo il suo silenzio, Gianni aveva continuato da solo, aggrappandosi al suo ruolo di funzionario integerrimo al servizio della comunità.

Di colpo rammentò di aver lasciato il caffè sul fuoco e si precipitò in cucina, appena in tempo per evitare che una nera schiuma dilagasse oltre le estremità del fornello; tornò dunque a rattristarsi al pensiero che, se la sua metà fosse stata ancora con lui, il piccolo incidente non sarebbe occorso. Pensò pure al patetico destino dei molti uomini che – come lui totalmente impediti nelle faccende domestiche – rimanevano orfani di mogli madri, pazientemente dedite al perpetuo rattoppo delle loro incapacità.

Aveva amato Elisabetta alla follia, disperatamente chiedendosi, giorno dopo giorno, se e come avrebbe saputo resistere alla sua perdita. Ma c'era Chiara, unico frutto del loro matrimonio, che all'epoca del decesso della madre aveva poco più di vent'anni; annegare, sopraffatto dal rimpianto e dal dolore, avrebbe significato mancare al suo mandato paterno: e lui era un uomo allenato ai doveri. C'era Chiara e c'era il suo lavoro di poliziotto, vissuto come insidia e panacea.

E adesso? Versò il caffè nella sua tazzina prediletta, quella verde con un piccolo Pierrot decorato sul manico, regalo della moglie. Facevano colazione insieme tutte le mattine e un'emozione lo afferrò alla gola. Sorseggiando il suo caffè, si incamminò verso la stanza con il letto a due piazze, che non aveva ancora rigovernato dal giorno precedente.

Sedette sul letto e si mise a guardare vecchie foto: una di queste lo ritraeva insieme alla moglie e al micio Balù, una ventina d'anni addietro. Sua moglie amava i gatti, ne avevano avuti altri in precedenza; Balù era stato l'ultimo e indimenticabile. Un'altra foto, più recente, vedeva Chiara e Elisabetta abbracciate. Sua figlia si era trasferita a Londra, per completare oltre Manica i suoi studi superiori. Nel pomeriggio, l'aveva chiamato al telefono, rammaricandosi di non poterle essere vicina, in quel giorno per lui così eccezionale. Laudario era entrato in polizia da ragazzo, contemporaneamente cimentandosi negli studi universitari; una carriera piuttosto rapida la sua, nonostante il carattere orgoglioso e un po' ribelle gli avesse attirato tante inimicizie. Di contro, coloro che lo rispettavano avevano per lui un'autentica devozione.

Tanto per continuare a farsi del male, cercò nei cassetti un album di fotografie che gli rammentavano il passato; la sua squadra, quei coraggiosi ragazzi che gli erano rimasti tanto fedeli negli anni, taluni invecchiati con lui, altri più giovani e baldanzosi ma altrettanto riverenti. Li aveva sempre trattati da amici e confidenti, più che da sottoposti: e molti colleghi lo guardavano, per questo motivo, con sospetto. Perché si era deciso per quella carriera? Nemmeno più lo ricordava, gli era sempre parso così naturale, nonostante le difficoltà e le iniziali umiliazioni. Nonostante quel maledetto luglio del 2001, irrimediabilmente segnato dai sanguinosi, inusitati sfaceli durante il G8 di Genova, episodi di una tale gravità da farlo recedere dalle sue più profonde convinzioni e quasi indurlo a abbandonare il servizio. Era stata Elisabetta a convincerlo a restare.

Sfogliava le pagine soffermandosi, a uno a uno, sui volti che avevano partecipato della sua storia personale e provava un sentimento di sconfinato piacere e insieme di pena, che erano difficili da coniugare. Richiuso l'albo, finì il suo caffè; ciondolò un po' per casa, ripensando alla bella serata, da poco conclusa. I "suoi ragazzi" lo avevano trascinato in un antico locale alla periferia di Torino, una locanda fuori mano e fuori dal tempo, dove servivano piatti tipici della cucina a lui familiare, preparati e serviti a tavola con un gusto che credeva perduto. Avevano mangiato, bevuto e parlato per ore legando, nei ricordi e negli aneddoti che s'inseguivano ora tristi, ora ilari, tutto il passato e il presente. D'improvviso, un silenzio irreale era calato sulla tavolata e i commensali si erano guardati gli uni con gli altri negli occhi, per poi far convergere gli sguardi su di lui. Laudario, allora, si era alzato in piedi, provandosi di pronunciare un discorso: ma, nonostante la laurea e le buone intenzioni, non gli era riuscito di dire nulla, se non un balbettante "Grazie, vi voglio bene", per subito ripiombare sulla sedia esausto, come al termine di una appassionata prolusione oratoria. I suoi uomini, dopo un momento di incertezza, si erano levati in un applauso che sembrava non avere più fine. Quel caloroso commiato il commissario lo avrebbe tenuto a memoria per il resto dei suoi giorni.

Durante il ritorno a casa, lo sguardo era rimasto basso, forse supino all'idea della resa, dell'ultimo atto appena consumato; talmente chino, che aveva finito per stupidamente contundere quel tizio. Il ridicolo incidente aveva, in fondo, avuto il merito di richiamarlo alla realtà: perché la vita che aveva ancora davanti non valeva meno della precedente e bisognava pur avere il coraggio di affrontarla. "Bene", si disse, allora, tanto per incitarsi "Bentornato Gianni Laudario, è il momento di ripensare a noi stessi."

Cominciò a svestirsi senza fretta, per indossare ancora una volta la tuta che Elisabetta gli aveva praticamente imposto. A quella specie di felpa maculata il commissario non si era mai compiutamente abituato: e, nelle rare circostanze in cui la moglie doveva assentarsi da casa per qualche tempo, lui ne profittava per rimanersene vestito di tutto punto, fino al momento di coricarsi. Da quando lei era mancata, invece, di quello straccio sentiva, durante il giorno, finanche la nostalgia.

Raggiunto il salotto, sfilò da uno scaffale della libreria – le cui teche rasentavano il soffitto – un' edizione dell'Iliade che, non senza fatica, da qualche tempo si era ripromesso di rileggere. Aprì alla pagina, nel punto indicato dal segnalibro:

"... *Tutta la notte, soffiando sonoramente, destarono*
la fiamma del rogo e per tutta la notte il rapido Achille,

attingendo il vino dal cratere dorato con una coppa a due anse,
lo versava al suolo e bagnava la terra,
invocando l'anima del povero Patroclo..."

Che gli stava succedendo? Cos'era quella tremenda ansia che montava stringendo sul petto, accorciandogli il respiro? Chiuse il libro, tirandoselo dietro e tornò verso la camera da letto. Si sedette, riaprì al verso dove aveva lasciato, nuovamente richiuse. Capiva che non ce l'avrebbe fatta a passare indenne la nottata: necessitava in tutta fretta di un diversivo. Si levò velocemente, guardandosi intorno, ma non trovò che malinconia, persino una punta di rimpianto.

Si sorprese a riflettere su ciò che era stata la sua vita, su quel che ne rimaneva, sul divenire. Si rifugiò nel lettore dei CD, la cuffia calata sulle orecchie, ad ascoltare le frasi musicali che avevano rappresentato la colonna sonora della sua esistenza. Fu al secondo movimento del terzo "Concerto brandeburghese" di Bach che la sua mente andò ad arenarsi sulle pagine movimentate della sua esperienza di poliziotto. Rammentò i primi giorni in divisa, le lunghe nottate trascorse al freddo, durante gli appostamenti e le levatacce, anche il sabato, la domenica, nei giorni in cui la gente *normale* festeggia con parenti e amici le ricorrenze del Natale o della fine d'anno. Quante bottiglie di spumante stappate in Distretto o negli uffici della Questura! Pensò, dolendosi di sé, quanto stonasse l'incedere di quelle note divine su uno spartito così nudo e volgare. Ma quella era stata la sua vita, giorno e notte, da giovane agente, un po' imbranato, a brigadiere, fino alla responsabilità di un intero reparto. Gli affiorò alla mente – repentina impostura della memoria – il primo caso che gli capitò d'affrontare, non appena nominato commissario al terzo distretto della "Omicidi", negli indimenticabili uffici di Via Botero: un esordio a dir poco sconfortante.

Se lo ricordava bene l'accidente che segnò il suo infelice debutto nella nuova sezione. Un'inchiesta interminabile, dai risvolti talora kafkiani e, da ultimo, destinata al fallimento: ché il caso, trascinatosi affannosamente per anni, era rimasto irrisolto. La sconfitta ancora gli bruciava; la pratica gli era costata prolungati interrogatori e inesauste ricerche, con l'unico risultato di un riacutizzarsi della colite spastica. La fortuna – che sempre lo aveva guidato verso risultati apprezzabili e meritate soddisfazioni – proprio quella volta, la sua prima volta da funzionario, gli aveva voltato le spalle. Non l'aveva mai dimenticato, né avrebbe mai potuto veramente accettarlo: neppure dopo anni di successi, di indagini pericolose, tra le pieghe insidiose di intrighi che ad altri suoi colleghi erano parsi inesplicabili. Quel disgraziato esordio aveva lasciato penosi strascichi nella sua vita, non solo professionale.

Tornò a concentrarsi sullo spartito bachiano; sentiva la testa dolere e lo stomaco torcersi in piccoli spasmi intermittenti. Gettò via gli auricolari e riprese a passeggiare per casa, senza riuscire a far pace con se stesso. Ma l'appartamento non era certo illimitato e l'ora avanzava infida nel cuore della notte. Dopo un breve agitarsi in lungo e in largo sbuffò, lasciandosi andare a un fragoroso sbadiglio. Si sdraiò sul letto, nella ferma determinazione di farsi vincere dal sonno; cominciò, invero, a fissare il soffitto alto e bianco, che sembrava irriderlo dall'alto. Laudario gli restituì un sorriso di scherno.

Doveva solo provare a rilasciarsi; socchiuse gli occhi e ripensò alla bella serata, al calore dei suoi commilitoni, agli occhi azzurri di Chiara. Dopo poco, chissà perché, la mente lo riportò al fortuito scontro sul marciapiede sotto casa, con quel signore alto, di bella presenza che, educatamente, si era scusato di una colpa non sua. Gli venne allora di pensare che educazione e buon gusto non erano certo le icone del suo tempo. Subito dopo, rivide il volto di quell'uomo, nell'attimo in cui, sollevato lo sguardo mesto, se lo era trovato quasi addosso. Dapprincipio, a tutt'altri affari rivolta la sua mente, non ci aveva fatto troppo caso. A breve, però, gli era balenato il sospetto che quel viso non gli fosse totalmente estraneo; era stato un attimo, un lampo subito svanito nell'arrembaggio di ben altri ricordi. Adesso quel profilo gli si parava nuovamente davanti, quasi a rivendicare una maggiore attenzione.

Dove e quando aveva visto quella faccia? Per quanti sforzi facesse, la risposta tardava a venire. Si girò sul lato sinistro del cuscino, nella posizione in cui meglio gli riusciva di assopirsi. Lo sguardo gli cadde sopra il comodino, dove stava appoggiato un rotocalco: in copertina, sfumato all'ombra del semibuio, il sofisticato primo piano di un'attrice. Di colpo, tutto gli fu chiaro: l'uomo doveva essere un fotografo, anche di qualche notorietà. Come faceva di nome? "Poco importa", si consolò, comunque soddisfatto dell'immutata capacità intuitiva.

Presto, però, il sorriso sfiorì sulle labbra, il cervello torturato dal demone dell'investigazione. No, l'affare non era così semplice come sembrava; la prima, banale deduzione non risolveva per intero l'enigma. Quel volto gli suggeriva altre ipotesi, che bisognava mettere bene a fuoco.

Niente da fare. Rovistò a lungo e a vuoto nella memoria con l'unico effetto di moltiplicare il frastuono dell'emicrania. Rassegnato, si mise a sedere sul letto; cominciò a sfregarsi tempie e palpebre coi polpastrelli, dolcemente, assecondando i consigli di un amico ortopedico. La notte gli rotolava addosso impietosamente: tanto valeva alzarsi e prepararsi una buona tisana.

Sette

Raggiunsi Valle Giulia nel tardo pomeriggio. La sala centrale della Galleria d'Arte Moderna e Contemporanea era ancora ingombra di persone. La mia assenza durante la giornata e, soprattutto, al momento dell'inaugurazione della mostra, necessitava di una riparazione formale.

La prima a venirmi incontro, una volta ch'ebbi varcato l'ingresso, fu mia sorella Giulia, armata d'un sorriso di tenero rimbrotto; dietro di lei sbucavano teste incuriosite, tra le quali riconobbi quelle di Nicoletta D'Allevi e Mario Fanti, due colleghi con i quali intrattenevo da tempo rapporti molto cordiali. Li salutai con un ampio gesto della mano e corsi ad abbracciare Giulia; accanto a lei il marito, Massimo Cavalieri, che mi batté amichevolmente una mano sulle spalle.

«Caro mio, qua cominciavamo a credere che non saresti mai arrivato».

Con Massimo c'era reciproca franchezza e un intendersi anche non esplicito.

«Massimo caro, fosse stato per me...».

Giulia s'intromise, non dissimulando un certo fastidio.

«Possibile che tu debba sempre essere così... Così... Lo vedi? Non riesco nemmeno a trovare le parole adatte a definirti».

Le accarezzai una guancia, sorridendole: lei non si fece commuovere e proseguì nell'arringa.

«Guarda che mancavi solo tu; i tuoi colleghi erano presenti sin dall'apertura. Tutti!».

Era vero, ma la cosa non mi creava rimorsi: "perché tanta solerzia?", mi chiedevo. Ma mia sorella mi stava addosso, non paga.

«Beh, adesso vedi di rimediare, se ti riesce; tanto, quei tangheri di giornalisti non ti daranno tregua per un bel po', temo».

Verità sacrosanta e, senza ombra di dubbio, l'aspetto per me più penoso di quella fiera delle vanità. Tanto valeva affrontare subito la dura *kermesse*. Mi feci largo in sala, tra saluti e strette di mano, rapide risposte a futili domande, cercando di svicolare verso l'angolo bar, con la scusa di un improbabile appuntamento. Casualità volle che vi fosse una persona che sembrava attendere proprio me: una stralunata Laura Speranza si approssimò palpitante, fasciata in un completo marrone scuro, stretto in vita, che ne metteva bene in risalto la figura slanciata. Mi baciò pudicamente sulle guance, tirandomi a sé ansiosa, negli occhi un luccichio sospetto. Le presi una mano nelle mie, teneramente incalzandola:

«Laura, che ti è capitato?».

«Una cosa incredibile, assurda!».

«Dimmi, ti prego».

«Sai l'ultima volta che ci siamo incontrati e che poi è finita com'è finita?».

Le gettai uno sguardo di stimolante intesa.

«Bene, ricorderai anche che mentre noi... Insomma, mentre facevamo le nostre cosine, mio marito mi ha chiamata al cellulare. Oh, è stato dolcissimo! Mi ha detto che voleva solo sentire la mia voce e sapere se tutto andava bene: e, accidenti, tutto stava andando per il meglio, no?».

Mentre lei mi raccontava le sue facezie io, scarsamente interessato, facevo girare lo sguardo intorno a me. Non potei che rammaricarmi, nell'accorgermi dell'immancabile presenza di Roberto Miceli, in querulo trastullo con una stangona bionda e annoiata. Quel tipo aveva la capacità di capitarmi tra i piedi ovunque mi trovassi.

«Le sue paroline affettuose mi hanno molto rilassata, ovviamente» stava dicendo Laura «Avevo paura che mi spiasse, che avesse sospettato qualcosa; sai, è molto apprensivo e pure un po' geloso. Invece, cosa vado a scoprire? Ascolta, Loris, è davvero pazzesco, inconcepibile!».

«Sto ascoltando. E allora?».

«Allora, rientrata a casa a tarda ora, rimuginavo su una scusa probabile con cui giustificarmi; se non che comincio a annusare uno strano odore nell'appartamento. Accendo la luce del corridoio e parto dritta verso la camera da letto, da dove sembrava provenire quel profumo, dolciastro, molto forte. E là chi ti trovo? Il mio uomo semisvenuto, con incollata addosso una super puttana tutta curve, languida e dormiente sulle sue spalle. Hai capito, lo stronzo? Telefonava per sincerarsi ch'io fossi sufficientemente lontana dal luogo del delitto: e gli era così piaciuto, povero deficiente, che si era pure addormentato, senza curarsi dell'ora: ma tu pensa che idiota!"

Sembrava fuori di sé e a me venne istintivamente da ridere, al pensiero della mia bella adultera battuta sul suo stesso terreno.

«C'è poco da ridere, amore mio! Coglione e puttaniere me lo sono andato a pescare!».

«Beh, non è poi il caso di piangerci sopra» scherzai, tanto per stemperare il suo disappunto «La sintonia tra voi due, in questo caso, è sorprendente. Direi, a occhio e croce, che siate fatti l'uno per l'altra».

D'improvviso, cambiò colore, il viso stizzito, l'espressione paradossalmente seriosa.

«Eh, no, caro mio! Io, là per là, non sono riuscita a tenermi. Capirai, sorprendere tuo marito, come nei film, nel *tuo* letto con un'altra. Ah, no!».

Senza preavviso, appoggiò la testa sulla mia spalla e cominciò a piagnucolare.

«Sai cos'ho fatto? Ho acceso la luce, mi sono messa a urlare, incurante delle sue patetiche giustificazioni e gli ho intimato di lasciare subito la casa».

Ebbe un sussulto, che la fece fremere in tutto il corpo; digrignò i denti, alzando di poco i toni.

«Ma sai cosa mi ha fatto più irritare? Durante l'alterco con mio marito, la sua troia se ne stava là a guardare, cianciando una stupida gomma e grattandosi una tetta!».

Le intimai di abbassare la voce, invitandola a riconsiderare i fatti con più distaccato equilibrio.

«D'accordo, tutto quel che vuoi. A conti fatti, però, non ti sembra di essere stata un po' troppo... precipitosa, nel giungere alle estreme conseguenze?».

Colsi un lampo negli occhi neri e sfavillanti.

«Eccome, Loris, eccome! È proprio questo che non mi va giù, la mia sciocca impulsività. Vedi, io vengo già da un divorzio e le cose con Franco, il mio nuovo marito, non è che andassero poi male; senza dimenticare che, vista l'intesa non dichiarata su un terreno comune, avevo tutto l'interesse a temermelo stretto. In fondo, lui è stato sempre gentile e premuroso e, oltretutto, è pure un gran bel figo!».

Il piagnisteo riprese teatralmente, dovetti intervenire.

«Va bene, dai, non tutto è perduto. Hai provato a richiamarlo, chiedendo un civile confronto?».

La scenetta si componeva ormai di gag da cattivo *vaudeville*. Le sue labbra si torsero in una smorfia indescrivibile.

«Macché civile confronto! Sicuro che l'ho chiamato e ci siamo pure rivisti. Una serata al lume di candela, in un ristorante *chic*. Dopo baciamani e riverenze, ha fatto ammenda delle sue colpe e mi ha chiesto con serenità il divorzio».

«Cioè, fammi capire, *lui* avrebbe chiesto a te...».

«Sì, proprio così, un sano divorzio riparatore: per poter *sposare* la troia!».

Due signori, elegantemente abbigliati e poco distanti da noi, si voltarono esprimendo, attraverso il volto, i sensi del loro disagio. Presi Laura sottobraccio e la condussi in un angolo più appartato.

«Senti, cara, ora non posso proprio sottrarmi ai convenevoli di rito; oltretutto devo vedere delle persone. Se non sei stanca, potresti aspettarmi e passare il resto della serata da me. Se vuoi...».

Si illuminò in volto e capii che i suoi progetti combaciavano con i miei. La lasciai sola con il suo inconsolabile dolore e attraversai la sala, spostandomi verso il settore dove stavano incorniciati i miei nudi; seguirono saluti, congratulazioni, sorrisi di circostanza, qualche autografo e una nuova breve intervista. Miceli s'era accorto di me e mi lanciava sguardi eloquenti; levò alto il bicchiere di prosecco che teneva in mano, in segno di saluto. Ricambiai con gesto svagato, felice di trovarmi ora a tu per tu con Nicoletta e Mario, con i quali scambiai qualche confidenza. Nicoletta volle, poi, prendermi in disparte.

«Ho da dirti una cosa. Stamattina, mentre presenziavo all'apertura dell'esposizione, mi si è avvicinato un giovanotto che chiedeva insistentemente di te. Sembrava parecchio agitato».

«Ti ha detto chi era e che voleva?».

«Soltanto che aveva bisogno di parlarti».

Le chiesi di descrivermelo e nell'identikit tracciato dalla fotografa, immediatamente riconobbi Filippo Boschi, il DJ di *Radio Family*.

«Ma non è tutto» proseguì Nicoletta, meglio sistemandosi a tracolla un *reflex* che montava un obiettivo a grandangolo. «Il giovanotto si sarebbe, di lì a poco, reso protagonista di uno sgradevole alterco con quel verme di Roberto Miceli, a suon di improperi e male parole. Il ragazzo ha perso del tutto il controllo: strillava come un'aquila, tra le occhiate sgomente dei presenti».

Colsi apprensione negli occhi della collega; di certo si stava chiedendo cosa mai avessi a che fare con quell'esagitato del Boschi. Nicoletta era una donna sincera, per nulla invadente: dietro le lenti da miope, incastonate dentro un'eccentrica, variopinta montatura, indovinavo l'aggressività degli occhi vivaci, intelligenti. Le raccontai brevemente l'incontro con il giovane DJ, rifiutandomi però ai dettagli. Nel contempo, Miceli si era avvicinato a Mario, con una qualche scusa, e aveva preso a squadrarmi dalla testa ai piedi, con inelegante insistenza.

«Qualcosa non va, Miceli?» lo provocai, per scrollarmi di dosso il peso di quello sguardo invasivo.

«Al contrario, Varelli. La stavo guardando, pieno di ammirazione».

Si umettò le labbra con la punta della lingua e continuò nel salamelecco.

«Le giuro che più osservo le sue foto, più ne resto ammaliato. Non la scambi per piaggeria: il mio giudizio è spassionato».

Quel sorriso prestampato, che sempre ostentava come il fazzoletto ricamato nel taschino della giacca, si smorzò lentamente, fino a diventare ghigno. Tornò a fissarmi con l'insolenza del guappo; mi prese sottobraccio e mi invitò ad appartarmi con lui. La curiosità stavolta prevalse sulla voglia di prenderlo a pedate. Quando fummo abbastanza distanti da orecchie indiscrete, Miceli mi blandì sottovoce.

«Non se ne abbia se la tormento ancora chiedendole di Filippo Boschi».

Stava diventando un'ossessione ma continuavo a sentirmi, in qualche misura, corresponsabile delle sorti di quel ragazzo.

«Se sa qualcosa di lui, la scongiuro di mettermi al corrente. Guardi che è davvero molto importante».

Il tono era mellifluo, lo sguardo allusivo: dovevo mettere un argine tra me e la sua invadenza.

«Miceli, mi ascolti attentamente. Io non vedo Filippo da quella famosa colazione. Di lui non sapevo nulla prima, né ho imparato molto dopo; ho solo capito che si trova nei pasticci e che lei è parte dei suoi guai. Per quanto mi riguarda, non voglio entrarci».

Sospirò, facendo spallucce. La smorfia irridente, a cui atteggiava le labbra, divenne un cratere che gli deformò gli angoli della bocca.

«Femminiello del cazzo!» sbottò, senza ritegno «Me la pagherà!».

Mi volse le spalle e se ne andò imprecando. Rimasi per un po' a osservarlo, mentre si dirigeva dalla parte opposta dell'ampio salone, dove l'attendeva un giovanotto nerboruto, un tipo piuttosto fuori catalogo rispetto al resto dei convenuti. Miceli gli diede un buffetto sulla guancia, soffiandogli qualche parola all'orecchio. Li vidi allontanarsi insieme, verso l'uscita. Giulia, intanto, mi aveva raggiunto, di getto apostrofandomi:

«Allora, brutto roditore misantropo? Hai adempiuto alle consegne? Non credere, ora, di potermi fuggire».

Come sempre, stavo al suo gioco, sorridendole; mi rallegrava averla al fianco, non appena gli impegni e la mia vita, così distante dalla sua, me lo concedevano.

«Giulia...» mormorai, circuendola per la vita sottile «Da quanto tempo non ti scatto più una foto?».

«Da troppo, mascalzone!».

«Dobbiamo assolutamente rimediare» sentenziai, dandole il braccio per lasciare che mi portasse un po' a spasso per la Galleria. La osservavo divertito dalla sua fanciullesca eccitazione: ma già mi afferrava l'incubo della notte, con i suoi incontenibili fantasmi.

Laura mugolò, regalandomi l'ultimo spasimo di piacere ed io le crollai sopra, col peso del mio corpo divorato dai fremiti orgasmici che sempre mi davano le sue abili, collaudate contorsioni. Lei protestò, divertita.

«Ehi, fotografo, così mi soffochi!».

Si divincolò per liberarsi dell'inerme fardello, lasciando che io mi abbandonassi, inconsapevole, al sonno.

L'effetto dell'inopinato risveglio fu alquanto brutale; dentro la testa un qualche arnese cominciò a martellare con rabbia e il tenero oblio in cui la ginnastica amorosa mi aveva sprofondato svanì in un soprassalto di realtà che piovve tanto repentina quanto assolutamente indesiderata. Spostai, con il maggior tatto possibile, il peso del corpo sul fianco sinistro, attento a non scuotere le morbide sinuosità della mia amante. Restai qualche minuto ad osservarla: aveva i capelli scompigliati e le labbra disegnavano una buffa piega irregolare, per effetto del viso schiacciato sul cuscino. Divorato da una smania opprimente, rotolai giù dal letto muovendo le gambe ancora rattrappite come una marionetta disarticolata. Mi trascinai nel bagno e poi in cucina, dove misi a scaldare la prima moca del giorno. Fuori, nella morte apparente dei colori, lumeggiava il bianco opalescente di una luna piena. Versai una buona dose di caffè nella tazzina e la portai con me sul terrazzo.

La notte odorava di malva; la luce dei lampioni si mescolava ai riflessi lunari, in un contrasto accecante di bianco e giallo ocra, che sfumavano nel verde scuro del parco. Nel silenzio abbagliante dei colori, assaporavo il gusto forte e aromatico del caffè, per un istante sollevato dai problemi del mondo e dai miei.

Poco mancò che rigettassi per intero il contenuto della tazzina quando, avendo per accidente rivolto lo sguardo al margine della strada, *lei riapparve*, mostrandosi alla luce, tetra e dolente. Vestiva gli stessi abiti, la stessa insostenibile angoscia nel volto terreo; il suo sguardo sembrava passarmi da parte a parte, rassegnato e accusatorio.

L'universo tutto volteggiò intorno a me, precipitandomi in un deliquio da cui mi scossi soltanto bruscamente indietreggiando, con foga proporzionata allo spavento. Inciampai, urtando lo spigolo della portafinestra e mi ritrovai in terra a baciare il pavimento. Indolenzito, sgomento, mi sollevai, con indosso un tremore che mi aggrinziva l'epidermide, sostenendomi alla parete. Passò un minuto, prima che un'arrembante tachicardia muovesse a pietà, rallentando i battiti. Allora, infilati alla svelta una "polo" e un paio di jeans mi scaraventai fuori, a stento dominando il grido frustrato, rabbioso che mi scuoteva il petto.

Naturalmente, nell'affacciarmi sulla strada, *non vidi nessuno*. Senza vero entusiasmo, tanto per placare la tempesta che infuriava dentro di me, decisi di perlustrare i dintorni; un modo come un altro per distendere i nervi e alimentare la speranza.

A passo spedito, imboccai la traversa che separava il mio palazzo da quello contiguo. Mi infilai in una stradina stretta che correva per una cinquantina di metri per poi curvare ad angolo ottuso.

Proprio a ridosso della curva, addossata al portone d'ingresso di un alto casamento, intravidi una sagoma scura, immobile, il volto che si rifiutava alla luce del vicino lampione. Dal punto in cui mi trovavo non avrei potuto distinguerla ma fremevo all'ipotesi che potesse trattarsi *di lei*.

Mi avvicinai, passo dopo passo, le gambe che mi tremavano. Lentamente, il miraggio si materializzò in un corpo afflosciato e senza forze. Con le mani si copriva pudicamente il viso e dalle sue labbra scaturì flebile un lamento. Mi dava le spalle e provai, con estremo tatto, a farlo voltare verso di me. Aveva un occhio pesto e lividi sul viso, rigato dalle lacrime, e sul collo. Sotto la maglietta lacera si intravedevano altri segni di percosse, sul dorso e lungo la schiena. Stava in piedi per inerzia e quando feci per sostenerlo, si ritrasse spaurito.

«Ti prego, no! Sono tutto un dolore!».

Filippo Boschi era conciato davvero male. Dovevano averlo battuto come un tappeto, prima di congedarlo, ridotto uno straccio. Lo vidi flettere in avanti, s'accasciò su di me, senza più un gemito. Me lo caricai di peso e mi trascinai, sconvolto io per primo dalla convulsione straniante degli avvenimenti, verso casa.

Laura mise a scaldare dell'altro caffè e si riaffacciò in camera da letto.

«È ancora svenuto?» domandò, guardando Filippo con un misto di pena e tenerezza. Annuii.

«Povero ragazzo!» commentò e si sedette sul ciglio del letto, dove lo avevamo coricato, dopo avergli tolto gli abiti logori di dosso. Lei gli carezzò il petto con le dita e si girò verso di me, che osservavo discosto la scena, incredulo. Il giovane DJ recava sul corpo i segni evidenti del pestaggio al quale lo avevano sottoposto; la ferita più vistosa gli scuriva l'addome. Dovevano averlo picchiato, con tutta probabilità, a mani nude. Laura aveva fatto del suo meglio nell'apportare le prime cure, improvvisandosi infermiera, con l'ausilio di creme, alcool e garze.

«Quando si sveglia» fu il suo consiglio «sarebbe opportuno somministrargli un antidolorifico. Anzi, sarebbe meglio...».

Non le diedi il tempo di continuare.

«No, per il momento non se ne parla. È stato aggredito, non c'è dubbio. Dobbiamo saperne di più. Aspettiamo. Mi prendo io la responsabilità. Potrebbe non gradire un ricovero di Pronto Soccorso, che comporterebbe, come ovvio, la richiesta di denuncia e messa a verbale dell'accaduto».

«Capisco...» sussurrò lei, per nulla convinta della bontà della scelta. S'alzò, mi sfiorò le labbra con un bacio e tornò in cucina ad occuparsi del caffè. Accesi una sigaretta e mi sedetti sul letto, dando le spalle al mio giovane, sfortunato amico. Laura ricomparve con due tazzine calde e uno sguardo sempre più preoccupato. Filippo si riscosse, un poco contorcendosi sotto le lenzuola. Lei gli andò vicina e lo abbracciò teneramente

«Grazie» mormorai in un sorriso, cercando di mostrarle tutta la sincera gratitudine che provavo per lei, in quel momento «Senza di te non avrei saputo cosa fare».

Si strinse nelle spalle.

«Probabilmente avresti fatto le stesse cose».

Si chinò di nuovo su quel giovane corpo martoriato.

«È molto carino, non trovi? Forse, un po' piccolo di statura».

Avevo la testa presa da altri pensieri, balbettai qualcosa di sconnesso, suscitando in lei una piccola reprimenda. In quel momento, Filippo aprì gli occhi e ci fissò entrambi, come stupito. Mi piegai su di lui e gli sorrisi. Si accorse di essere seminudo e le guance arrossirono sensibilmente. Laura si affrettò a rassicurarlo.

«Come si sente? Non deve avere vergogna di me: non ce n'è motivo. Sono una buona amica di Loris, che mi ha molto parlato di lei».

«Anche se, devo dire che con quello slip indosso sei un'autentica tentazione» aggiunsi, strappandogli un tenue sorriso. Provò a tirarsi su ma desistette: una smorfia di dolore gli contorceva i lineamenti.

«Non alzarti, resta tranquillo» gli consigliai. Mi afferrò per un braccio, trepidante.

«Non avrete mica chiamato un medico o qualche fottuto poliziotto, per caso? Ditemi di no!».

Con Laura ci scambiammo una sguardo d'intesa. Filippo emise un sospiro, socchiudendo appena le palpebre.

«Scusatemi, io... Anzi, grazie per quello che avete fatto»

«Non devi preoccuparti» mi affrettai a rassicurarlo «Ci pensiamo noi alla tua salute, per il momento».

Lui posò per un attimo lo sguardo sulla mia compagna, che gli regalò un ampio sorriso. La paura sembrava essersi un poco dileguata e nei suoi occhi restavano la sofferenza per le ferite e un luccichio malinconico. Si guardò intorno, mi chiese la cortesia di un bicchiere d'acqua; glielo portai, mi ringraziò e bevve con avidità. Lo aiutai a issare la schiena che poggiò sulla spalliera del letto. Tornò a ringraziarci, dopodiché si chiuse in un mutismo solo animato dal correre dello sguardo che registrava ogni cosa intorno a sé; nuovamente i suoi occhi si posarono su di noi, supplici, inquieti. A un tratto, mormorò a mezza voce:

«Sentite... Mi spiace di avervi messo in mezzo, non era mia intenzione».

Laura e io ci limitammo a guardarlo, Filippo lesse nei nostri sguardi silenti un'implicita richiesta di chiarimento.

«Sono scappato, non sapevo dove andare: *quelli* mi minacciavano, dicevano che m'avrebbero ammazzato. Mi sono ricordato che da queste parti ci doveva essere casa tua».

Emise un lamento sordo e si girò su un fianco, nel tentativo di trovare una posizione che non gli facesse provare sofferenza. Laura gli si avvicinò e con una pezza bagnata gli asciugò le tempie, imperlate di sudore.

«Lei avrebbe bisogno di cure più appropriate, mi creda».

Lui le trattenne una mano nella sua, forzandosi a un sorriso.

«La ringrazio, lei è molto buona. Mi dispiace, mi dispiace..."

Continuava a scusarsi e a dimenare la testa, perché il gesto rafforzasse le parole. Sembrava confuso, più ancora che spaventato, forse non gli riusciva di spiegarsi come avrebbe voluto: o forse era solo un modo di prendere tempo e trovare il coraggio per raccontarci una verità scomoda.

«Filippo, voglio la verità, ora» gli intimai, senza preamboli.

Provò a fuggirmi, scostandosi un poco di lato. Lo costrinsi a girarsi verso di me e a guardarmi dritto negli occhi.

«È per colpa di quel Miceli, vero?».

La domanda non parve stupirlo ma fece una smorfia di sussiego, rifiutandosi alla risposta.

«Allora?» insistetti, mentre il ragazzo cercava di evitare il mio sguardo, che su di lui si posava, invece, accigliato. Esitava ancora, la frase incespicando su balbettii impercettibili. Ma io non mollavo: Filippo *mi doveva* spiegazioni.

«Miceli non c'entra, è solo colpa mia!» trillò a un tratto e l'acuto gli provocò una fitta alle costole indolenzite. Fece un lungo respiro e completò l'autocommiserazione.

«Io sono un disgraziato!».

«No, tu sei uno sciocco e non varrebbe di sicuro la pena di perdere altro tempo con te».

Sapevo che il compatimento non avrebbe giovato alla sua causa e lo fustigavo con asprezza.

«Purtroppo per te, hai avuto la sfortuna di rendermi partecipe delle tue cazzate e adesso rivendico il diritto di sapere in che fogna sei andato a cacciarti».

Reagì come fulminato da una scossa elettrica, torcendosi sul letto alla stregua di un indemoniato.

«Niente affatto» strillò, inviperito «Sei stato *tu* a cercare di me, telefonando in trasmissione; se stato *tu* a invitarmi in quel cazzo di Caffè!».

Ero molto dispiaciuto per le sue reticenze; in realtà, pur se omissivo – a pieno diritto – o persino bugiardo, Filippo mi inteneriva, risvegliando in me un paterno desiderio di protezione. Tuttavia le mie parole erano risultate irruente ed egli reagì con isteria, provocandosi nuovi tormenti. Provò ad alzarsi ma faticava a reggersi sulle gambe. Laura corse a soccorrerlo.

«Aspetti, non faccia sforzi inutili» gli intimò benevolmente la mia amica, subito prestandosi a fargli da stampella. Ai miei occhi la scena non parve, però, così straziante. Restavo immobile, come offeso da quella sua involontaria pantomima. Volevo soddisfazione, a sciocco compenso di tutto quello che mi stava capitando e che un filo invisibile sembrava tenere insieme, come un'intricata ragnatela dentro la quale mi dimenavo per rimanerne sempre più avviluppato. Mi girai verso di lui, lanciandogli uno sguardo di rimprovero mentre tentava di camminare, amorevolmente sorretto dalla mia compagna.

Più lo guardavo, più mi mordeva l'angoscia per tutte le domande ancora senza risposta che si mescolavano, melmosa catasta, nella mia testa; e addizionavo il male, volto per volto, momento per momento, Boschi, Miceli, Carosi, la foto, la ragazza incubata nelle mie visioni notturne, neanche quello spaurito giovanotto ne fosse la fonte e l'istigatore. In preda a sentimenti contrastanti, osservavo Filippo con una punta di cattiveria, pur nella compassione che mi ispirava.

«Ragazzo, tu mi *devi* delle spiegazioni».

Laura mi fulminò con lo sguardo, atterrita dalla mia insensibilità.

«Non ti devo nulla» sibilò Filippo, poggiando il capo sulla spalla della sua soccorritrice.

«Si tratta di Miceli, vero?» insistetti noncurante, come non l'avessi ascoltato «Te le ha date lui di persona o ha pagato qualcuno per suonartele?».

Sedato ogni più intimo rimorso, rigiravo il coltello nella piaga, torturandolo.

«Sei il suo amante, o cosa?».

Piegò il volto in avanti e dalla bocca gli uscì un verso distorto: pareva fosse in procinto di vomitare.

«E piantala, stronzo!» mi urlò Laura, gli occhi infuocati.

Sentimmo dei rumori provenire dal pavimento. L'inquilino del piano di sotto evidentemente aveva il sonno leggero. Filippo non mosse un muscolo, la faccia era pallida, gli occhi socchiusi.

«Va bene» dissi, allargando le braccia in segno di resa «Ora chiamo la guardia medica e la polizia; non intendo assumermi responsabilità per la tua salute. Ciò che hai taciuto a me, ti toccherà dire a loro: o, quantomeno, cerca di inventare una storia plausibile».

Feci per uscire dalla stanza ma una voce strozzata mi raggiunse, implorante:

«No, aspetta!».

Mi bloccai sull'uscio, continuando a dargli le spalle. Sentii muovere dietro di me e, in breve, avvertii il tocco tremante della sua mano. Mi voltai a guardarlo in faccia e mi accorsi che stava piangendo: poche disperate lacrime colavano sulle sue guance, simili a cicatrici sul volto tirato.

Strinsi il suo braccio esile e attesi che si liberasse da ogni remora. Laura, che gli era rimasta accanto protettiva, ci osservava senza un fiato. Filippo cominciò a parlare, con voce rotta da un'emozione che non poteva più governare; io avrei solo voluto che uscisse dalla mia vita in sordina, come vi era entrato.

«Mia madre e io abbiamo sempre bisogno di denaro; lei beve e non le riesce di trovare lavoro, nemmeno da sguattera, perché certi giorni non si regge proprio in piedi. Dal canto mio, te l'ho detto: non è che con la radio si rimedi granché, il contratto è debole.

Miceli l'ho conosciuto per caso, abbiamo simpatizzato; è lui che mi organizza gli "incontri", frequenta un sacco di gente in vista, piena di quattrini».

Una luce fredda, unita ai riflessi opalescenti dei lampioni, feriva i vetri sciogliendosi in macchie azzurrognole che si disperdevano nella stanza; sagome indistinte si disegnavano a parete, nella bizzarria dei contrasti di luce e ombra.

«Sere fa, Roberto mi ha adescato, mentre vagavo solitario e un po' brillo alla stazione Termini. Mi parlò di due tizi, "sai, sono disposti a pagare cifre esagerate, per soddisfare gusti... un po' particolari. Se ci stai e li assecondi, hai svoltato". Gli dissi che la cosa mi tentava, che ci avrei pensato sopra».

Laura ed io ascoltavamo, evitando che i nostri sguardi si incrociassero; nonostante fosse ancora irritata per il mio comportamento, sentivo crescere in lei l'eccitazione e il timore per ciò che potevamo apprendere dalla labbra di quello sfortunato ragazzo. Sembrava persino più coinvolta di me in una faccenda di cui, in fondo, era stata solo testimone involontaria. La ritenevo fatua e poco partecipe degli affanni altrui; al contrario, messa fortuitamente alla prova, dimostrava tatto e sensibilità nel districarsi in una così delicata situazione: né l'attenzione che ora mostrava per i risvolti più sgradevoli dell'*affaire* Boschi – Miceli, poteva in alcun modo essere attribuita a insinuante morbosità. Ne ricavavo, a livello personale, l'ennesima conferma della mia totale incomprensione, se non indifferenza, al genere femminile con cui entravo in contatto solo per elementari, fisiologici bisogni o per saziare la mia fame di corpi da fotografare.

«Osservavo mia madre e contemplavo la nostra rovina» stava dicendo Filippo «La misura era colma e non mi fu difficile prendere una decisione. Pensai che stavolta avremmo potuto tirare avanti per un bel po', senza tanti problemi.

«Telefonai a Roberto, mi dissi pronto ad accettare; mi fissò un appuntamento con quei due, ci incontrammo a casa di Miceli. Non li avevo mai visti in vita mia, anche se il giornalista me li aveva descritti come due pezzi da novanta nel business finanziario. Forse non li ho neppure guardati bene in faccia, per me costituivano soltanto un'opportunità.

«Durante le presentazioni furono molto cerimoniosi, facevano sfoggio di buone maniere e si mostravano estremamente cortesi nei miei riguardi. I nomi me li ricordo bene invece, dissero di chiamarsi Armando e Rodolfo, avevano una sfumatura d'accento inconfondibilmente settentrionale».

Prese una pausa e deglutì, come per respingere una sensazione di soffocamento.

«Fissammo un incontro per l'indomani. Vennero a prendermi a casa, con una di quelle auto di lusso, coi finestrini ciechi; pretesero, mentre stavamo per imboccare il raccordo, che mi mettessi una benda sugli occhi: con molto garbo, mi assicurarono che si trattava di semplice precauzione e mi allungarono parte della somma pattuita, perché fossi tranquillo».

Prese ancora un po' di fiato e si mise a fissarmi. Confesso che fui turbato dalla profondità struggente del suo sguardo. Tossicchiai goffamente, quasi a voler scansare quel leggero stato di imbarazzo che mi pervadeva e dissi, tanto per allentare la tensione:

«Senti, Filippo, se non ti va di continuare...» e volsi lo sguardo verso Laura, cercando una complicità che non arrivò. Dentro di me mordeva la volontà di saltare l'ostacolo, evitando una cronaca dettagliata degli avvenimenti.

«Laura ed io ci rendiamo perfettamente conto...».

Lei non mosse ciglio e il ragazzo mi impedì di concludere il periodo.

«No, Loris, ora andiamo fino in fondo. Poi sarai libero di pensare di me ciò che vuoi e agirai di conseguenza».

Tirò un respiro lungo e profondo, si intuiva quanto gli costasse mettersi a nudo, senza tuttavia poter immaginare altra via d'uscita da se stesso, da quella specie di insolita agonia. Parlava come in apnea, le frasi che emergevano a intervalli rapidi prima che il fiato fosse nuovamente sommerso da fiotti tumultuosi.

«Quando mi tolsero la benda, compresi che ci trovavamo in un posto isolato a qualche chilometro dalla strada; sentivo in lontananza il rumore soffuso dei motori e intravedevo bagliori dalle finestre. Era marzo inoltrato ma faceva ancora piuttosto freddo. Ci trovavamo in una villetta immersa nel verde: ricordo uno steccato, un cancello un po' arrugginito, un vialetto in mattonato grigio. L'ambiente era surriscaldato, la differenza termica con l'esterno notevole. Mi fecero accomodare, mi offrirono da bere, mi fecero domande sulla mia vita privata, sembravano molto interessati.

«Poi, Rodolfo mi intimò seccamente di spogliarmi e non dimentico quanto si era fatta improvvisamente arcigna l'espressione del suo volto; il compare, invece, continuava a sorridermi. Ero spaventato, eppure... Non so come spiegarvi, anche eccitato, nell'assoluta incertezza di ciò che poteva succedermi. Non che non avessi mai avuto in precedenza rapporti con uomini, cominciavo a familiarizzare con la mia omosessualità: e non era la prima volta che mi prostituivo. Però... Insomma, l'atmosfera era diversa e quei due non mi piacevano affatto; avevano comportamenti strani e, d'altronde, Miceli mi aveva avvertito delle loro pulsioni non completamente a norma. Invece, quella volta non accadde nulla di eccezionale: si accontentarono di prestazioni banali, ripagandomi con un sostanzioso assegno».

Cominciavo a smaniare, con gesti nevrotici compulsavo i tasti del cellulare, alla ricerca di immaginarie funzioni. Il DJ riemergeva dall'ordito dell'infelice resoconto per prendere fiato; dopo breve pausa, tornava caparbio a inabissarsi.

«Non mi pareva vero, tutto quel rumore per nulla e, in un solo colpo, tanti soldi per le mani quanti non ne avevo mai visti in vita mia. Sembravano molto soddisfatti e mi proposero una *rentrée*: accettai senza pensarci, con entusiasmo. Armando mi mise davanti un foglio di carta, con una serie di clausole giuridiche che, a naso, intuii costituire una sorta di contratto a più voci. Mi spiegò che si trattava di un atto che ci vincolava a reciproche garanzie e mi disse di mettere la firma accanto alla loro. Non capivo bene, erano tutti termini legali, ma non mi sembrava niente di compromettente. Perciò, firmai, senza pensarci sopra.

«Quei soldi ci furono molto utili: a mia madre dissi che due imprenditori del nord stavano aprendo degli uffici a Roma, cercavano un segretario giovane e efficiente e mi avevano proposto un colloquio. Gli ero piaciuto e mi avevano dato un congruo anticipo. Ebbi altri due incontri con quei signori, altrettanto *normali* e ricevetti altro denaro. Mamma sembrava felice e a me piaceva vederla sorridere: per due intere settimane smise di bere e accettò pure di fare la domestica a mezzo servizio, presso una famiglia di pariolini. Ma quella felicità fu di breve durata».

Si interruppe, premendosi il fianco con una mano; si morse le labbra, sofferente.

«Vi spiace se mi rimetto un poco sul letto?» domandò, a voce bassa. Laura lo aiutò subito a coricarsi; malgrado le proteste del ragazzo, gli praticò un'iniezione di una sostanza antidolorifica che aveva scovato nell'armadietto dei medicinali, in bagno. Gli tastò la fronte, sincerandosi che la temperatura corporea non avesse subito oscillazioni.

«Grazie» disse lui, prendendole una mano. «Grazie», ripeté, negli occhi una luce più viva, confortato dalle premure della mia generosa partner. Mi limitai a chiedergli se fosse sicuro di cavarsela, rinunciando a un immediato soccorso medico. Filippo si distese in un largo, convinto sorriso e io non insistetti. Capivo che tutto ciò di cui aveva realmente bisogno era di rigettare per intero quel peso divenuto intollerabile.

Accesi una sigaretta, tirai un paio di boccate e la passai a Laura, che fece altrettanto; della realtà, di ciò che scivolava ignaro fuori da quelle mura, non sapevamo più nulla. Pensai alla ragazza del mio incubo e ancora il suo volto livido, di spettro malinconico – così evanescente e innaturale, così prossimo e reale – si confuse con quello del giovane DJ.

«Fu un sabato sera, tornavo a casa dopo un paio d'ore di diretta radiofonica. Sotto casa, seduto in macchina, mi aspettava Miceli che mi convinse a seguirlo, anticipandomi che Armando e Rodolfo mi volevano per una partita di piacere, prima di un lungo viaggio all'estero. Malgrado fossi stanco morto, non me lo feci ripetere: l'idea di guadagnare, senza sforzo, qualche altro centone era troppo allettante.

«Roberto mi scaricò all'altezza del raccordo, dove mi attendevano i due complici. Tutto si svolse secondo le consuete procedure e, per farla breve, mi ritrovai nello stesso luogo dei precedenti incontri. Capii che avevano una strana fretta e quanto fossero più eccitati del solito; furono loro a spogliarmi, poi successe qualcosa di imprevedibile. Armando mi stringeva i polsi, cercando di legarmeli alla schiena con un laccio. Protestai, divincolandomi, gridai che non era nei patti; soprattutto mi accorsi che, nella stanza c'era qualcosa che non avevo mai visto prima o di cui, forse, non mi ero mai accorto».

Si interruppe, gli occhi che cercavano i nostri, come volesse sincerarsi che non dubitassimo delle sue parole. In effetti qualche dubbio cominciavo a nutrirlo, tanto minuzioso e teatrale si stava consumando il narrato, con pause, esitazioni e balzi inattesi, quasi Filippo si trovasse appunto sopra a un palco e cercasse di guadagnarsi l'applauso del pubblico. Però, eravamo in ballo e lasciammo che arrivasse in fondo a quel tunnel di smarrimento e depravazione.

«A fianco del letto c'era un carrello con sopra strani oggetti a forma di bisturi. Notai che Rodolfo si era persino infilato dei guanti di lattice e, a quel punto, tutto mi parve terribilmente chiaro».

Mi vennero a mente le immagini di una vecchia pellicola di Cronenberg, quella con i due chirurghi gemelli che elaborano di proprio pugno una serie di complicati, mostruosi strumenti ginecologici per intervenire sull'utero di "donne geneticamente mutanti."

«Urlai, con tutto il fiato che avevo in corpo, scalciando alla rinfusa, dibattendomi. Tentarono di trascinarmi sul letto. Rodolfo mi diceva: "Stai buono, che non ti facciamo male: e poi, con tutti i soldi che ti abbiano dato, non ti metterai mica a fare il difficile"».

Si concesse un'altra pausa: gli occhi sbarrati, persi nel vuoto, rivisitavano la scena dell'orrore.

«Sono riuscito ad afferrare uno di quegli arnesi e ho menato colpi all'impazzata, quei balordi imprecavano, forse li ho pure colpiti. Sono corso fuori: dopo non ricordo granché, so solo che correvo nudo per la campagna e che sono arrivato sul ciglio della strada. Sono svenuto e qualcuno, mosso a pietà, deve avermi raccolto, perché mi sono svegliato sul lettino di un ospedale, disidratato, delirante...».

Girò la testa di lato e avemmo l'impressione che stesse per perdere nuovamente i sensi. Laura mi suggerì di uscire dalla stanza: avrebbe pensato lei a rianimarlo. Feci quanto suggeritomi dalla mia compagna e raggiunsi lo studiolo. Versai una lacrima di calvados dentro a un bicchiere e mi sedetti sopra il divanetto ad aspettare. Chiusi gli occhi e tempo e spazio restarono sospesi a un'immagine indefinita: *la rivedevo*, gli occhi profondi e vitrei che cercavano il nulla. Di *lei* non avevo parlato con nessuno, a eccezione di Alessio; però anche Carosi *doveva sapere*, lui aveva la foto, la malsana inquadratura da cui tutto quel delirio era scaturito, rischiando di travolgere la mia vita.

Da dove proveniva quella foto e chi l'aveva scattata? E, ammesso ci fosse, che relazione poteva esserci con il mio reiterato incubo notturno? Da quando i miei occhi si erano posati su quell'immagine mi sembrava di aver perduto il margine tra realtà e apparenza; era come se la mia esistenza avesse subìto un'interruzione, un improvviso *blackout*. Mentre guardavo i contorni indistinti, eppure così familiari, di quel paesaggio brumoso, inquietante, avevo avuto la sensazione di esserne risucchiato, tanto da ritenere, per un attimo, di averne fatto parte: sconcertante ipotesi che, presumevo fosse all'origine del mancamento. Non mi riusciva di dimenticare l'espressione di Carosi mentre, bianco in volto, barcollavo, la testa in preda a un vorticoso capogiro: si limitava a osservarmi fredda-mente, come uno scienziato la cavia sulla quale ha appena inoculato un siero sperimentale. Esperimento riuscito, dunque!

Un movimento quasi inavvertito alle mie spalle fugò il soprappen-siero. Dita delicate e curatissime frugavano tra i miei capelli, lam-bivano la fronte per poi scendere sulle palpebre, sino a vellicare le labbra. Baciai quelle dita, a una a una, con tenera premura e alzai gli occhi: Laura mi osservava, sorridendo.

«Come sta il nostro ometto?» le chiesi, con contenuta preoccupa-zione. In quel momento la mia mente si arrovellava ben lontano dal lettino di contrizione del mio giovane e sventurato DJ.

«Dorme. È molto provato, sarebbe meglio che ci decidessimo a chiamare un medico, anche se lui ci odierà per questo».

Si accomodò sul divanetto, accanto a me. Mi domandò di Filippo, di come lo avessi conosciuto. Le raccontai in breve quel poco che sapevo di lui e le circostanze che avevano favorito il nostro incon-tro, senza trascurare un accenno alla deleteria presenza di Roberto Miceli nella vita di quello sfortunato ragazzo.

«A mio parere, quei due farabutti hanno concordato con Miceli la sorte da tributare al refrattario "cliente"» conclusi. «Dopo la ro-cambolesca evasione di Filippo dalla villa devono aver temuto che il giovanotto andasse a sporgere denuncia e, conseguentemente, ri-cattato il giornalista; questi, a sua volta, si è sfogato su Boschi, fa-cendogli pervenire un *avvertimento*, perché se ne stesse quieto. Brutta storia, davvero, e temo non sia finita qui».

Laura si strinse a me, con forza: nell'abbraccio, sentii il suo corpo tremare.

«Che possiamo fare?» mi chiese, negli occhi un'espressione desolata.

«Non molto, direi. Quella è gente che gode di ottime protezioni e noi non abbiamo in mano nulla, se non la stravagante deposizione

di un piccolo gay di periferia che verrebbe smontata in poche battute. Per ora, limitiamoci a pensare alla sua salute».

Ci baciammo e Laura tornò di corsa alle sue occupazioni di infermiera. Mi alzai che traballavo, con la sensazione di averle subite
io quelle percosse; il mio animo fuggiva, al guado tra una scampata
tempesta e un'altra in arrivo.

Otto

«Allora, quand'è che ti decidi a venire a trovarmi?».

«La prossima settimana, al più tardi. Ho ancora qualche faccenda da sbrigare a Roma, poi sono libero».

«Senti un po': quella strana tizia, ti tormenta ancora?».

«Di chi parli?»

«Ma sì, dai! La ragazza che sembra uscita da una pubblicità degli anni ottanta e che si pregia di mostrarsi *a te soltanto*».

Apprezzavo gli sforzi di Alessio che si ingegnava per farmi sorridere della terribile ossessione. Mi aveva raggiunto al cellulare, proprio mentre mi recavo all'atteso *rendez vous* in casa di Umberto Carosi, avvenimento che pretendevo determinante per le mie sorti future. Ero convinto che lui soltanto potesse dire l'ultima parola sugli angosciosi avvenimenti che stavano turbando la mia vita. Ero, dunque, un po' distratto, e rispondevo a monosillabi alle provocazioni del mio vecchio compagno di banco. Zurlan, dopo qualche battuta, spostò il discorso su toni molto più seri:

«Senti, Loris, non prenderla a male per ciò che sto per chiederti: non hai nemmeno ipotizzato di consultare un medico? Potrebbe darsi che tu sia particolarmente stressato, in questo periodo o magari...».

«O magari un po' pazzo, no? Non è da escludere, vecchio mio».

«Andiamo, non fare lo stupido! Sai bene che l'idea non mi ha neppure sfiorato».

«Sì, ma intanto è ciò che hai detto».

Alzò repentinamente i toni, in segno di vibrata protesta.

«Eh no, io non ho affatto detto questo! Semplicemente...».

«... Lo hai pensato».

Lo sentii sospirare e quasi mi sembrava di vederlo, accorato e irritato insieme, contenere – nel busto eretto, la fronte corrugata, la mente già ordinata a prevenire lo scarto insolente – tutto il furore della risposta in un canto razionale, armonico.

«Semplicemente, in questi casi, è bene non trascurare alcun possibile rimedio».

Me lo figuravo tutto concentrato a comprimere il vituperio in pacata riflessione. Perché questo era Alessio, severo ma controllato, nessuna piega visibile nella voce come sui vestiti, misurato nei giudizi. Gli anni trascorsi lo avevano forse tradito ma non cambiato: e, ora come allora, sapeva contenere le emozioni nella scelta di un frasario adeguato.

«Comunque, Loris, non intendevo offenderti».

«Ma no, Alessio, hai ragione: il tuo è senz'altro un ottimo consiglio».

In verità, stavo già pensando a Carosi. Informai Alessio di ciò che mi accingevo a fare, senza scendere in particolari. Dopo un attimo di silenzio, concluse:

«Bene. Tienimi al corrente, mi raccomando».

Parcheggiai la macchina non molto distante dal punto in cui l'avevo lasciata quella fatidica sera. C'era la quercia malandata a farmi da promemoria e la panchina nel giardinetto, nell'angolo appena sfiorato dalla luce. Mi affrettai verso la meta, lanciando rapide occhiate intorno; al citofono mi accolse la voce calda, pastosa di Carosi. Lui era là ad attendermi: fermo sulla soglia di casa, mi scrutava con un sorriso disteso sulle labbra. Vestiva un completo grigio, impeccabile, una volta di più ne ammirai l'eleganza, magari un po' retro, l'incedere diritto, sicuro, con il quale, sbrigati i convenevoli, mi precedette introducendomi alla sobria realtà del suo appartamento.

L'alloggio era arredato senza sfarzo, la scarna, essenziale mobilia composta di raffinatissima materia, palissandri opachi su cui poggiavano suppellettili e chincaglierie, tra oriente e occidente, di buona fattura. Le pareti, sulle quali l'intonaco dava tiepidi segnali di cedimento, ospitavano acquarelli e stampe di un certo pregio, insieme a qualche autorevole cornice; dalle camere proveniva un soffio odoroso di lavanda. Alti soffitti, eredità di un'epoca, dominavano su una sequenza di librerie in noce e ripiani con sportello a vetro lucido, contenenti accessori da laboratorio, materiali che bene esprimevano la personalità e gli interessi del proprietario.

Carosi mi scortò nell'ampio salotto dove troneggiavano una scrivania in mogano e una delle tante scaffalature, ricolma di libri. Più o meno al centro della sala stava uno spazioso divanetto sul quale si era accomodato un individuo dall'aria arcigna, sulla cinquantina, i capelli brizzolati sulla fronte alta e stempiata. L'aspetto era imponente, gli occhi scuri, minacciosi, il volto austero sembrava scolpito nella pietra: colpivano i baffi sottili e attorcigliati alle estremità che, non fosse stato per un principio di barba appiccicata sul mento aguzzo, ne avrebbero fatto una caricatura di Dalì, solo un po' più grottesca dell'originale. Appena ci vide entrare nella stanza, si alzò con studiata cortesia e venne a porgermi il saluto. Mentre mi stringeva la mano, notai un lampo baluginante negli occhi di un nero ipnotico. Dopo le presentazioni, Carosi ci invitò a sedere, servendoci un bicchiere di prosecco. L'uomo si chiamava Domenico Sannicoli, di mestiere faceva lo psichiatra.

«Il mio interesse specifico riguarda la sfera dei neuroni. Mi occupo in prevalenza di aspetti cosiddetti "marginali" che interessano la corteccia e i tessuti neurovegetativi. Il termine *marginale* deve essere inteso in un'accezione più ampia della sua radice originaria».

«Domenico ha scritto un paio di libri risolutivi sull'argomento» intervenne il chimico, a sostegno delle argomentazioni del suo ospite; il quale, scorgendo l'ombra di vaghezza che attraversava il mio sguardo, si precipitò a puntualizzare:

«Come noto, al cervello arrivano, nell'intervallo di un secondo, informazioni sensoriali di ogni genere, che il nostro organo centrale registra e interpreta, con variazioni di sensibilità, dando vita immediata a "risposte" di diversa intensità, a seconda delle particolarità individuali».

Nell'esplicitare, gesticolava con la mano che reggeva il bicchiere, cosicché il liquido seguiva i movimenti oscillatori del polso. Le parole, scandite con colta inflessione meridionale, vibravano dello stesso magnetismo dello sguardo, come calamite dotate di un forte potere di attrazione.

«Ora, in una fessura remota del diencefalo – una delle due zone che costituiscono la cavità cranica – possono essere trattenuti stimoli provenienti dal rimosso, da ciò che si sottrae al vincolo del super-Io. In parole povere, raccordi di memoria impazzita, non naturalmente incanalata nei percorsi dell'inconscio e come perduta: pronti a riaffiorare, in un secondo tempo, attraverso sensazioni fuori da ogni controllo».

Sorseggiò il suo aperitivo, fece schioccare la lingua e, rivolgendosi al padrone di casa, per la prima volta si aprì a qualcosa di simile a un sorriso:

«Umberto caro, non credo di esagerare se dico che questo tuo "Gran Riserva" è di gran lunga il migliore che abbia assaggiato negli ultimi dieci anni».

Carosi chinò lievemente il capo, mostrando di aver gradito l'apprezzamento. Sannicoli riprese, quindi, ad argomentare.

«Questi stimoli toccano, quindi, la ragione, e ne influenzano i comportamenti, dando vita a quelle che, solo per convenzione, chiamerei sensazioni *occulte*».

La lezioncina di Sannicoli – di cui l'oratore pareva compiacersi – aveva il merito di entrare subito nel merito di una questione che mi stava particolarmente a cuore.

«Se ho capito bene» intervenni «lei mi sta dicendo che al cervello giungono pulsioni provenienti da un *altrove* non immediatamente identificabile. Sbaglio?».

Sul volto glaciale passò un barbaglio di luce diafana.

«Sì, in un certo senso quello che dice è vero».

«Di cosa parliamo? Di *qualcosa* che prescinde dall'esperienza?».

«Non propriamente. Tenga presente che anche queste informazioni sono pur sempre di tipo tradizionale».

«Cioè, derivano dall'esperienza?».

«Ecco, ha usato il termine opportuno: è proprio una *deriva* dell'intelletto rispetto a un'informazione primaria, rifiutata e rigettata in un remoto inesplicabile: ma che, però, in un modo o nell'altro, finisce per tornare in superficie e condizionare le azioni del soggetto».

Lo guardai con aria sorpresa, cominciavo a intuire la sostanza del problema e anche i suoi significati riposti.

«Una specie...» osai, dentro di me rabbrividendo «... di ricordo, esautorato persino dal rimosso?».

«Lei è intelligente, Varelli. Vede, io ritengo che segrete comunicazioni, vissute in uno spazio-tempo condizionato dal rimosso, ci piombino addosso in veste di luoghi, figure, immagini che risvegliano memorie compresse, che la mente prova difficoltà a gestire».

«Insomma, autentici traumi della memoria» sussurrai, quasi parlando a me stesso.

«Esatto. Traumi la cui origine, per così dire, *aliena*, può dare vita a esplosioni irrazionali nella mente del soggetto che le fa riemergere senza averne piena coscienza».

Passai e ripassai una mano sulla fronte, come volessi pulire la mente dai cattivi pensieri che cominciavano a turbinarvi a frotte.

«Ma l'esperienza che sarebbe all'origine dell'impulso che motiva il trauma è *reale* o puramente immaginaria?».

Mi guardò a lungo, soppesando la risposta che, compresi, riteneva cruciale. Alla fine, facendo muovere lo sguardo tra le bianche volute del soffitto, si pronunciò con cautelata fermezza:

«Vede, Varelli, il nodo da sciogliere, in casi del genere, è proprio questo: se, cioè, l'esperienza sia stata *realmente* vissuta dal soggetto o se sia solo frutto della sua immaginazione. In entrambi i casi, lo shock provocato a livello subliminale può determinare reazioni incontrollabili».

Umberto Carosi, con cortese rincrescimento, si intromise nella conversazione, per annunciare che la cena era pronta. Il menù, a base di pesce e verdure, addolcito da un "Falanghina" d'annata, non avrebbe sfigurato sulla tavola di un ristorante di prima categoria. Invidiavo la perizia culinaria e l'ordine domestico del collega di Giulia, al cui confronto ero una specie di disadattato: rispetto al suo, l'appartamento di Via Scott sembrava un magazzino di cianfrusaglie accatastate alla meno peggio e le mie doti culinarie a stento garantivano la mera sopravvivenza.

Durante il pasto, discorremmo di altri e più comuni argomenti. Fu soltanto durante la degustazione del caffè che Carosi riannodò le fila del discorso in precedenza interrotto; lo fece, esplicitamente riferendosi allo spiacevole episodio di cui ero stato protagonista in casa di mia sorella Giulia.

«Ho voluto, caro Loris, che Domenico fosse qui oggi, oltre che per il piacere della sua compagnia, per tentare un approccio il più possibile "scientifico" allo strano fenomeno che le è capitato giorni fa e di cui temo di essere stato, mio malgrado, non solo testimone ma – del tutto involontariamente, si intenda – *responsabile*».

Pronunciò l'ultima parola, quasi scandendone ogni sillaba.

«A osservarla attentamente non poteva sfuggire l'effetto che le procurò la visione inattesa di quella fotografia. Cominciò a guardarla come se le fosse assolutamente estranea: poi, a poco a poco, il crescente pallore del suo viso testimoniò quanto ne fosse rimasto calamitato, fino all'inquietudine, alla crisi da panico. A essere sincero, mi parve subito evidente la connessione tra la foto e il suo inatteso, inspiegabile malore».

«Diventa interessante capire il meccanismo di rigetto suscitato in lei da quella immagine fotografica» intervenne allora Sannicoli. «Laddove si consideri che si trattava di una foto da lei stesso eseguita».

Spostavo lo sguardo ora sull'uno, ora sull'altro dei miei interlocutori, seccato da tanto ostentata supponenza. Non sapevo più cosa pensare, né in che modo farmi largo tra le maglie di una trama così bene intessuta. Mi consideravano, dunque, uno psicotico, un caso da analizzare, né si ponevano dubbi sulla plausibilità di quanto andavano sostenendo.

«Potrei sapere, Umberto, come si è procurato quello scatto?».

Giurerei che mi avesse lanciato uno sguardo colmo di tenerezza. Stava per rispondere all'unico quesito che reputavo, per me, di un certo interesse, quando Sannicoli lo anticipò, a sua volta ponendomi una domanda:

«Posso invece chiederle, signor Varelli, se ci siano state, nei giorni successivi e sino ad oggi, ulteriori manifestazioni dello stesso sintomo? O anche eventi che possano essere letti come analoghi o collaterali al fenomeno di cui stiamo parlando?».

Provai d'istinto a replicare ma non mi uscì fiato. Probabilmente lo psichiatra lesse il mio tentennamento come un'ammissione, perché continuò l'interrogatorio sulla falsa riga.

«Che tipo di situazione le è occorsa, a conferma del suo stato di prostrazione psicofisica?».

«Ma di che diavolo parla?» mi ribellai, punto sul vivo.

«Non so, la vista di oggetti o persone che hanno destato in lei sensazioni anomale, emozioni violente, di timore o rigetto».

Sembrava quasi *che sapesse*; ma non intendevo farmene spaventare. Mi mostrai come insolentito dalla presunzione di Sannicoli e sviai il discorso sulla questione dell'attribuzione della foto, ciò che più di ogni altra cosa volevo mi fosse chiarita. I due si lanciarono uno sguardo d'intesa e Carosi, sorridendo, soddisfece alla mia richiesta.

«Lei dovrebbe cercare le risposte in se stesso, invece di divagare. Ad ogni modo, conosce la libreria antiquaria che sta sulla Salita del Grillo, a pochi metri dalla Piazza?».

Scossi il capo. Era la prima volta che ne sentivo parlare.

«Bene. Si tratta di un piccolo museo di oggetti antichi e nobili. Il proprietario, Ernesto Marini, colleziona cinquecentine ma è anche un fotoamatore; nella sua bottega troverà rarissimi scatti d'epoca, sofisticati bianchi e neri, serigrafie e molto altro. Strano che non ne fosse a conoscenza, è un luogo unico nel suo genere».

«Mi spiace, mai sentito nominare».

«Ebbene, è da lui che acquistai i "Varelli" che le ho sottoposto da Giulia. Marini me ne garantì l'autenticità e ritengo di avere sufficiente competenza in materia per valutare positivamente la sua stima anche in mancanza di prove inconfutabili, quali, ad esempio, la firma dell'autore».

Lo guardavo stupefatto, gli occhi sgranati, la testa e il cuore in tumulto; scavavo nella memoria per ridisegnare un puzzle inverosimile, i cui pezzi si erano a tal punto sparpagliati da finire nei ricordi altrui.

«Marini ne era entusiasta» stava dicendo Carosi. «Mi raccontò, forse con qualche esagerazione, delle circostanze paradossali attraverso le quali quelle foto entrarono in suo possesso; fu melodrammatico nel descrivermi ciò che provava nel separarsene».

«Immagino le siano costate un bel po'…» lo provocai, in tono volutamente sferzante.

Snocciolò, senza ombra di rimpianto, la cifra, smodata quanto il resto di quella assurda vicenda. E aggiunse: «Lei capisce, sono autentiche rarità».

Sorrisi amaramente.

«Oh, sì, talmente rare da stupire persino il presunto autore» puntualizzai, con sofferto sarcasmo. «Di quella incriminata, non conservo di fatto alcuna memoria».

Sannicoli si intromise, con più pragmatici intenti.

«Oh, è comprensibile. Nella sua lunga carriera avrà realizzato migliaia di fotogrammi, non può pretendere di ricordarli tutti».

«In tutta la mia vita, dottor Sannicoli, non avrò buttato un negativo, né sacrificato un file. Tutto il mio lavoro è stato schedato ed è perfettamente immagazzinato qui, nel cervello».

«Ciò vale anche per le vecchie cose, quelle archiviate come semplice *divertissement?*» tentò, allora, Carosi. «Parlo di tutto ciò che fa parte del suo privato e non ha mai figurato in mostre, rassegne, eventi particolari».

Negai risolutamente, rimarcando anzi il valore speciale che queste categorie di foto avevano nella mia esperienza personale e di come gelosamente ne custodissi il ricordo. Seguì un lungo silenzio, perfettamente dominato dai miei interlocutori e che finì per inquietarmi. Rigiravo nervosamente tra i pollici un bicchierino di grappa all'aroma di castagno, con la sensazione di essermi cacciato in un vicolo cieco.

«Le devo delle scuse, Loris» disse, a un tratto, Carosi, rompendo il taciturno interludio. «L'ho fatta venire qui con la scusa di rivelarle segreti ai quali, naturalmente, non sono in grado di accedere. Per di più, è come se l'avessi capziosamente trascinato sul lettino dello psicanalista e questo è imperdonabile. Ma, mi creda: quel giorno fui certo che una molla si fosse allentata nel profondo del suo animo, facendo tintinnare qualcosa di inesploso».

«Quello che, secondo noi, le sta capitando, non è un banale movimento di ritorno dal rimosso» precisò Sannicoli. «Se così fosse ormai lo avrebbe già individuato, ne avrebbe preso coscienza. Invece, nonostante il fenomeno *si sia reso manifesto*, lei tende a ignorarlo. In poche parole, la sua è una *doppia rimozione*».

Da ragazzo, mi ero appassionato alla lettura di testi che avevano a che fare con il rimosso, i ricordi di copertura, le tesi freudiane, gli apporti esoterici e l'archetipo di Jung: tutta roba finita poi nel dimenticatoio, svanita tra filtri e focali. La fotografia aveva risucchiato ogni altro interesse, finanche la vita stessa; considerai per un attimo, con spavento, che i miei occhi altro non erano che grandangoli e le pupille iridi, pronte a richiudersi a scatto ultimato. Pretendevo di vedere *oltre* il visibile e intanto sulla mia esistenza calava il buio.

«Una notte, una delle tante in cui il sonno faticava a raggiungermi, mi ero messo a ricontrollare certi miei appunti» si mise a recitare

Carosi. «Per placare la singolare agitazione che mi montava dentro, corsi a prepararmi una tisana e, abbandonate per un momento le mie carte, mi avvicinai alla finestra: talora gettare uno sguardo fuori mi rassicura, è una specie di effetto placebo.

«Fu così che mi accorsi di lei. Restai a osservarla, incredulo, mentre si aggirava, come frastornato, nel giardinetto contiguo alla piazza. Fissava con insistenza la panchina vuota, quella d'angolo, per metà al riparo dell'eucalipto; malgrado la scarna illuminazione, dalla mia postazione potevo seguire ogni sua mossa».

Prese una pausa e ingollò le residue gocce del suo liquore; mi venne vicino e appoggiò delicatamente una mano sulla mia spalla. Io lo ascoltavo e a ogni singola frase sentivo l'abisso spalancarsi sotto ai miei piedi. Avrei tanto desiderato accendermi una sigaretta ma il clima asettico che avvolgeva quelle stanze austere, il respiro stesso del luogo, mi dissuasero.

Il chimico continuava nel racconto, con i tempi di un'oratoria come sempre misurata e incalzante.

«Ricorderà certamente il fulcro delle nostre chiacchiere a casa di Giulia; parlavamo di *presenze assenti* o, in senso uguale e contrario, di *assenze presenti* e ci chiedevamo se appartenessero al campo delle suggestioni».

Sedette accanto a me e mi guardò dritto negli occhi.

«Ora le domando, Loris: non è forse possibile che una qualche suggestione possa *materializzarsi*?».

Avevano preso a fissarmi con nello sguardo la piega patetica e sinistramente complice che assumono i responsabili di un reparto manicomiale davanti all'infermo in confusione, pronti a far scattare i legacci della camicia di costrizione. Non vedevo via d'uscita da quella situazione e fui sul punto di lasciarmi andare e ammettere di avere avuto "delle visioni". Non so cosa mi trattenne dal farlo.

«Il suo subconscio è ancora schermato e lei si rifiuta alla verità» fu il laconico verdetto di Sannicoli. «Ma sono sicuro che, da un momento all'altro, *ciò che è stato* tornerà alla luce e lei riuscirà a fare chiarezza dentro di sé».

Infine, si concesse persino una chiusa teatrale.

«Anche se, caro signore, nessuno potrà prevedere *cosa accadrà* al momento della rivelazione».

Entrato in quella casa per ottenere risposte esaurienti a domande concrete, ne uscivo con un attestato di alienazione, a titolo esclusivo e gratuito. Esausto, sgomento, vagai a lungo senza meta, provando a ripetermi che un modo per sottrarsi all'incubo doveva pur esserci.

Nove

Alzò gli occhi al cielo e istintivamente li protese con un braccio. Uno squarcio luminoso si era aperto tra le nubi impiastrate di grigio. Strisce di luce cadevano a perpendicolo, colorando di arcobaleno l'aria e i ciuffi d'erba inumiditi dalla pioggerella caduta la notte precedente. Un raggio di sole precipitò proprio a ridosso della panchina dove lui si era accomodato da pochi minuti, in un angolo appartato del "Valentino". Durante l'ora di punta, la gente era al lavoro, oppure a pranzo: perciò, una beata solitudine gli faceva da ideale compagna. Malgrado vi avesse fatto il callo, per le elementari occorrenze di quello che era stato il suo mestiere, agli assembramenti chiassosi non si era mai veramente abituato. Un tempo il tepore familiare, le liete gazzarre domestiche, avevano costituito un dolce antidoto alle fatiche quotidiane; ora invece aveva davanti a sé tutta la quiete che voleva, amabile o spaventevole alleata di giornate da trascorrere in ozio.

Fece correre lo sguardo intorno a sé: pochi passanti lontani, rumori soffocati del traffico compresso in Corso D'Azeglio. Tornò per un attimo alla pagina del libro che aveva adagiato sulle ginocchia e lesse, a voce sommessa:

" ... *Poi che non possono senza luce i colori*
esistere, né sbocciano mai alla luce i principi di cose,
da qui tu puoi capire come non siano coperti da nessun colore.
Come potrà essere, infatti, un colore tra tenebre senza luce?"

Certo, ai tempi dell'Università non avrebbe dovuto ricorrere all'ausilio di traduzioni simultanee. Sorrise. In fondo, era un modo come un altro per espellere il lamento della vecchiezza incombente.

Subito dopo, la mente ricominciò a vagare. Possibile non gli riuscisse più di tenere ferma la concentrazione oltre una manciata di secondi? All'epoca dei suoi uffici istituzionali ad assolverlo senza particolari rimorsi era l'alibi convincente dell'ora fuggevole e della stanchezza. Ora lo attendeva cruciale, spietato, il momento del giudizio, con la certezza della pena: tanto caparbio studio, tanti sacrifici, per un'esistenza trascorsa a giocare a guardia e ladri.

Riposto con cura l'amato Lucrezio nella fodera che ne conservava indenne la vecchia legatura, si mise a annusare gli odori che lo circondavano, fragranze pruriginose nel polmone verde della sua città. Socchiuse appena le palpebre e gli parve di essere protagonista di un sogno altrui; una sensazione di affascinata malinconia lo sorprese, scuotendolo nel profondo. Ripensò alla serata spensieratamente trascorsa con i fidati componenti della sua squadra, all'abbraccio commosso di Dalmasi e Fiorentini, i colleghi della Mobile che più gli erano stati vicini nel corso degli anni.

Gianni Laudario, ex commissario capo della Giudiziaria di Torino, sospirò, passandosi il fazzoletto sulla nuca. Constatò, irritato, quel principio d'afa repentinamente calato sulla città; il caldo non gli era mai piaciuto, amava il soffio secco, penetrante del vento d'autunno e il pungolo energico dell'aria quando odora di neve. Quanto diversa da lui, invece, l'amatissima Betta! Sua moglie godeva dell'estasi della tarda primavera, per poi inebriarsi dei solleoni agostani. Divergenza funesta, che comportava per lui la resa amorevole all'insano desiderio della consorte di ingabbiarsi nelle stipate celle adriatiche, tra nugoli di insaziabili divoratori di sabbia e vampe accecanti. Là, nel metro quadro disponibile lungo festosi bagnasciuga, il corpo felicemente esposto alle scariche di gas inerte provenienti dall'alto, sua moglie amava rosolarsi, ogni tanto rivolgendo sguardi, colmi di riconoscenza, all'annoiato coniuge, inerme dinnanzi agli spruzzi gioiosi dei nuotatori.

La mente si rifugiava sorniona in immagini divertite, siparietti burleschi, per sottrarre il pensiero dalla stretta soffocante, ineluttabilmente nostalgica che dava, a ogni ritorno, il ricordo della sua Elisabetta. Non erano trascorse che poche lune dal giorno del pensionamento e già si scopriva istupidito dalla monotona piega dell'esistenza, tramontati i fasti della giovinezza e le sferzanti incombenze del lavoro. Il trillo del cellulare lo salvò dall'arrembaggio confuso, contraddittorio delle sequenze mnemoniche; il numero apparso sul display gli fece battere il cuore per la gioia.

«Chiara, che bello sentire la tua voce!».

«Papà, come stai? Non vedo l'ora di riabbracciarti!».

Laudario già rincorreva il momento in cui l'avrebbe stretta tra le braccia. Non che fosse mai stato particolarmente apprensivo: un genitore attento, premuroso, questo sì. Amava quella figlia ora lontana, che tanto le ricordava – nelle forme generose, nel biondo naturale dei capelli, negli occhi sfavillanti di azzurro – la madre, di cui pareva il calco, non fosse stato per alcune sfumature del viso, dal profilo aguzzo, di eredità paterna e certe pose, acquisite scimmiottando il commissario durante l'adolescenza e poi divenute espressione naturale. Laudario ne andava fiero e tra lui e Chiara da sempre intercorreva una biologica osmosi. Da più di un anno ormai, un dottorato di ricerca in scienze politiche, che aveva fatto approdare la giovane presso un dipartimento londinese, li teneva separati.

«Come vanno gli studi? Pensi di tornare a luglio?».

Sapeva che era solo un modo per allontanare da sé lo spettro della solitudine che andava, per cause naturali, profilandosi. Non poteva farsi molte illusioni circa le ambizioni della figlia; per lei, come per tanti altri – a meno di non contentarsi di una esistenza da precari, o potersi permettere il balocco post universitario, coperto dai soldi di papà – questo benedetto Paese non riservava più futuro e la sola alternativa percorribile, anche se non sicura, restava la fuga all'estero. Rifletté, per un attimo, tristemente, su come fosse ancora il censo a regolare i rapporti tra gli uomini e sospirò, così forte da far preoccupare la "sua" ragazza.

«Ehi, pa', ci sei ancora?».

«Sì, sì. Sono qua...».

In realtà era lontano ma si vergognò di ammetterlo di fronte a Chiara.

«Hai sentito cosa ti ho detto? Ci vediamo tra un paio di giorni. Devo essere a Torino, per seguire due seminari del mio professore e così ne approfitto per una visita. Per l'estate non ho ancora progetti, devo vedere come si mette con la tesi».

Ingoiò il rospo senza un fiato. Lei probabilmente capì quanto gli costasse quella muta rassegnazione e cercò di spostare il discorso altrove.

«Tu, piuttosto, mica ti sarai scordato di innaffiare i ciclamini, vero?».

In verità, le piante lo intenerivano ma mancava di pollice verde.

«Naturalmente» rispose, senza risultare convincente «E tu, ti sei ricordata di mandare almeno una mail a tua zia? Sai quanto ci tenga».

Avvertì divertito, nella risposta di Chiara, un tono di contenuto fastidio.

«Va bene, va bene. Dimmi a che ora devo venirti a prendere dopodomani».

Ci fu una leggera esitazione nella risposta, che arrivò dopo una manciata di secondi.

«Beh, tutto come stabilito, pa', con un'unica variante. Il volo non è diretto, sbarcheremo a Milano non prima delle due; mettici tre-quarti d'ora per arrivare alla stazione ferroviaria, giusto in tempo per beccare l'Intercity delle 15. Contiamo di essere a Caselle, stanchi morti, per le quattro, quattro e un quarto».

"Sbarcheremo, arriveremo...", ripeté mentalmente e un brivido gli attraversò, indesiderato, la spina dorsale, soffocandone la voce. Rimase a bocca aperta e dovette deglutire per far sciogliere le corde aggrovigliate.

«Oh, papà, dico a te!».

«Certo, certo, ho capito» balbettò, colto in fallo.

«Mi pare di averti preavvisato che Glenn ha deciso di accompagnarmi, a meno che tu non abbia obiezioni».

Ancora una pausa disarmante, a precedere una risposta biascicata in tutta fretta, per mascherare repentinamente il disagio.

«Come no! Naturalmente».

«Lo sai che non sta più nella pelle, dalla smania di conoscerti?».

«Chi?».

«Come chi? Glenn!».

Titubò ancora, prima di rispondere:

«Figurati io! Me ne hai parlato così tanto che…»

Mentiva, con troppa enfasi per risultare credibile. Dissero ancora qualche ovvietà sul tempo e la salute, poi lei dichiarò, con calore:

«Papà, ti voglio bene! Davvero mi manchi».

«Anche tu a me, piccola, e non immagini quanto!».

La voce gli si strozzava, non gli riusciva di chiudere dignitosamente una frase. Salutò, spense il cellulare e rimase qualche minuto immobile, come assorto; cercava di ricacciare indietro la marea di sensazioni che da ogni parte lo aggredivano.

Aprì di nuovo il libro, ne scorse ancora qualche rigo, quindi lo restituì definitivamente alla custodia. Impennate di vento secco provavano a scrostare la fuliggine che ispessiva le nubi, già gonfie di serici grumi. Ebbe il dubbio se rimanere a contemplare lo spettacolo celeste o levare gli ormeggi alla volta di casa. Optò, infine, per quest'ultima soluzione. Prima di rincasare fece un salto dal suo amico edicolante, tanto per scambiare quattro chiacchiere con lui, con il pretesto del solito quotidiano. Tornato tra le mura domestiche, si preparò un caffè e si gettò di peso sul divano provando a se stesso la necessità e lo scoramento di una buona dose di informazione. Sulle pagine del giornale trovò quanto bastava per dissipare quel poco di buon umore che la *promenade* mattutina e la lieta immagine di Chiara, con il conforto dei versi del poeta latino, gli avevano lasciato in dote.

Cercò, allora, un po' di sollievo in un vecchio vinile che pulì con cura, prima di sistemarlo sul piatto. Andava fiero della sua collezione di gloriosi 33 giri. Sulle note del "Notturno" chopiniano si preparò un altro caffè e lo bevve avidamente, le dita delle mani che volteggiavano nella stanza seguendo l'incalzare della musica. Ciononostante, il rituale non ottenne l'effetto desiderato.

Prese a percorrere nervosamente, avanti e indietro, l'intero perimetro di casa; mentre misurava i passi, che risuonavano gravi all'interno dell'appartamento vuoto, parlava sommessamente, tra sé e sé, borbottando come un vecchio collerico. "Davvero un pessimo inizio, amico mio", gli suggerì la coscienza. Possibile che non avesse nulla di meglio che mugugnare su questo e su quello, immalinconito dalla solitudine? Ed era solo all'inizio di quell'ultima stagione della sua vita che pure sapeva di dover attraversare. Del resto, dopo un'esistenza intera trascorsa senza mai concedersi tregua, aveva sempre pensato alla pensione come un'opportunità e non una iattura.

Sentiva insinuarsi infido un tormento interiore, di quelli aggressivi, che non fanno sconti. L'unica era gettarsi nuovamente fuori di casa, cercare rifugio tra i fondali bigi della sua Torino, come sul set di un film d'epoca. Gli sembrò di colpo che la città invecchiasse con lui e diverse gli parvero quelle stesse vie e i quartieri che aveva setacciato, in lungo e in largo, tra appostamenti e battute di caccia all'uomo per tutta una vita; o, forse, li vedeva oggi per la prima volta, provandone un senso di smarrimento e di languido abbandono. Erano incanutiti insieme, lui e la sua città, quasi senza accorgersene, come vecchi amanti che si lasciano e riprendono, sfidando il tempo e la Storia. Cosa era rimasto di quelle mura arcane, di quei palazzi austeri, di quei portici che si perdevano nel nulla? Cosa era andato irrimediabilmente perduto?

Si disse infine che le cose semplicemente cambiano, che tutto inevitabilmente finisce e che bisogna farsene una ragione; e ricordò anche – con l'intellettuale poeta che in gioventù venerava – che nella rassegnazione c'è tuttavia qualcosa di eroico.

Dalle parti della Mole resisteva un antico locale, superstite dagli anni del suo noviziato di giovane recluta, dove alle volte andava a trastullarsi coi colleghi. Vi entrò, dopo molti anni e ordinò un *bicerin*, mentre gli occhi cercavano il vuoto, interrogando febbrili il ricordo.

Rincasò che era l'ora di cena. Non avrebbe saputo dire se gli dolessero più le gambe o l'animo. Si tolse le scarpe e si massaggiò i piedi messi a dura prova dai molti chilometri percorsi, quasi inavvertitamente; per lo meno, era riuscito a stancarsi e con la stanchezza aveva tenuto a freno le malinconie. Cercò nel frigo qualcosa di commestibile: si contentò di una pizza margherita che infilò nel microonde. Riempì il bicchiere di birra gelata, soffiò sulla schiuma che fuoriusciva e tirò giù un paio di avide sorsate. Pulì le labbra con un gesto meccanico delle dita, rallegrandosi di una recuperata levità. Il pensiero scivolò su certe carte, pratiche relative alla sua liquidazione, che si era ripromesso di ricontrollare. Andò quindi a frugare nei cassetti del vecchio comò, in camera da letto, dove trovò la documentazione che cercava. Sedette sul bordo del letto, inforcò le lenti e, mentre riordinava quei fogli, la vista cadde sul ripiano inferiore del secretaire.

Ci pensò su un attimo, poi le sirene del passato finirono con l'ammaliarlo. Sopra quel mobile, in ordine sparso, c'erano una decina di vecchie cartelle, ognuna delle quali contenente fascicoli, meticolosamente ordinati per annate e tipologie casistiche, che registravano le inchieste del commissario Laudario, il sacrario delle vicissitudini giudiziarie del poliziotto in congedo. Prese in mano una delle cartelle, ne estrasse un copioso fascicolo e tornò a sedersi. Poggiò il malloppo sulle gambe e lentamente cominciò a sfogliare. Il passato, come acqua tumultuosa, travolti gli argini, straripò inondandolo.

... <15 aprile 1987. Sono le sei del mattino quando in Questura arriva la segnalazione. Un contadino, il signor C..., trova – all'interno di un vecchio casolare da tempo in disuso, dentro a un boschetto nei pressi di Lanzo Torinese – il cadavere di una ragazza. Con il brigadiere Dalmasi e l'appuntato Fiorentini mi reco sul luogo del delitto; l'eccitazione è a mille, questo è praticamente il mio primo caso ufficiale da responsabile di Sezione, negli uffici della Giudiziaria...

La giovane donna ha il volto parzialmente sfigurato, a seguito dei colpi ricevuti, sferrati con una pesante arma da taglio, presumibilmente un'accetta, una mannaia. Sul resto del corpo non si evidenziano altri segni di sevizie. La Scientifica rivela che il delitto può essere stato commesso tra l'una e le due della notte. Sembra che la donna non abbia subito violenze sessuali, anche se, per esserne certi, bisognerà attendere il responso medico. Nonostante accuratissime indagini in loco – durante le quali nessun particolare, benché minimo, viene trascurato e ogni elemento analizzato al dettaglio – non viene rilevato segmento, anche infinitesimale, che possa costituire traccia valida al reperimento di notizie utili alla risoluzione dell'enigma; solo poche impronte restituibili al microscopio, le quali sembrerebbero indicare la presenza nel casolare, al momento del delitto, di *due* persone...

La vittima si chiamava Gabriella Alderisi, residente a Torino, Via T... 9, anni diciotto, studentessa del quinto anno di Liceo Scientifico, presso l'Istituto parificato G..., incensurata. Con lei, quella notte, a giudicare dalle peraltro scarse informazioni reperite, doveva trovarsi anche Dominique Tagliavini, anni diciannove, domiciliata in Via T..., la stessa della Alderisi, al civico 32. La conferma sembra arrivare dalla testimonianza delle famiglie delle due ragazze, vicine di casa, compagne di scuola e inseparabili amiche e confidenti. Della Tagliavini, però, nessuna notizia...

Le ricerche della ragazza durano giorni ma si rivelano infruttuose. Nessun reperto ematico, né all'interno del rudere abbandonato, né nelle immediate vicinanze può far pensare a una sua presenza attiva nel delitto; non sussiste neppure prova concreta che ella sia stata, a sua volta, vittima di un fantomatico assassino. Si cerca un corpo, setacciando ogni più riposto angolo del boschetto limitrofo, nella folta radura circostante, senza risultato. La pioggia, caduta insistentemente durante tutta la nottata, sembra aver cancellato ogni residuo riscontro di presenza umana, l'orma più minuta che possa, in qualche modo, ricondurre all'omicidio. Le uniche impronte, al momento dell'accertamento del misfatto, appartengono a colui che lo ha scoperto e che ne ha dato pronta segnalazione, cioè al contadino; oltre che agli uomini della Giudiziaria, ovviamente. Una poltiglia di fango e terra rossa si mescola agli scarsi indizi e le analisi condotte dalla Scientifica non acclarano alcun elemento utile alle indagini...

Quel che a me appare da subito più incredibile è proprio la totale mancanza di uno straccio di prova che confermi la presenza di altri, quella notte al casolare, insieme alla vittima. Così stando le cose, al Giudice Istruttore non conviene di meglio che additare a colpevole Dominique, in contumacia. Ci adoperiamo, dunque, nella frenetica ricerca della presunta omicida: ogni pista è battuta, gli appostamenti e i posti di blocco si moltiplicano, niente è lasciato al caso, affinché si possa giungere al più presto al ritrovamento della ragazza, viva o morta che sia...

Interrogo i genitori delle due ragazze. Una pena indicibile mi attanaglia durante la conversazione con Amalia, la madre di Gabriella; è una donna fragile, che riesce in un empito di razionalità sovrumana, a contenere lo sfacelo che governa il suo animo: comprendo come sia sull'orlo di una crisi isterica, che plateale si manifesta nel momento in cui si accinge a mostrarmi una foto della "sua bambina". Il padre, Giacomo Alderisi, se ne sta rannicchiato su un enorme divano, in sala da pranzo, l'espressione del viso tirata all'inverosimile, anche lui sembra sul punto di esplodere, da un momento all'altro: riesco a estorcergli solo poche battute, peraltro irrilevanti. Sono proprietari di un negozietto di oreficeria, che non frutta grandi introiti...

Dei genitori di Dominique mi faccio un'idea un po' diversa: benestanti, con qualche velleità intellettuale. Hanno fatto studi superiori, lei ha mollato per problemi famigliari al secondo anno di architettura, lavora in una ditta di import-export; lui ha conseguito il diploma di laurea in economia e commercio, ed è dirigente presso un importante stabilimento di petrolchimica. Li trovo poco disposti a colloquiare, piuttosto restii a fornire informazioni private, se non generiche, sulla loro vita e su quella di Dominique; al contrario degli Alderisi, mascherano bene la pena, sono molto controllati nei gesti e nelle parole, il tono è fermo, se non duro, aspro...

Dopo una serie di indagini e interrogatori – parenti stretti, amici, semplici conoscenti delle due ragazze e delle rispettive famiglie – un'idea me la sono fatta. Gabriella era un tipo piuttosto normale, non particolarmente brillante negli studi ma caparbia, niente vizi o interessi particolari. Carina, non appariscente, alquanto mediocre nei gusti e nelle aspirazioni, di natura riservata, frequentava poche persone fuori dalla scuola ed era legatissima a Dominique: un rapporto morboso il loro, a detta di molti, famiglie comprese...

L'immagine che desumo di Dominique è affatto diversa: uno spirito libero, una maturità fisica e interiore, una sostanziale *estraneità* al vivere comune, ai modi e alle abitudini di una ragazza della sua età, è quanto di lei mi rimandano le conversazioni con amici e parenti e, soprattutto, le pagine di un diario privato, nel quale la giovane donna annota osservazioni di vita quotidiana. Ciò che maggiormente colpisce in lei è la percezione profonda del senso delle cose, qualità che la allontana dalla media dei coetanei, compresi i più dotati. Gabriella ne era affascinata, se non, in qualche misura, *sedotta*...

Tra le due si era dunque creata, nel tempo, un'autentica complicità. Qualcuno arrivava a dire che "l'una sembrava *terminare* nell'altra". Una complementarietà che si rifiutava all'esterno. È certo che, per le suddette differenze, nell'accostarsi all'amica Gabriella mutasse il verso che le era proprio in un'arrendevole disponibilità alle volontà della compagna, che idolatrava. Un rapporto, insomma, del quale la Tagliavini doveva costituire l'elemento totemico, tanta la differenza di qualità e stile...

Gabriella adorava Dominique, la ergeva a modello di classe, bellezza, intelligenza; e Dominique ricambiava, circondando l'amica di un affetto sincero, riconoscente...

L'inchiesta, senza che elementi significativi si aggiungano al tassello dei pochi emersi, si trascina faticosamente negli anni, gettando me e i miei collaboratori nel più nero sconforto. Ci rendiamo conto di non avere niente in mano, niente che possa farci progredire anche di un centimetro. A dire il vero, forse qualcosa c'è, un frammento indefinito ma che potrebbe costituire una svolta, se si riuscisse davvero a decifrarlo...

Un paio di settimane dopo il ritrovamento del cadavere di Gabriella Alderisi, mi viene recapitata, nel mio ufficio della Giudiziaria, una busta anonima, contenente una foto: il dettaglio necessiterebbe di un'opportuna messa a fuoco, l'immagine risulta opaca, sbiadita. Nell'inquadratura compaiono due donne, nelle quali, con il tramite di mascherini e lenti d'ingrandimento, non è poi così arduo identificare la vittima e la sua giovane amica. In mezzo a loro sta la sagoma di un uomo, non altrettanto riconoscibile. Se del fisico si possono presumere alcuni elementi, che fanno di lui un tipo alto, prestante, il viso è assolutamente fuori fuoco; né le tecnologie consentono – per quanti sforzi vengano fatti e sofisticati marchingegni adoperati – di restituire a quella forma incastonata tra collo e spalle, i lineamenti di un volto con sicurezza definibile. Tuttavia qualcosa emerge, nella linea levigata del mento, in un accenno di barba rada, nella fronte alta sugli occhi appena socchiusi, come per ripararsi da uno scampolo di luce; i tre sembrano distratti, come non guardassero il fondo dell'obiettivo, il che ci fa supporre che la foto sia stata scattata a loro insaputa. Sullo sfondo, in un cono d'ombra, una costruzione rettangolare... Sul retro della foto stanno impressi, in pennarello nero, una data e un luogo, che non possono non colpire l'immaginazione degli inquirenti: 14 aprile 1987, Lanzo torinese...

Sappiamo che Gabriella e Dominique sono insieme, nel primo pomeriggio del 14, nell'appartamento dei Tagliavini. Ai genitori

Gabriella ha fatto sapere che si fermerà a cena da Dominique e rincaserà tardi; situazione che non desta alcun sospetto, né preoccupazione agli Alderisi, perché non è certo la prima volta che questo accade. Monica e Alberto Tagliavini passeranno la serata fuori e, con una telefonata – fatta più o meno intorno alle diciassette – confermeranno alla figlia la loro intenzione di non rientrare prima della mezzanotte. Dominique è perfettamente autonoma, abituata a cavarsela da sola anche per giorni: nessuna apprensione, dunque, da parte dei due genitori...

Da quel momento in poi, delle due compagne si perde ogni traccia. Il cadavere della più giovane verrà ritrovato in un casolare sperduto nella campagna di Lanzo; dell'altra non si avrà mai più notizia... Cosa è veramente accaduto quella notte? Chi era l'uomo ritratto insieme alle due ragazze nella foto? È con lui che le due giovani avevano appuntamento quella sera? E ancora: chi ha scattato quella foto?... I dati in nostro possesso sono insufficienti ad accreditare un'ipotesi sostenibile. L'identità dell'uomo nella fotografia non verrà mai chiarita. Inizialmente, i sospetti sembrano cadere su tal Stefano Franciosi, un buon amico della Tagliavini; ci convinciamo presto, però, della sua estraneità ai fatti. Peraltro, per quella sera, il giovanotto è in grado di produrre un alibi ragionevole e ci troviamo costretti, dopo diverse ore di interrogatorio, a rilasciarlo...

Abbiamo cercato a lungo di dare un volto e un nome al fantomatico "uomo della foto"; negli anni trascorsi e con l'ausilio di nuove tecniche riproduttive si è tentato di mettere meglio a fuoco quella forma indeterminata ma senza successo. Dal canto mio, resto convinto che Dominique non sia responsabile della morte della sua amica del cuore, almeno non in modo diretto; e che non sia nemmeno così sicuro che le ragazze siano rimaste vittime occasionali di un maniaco. Più stringente, a conti fatti – e con lo scarno materiale su cui si è lavorato, senza sosta, per cinque lunghissimi anni – mi pare l'ipotesi che conoscessero il loro assassino e che proprio con lui, ignare, si fossero appartate quella sera. Ma anche a

voler accreditare questa come la congettura più attendibile, tanti sono gli interrogativi che restano sospesi, in attesa di un'affermazione
probante; e il più inquietante – a parte dare un nome al responsabile dell'efferato delitto – è certamente quello che incombe sulla
scomparsa di Dominique, svanita nell'aria come un inconsistente
pulviscolo...

A niente sarebbero valsi altri interrogatori, disperate, affannose
ricerche, le ipotesi più disparate e suggestive. A niente... Cinque
lunghi anni... Il caso chiuso... Il Pubblico Ministero, fatte le sue
valutazioni, dichiarava... la Tagliavini come presunta responsabile. Un caso irrisolto... un cadavere, una ragazza scomparsa... una
strana ragazza, eccentrica, svanita... Nel nulla... Nel nulla...».

Richiuse il fascicolo: la testa, pesante come un macigno, gli ricadeva in avanti penosamente. Non gli riusciva più di tenere gli occhi aperti e le lettere si confondevano nella lettura, aggrovigliandosi
nel formare un indecifrabile crittogramma. Mentre scorreva quelle
righe aveva riprovato i sentimenti di allora, gli umori negativi, an-
siogeni che riaffioravano ogni volta che, con immutata frustrazione, ripensava a quei fatti. Un enigma incompiuto, un caso irrisolto,
il suo infelice debutto a commissario della Polizia Giudiziaria; un
tormento segreto che gli sarebbe stato compagno fedele per un'esistenza intera, a ricordargli con spietata puntualità – ogni qualvolta
pareva che se lo fosse gettato alle spalle – il *fallimento*, la *colpa* non
scontata per la quale un assassino l'aveva fatta franca, una donna
nel fiore dell'età era morta, un'altra perduta per sempre all'affetto
dei suoi cari: due vite distrutte, due famiglie straziate, grazie alla sua
incompetenza.

Eppure non se l'era cavata poi così male, nel corso della sua lunga carriera, ma questo non aveva granché importanza. Sapeva di
aver sbagliato, di non avere compiuto tutto il necessario per fare
giustizia e che quella pena sarebbe stata la sua punizione in eterno.
Persino ora, che aveva chiuso per sempre con quella roba e che altre ambasce si apprestavano, presumibilmente, a pungolarlo.

Ma era tardi, ormai, tardi per ricordare, come per dimenticare. Era stanco, le palpebre faticavano a sorreggere l'iride, il sonno calava lento, inesorabile *come una colpa*, dolce *come una terapia*. I fogli si sparsero cadendo sul pavimento, le ginocchia divaricate e senza più peso; il corpo ricadde all'indietro, sulla coperta di lanetta ruvida, quella che anticipava il cambio di stagione.

Il commissario in congedo permanente, Gianni Laudario, si addormentò al primo rintocco della mezzanotte.

Dieci

Quando, con impertinenza cogliendomi di soprassalto, il cellulare cominciò a vibrare nel taschino interno della mia giacca, stavo arrampicandomi lungo la scalinata che, da Piazza Venezia, conduce in Via Quattro Novembre.

«Loris, sono Massimo. Ho l'informazione che ti occorreva».

Massimo Cavalieri, il premuroso consorte della mia dolce sorellina, in qualità di brillante architetto dell'Urbe aveva accumulato, durante la carriera, una serie di riconoscimenti legati alle sue innumerevoli collaborazioni professionali con enti, associazioni, imprese, comuni, in patria e all'estero; con ciò costruendosi un' ottima reputazione e intascando un bel po' di quattrini. Nella fattispecie, le influenze di cui godeva potevano essermi di aiuto.

Il colloquio intercorso con Umberto Carosi e soprattutto con il suo stravagante ospite, tra eventualità psichiatriche e digressioni paranormali, mi aveva turbato. In cerca di certezze, di qualcosa che mi desse, se non altro, il conforto del dubbio, avevo finito per perdere ogni pur vago appiglio alla plausibilità. E non ero, forse, io – con l'assioma delle mie foto – il teorico assoluto della *sola verità* di chi guarda? Ora, invece, delle cose che mi succedevano cominciavo a perdere il senso. Mi sentivo confuso, ogni giorno di più spaurito; prima che la fatale intermittenza degli eventi mi precipitasse in un sogno senza ritorno, dovevo muovermi, fare qualcosa. Ma cosa?

«Ho chiesto in giro» mi spiegò mio cognato «e parlato con un po' di persone; sembra che il posto ritratto nella fotografia corrisponda a un boschetto sulla fascia collinare a est di Superga: sai, da quelle parti la vegetazione infittisce, ci sono parecchie radure ombrose, residui di stratificazioni secolari, alcune ancora rigogliose, altre decisamente umide e insalubri».

Mentre lo stavo ad ascoltare, la mia mente galoppava a ritroso, nel tentativo di riempire quelle parole di immagini che ridestassero in me il lampo di un ricordo, di un'emozione. Conoscevo parte degli spazi in questione ma non mi riusciva di scorgere analogie possibili con qualche pur remoto evento; nulla, in ogni caso, che autenticasse il valore, certificandone l'appartenenza, di quella foto, e la coniugasse a un mio trascorso, vicino o lontano nel tempo.

«Quel che s'intravede sullo sfondo» continuava Cavalieri, scrupolosamente prodigo di dettagli «potrebbe essere un vetusto casolare, da lustri in rovina e che poi è stato abbattuto; particolare che retrodaterebbe lo scatto almeno agli anni ottanta: infatti, in quella zona hanno poi disboscato per facilitare il collegamento con una "statale" che ci passava proprio sotto».

A Torino, e nella regione, mi era capitato più volte di sostare, compresa la recente circostanza della *lectio* di Piccoli sulla fotografia digitale. Ma, per quanto costringessi le meningi, nessuno sforzo di memoria mi riconduceva sulle colline intorno alla Basilica, nel lasso temporale descritto da Massimo: e nulla mi restituiva l'immagine di un casolare in via di demolizione. Tutte quelle notizie mi rimbalzavano nel cranio come palle da tennis, con un tonfo sordo precipitando nel vuoto da cui erano scaturite.

«Grazie, Massimo. Sei stato impagabile».

«Ma ti pare, per così poco».

Lo sentii sospirare piano, un soffio che carezzò le frequenze del mio cellulare.

«Loris, qualcosa non va? Questa storia della foto, le apprensioni di Giulia… Guarda che a me quel suo collega, quel Carosi, non è mai andato veramente a genio. È un tipo strano, con tutte quelle cazzate sull'*altrove*, non vorrei ti avesse suggestionato».

«Ma no, che vai a pensare! È solo un mio scrupolo, sai com'è, quando ti attribuiscono una cosa che tu non ti sei mai sognato di fare…».

Non ero affatto convincente e lui si ritenne in dovere di specificare:

«Va bé, comunque io resto a tua disposizione, per qualunque cosa. E, se vuoi un consiglio, stai alla larga da Giulia, per qualche tempo;

è molto in ansia per la tua salute e anche piuttosto irritata perché la stai tenendo all'oscuro di tutto, compresa la serata a casa di quel matto del collega».

Non aveva torto: sarebbe stata una pia illusione tenere Giulia, sebbene per nobili motivi, nell'ignoranza dei fatti. Sapevo che avrebbe indagato sulle mie reticenze per conoscere la verità, qualunque essa fosse.

Avevo tenuto per me l'inesplicabile *presenza* della *ragazza* in quei giorni stralunati, inquieti; ma, dopo l'incontro con Carosi e Sannicoli, il mio stava per diventare il segreto di Pulcinella.

Mi ero persuaso, infatti, che quei due avessero intuito la verità; Carosi ne avrebbe sicuramente parlato con Giulia e forse anche Massimo avrebbe saputo. Sentivo l'obbligo di essere sincero con mia sorella, fino in fondo; se poco avevo imparato di lei, di certo non avrebbe mosso ciglio, senza che io per primo venissi a bussare alla sua porta: aveva la sua vita, i suoi affetti e le sue idiosincrasie e non veniva a mescolarle con le mie. Mi avrebbe aspettato, come sempre: perché lei era comunque *con me*, invisibile presenza, ed io con lei, in ogni attimo delle nostre separate esistenze.

Mi congedai, con qualche batticuore, da mio cognato e accesi una sigaretta. Tirai un paio di boccate, osservando il fumo disperdersi nell'aria asfittica; in alto, un riverbero d'azzurro, intinto nel grigio dei motori, dissolveva tra le nubi sparse in quel tardo pomeriggio di giugno. Confondendomi al turbinio frettoloso dei passanti, mi feci largo e allungai verso la Salita del Grillo; svoltai a destra, all'incrocio con Via Panisperna, e affrontai la ripida discesa in direzione dello slargo che occhieggia ai Fori. A pochi metri dallo scarto asimmetrico della piazzetta, laddove le fondamenta sembrano affondare nelle sabbie vischiose del sampietrino, indovinai ciò che mai, in precedenza, avevo notato; né ricordavo d'aver mai fatto caso alla scritta, incorniciata sull'archetto a volta dell'ingresso di quello che, per la prima volta apparso al mio occhio stupito, sembrava un modesto pertugio di antiche cianfrusaglie per turisti: <Ernesto Marini – Piccola Bottega Antiquaria».

Confesso che una sensazione di soffusa, piacevole malinconia mi avvinse nel mettere piede in quell'antica bottega che rimandava l'odore senza tempo della polvere e del sapere. L'antro, in semibuio, era più vasto di quanto dall'esterno si potesse immaginare; una teoria di sparute lumie, disposte però in modo tale da consentire al visitatore di osservare distintamente la "mercanzia", smorzava i colori del giorno in un crepuscolo opaco di seducenti chiaroscuri, quasi ci si trovasse di colpo catapultati in un dipinto di Seicento fiammingo. Il soffitto, piuttosto basso e avvolgente, poggiava sul sostegno di vecchie e spesse travi, che ora sfamavano i tarli. Colpiva il riflesso argentato dei fitti granelli di polvere che, sospesi nella fioca luce, sembravano ingravidare l'aria come in un perpetuo mulinello: davano l'idea, roteando astrusi nello spazio intorno, di un nugolo di minuti insetti, agitate larve fluorescenti.

Al centro dell'unico locale, e sul lato sinistro dello stesso, alcune teche di legno povero – su cui posavano, in palese difformità, cristalli di silice pregiato – ospitavano edizioni rare e antiche, prelibatezze librarie, dimenticati stralci di manoscritti in latino e volgare. Distratte tra i tanti cimeli là dentro custoditi, mi affascinarono due carte di indubbio valore: un atto notarile, riconducibile al XVI secolo, relativo alla compravendita di un terreno, che vedeva tra i firmatari il Tasso; come pure una costola, in speciale doratura, di quella che veniva spacciata – non saprei dire se a torto o a ragione – come prima edizione a stampa dell' "Orlando innamorato."

Ciò che più colpì il mio immaginario furono però le tante foto d'epoca, esposte sulla parete di destra, dove maggiormente si avvertiva il logorio del tempo sull'intonaco scrostato e come aggrinzito. Erano bianchi e neri di un certo talento, qualche scatto d'autore, molti altri di anonimo artista ma non per questo meno suggestivi. In particolare, fui folgorato da un paio di sequenze, di eccellente grana analogica, nelle quali contadini del meridione d'Italia lavoravano i campi; la data, impressa in caratteri malfermi a margine dei riquadri, riconduceva al 1929, anno VIII dell'infelice impero, la tragica burletta non solo smemorata ma anzitempo riaccreditata dall'intramontabile qualunquismo della sempiterna "italietta."

Vagavo dunque con lo sguardo in mezzo a tanta nobile oggettistica, felicemente arreso allo struggente sapore di quello spazio fuori dal tempo, quando una voce gutturale, che sembrava arrivare da profonde scaturigini, prendendomi alla sprovvista mi fece sobbalzare.

«Buonasera. Posso aiutarla, signore?».

Nell'angolo più lontano del vano locale, una tendina spessa, di ruvida stoffa grigia si era scostata di quel tanto sufficiente a far comparire sullo sfondo la sagoma brevilinea di un ometto dalla testa ovale e quasi completamente calva. Aveva gli occhi piccoli e chiari, infossati nel guscio delle larghe cavità orbitali; ostentava un sorrisino professionale, nelle labbra strette e segnate da un rosso vivido, come fossero state ritoccate da un accenno di rossetto. Con un ampio gesto della mano, aprì del tutto la fessura attraverso la quale si era annunciato e lasciò intravedere alle sue spalle un modesto disimpegno, con una scrivania, un PC e alcuni utensili da lavoro ammucchiati a muro. Lo vidi farsi avanti, fregandosi un poco le dita, minute anch'esse e curatissime. La statura corrispondeva perfettamente al resto delle componenti che costituivano il suo fragile aspetto fisico. Si lanciò in una cordiale stretta di mano, presentandosi:

«Mi chiamo Marini. Sono a sua disposizione».

Nel dichiarare a mia volta le generalità, notai che mi andava squadrando, con puntuta attenzione, dalla testa ai piedi: operazione che durò qualche secondo di troppo, mettendomi in uno stato di soggezione. Per scrollarmi di dosso quel suo sguardo insistito, diedi un colpetto di tosse e tornai a ammirare la fascinosa rassegna fotografica, lanciandomi in tecnici apprezzamenti che parvero molto impressionarlo.

«Eh... Ma allora, caro signore, devo mostrarle delle cosette che non mancheranno certo di suscitare il suo interesse da intenditore».

Parlava un italiano privo di inflessioni marcatamente dialettali, anche se la cadenza cantilenante poteva evocare radici venete o giuliane.

«Voglia usarmi la cortesia di attendere qui un momento» disse, lentamente ruotando il baricentro della sua gracile persona per scomparire ancora dietro la tendina. Lo sentii armeggiare a lungo nel ripostiglio, dal quale fece ritorno non prima di un paio di minuti, le piccole mani che stringevano un albo con sovraccoperta di velluto marroncino a intagli rossi, rilegato in pelle, gli angoli impreziositi da ghirigori. Sulle labbra permaneva quel sorriso artificioso che pareva una sorta di malformazione grinzosa.

«La prego, la prego, lo sfogli» trillò garrulo, quasi sbattendomi sul naso il prezioso cimelio.

«Vedrà, constaterà coi suoi occhi quali meraviglie!».

Abbozzai io pure un mezzo sorriso: il suo modo di fare svelto, persino enfatico, così in contrasto con la figura dimessa, che inciampava goffamente nella rigidità dei movimenti lenti, ordinati, mi intimoriva, insieme avvincendomi. In breve, finii per scordare il vero motivo che mi aveva condotto a indagare nel negozietto d'antiquario, seminascosto dal ventre atavico della città. Mi concentrai, invece, sull'oggetto che ora rigiravo per le mani, indugiando rapito dal cuoio, elegantemente decorato, della copertina che non mi riusciva di scostare, quasi che introdursi ai segreti che l'albo celava costituisse un sacrilegio. Dal canto suo, Marini non faceva che incitarmi.

«Suvvia, non si faccia scrupolo. La carta è vecchia ma ancora ben conservata».

Superato l'impaccio, scartai con delicatezza un foglio trasparente che faceva intravedere il cartonato nero dell'interno, dove le pagine si susseguivano anticipate da una chiosa, in morbidi caratteri stampatello, preceduta da due estremi cronologici: <1960-1990. Viaggio italiano: volti e luoghi». Cominciai, dunque, a esaminarne il contenuto: un resoconto fotografico attraverso il bel Paese, durante un trentennio gravido di mutamenti.

«Non vorrà mica starsene là in piedi? Venga, si metta pure comodo. Le porto qualcosa da bere, se desidera».

Mi aveva preso sottobraccio, scortandomi nello sgabuzzino, dove mi fece accomodare su una poltrona abbastanza sdrucita ma, tutto sommato, confortevole.

Presi posto sul consumato trono ma declinai l'offerta dell'aperitivo. Ora mi intrigava solo la corsa attraverso le immagini che l'albo di Marini prometteva. L'antiquario aveva ricominciato a squadrarmi con tenacia, soppesando la sua curiosità sulla mia. In quel mentre, una coppia di attempati signori si affacciò nel negozio.

«Voglia scusarmi» borbottò il bottegaio, piegandosi sbilenco a osservare i due che indugiavano nell'atrio. «Lei si prenda pure tutto il tempo che vuole. Con permesso».

Si dileguò furtivo nella stanza delle anticaglie, facendo scorrere, a mo' di separé, il tendaggio. Rimasto solo, mi dedicai risolutamente all'osservazione dell'inedito campionario. Una messe copiosa di foto, a colori e in bianco e nero, era stata incollata sul cartonato con l'ausilio di triangoli adesivi plastificati, ancora in uso nei primi novanta, poi decaduti con l'avvento delle nuove pratiche di elaborazione grafica e conservazione delle immagini. Nello scorrerla in sequenza – come in un montaggio inanimato – coglievo il movimento verticale delle stagioni, che tramontavano nei profili, negli spazi e nelle situazioni avvicendatesi nel passaggio dal boom economico al sessantotto, con gli scontri di piazza e le guerriglie urbane dei primi settanta; erano le immagini, talora scanzonate, talora cupe, di un Paese ancora in grado di darsi una ragione, un pensiero – malgrado l'omologazione e le avvisaglie del degrado. Poi, la svolta degli anni ottanta, preconizzato dalla stasi della politica, la crisi delle ideologie e dei valori – con il successivo tracollo, a quegli scatti postumo, guidato dall'istupidimento televisivo, dalle metamorfosi socio-antropologiche, dallo svilimento progressivo delle pratiche culturali, a vantaggio di una mentalità affaristica e corporativa e dei suoi praticanti e estimatori. Quelle pagine, in una sorprendente galleria di tipi e vedute, mi restituirono frammenti di Storia e di storie individuali, perdute per sempre nello stordito smarrimento della memoria collettiva.

Ne fui scosso, nostalgicamente sedotto; decine e decine di schegge fotografiche – talune banali, altre decisamente più ricercate nel taglio – simili a lampi di un passato sepolto dal quale, non già una manciata d'anni, ma secoli sembravano separarci. Alcuni di noi ancora qui, sopravvissuti testimoni di un presente debole, incerto.

«Tutto bene?».

Di nuovo trasalii, concentrato com'ero, all'improvvido garrire della sua pungente vocina. L'antiquario mi spiava, sempre sorridente, da un lembo scoperto della tendina.

«Voglia ancora perdonarmi. Sarò presto da lei».

«Oh, non si preoccupi per me. Qui sto divinamente. La ringrazio».

Sebbene a malincuore, abbandonò la postazione per dedicarsi ai suoi clienti e io potei concentrami sul mio trastullo. Inizialmente, non vi prestai attenzione: era un'immagine in formato ridotto, schiacciata in mezzo ad altre due, imponenti per qualità e vastità d'obiettivo – entrambi paesaggi lunari, colti con notevole acume fotografico. Ma quando già lo sguardo, congedata la sequenza, era passato a scorrere la successiva, la memoria improvvisamente riavvolse il nastro all'indietro e fermò la bobina. Dovetti far ritorno alla pagina precedente, per accorgermi che avevo visto qualcosa, o meglio *qualcuno*, che chiedeva di essere riguardato.

L'occhio strabuzzò, nel rilevare, stavolta con esattezza inequivocabile, ciò che poco prima era parsa soltanto una goccia irrilevante di quel vasto oceano di eventualità analogiche.

Lo scatto, elaborato in colori tenui che esaltavano la morbida plasticità del primo piano, riprendeva, a mezzo busto, una figura femminile dal sorriso vagamente malinconico. Nonostante la grana mostrasse qualche segno di logoramento, la fotografia appariva nitida.

Il volto di giovane donna, impresso nel minuto rettangolo dell'istantanea, rimandava un'immagine di bellezza e tristezza, di soave, inquieta estraneità: ed era l'immagine della *mia ragazza*, la stessa che vedevo – o credevo di vedere – nelle mie supposte fantasie, nei miei incubi così *reali*. Nessun dubbio che si trattasse proprio di *quella ragazza*, la dimostrazione concreta di quanto fino ad allora avevo creduto di immaginare, ipotesi astratta di una malattia irreversibile della mente.

Lei invece era là, viva come può esserlo il ritratto di una donna che il suo creatore destina a morte, nell'attimo stesso in cui lo imprigiona sulla tela: identico lo sguardo, negli occhi profondi e scuri, laconico e lontano; identico il ricciolo ribelle che annodava i capelli neri e lisci attorno alle spalle esili; la stessa espressione tormentata del viso, su cui pure era disegnato un sorriso esangue.

Quel fantasma ricambiava nuovamente il mio sguardo esterrefatto, stavolta con l'aria di chi voglia essere creduto. La *presenza assente* aveva il volto *reale* di una giovane donna.

Potevo ancora credere, da fotografo, che lo sguardo di ognuno sulle cose fosse unico e irripetibile allo sguardo altrui: ma non potevo negare – e avrei sfidato chiunque a farlo – la tangibile rilevanza dell'esistente. Altro non mi restava, dunque, che appurare, una volta per tutte, se l'immagine percepita dal mio occhio avesse una qualche attinenza con quanto mostrato in quella foto, o fosse null'altro che l'estensione illusoria di una mia ossessione.

Mi sollevai da quel cantuccio con il cuore in gola; quella donna era *vera*, esisteva o era esistita, aveva un corpo, un volto, un'identità. Scostai la tendina, disposto a tutto pur di conoscere la verità.

Ernesto Marini aveva appena congedato i suoi clienti e se ne stava in piedi, sfidando la gravità con quella sua figura minuta e sbilenca, a contare il denaro guadagnato con zelo da consumato mercante. Sollevò, per un attimo, lo sguardo dalle banconote, allineate con mano rapida ed esperta, e dovette notare in me qualcosa che lo colpì – forse l'espressione febbrile, spasmodica di chi ha scoperto l'imponderabile – perché sgranò le pupille e dilatò gli occhietti in un movimento secco e spontaneo che ne fissava lo stupore. Si avvicinò a me a piccoli passi e quando mi fu a un palmo, mi squadrò da sotto in su, per meglio verificare la bontà di quella sua impressione.

«Sicuro di sentirsi bene?» domandò, muovendo appena le labbra.

«Come dice?».

«No, perché ha una faccia! Dovrebbe vedersi».

Dal momento che io non battevo ciglio, si costrinse a cambiare argomento.

«Ha visto le foto? Non le trova fantastiche?»

C'era qualcosa di grottesco nella sua figura e la sua faccia, che si torceva come fosse di gomma, lo rendeva assai simile a un tratteggio di Grosz.

«Come...» cominciai, per subito interrompermi, quasi le parole non dovessero esprimere a sufficienza l'interrogativo che mi premeva di porgli; cosa che accrebbe l'impertinenza dello sguardo con il quale l'antiquario sembrava trapassarmi da parte a parte.

«Come si è procurato tutte queste foto?».

Alzò le spalle, forse sorpreso dalla banalità della mia domanda.

«Ma, caro signore, è il mio mestiere: compro e vendo tanta di questa roba, possibilmente rara e di una certa qualità. Alle volte ricevo lasciti, donazioni».

Presi con frenesia a sfogliare il suo prezioso albo, sino ad arrivare alla pagina che tanto mi aveva perturbato. Lui seguiva attentamente i movimenti delle mie dita e quando vide che si arrestavano sul punto che mi premeva indicare, mimò un saltello di giubilo.

«Ah, allora non mi sbagliavo!» esclamò, sfregandosi le mani «Avevo capito di avere a che fare con un vero intenditore».

Puntò l'indice sopra una delle vedute che facevano da cornice alla foto del mio avvenente "fantasma" e picchiettò euforico.

«Ecco qua uno che di fotografia ne capisce, mi sono detto. Questa è la conferma! Lei ha sotto gli occhi un paio di composizioni straordinarie, risalenti agli anni settanta, eseguite da anonimo con una tecnica del tutto particolare e assolutamente innovativa per l'epoca. Ora le spiego...».

«Ma no, no, ascolti lei, piuttosto».

Lo avevo zittito, con foga esagerata; ne rimase visibilmente contrariato e parve addirittura offeso – o quantomeno colpito nell'amor proprio – quando s'accorse che il mio interesse fluttuava altrove, senza indulgere sui menzionati "capolavori", di cui certamente Marini intendeva farsi esegeta e imbonitore.

«Questa, è questa che mi interessa» dissi, battendo il dito sull'immagine della ragazza.

«Volevo chiederle se sa darmi qualche informazione sulla persona qui ritratta e come sia venuto in possesso di questa fotografia».

L'antiquario non nascose la sua delusione e diede un'ultima pietosa occhiata alle foto per le quali avrebbe scommesso potesse ardere la fiamma del vero intenditore. Una smorfia grinzosa sulle labbra esplicitava ora la gamma dei suoi sentimenti, dal rammarico al disgusto. Gettò uno sguardo indifferente al trascurabile riquadro, schiacciato dalla vastità e imponenza dei due affreschi tra i quali, pressoché invisibile, stava accucciato.

«Ci pensi bene» ribattei «Per me è davvero importante».

Sospirò, volgendo nuovamente lo sguardo sull'oggetto del mio desiderio, stavolta con maggiore cura; non sembrava spazientito, palesava piuttosto un'espressione da compatimento. Dapprima alzò un poco le spalle con aria di sufficienza e scosse il capo, a convincermi che non trovava motivo per insistere più che tanto su quell'insignificante primo piano; poi tornò a guardare e stavolta vidi che aggrottava le sopracciglia, facendosi pensieroso. Staccò lo sguardo, lo fece vagare dintorno, si rituffò sulla foto.

Trascorso un minuto buono, durante il quale mutevoli espressioni avevano drammatizzato le linee già marcate del suo viso, si sollevò dall'istantanea lisciandosi la fronte nuda con la mano.

«Puah! Cosa ci vedrà di bello in questa foto? A me pare così dozzinale!».

«Non è la componente grafica che mi colpisce, quanto la ragazza in posa».

«Perché, la conosce?».

«Veramente no, o almeno non ne sono sicuro: per questo le chiedevo notizie».

Senza averne davvero l'intenzione, tirò a sé l'albo, quasi strappandomelo dalle mani; si allontanò verso il centro della stanza, dove una luce più viva batteva da una finestrella a parete. Per la prima volta da quando mi trovavo là dentro, lo vidi ricorrere all'ausilio di una spessa lente di ingrandimento. Rovistò tra le più riposte pieghe della foto, borbottò qualcosa di incomprensibile e scosse con forza il capo. Cercava dentro di sé una risposta che evidentemente non trovava.

«Senta, mi spiace per lei ma io non so nemmeno come *questa cosa* sia finita qua in mezzo».

Sentii la bocca dello stomaco aggrumarsi come fosse finita sotto una pressa.

«Che vuol dire?».

«Esattamente ciò che le ho detto: che non ho ricordo di questa fotografia e che non so spiegarmi perché mai l'abbia infilata proprio qua dentro. Oltretutto non mi sembra in tema con quanto suggerito da questa raccolta».

Prima di cadere in preda allo sconforto, volli sincerarmi di non essere ormai definitivamente piombato in una sorta di mondo parallelo: chi avrebbe mai potuto aiutarmi se nessuno vedeva, nessuno sapeva, nessuno ricordava?

«Ascolti, Marini, non mi prenda per matto, per quanto sto per chiederle».

Mi fissò nuovamente, stavolta con espressione vacua. Ci voleva coraggio per continuare in quella commedia dell'assurdo, giocata su frasi sospese e apparentemente senza senso; ma non c'erano altri appigli e io *dovevo* sapere.

«Può dirmi esattamente, la prego, ciò che vede in questa foto?».

Marini ebbe un sussulto e, istintivamente, si ritrasse. Non potevo biasimarlo se cominciava a pensare male di quello sconosciuto dall'aria stralunata che si incaponiva su questioni prive di senso. Dal canto mio, se avessi aggiunto ulteriori dettagli, avrei senza dubbio peggiorato la situazione, già compromessa. L'antiquario pareva smarrito, confuso dalla mia richiesta.

«Vede che non mi sbagliavo quando poc'anzi le dicevo che non ha una buona cera».

Sorrisi, cercando di distendere i muscoli facciali, contratti come il resto del corpo.

«Guardi, pensi pure di me ciò che vuole: magari non ha tutti i torti a ritenere che io sia un po' tocco. Però, se volesse essere così gentile e descrivermi ciò che vede nella foto, gliene sarei veramente grato».

Restò per un attimo indeciso, poi si destinò caritatevole alla bisogna. Guardò ancora una volta l'immagine che aveva davanti, di tanto in tanto scrutandomi di sottecchi, magari paventando qualche mia mossa avventata; di sicuro era preoccupato ma anche incuriosito perché esaudì, fin nei minimi particolari, quello che, a tutta prima, dovette apparirgli come il più insensato dei desideri. Lo ascoltai senza perdere una battuta e, terminato il resoconto, mi lasciai andare a un sospiro di sollievo: in tutto e per tutto – eccezion fatta che per trascurabili accenni – la sua percezione della ragazza ritratta nella foto combaciava con la mia.

Dentro di me giubilavo come un bambino; non che la scoperta avesse del sensazionale, ma la ritenevo un primo importante passo verso la *verità*. Volevo convincermi che le mie non fossero solo traveggole, che le sequenze allucinatorie nascondessero una forma qualunque di *realtà*: che, insomma, quel volto di giovane donna raccontasse una *storia vera*.

«Signor Marini, la ringrazio molto. Crede che sarebbe possibile acquistare questa fotografia? Naturalmente, al prezzo che lei riterrà opportuno».

Mi guardò sospettoso, senza rispondere. Teneva alto il mento e muoveva le labbra come stesse masticando; elementi comici e sinistri congiuravano a definire l'aspetto di quel piccolo uomo che ora pareva perplesso. Perplessità dovuta più alla situazione, all'intrigo ch'egli cominciava a subodorare dietro questa mia ultima, tutto sommato innocente, richiesta. Trascorse un tempo indefinito, prima che Marini si decidesse a rompere un silenzio imbarazzante, scalfito solo dal transito rumoroso delle auto sulla strada.

«Devo rifletterci sopra. Vede, questi antichi cimeli sono glorie inestimabili, dallo straordinario valore storico e affettivo: doversene liberare è sempre un dispiacere».

Intuivo quanto potesse in lui la smania di capire perché tanto mi intricasse quella piccola, insignificante immagine, trasformatasi ora improvvisamente in "cimelio d'inestimabile valore."

«Mi era parso, da quanto detto in precedenza, che lei non attribuisse alcun valore a questa minuzia» lo incalzai, cercando di coglierlo in contraddizione; ma teneva già in serbo la ribattuta e replicò, stizzosamente:

«Beh, non spetta a lei giudicare. Ritengo che sarebbe un errore disfarmi di un pezzo – ancorché apparentemente di scarso pregio, devo ammetterlo; di un pezzo, dicevo, che fa parte di una collezione speciale, di squisito contenuto storico-estetico. Sarebbe come gettare via la pedina di una scacchiera d'epoca, per il solo fatto di essere meno rilevante, sul piano del gioco, della Torre».

Andava tronfio della similitudine e si pavoneggiò un poco, guardandomi di traverso.

«D'accordo» ammisi, fingendo la resa. Infilai una mano nella tasca interna della giacca e ne cavai fuori un portafoglio di cuoio marrone, alquanto malridotto. Da uno scomparto sfilai un libretto degli assegni e una carta di credito e li poggiai sopra una delle teche. L'antiquario seguiva ogni mio singolo gesto, fregandosi le mani.

«Allora, signor Marini, dica pure una cifra: le compro l'intero albo».

Lo colsi in controtempo e inciampò in una serie di borborigmi che ne palesarono in modo plateale la sorpresa. Il suo istinto di commerciante lottava ora con la curiosità del ricercatore: voleva andare a fondo della faccenda e, nello stesso tempo, concludere un affare tanto inatteso quanto strepitoso.

«Ci sono momenti nella vita in cui bisogna dare importanza a ciò che ne ha, indipendentemente dagli interessi personali» cominciò, come in una sorta di litania.

«Non so se riesco a spiegarmi, ma mi trovo davvero in difficoltà rispetto alla sua generosa offerta. Vede, signor... Non credo di conoscere il suo nome».

«Varelli» risposi e lui parve illuminarsi.

«Varelli... Varelli. Ma certo, ecco perché il suo viso mi ricordava qualcuno! Lei è Loris Varelli, il noto fotografo. Sa che io ho avuto per le mani un paio di suoi lavori giovanili, che ho ceduto molto a malincuore, a un prezzo elevato».

Ero sul punto di spifferare il vero motivo per cui mi ero avventurato nella sua bottega ma desistetti; ora la foto della ragazza costituiva traguardo ben altrimenti ambizioso.

«Egregio signore, la passione per l'antiquaria rasenta, alle volte, il masochismo. Liberarsi di alcuni pezzi è come strapparsi di dosso brandelli di carne viva: genera, cioè, un'autentica sofferenza».

«In sostanza, lei mi sta dicendo che le fotografie contenute in questo album non sono in vendita. Non capisco allora perché...».

Nell'interrompermi, disegnò con un gesto della mano un semicerchio nell'aria.

«Perché ho voluto sottoporglielo? Nella domanda c'è già parte della risposta. Ecco, appunto: lo tenevo nascosto perché considero queste foto patrimonio esclusivo; il fatto stesso che abbia voluto mostrarle proprio a lei e non ad altri dimostra che ho scorto in lei l'occhio clinico dell'artista».

Mentiva ma lo faceva con tale edulcorato ardore che non si poteva non fingere di credergli.

«Volevo che vedesse e desideravo un suo commento, un apprezzamento. Ora che ho la certezza di trovarmi al cospetto di un autentico artista, il desiderio è diventato brama».

Cominciai a sospettare che l'artista fosse lui, colto persuasore, cialtrone irridente.

«I soldi nutrono lo stomaco ma non lo spirito» concluse, in uno slancio enfatico. Si mise a carezzare la copertina dell'albo come fosse un morbido pelo di gatto.

«Mio caro Varelli, se cedessi alle sue esperte lusinghe appagherei lo stomaco ma prostrerei lo spirito».

Un leggero sorriso mi piegò le labbra mentre allargavo le braccia, in segno di abbandono a tanta commovente eloquenza; ciò che sortì all'istante l'effetto voluto.

«Nel suo caso, però, potrei fare una piccola eccezione e trattare l'acquisto della singola foto. Sempre che, nel frattempo, lei non abbia cambiato idea».

Gli confermai di essere fermamente convinto a accettare la sua generosa offerta. Dalla sua faccia capii che sperava ancora, nonostante quella accorata manifestazione di sdegnoso rifiuto, che insistessi per aggiudicarmi l'intero reportage fotografico; del mio rifiuto non fece, però, un dramma.

Al momento di pattuire la cifra, mi incalzò con una controproposta:

«Se mi permette, vorrei aggiungere una postilla. Mi renderebbe felice conoscere, se possibile, il vero motivo che ha indotto un'artista acuto come lei a scegliere, tra le molte, proprio *quella* foto. Giuro che, se mi farà questa confidenza, le stralcerò il prezzo».

Sembrava sincero e mi concedeva, casualmente, un'opportunità.

«Le risponderò, Marini, se lei, a sua volta, mi rivelerà un altro segreto: un segreto che ci riguarda entrambi».

«Va bene. Se potrò, ne sarò lieto. Ma, accidenti, non mi tenga sulle spine!».

La soluzione l'avevo, nel frattempo, meditata e mi parve suadente.

«Sarò sincero: in quella fotografia ho riconosciuto una vecchia amica, una persona che ho purtroppo perso di vista e mai più riveduto. Pensavo che lei avrebbe potuto darmi una mano, in tal senso».

Lo vidi farsi scuro in volto, come se quella testimonianza l'avesse toccato e lui non sapesse sdebitarsi. Ribadì, sconsolato, che non aveva più memoria di quel ritratto, né del modo in cui gli fosse stato recapitato: il tono mi parve onesto.

«Marini, lei rammenta invece in quali circostanze è entrato in possesso di quei miei scatti giovanili, ai quali faceva accenno poco fa?».

«Ma certo!» rispose senza esitazioni, mentre i suoi occhietti, solitamente spenti, emanavano tenui bagliori nel semibuio delle palpebre mai compiutamente dischiuse.

«Le ho acquistate, or sono due anni, durante un'esposizione a una galleria di Brescia».

«Ne è sicuro?» rintuzzai, contrariato da un'affermazione così netta da non ammettere repliche.

«Perbacco! Sicurissimo».

«Strano, perché quella roba… Era finita in un cassetto di casa e pensavo persino di averla perduta».

Improvvisavo, cercando di stanarlo ma si mostrò irremovibile.

«Deve confondersi con qualcosa d'altro, caro Varelli. È facile, del resto: con tutto quello che avrà fotografato ed esposto durante la sua carriera. Vatti a ricordare di ogni singolo scatto! Quelli risalivano agli ottanta, se non erro».

Si concentrò, le mani serrate sulle tempie, per meglio mettere a fuoco il ricordo.

«Proprio così!» esclamò, infine, raggiante «"Loris Varelli: vedute 1986-87". Lo rammento bene, facevano parte di una serie collocata in una saletta illuminata da due lampade al neon: molto suggestivo. Ho chiesto se fossero disponibili i negativi e ho avuto fortuna».

L'antiquario si lanciò quindi nel resoconto di aneddoti legati al suo rapporto con l'arte, mescolando professione e fatti privati. Con tutta evidenza, la schiarita umorale dipendeva dall'aver scoperto in me il fotografo di fama; fui costretto ad arginare la sua piena logorroica, ricorrendo a una scusa. Non so precisamente cosa immaginassi di trovare in quel misterioso reliquiario; in un certo senso, la visita alla bottega antiquaria di Marini complicò le cose, nel mettermi di fronte la prova – secondo l'ometto inconfutabile – che il responsabile della maledetta foto da cui tutti i miei guai avevano avuto inizio, fossi proprio io.

Pagai la cifra pattuita, congedandomi in tutta fretta: mi tenevano compagnia l'immagine a stampa analogica *di un fantasma* e una ridda di sensazioni contraddittorie. Il tempo e lo spazio mi parvero, in quel momento, eventualità indefinite, che il crepuscolo rossastro e la spianata lungo le rovine non riuscivano a esaurire. Da Piazza del Grillo ripresi il cammino sino a giungere alla confluenza di Via Cavour con i Fori Imperiali: alla mia destra, il sole illanguidiva sulla dorsale esterna del Vittoriano, svaporando l'arancio dei suoi lampi primaverili nel grumo brunastro del giorno che intristiva.

Io mi trascinavo inquieto, lo sguardo ora attratto dal solenne Anfiteatro, il passo lento che virava, per arrampicarsi lungo le mura della "Passeggiata Cederna". Sedetti sopra a una panchina, nell'angolo in cui, dall'alto, lo sguardo poteva spaziare sui palazzi del Corso; rigiravo la foto della ragazza tra le dita, in un vuoto assoluto di congetture. Le uniche due immagini che mi passavano per la mente, per una strana associazione, erano quelle del volto di mia madre e della mia prima Polaroid.

Fu per caso che, incise sulla parete bianca del risvolto, accanto al segno grafico della Codachrome, notai la scritta in neretto e la data che correlava il dettaglio: *A Loris, con riconoscente affetto. Dominique* – *Torino, 12 Aprile 1987.*

La testa vorticò e tutto intorno a me perse consistenza. Tentai di alzarmi ma piombai in terra di schianto, le gambe che parevano blocchi di cemento.

Dovette trascorrere qualche minuto prima che fossi in grado di risollevarmi. Il traffico correva diversi metri più in basso rispetto al punto in cui mi ero accasciato e in quel momento nessuno si trovava a transitare là sopra. Avevo perduto l'equilibrio ma non i sensi e potei godere del triste spettacolo di me riverso in terra e come svuotato d'ogni energia.

Quando, infine, mi riuscì di rimettermi in piedi, recuperai tremante foto e panchina. Rilessi con attenzione quanto scritto sul retro dell'istantanea; no, non lo avevo immaginato, quella scritta era chiara, perfetta, inconfutabile. Al buio, un buio pesto, restava solo la mia testa.

Undici

Una raffica ventosa e fredda sollevò un cumulo di polvere a qualche metro di distanza da lui. La polvere cominciò a disegnare alcuni cerchi nell'aria, per ricadere poi a livello del terreno e di nuovo alzarsi, sino a turbinargli sulla faccia; si trovò costretto a sollevare l'avambraccio e a incrinare leggermente la testa in avanti per ripararsi gli occhi. Il vento pungeva impetuoso, fuori stagione; rimpianse di non avere portato con sé la sciarpa gialla, di puro cotone, che la moglie gli aveva regalato a Natale, l'ultima festività trascorsa insieme. Faticava a sostenere il passo, sebbene decenni di corse e pedinamenti lo avessero allenato a ben altri metraggi.

Si fermò – "solo un momento", si disse – e respirò piano a intervalli regolari. Volse in alto lo sguardo a contemplare il movimento mutevole e costante delle nubi; quei cumuli stratificati, simili a seriche chiazze sfibrate, non promettevano nulla di buono: e tirarsi dietro l'ombrello era eventualità rara e comunque tediosa. Del resto, quando si era mosso da casa, non poteva certo prevedere un tale peggioramento atmosferico; né aveva l'abitudine di guardare troppo a lungo la TV, tanto meno di credere alle verità rivelate dal piccolo schermo, letture termiche comprese. Non era stato proprio l'effetto di quell'ordigno mediatico a far deflagrare il Paese, annichilendo buon gusto e ragione civile? Alla larga, dunque!

Eppure le previsioni avevano accennato alla perturbazione che dai Pirenei si stava spostando sul tratto appenninico, per invadere le regioni settentrionali, e declinare poi verso il centro e il sud dello Stivale. Ma lui, scettico di natura, preferiva rischiare: il rischio, d'altronde, lo aveva accompagnato per tutta la vita.

Durante la lunga carriera quante volte era stato colpito, umiliato, quante aveva visto la morte in faccia; incerti del mestiere, roba di poco conto. Il peggio sarebbe stato mancare il bersaglio, fallire, venir meno alle proprio responsabilità: ed era quanto capitatogli, a freddo, alla sua prima inchiesta da funzionario della Polizia Giudiziaria. Aveva vissuto la sconfitta con rabbia, frustrazione; un danno civile, morale e personale dal quale – "inutile prendersi in giro" – mai più si era risollevato.

Una falla si era aperta allora nella sua coscienza e nulla avrebbe potuto suturarla: nemmeno i tanti successi che a quel triste infortunio erano seguiti e le molte lodi ricevute. Ci aveva sbattuto la testa per anni, logorandosi su probabilità e dubbi inevasi, su ipotesi che sembravano concrete e sempre si sfaldavano alla prova dei fatti. Cinque anni trascorsi in trincea, prima che il Giudice Istruttore gli togliesse il caso, archiviandolo, nonostante le sue ostinate rimostranze. La mente aveva, gioco forza, scavato in altre direzioni ma il pensiero era rimasto là, costretto dalle mura di quel decrepito casale, sporcate dall'incuria, dall'umido e dal sangue di un'innocente.

Ora, dopo tutti quegli anni, dopo che un'intera esistenza gli era scivolata tra le dita quasi senza che se ne accorgesse, eccolo nuovamente al punto di partenza: proprio quando tutto sembrava rimosso e vedeva approssimarsi il capolinea. Era bastato un niente, una fiammella accesa in una notte malinconica da un passante accidentale. Suo malgrado, dalle sabbie del tempo, il fantasma era riemerso, perché nessuna terapia – neanche l'oblio della memoria – avrebbe potuto affogarlo.

Si era fermato un momento a guardarsi intorno, come gli accadeva quando, nel mezzo di un'indagine complessa, cercava ispirazione nell'aria, negli odori della città, nel profumo stesso delle cose. In fondo, a lui cosa importava? Nel suo mestiere, fare cilecca era parte del gioco e i fallimenti molto spesso indipendenti dalle proprie capacità. Nel suo caso aveva di certo pesato la mancanza di esperienza e chiunque, al posto suo, se ne sarebbe fatto una ragione. Restava un crimine impunito, un sassolino in una scarpa di qualità. Non era stata colpa sua, non era suo demerito che esistesse la follia nel mondo: e lui veniva pagato per combatterla, indipendentemente dagli esiti. Allora, perché tanta inutile, angosciata ostinazione?

Guardò il cielo dove le nuvole cominciavano a ingrossare, gonfie di un grigio sinistro.

«Importa, importa eccome!» disse, a voce alta, perché il suono delle parole lo sferzasse. Pensò a suo padre che, quando lui era bambino, gli raccontava la storia di un prete coraggioso che al "me ne frego!" fascista aveva opposto la forza etica di un "I care", mi interessa, mi preme.

Quella mattina si era levato di buonora, aveva fatto colazione, si era accuratamente rasato, pettinato e lisciato i suoi preziosi baffi. Un ironico e augurale buffetto alla sua immagine riflessa allo specchio ne aveva anticipato l'uscita di casa.

Gianni Laudario non amava improvvisare: non l'aveva mai fatto durante il servizio, nello svolgimento delle indagini. Quella mattina, invece, da neopensionato, improvvisò. D'altra parte, il nastro si stava riavvolgendo per un curioso scherzo del destino ed era al fato che bisognava affidarsi, dal caso lasciarsi guidare. Uscito di casa, si era dunque diretto negli uffici della Giudiziaria dove, ottenuto il passi, aveva attraversato l'ampio corridoio al pianterreno, sino alla scalinata laterale, evitando gli ascensori, nei confronti dei quali da sempre nutriva una profonda idiosincrasia. Era salito, con passo veloce, al terzo piano e, varcata la soglia di una porta a vetri, aveva imboccato un altro lungo corridoio, percorso il quale si era trovato di fronte a una porta in noce con maniglia d'ottone, smaltata di nero. Una targhetta stava appesa nel mezzo: "Polizia Giudiziaria – Ufficio Relazioni con il pubblico – Dott. Sante Anastasi". Aveva bussato ed era rimasto in attesa; percepito un brusio proveniente dall'interno, dopo un attimo di tentennamento, si era deciso a fare capolino sull'uscio. Il mormorio era d'improvviso cessato e una volta sulla soglia si era accorto, nel silenzio tombale calato al suo ingresso, di avere due paia d'occhi puntati addosso.

Per nulla intimorito, come d'abitudine, aveva gettato sulla stanza un rapido sguardo. Tutto era esattamente come ricordava, le scrivanie a semicerchio, la finestra accostata, i computer accesi, lo schedario appoggiato di lato, cartelle ovunque stipate; solo il soffitto gli parve più alto ma non era un habitué di quell'ufficio, ché solo di rado gli occorreva di visitare. Aveva con piacere constatato che anche il personale era sempre lo stesso.

«Commissario, ma che piacere! Un po' di nostalgia, eh?».

Anastasi si era alzato in piedi a fatica, con quella sua mole ingombrante, la testa avvitata sulle spalle larghe, il collo grosso e schiacciato. Aveva indosso la consueta giacca lisa color topo, i muscoli delle braccia che sembravano scoppiare dentro alle spalline strette, stile anni settanta. Laudario gli aveva lanciato un largo sorriso, mentre quello protendeva verso di lui la mano grassoccia, con le nocche eternamente screpolate. Laudario conosceva bene anche il collega di stanza, il brigadiere Calogeri – di cui mai gli riusciva di memorizzare il nome – lui pure di robusta mole, ma corto di statura. Entrambi meridionali, figli dell'ormai perduta terra di Calabria, dove transitavano soltanto per le ricorrenze festive; entrambi sulla soglia della pensione. Mentre li salutava con cordialità, il commissario si era domandato chi avrebbe preso il loro posto e, soprattutto, *se mai* qualcuno li avrebbe un giorno sostituiti.

«Comodi, ragazzi» aveva esordito, con premuroso rispetto «Io non conto più nulla qua dentro».

«Qual buon vento, commissario?».

Anastasi si poteva dire che lo conoscesse da sempre, sebbene sporadiche, in così tanti anni, fossero state le occasioni di incontro. Si tenevano l'un l'altro in grande considerazione. Sante doveva avere più e meno la sua età; era entrato in polizia giovanissimo, per necessità più che per scelta. Suo padre, un emigrato, lavorava come giornaliero presso un cantiere. "Per sventura", era precipitato da un'impalcatura fatiscente, lasciando la moglie e i tre figli nelle peste; Sante, il più grande, si era accollato l'onere del mantenimento della famiglia. Una storia di povertà, uguale a tante altre, nell'Italia del "benessere."

Anastasi era un tipo tenace e orgoglioso: lavorava il giorno e studiava la notte per preparare gli esami universitari. Si diceva avesse un "brutto carattere", il che significava che *aveva carattere* e ciò spiegava, in parte, il ruolo marginale che gli era stato affidato.

«Anzitutto, mi scuso per l'irruzione» si era schermito Laudario «Sono, tra l'altro, in anticipo sull'orario di ricevimento».

«Ma che scherziamo, commissario!» aveva affettuosamente protestato Anastasi «Per lei questa porta è sempre aperta: e non lo dico tanto per dire!».

Il commissario si era chiesto perché mai non avessero nemmeno provato, in tanti anni, a darsi del "tu". Il funzionario dell'Ufficio Relazioni, nell'invitarlo a sedere, aveva ripreso posto sulla propria scrivania.

«Ho notato sempre meno gente in giro, qua negli uffici e giù alle "accettazioni"» aveva amaramente constatato Laudario «Naturalmente non c'è voce di nuove assunzioni».

«Ma quale, commissa'!» aveva pittorescamente esclamato Calogeri «Qua è già tanto se, nel giro di qualche anno, non li chiudono gli uffici: ci stiamo tutti a pensionare e non c'è ricambio».

«In tre anni manco un euro hanno stanziato» si era inserito, con stizza, Anastasi. «Le attrezzature sono invecchiate, pure le pistole di ordinanza ci mancano!».

Gianni Laudario aveva sospirato, volgendo lo sguardo prima sull'uno, poi sull'altro.

«Del resto, c'è la crisi e la politica è scomparsa» aveva proseguito il capo reparto, duro nella reprimenda.

«Anche qua dentro, che le pare? Mugugnano, brontolano da mattina a sera; appena, però, qualcuno comincia a fare un discorso serio, a parlare di responsabilità e responsabili, a fare nomi e cognomi, a indicare i guasti e le soluzioni per ripararli, subito ti guardano di traverso e girano la testa dall'altra parte»

Non lo fossero stati già da sempre, a Laudario furono nuovamente esplicati i motivi dell'emarginazione di quel bravo poliziotto. Lo starnuto prepotente di Calogeri ruppe un momentaneo silenzio.

«Chiedo scusa. Tutta colpa degli acari».

«Finiremo sepolti dalla polvere, caro mio» aveva commentato, di rimando, Anastasi.

Si era poi rivolto a Laudario, il quale era parso estraniarsi in solitarie riflessioni.

«Ma lei di sicuro, commissario, non si sarà preso la briga di venire fin qua, soltanto per sentire le nostre lamentele».

L'ex poliziotto lo aveva fissato intensamente prima di parlare; cercava dentro di sé il modo giusto per entrare nel merito della delicata questione.

«Sante, se non vado errato, lei, nel periodo compreso tra la metà e la fine degli anni ottanta, venne assegnato "all'accoglienza"».

Era costume, presso la Giudiziaria di Torino che, appena terminato l'apprendistato, alcuni elementi fossero destinati a quella che, nel gergo dei piantoni, veniva chiamata "accoglienza"; altro non era che una stanzetta dove un sospetto, un arrestato o chiunque si trovasse, qualunque ne fosse stata la causa, in stato di fermo temporaneo, veniva condotto per espletare la prassi legata all'identificazione e all'accertamento dei dati personali. Naturalmente, il trasferimento di Anastasi in "accoglienza" – consumatosi felicemente da tempo il suo tirocinio – era dipeso da tutte altre e "oscure" ragioni.

«Sì, non si inganna» aveva laconicamente annuito il buon funzionario «Dall'ottantasei all'ottantotto ne sono stato praticamente a capo; alle mie dipendenze si alternavano giovani reclute».

«Bene. Comprendo che ciò che sto per chiederle necessiti di uno sforzo straordinario di memoria: ma vorrei davvero che provasse a rispondermi, per me sarebbe molto importante».

Sante aveva allargato le braccia, come a sottintendere il suo impegno.

«Ora, vorrei che tornasse con la mente alla primavera del 1987».

Aggrottate di colpo le sopracciglia, Anastasi si era subito posto in allarme. Laudario gli aveva sorriso, per rassicurarlo.

«Non si spaventi. Mettiamola meglio: forse ricorderà il delitto Alderisi che, in quel periodo, sconvolse l'opinione pubblica».

Il silenzio che a tratti cadeva, come un respiro discreto, sulla conversazione, era andato improvvisamente infittendosi, fino a farsi nebbia. Sante lo aveva spezzato, dopo poco, magistralmente riannodando i fili della memoria.

«Sì, ricordo. Un assassinio efferato: se non erro quella poveretta fu massacrata a colpi di mannaia».

«È esatto. Il macabro delitto venne compiuto con sconvolgente metodicità: due colpi secchi in piena faccia e un'accurata rimozione di ogni più piccolo indizio. Ci abbiamo sbattuto il grugno per cinque anni, prima di arrenderci».

Laudario si era accorto che il bravo funzionario stava inseguendo altri pensieri.

«Che altro ricorda, Sante?».

Anastasi, colto alla sprovvista, ci aveva scherzato sopra.

«Per esempio, la formazione dell'ennesimo governo monocolore democristiano, il processo al boia di Lione, Klaus Barbie...».

«E lo scudetto del Napoli!».

L'intervento di Calogeri era stato stigmatizzato con un'occhiataccia dal suo superiore. Laudario, invece, aveva sorriso della genuina schiettezza del brigadiere, decidendo lui pure di contribuire con un tassello alla sapiente ricucitura storica.

«Mettiamoci pure la riapertura dell'inchiesta per la strage di Brescia».

«Tutti assolti, no?» aveva puntigliosamente rimarcato Anastasi.

«Come sempre. Ma stiamo correndo troppo. Vorrei, invece, che tornassimo con la memoria ai giorni che precedettero la scoperta del cadavere della malcapitata ragazza».

Laudario aveva letto allora, negli occhi di quel severo, intelligente responsabile di sezione, un'ombra di pudica contrizione e subito aveva sgomberato il campo da malintese reticenze.

«L'inchiesta, come certamente saprete, fu affidata al sottoscritto: la mia prima indagine ufficiale nelle vesti di commissario. Praticamente, un fallimento!».

«Non fu certo per suo demerito, commissario».

L'esternazione di Anastasi gli era sembrata spontanea.

«Va bene, va bene» aveva comunque tagliato corto, per non tergiversare nella retorica della giustificazioni non richieste: a lui non premeva che di arrivare al punto. Con un breve cenno del capo, aveva ringraziato il suo ex collega di quella frase che non sapeva di piaggeria.

«La memoria, a volte, gioca strani scherzi. Tornano alla mente volti, situazioni completamente rimosse; sensazioni che ti erano parse ininfluenti, possono improvvisamente caricarsi di significato».

Li aveva tenuti sulle corde, abusando della loro paziente disponibilità.

«Lei, Sante, doveva dunque trovarsi in "accettazione", diciamo… Una decina di giorni prima della scoperta del cadavere di Gabriella Alderisi: parliamo della settimana dal 1 al 7 aprile dell' ottantasette».

Aveva notato accrescersi l'interesse sul volto di Anastasi che, dopo un attimo di esitazione, aveva decisamente annuito.

«Si ricorda, per caso, di un giovanotto di bell'aspetto, alto, prestante, capelli scuri, alquanto folti, un principio di barba incolta? Avrà avuto sui venticinque, trent'anni al massimo. Le sedeva di fronte, l'aria smarrita, il corpo abbandonato sulla sedia. Sembrava non capisse neppure le semplici domande che lei gli rivolgeva e aveva gli occhi come istupiditi, persi nel vuoto.

«Mi trovavo a passare per il corridoio, la porta era aperta, la scena mi colpì molto e mi fermai a osservarla, per un breve lasso di tempo. Naturalmente, non gli detti più peso del dovuto».

Sante era rimasto in piedi, perplesso, alla ricerca di una luce che, presumibilmente, faticava a accendersi dentro la sua mente. Scuoteva appena il capo e si guardava la punta delle scarpe, le mani che frugavano nelle tasche dei pantaloni, seguendo un movimento involontario.

«Faccia uno sforzo, la prego, si concentri attentamente. C'era qualcosa di stonato in quel viso assente, in quel corpo pressoché indolente. Si sarebbe detto che il tipo fosse sotto l'effetto di qualche allucinogeno: sembrava perdere e riacquisire di continuo il dominio di se stesso, lo sguardo ora lucido, freddo, ora lontano, assente, come in trance.

«Me ne sarei totalmente dimenticato se non ci avessi, per mero accidente, sbattuto contro pochi giorni fa».

I due poliziotti lo avevano guardato sbalorditi.

«Vuole dire che lo ha rivisto? Era proprio lo stesso uomo?».

Nelle parole di Anastasi trapelava incredulità.

«Sì».

«E lo ha riconosciuto? Dopo tutto 'sto tempo? Dopo che lo aveva visto una sola volta, più di vent'anni fa?».

«Beh, lì per lì non ci ho fatto caso. Poi, però, lentamente ho messo a fuoco il suo profilo; certo, è invecchiato, ma i lineamenti sono quelli, non c'è dubbio. Oltretutto, un particolare mi ha messo sulla strada».

Anastasi e Calogeri, oramai, non stavano più nella pelle.

«L'individuo in oggetto è oggi un fotografo affermato. Il suo nome è Loris Varelli».

Avevano sgranato gli occhi in contemporanea. Calogeri, battendosi forte una mano sulla fronte aveva commentato:

«Madonna santa! Varelli! Mia figlia, che è una patita della fotografia, mi ha fatto una testa così di questo tizio».

L'altro gli fece subito eco.

«Se lei non avesse fatto l'accostamento, commissario, non ci sarei mai arrivato. Pensi un po' che, proprio ieri l'altro, mi era capitato di vedere la faccia di questo signore sulla pagina di un mensile al quale sono abbonato. E mi stavo chiedendo: "ma chi mi ricorda questo qua?"?».

Laudario li avrebbe volentieri abbracciati ma il gesto sarebbe parso ingiustificato: si era limitato a un vistoso, riconoscente sorriso.

«Non so come ringraziarvi, davvero. Siete stati velocissimi».

«Ma le pare, commissario, per così poco. Guardi che se il nostro amico non fosse diventato qualcuno, mica me ne sarei rammentato. In quel periodo me ne passavano sottomano a centinaia».

Sante Anastasi aveva ripreso posto sulla scrivania, si era grattato un poco la testa e mordicchiato le labbra: qualcosa sembrava tormentarlo.

«A pensarci bene, ricordo anch'io lo strano atteggiamento di quel Varelli, la sua faccia catatonica; forse aveva assunto acidi e per questo lo tenevamo in stato di fermo, ma non potrei più affermarlo con certezza».

Aveva tamburellato a lungo con le dita sul tavolo da lavoro, dal quale si era poi sporto, guardando fisso negli occhi il suo ex collega.

«Però, dottor Laudario, questo che c'entra con la faccenda del delitto?».

Laudario aveva tergiversato, tenendosi sul vago: non aveva fatto menzione della foto, né sottilizzato sul corso anomalo dei suoi pensieri. Provava pudore, in fondo, nel riesumare un caso – oltretutto, senza elementi tangibili – del quale non importava più nulla a nessuno.

«Niente, caro Sante: solo sensazioni».

Si era alzato in piedi, con l'aria di chi volesse prendere congedo. Le parole gli erano scivolate di bocca all'improvviso, quasi giocando d'anticipo sulle sue stesse intenzioni:

«Se lei, poi, fosse così gentile da verificare in archivio…».

La frase era restata mutila, quasi si fosse sorpreso nel pronunciarla e l'avesse reputata sconveniente. Il senso era stato, altresì, ben recepito da Anastasi che gli aveva sorriso in modo ammiccante. Si erano stretti vigorosamente la mano e lui aveva percorso a ritroso, con passo cadenzato, la complicata teoria di corridoi, verso l'uscita. Una volta oltrepassato il portone d'ingresso, aveva rapidamente attraversato la strada, per voltarsi poi a riguardare la facciata di quel solenne edificio, fin sopra il grigio dei tetti che si confondeva con quello del cielo. Si era domandato allora, con un nodo stretto alla gola, se non fosse quella l'ultima volta.

Superato il ponte, allungò il passo seguendo il corso del fiume che correva lento; l'ora attardava e l'aria era gravida d'una polvere rossa, miscuglio di residui tellurici e atmosferici che il vento disordinava, a raffiche costanti, in un mulinello fuligginoso. Sembrava quasi che il Po avesse deciso di estraniarsi dall'ordine dei fenomeni, per condurre una placida esistenza parallela, affrancata dalle bizzarrie del clima. Rivolse all'insù il bavero della giacca e guardò ancora una volta in alto, dove il cielo offuscava di minuto in minuto, sino a compattarsi in un'enorme nube nera.

Ripensò a quanto s'erano detti con i colleghi della Giudiziaria e gli risuonarono nella mente le grammatiche imbevute di calata meridionale, nel babelico abbrivo dietro il quale si riconoscevano le tracce dell'immigrazione forzata che, dal dopoguerra agli anni che seguirono il boom economico, avrebbe fatto di Torino la capitale delle fabbriche e dell'integrazione.

Svoltò per lo stretto viale e chiese alle sue gambe, che cominciavano a recalcitrare, ancora uno sforzo, fino allo slargo dove si indovinavano pochi edifici bassi, circondati da ampie aiuole, che davano le spalle alla riva destra del fiume. Gianni Laudario s'arrampicò sui tre scalini che anticipavano l'alta cancellata in metallo che murava l'ingresso a un cortiletto, chiuso da portici, dove affacciavano due graziose palazzine a tre piani, in mattonato color avana.

Il commissario scorse rapidamente sul citofono l'elenco dei condomini e premette sul pulsante che indicava il nome del prescelto. Una voce femminile, dal timbro secco, rispose indicando caseggiato e piano. Ignorò, per consuetudine, l'ascensore e salì la rampa sino al terzo, che comprendeva due appartamenti contigui. Prese fiato e respirò profondamente, non tanto per la fatica della lunga camminata, quanto per scacciare un residuo di affanno morale che lo aveva fatto parecchio titubare prima di risolversi a quella decisione.

«Signora Mercier, grazie per avermi voluto ricevere».

La donna che gli stava di fronte, dritta sulla soglia di casa, abbozzò un sorriso nel concedergli una mano magra e percorsa da qualche rivolo venoso. Nella figura alta e nervosa c'era un che di scostante, anche se ben mascherato da modi accoglienti.

«S'accomodi, commissario, la prego».

Non si vedevano da molto tempo, anche se Laudario – forse per quel senso di colpa mai completamente rimosso – aveva insistito per non perdere del tutto i contatti con la donna, malgrado l'inchiesta relativa all'omicidio Alderisi e alla scomparsa della figlia Dominique, fosse stata già archiviata.

L'appartamento era molto più piccolo di quello che l'allora commissario della Giudiziaria aveva frequentato durante gli interrogatori; ma la cura dell'arredo, sobrio ed essenziale, era sempre la stessa.

«Mio marito ed io abbiamo finito con il separarci: un divorzio consensuale, per carità. L'appartamento era cointestato ma troppo grande per le mie esigenze; ne ho trovato uno molto più adatto alla nuova situazione, per fortuna».

Lo condusse in un salottino dalle pareti fresche di ripulitura: a Laudario diede la sensazione di un ambiente caldo e molto vissuto. Presero posto su un comodo divanetto foderato in stoffa color cremisi. Un mobiletto in mogano primo novecento, una scrivania dello stesso materiale e un armadio a muro, a due ante, completavano il quadro.

«Un caffè, un liquore o qualcosa d'altro, commissario?».

«Un caffè, grazie. Ah, a proposito, non sono più un funzionario di polizia».

La Mercier lo guardò con un'espressione di stupore, lui s'affrettò a chiosare:

«Nel senso che ho raggiunto la pensione, da qualche settimana».

«Così giovane? È un peccato».

Si scusò nell'allontanarsi per mettere sul fuoco la moca. Laudario ne approfittò per alzarsi e dare un'occhiata intorno. Tutto era perfettamente in ordine e pulito: chissà se la donna faceva da sé o poteva contare, come in precedenza, sull'apporto di un collaboratore domestico. Lo colpì il passepartout a frange ricamate che incorniciava una foto, in bella vista sul ripiano alto del mobiletto: il primo piano sorridente di una bella ragazza dagli occhi scuri e profondi, capelli neri e morbidi che si arricciavano in coda, sembrava sforare l'inquadratura. Era impossibile non notarla, non esserne attratti, calamitati. Laudario non poté fare a meno di prendere la cornice in mano e di sospendere lo sguardo sul ritratto fotografico; c'era qualcosa di struggente e malinconico in quel sorriso, un'aria grave e inquieta negli occhi che guardavano il puntino luminoso dell'obiettivo, per cercare molto, molto più lontano.

«Era molto bella, vero? Una ragazza... Particolare».

Lo colse alla sprovvista e, con un poco di vergogna, ripose di scatto la foto sopra il secretaire. Monica Mercier, ex moglie di Alberto Tagliavini e madre di Dominique, lo stava a osservare senza veramente guardarlo; i suoi occhi scrutavano il vuoto ma Laudario ne era sempre e comunque colpito. Stimò che quella donna avesse nello sguardo e nei gesti un che di severo, di asprigno: un tono di rimprovero che la grazia naturale del portamento e la maniera celavano, appena sopra le righe. Si limitò a annuire e riprese il suo posto sul divano. La donna gli si sedette a fianco.

«Le dicevo di mio marito. È successo cinque anni fa; non siamo mai andati d'accordo e certe disgrazie, paradossalmente, dividono, anziché rinsaldare l'unione».

Gettò un veloce sguardo alla foto di Dominique e Laudario fece altrettanto. La Mercier passava, all'epoca in cui l'ex poliziotto aveva fatto la sua conoscenza, per una donna fredda, compassata. Dopo la scomparsa della figlia, accusata di complicità nell'assassinio dell'amica Gabriella, la gente aveva malignato sui suoi toni distaccati, l'apparente cinismo con il quale sembrava vivesse la drammatica circostanza. Il marito Alberto non le era da meno: Laudario ricordava bene l'atteggiamento lucido e le risposte nette, sicure, non allarmate da emozione alcuna, con cui i coniugi Tagliavini avevano risposto alle sue domande e a quelle del Procuratore.

Quasi a evitare lo sguardo aguzzo di lei, Laudario piegò appena il suo nell'angolo opposto, dove spiccava un lume dal gambo ricurvo, con la lampadina nascosta all'interno di una plafoniera a forma di geranio.

«Io non la trovo affatto cambiato, commissario. Non le spiace, vero, se la chiamo ancora così?».

Si schermì, abbozzando un gesto di compiacimento. Di lei, del resto, poteva dirsi lo stesso; nonostante dovesse avere passato da un pezzo i sessanta, Monica non mostrava segni palesi di invecchiamento. Gli occhi celesti e penetranti – che tanto incutevano, da sempre, una sorta di confuso timore in Laudario – erano forse appena più stanchi che una decina d'anni prima, a quando all'incirca risaliva il loro ultimo, fortuito incontro. Non era mai stata propriamente bella ma aveva nelle movenze e nelle linee grintose, irregolari del viso, una sua singolare, fascinosa eleganza. I capelli, lisci e ben curati, come la pelle che respingeva i ruvidi richiami del tempo, erano finemente ramati da una tinta che s'alternava al grigio, nel ricordo dell'antico fulgore. Laudario notò, per la prima volta, la piega a riccio sulle punte che li rendeva assai simili a quelli della figlia.

«Naturalmente mi fa piacere che lei abbia voluto farmi questa improvvisata, anche se devo confessarle che la cosa mi sorprende molto».

Dalla cucina giunse il sibilo della caffettiera e la donna, alzatasi, chiese nuovamente licenza. Laudario ne approfittò per riordinare un poco le idee. Era uscito di casa con un piano perfettamente orchestrato in mente ma ora, all'improvviso, gli sembrava che vacillasse. Sarà stata la presenza di quella donna che lo rendeva timido, impacciato; o forse era il buon senso che, a tratti, riaffiorava per dissuaderlo da quella messa in scena tardiva, patetica, con cui rischiava di coprirsi di ridicolo.

La Tagliavini tornò con un vassoio e due tazzine di porcellana dalle quali emanava un ottimo profumo. L'odore del caffè aveva sempre in lui un effetto rassicurante e Laudario cominciò a sentirsi più a suo agio, almeno con se stesso.

«Quanto zucchero?».

«Uno, abbondante. Grazie».

Constatava, ammirato, la gentilezza del tocco e dei movimenti che contrastavano, in quella donna orgogliosa, l'amara asprezza del contegno. La voce, dal timbro fermo, dominato, risuonava con rigida necessità. Laudario si sorprese a pensare a come dovesse comportarsi quella donna nell'intimità. Del marito rammentava poco, se non quel modo indifferente che respingeva l'interlocutore. Eppure quei due si erano amati, avevano avuto una figlia: nello sguardo intelligente e rassegnato di Dominique c'era forse la spiegazione di quel fragile rapporto.

«Dunque, commissario, a cosa devo la sua presenza qui, oggi?».

Prese tempo, le dita che agitavano il cucchiaino, in piccoli cerchi concentrici, a mescere lo zucchero sul fondo della tazzina. Trovò per caso le parole.

«Lei deve avermi odiato, signora Tagliavini: e parecchio anche…».

Lei ascoltava, per solito impassibile.

«Non ci ho capito niente in tutta quella terribile vicenda e le ho solo procurato dei fastidi».

«La prego, dottor Laudario, non ricominciamo con questa storia».

Appariva turbata, ma non c'era risentimento nella voce.

«Mi sembrava che ci avessimo messo una pietra sopra, no? Che lei venga ancora da me a scusarsi, mi pare francamente assurdo».

Laudario chinò la testa, come un bambino educato che abbia ricevuto un rimprovero. Forse lei se ne accorse e, con molto tatto, corresse parzialmente il tiro.

«Lei sa meglio di me, perché ne discutemmo apertamente, che io non diedi alcuna colpa dell'insuccesso alla polizia: e non ho intenzione ora di cambiare atteggiamento».

Bevve un sorso di caffè e posò la tazzina sul vassoio che aveva deposto sopra un carrellino a fianco del divano.

«Inoltre, mi pare di averle chiaramente dimostrato la mia simpatia e riconoscenza per gli sforzi con cui si prodigò, ben oltre i limiti dell'inchiesta ufficiale, nell'interesse della famiglia Alderisi e della nostra. Ben pochi avrebbero agito nello stesso modo».

«Deve scusarmi. Non avrei voluto offenderla».

La donna s'accorse del pantano in cui si dibatteva il povero Laudario e tentò di incoraggiarlo.

«Per carità, non c'è nulla di cui debba scusarsi. Immagino che abbia ben altro da riferirmi».

L'ex poliziotto venne paradossalmente a trovarsi in difficoltà maggiori, spiazzato dalla spietata concretezza della Mercier. Adesso avrebbe avuto voglia di alzarsi, implorando venia, e correre via da quella casa, dove solo una stupida, cieca ossessione lo aveva condotto.

Nell'accorgersi del crescente imbarazzo in cui era precipitato il suo ospite, Monica gli lanciò un velato sorriso e gli domandò, tanto per alleggerire la tensione:

«Non beve il suo caffè? Guardi che, se aspetta ancora un po', si fredda».

Lui guardò la tazzina dove il caffè languiva intiepidendosi e, con un gesto automatico, ne tranguggiò il contenuto quasi per intero.

«Davvero buono» commentò, per prendere tempo e ritrovare il coraggio perduto.

«La passione per il caffè è un'eredità di famiglia: mio padre lo considerava un viatico indispensabile per cominciare bene la mattinata. Pensi che arrivava a consumarne una decina al giorno».

Laudario apprezzò, a lui sarebbe tanto piaciuto seguirne l'esempio ma era costretto a contenersi.

«Dominique, invece, preferiva il tè».

Si sbagliava o, per la prima volta, gli pareva di aver colto negli occhi di Monica l'ombra di un'emozione, seppure anestetizzata? Colse pure, al balzo, il pretesto per un giudizio di merito e una domanda.

«Gran bella foto! Quando è stata scattata?».

«L'anno prima della disgrazia. Fu merito di un amico, mia figlia amava tanto le foto ma non le piaceva mettersi in posa».

Aveva parlato di *disgrazia*: forse considerava che la ragazza fosse stata assassinata, insieme alla sua amica Gabriella; forse voleva solo convincersi che fosse così. Oppure erano altri i sentimenti che agivano in lei? Laudario cominciava a guardarla con occhio diverso.

«Durante tutto questo tempo» insinuò il commissario «da mia mente non ha mai veramente smesso di rimuginare su quel che accadde allora. Mi crede, se le dico che non c'è stato giorno della mia vita in cui non abbia pensato, almeno per un momento, a Dominique e a Gabriella?».

«Lo so, lo immagino».

«Non è solo rabbia, frustrazione, l'inutile accanimento di un poliziotto che ha fallito il colpo. È molto di più: è un senso di smarrimento che accompagna i miei giorni, tormenta le mie notti. Provo angoscia, panico, per aver mancato a un dovere, un dovere morale».

I loro sguardi si erano per un attimo incrociati: possibile che quello di lei fosse tornato atono, inesprimibile? Ma ora nulla lo avrebbe più inibito.

«Vuole parlarmi ancora di sua figlia, signora? A ben pensarci, fuori dalla routine angosciosa, impoetica dell'inchiesta, io ho sempre saputo poco di Dominique. Del resto, tutti i nostri sforzi allora erano incentrati sulle dinamiche dell'omicidio di Gabriella e sulla ricerca di un fantomatico assassino; temo che finimmo per perdere di vista l'intima vicenda dei protagonisti».

Gli parve che la donna cominciasse a seguire il corso spontaneo dei suoi pensieri, senza più veramente ascoltarlo. La voce di lei gli giunse lontana, come un sommesso fiato che un alito di vento aveva casualmente dirottato verso la sua, fino a mescolarne le frasi in assonanza.

«Dissero che c'era qualcosa di strano in noi, giudicarono l'atteggiamento mio e di Alberto colpevolmente distaccato, perché non mettevamo in piazza la nostra sofferenza».

Sospirò e prese tempo, dando l'impressione, inedita agli occhi del commissario, che le parole faticassero a comporsi, come artigliate dalla stretta emotiva.

«E Dominique, poi... Dominique era diventata una specie di ammaliante fattucchiera che aveva esercitato chissà quali poteri per sedurre quella povera Gabriella, trascinandola con sé nell'abisso. Alla fine, quando non seppero più cosa inventare, dettero per scontato che mia figlia dovesse essere, in qualche modo, responsabile dell'accaduto».

La smorfia che le labbra disegnarono, increspandosi, sapeva di disgusto e invelenita ironia.

«Proprio un bella trovata. È tutto così grottesco, risibile».

Tacque, misurando la durezza delle sue parole con l'accorato silenzio del poliziotto. Intorno a loro le pareti sembravano restringersi, costrette dal peso di un'offesa dolorosamente incubata.

«Chi è, in realtà, Dominique?».

Quella domanda così banale, che Laudario si sorprese a formulare per la prima volta, futile eventualità nel mare delle drammatiche interrogazioni di cui si componeva il mosaico dell'inchiesta irresoluta, cadde sul pavimento scrostato dalle troppe, immiserite memorie, come un peso insostenibile; forse a Monica piacque l'utopica consistenza di quel "chi è" che, nella rassicurante scelta del presente, rendeva meno struggente il vuoto dell'assenza. La risposta giunse allietata da un tenue accenno di sorriso.

«Parlava poco, leggeva, le piaceva andarsene in giro a fantasticare: cosa le passasse davvero per la testa è difficile intuire. Qualche volta le rimproveravo di non dedicare un tempo sufficiente allo studio ma i risultati scolastici non erano male. Era una ragazza speciale, con una sua indipendenza che mio marito ed io abbiamo sempre rispettato.

«Con Gabriella sparivano per ore, si capiva che avevano bisogno l'una dell'altra: nelle rare occasioni in cui si lasciava andare a confidenze, Dominique mi raccontava della sua amica».

«Cosa si dicevano le due ragazze, quando erano insieme?».

«Dominique le rimproverava di essere un po' ingenua, immatura, con i ragazzi soprattutto: mia figlia era piuttosto protettiva nei riguardi di Gabriella».

«Signora Mercier, sua figlia le parlò mai di un certo Loris?».

Glielo aveva chiesto all'improvviso, senza preamboli; lei ne fu stupita, quasi frastornata.

«Loris?»

«Si ricorda di quella foto fuori fuoco che le mostrai all'epoca?».

Si limitò ad assentire con un movimento gentile del capo.

«Si ipotizzò che le ragazze che vi comparivano fossero proprio Gabriella e Dominique».

«Questo è ciò che avete sempre sostenuto voi. Io non ne sono stata mai troppo sicura».

«Certo, le possibilità tecnologiche dell'epoca non ci furono di grande aiuto; però, col tempo, potemmo stabilire il dato con una certa approssimazione di realtà. Purtroppo, la grana già consunta dell'immagine non ci consentì un'esatta valutazione degli elementi interni alla foto: soprattutto relativamente al luogo in cui fu scattata e all'identità dell'uomo che figurava al centro dell'inquadratura, in mezzo alle due amiche».

Monica Tagliavini sembrava nuovamente distante, il volto fattosi improvvisamente di pietra.

«Mi diceva che Dominique amava la fotografia. È sicura che non le abbia parlato di un giovanotto di nome Loris, come lei appassionato di foto?».

Un velo di tristezza trascolorò la grigia piega dello sguardo.

«Non ci siamo mai troppo raccontate, Dominique ed io: e non le ho mai davvero sentito pronunciare quel nome, o almeno non ne ho ricordo».

Era tornata implacabilmente meccanica, essenziale nelle risposte. Laudario giudicò più prudente girare intorno al problema, anziché menare l'affondo.

«Vede, signora Mercier, io di fotografico ho solo la memoria: funziona a scatti, appunto, e certuni restano impressi nella parete del cervello come immagini nella pellicola. Solo che a volte dimentico di svilupparne il negativo e allora quei fotogrammi rischiano di rimanere a lungo allo stato larvale; c'è sempre bisogno di qualcosa che riaccenda in me la fiamma e mi sveli il particolare che manca».

La donna lo osservava muta, gli occhi che mandavano impercettibili segnali dietro le palpebre. Il commissario ne apprezzava il tratto infinitamente paziente, disponibile alla riacutizzazione del dolore di una ferita non rimarginata.

«Quando, giorni fa, mi sono ritrovato tra i piedi un tizio che credevo di aver già veduto, da qualche parte, in qualche momento della mia vita, il meccanismo di recupero del dato nella memoria è avvenuto quasi spontaneamente».

«Questo... automatismo ha a che fare con mia figlia?».

Fece finta di ignorare il puntuale riferimento della madre di Dominique.

«Lo avevo già visto, eccome, quell'uomo! E non soltanto, come inizialmente fui portato a credere, perché di lui si parlava sui giornali e nelle riviste specializzate; io lo avevo negli occhi da molto tempo e quasi senza saperlo».

«E quell'uomo si chiama Loris?» intervenne Monica, con tono svogliato.

«Loris Varelli. Le dice qualcosa?».

Ci pensò sopra una frazione di secondo prima di rispondere:

«Non è un fotografo, piuttosto *a la page*?».

«Proprio lui».

«È lei pensa che sia l'uomo della foto? E che, dunque, avesse conosciuto la mia Dominique in quegli anni?».

«Non ne ho certezza ma è quanto sto cercando di appurare».

Laudario sfilò dalla tasca, con un gesto impulsivo, persino rabbioso, la vecchia foto sgualcita, la spiegò meglio che poté sul cristallo opaco del tavolino e la mostrò fremente alla donna. Lei sospirò, angosciata.

«Ancora quella foto, commissario?!».

«La guardi, la guardi bene, signora. Si concentri sulla faccia di quest'uomo: non le dice proprio nulla?».

«Ma non si vede niente, niente!».

Monica ebbe un gesto di stizza e allontanò da sé l'oggetto con ripulsa; strizzò nervosamente le pupille, quasi volesse ricacciare indietro quel ricordo sfumato, incolore, che forse conteneva, nella seppia annebbiata dal mancato contrasto, il senso estremo di tutta quella pena.

«Loris Varelli» bisbigliò la madre di Dominique, le parole che quasi scivolavano dalle labbra socchiuse «Ma come le è venuto in mente?».

«Davvero non ha niente da dirmi su di lui, Monica? È sicura che Dominique non le menzionò neppure una volta il nome di questo signore? Guardi, ci può pensare su quanto vuole, non c'è nessuna fretta».

Sul viso della Tagliavini passò un'ombra di tristezza, così profonda da farsi segno, discorso; era impossibile ignorarla e Laudario ebbe netta l'impressione di aver varcato la soglia oltre alla quale non c'è speranza di un ritorno. La donna si alzò dal divano e prese a sparecchiare il tavolino, dove stavano poggiati vassoio e tazzine. Senza parlare, volse rapidamente in cucina, riordinò i resti sul fondo del lavabo e tornò dal suo ospite, che era rimasto seduto, lo sguardo chino, la mente a riavvolgere su un ipotetico nastro i pensieri.

«Non ho mai chiesto nulla a mia figlia» disse, sforzandosi di essere ancora cortese con quello strano individuo che presupponeva di entrare nella vita della gente e uscirne a suo comodo, come se le persone fossero varianti dominabili delle sue personali elucubrazioni. «Non ho mai sentito parlare in casa di quel Varelli, né di nessun altro uomo verso il quale Dominique avesse avuto anche una pallida spinta di autentica passione. Tutto ciò che so è... Che oggi lei non è qui con me».

Se pure dentro di lei, in quel preciso momento, si scatenò la furia di qualche represso sentimento, è certo che le riuscì di contenerlo con naturalezza; perché non una flessione, sebbene impercettibile, della voce – mentre proferiva quelle parole, nette, risolutive nella loro drammatica laconicità – venne a palesarne l'inquietudine.

«Io non credo che questa nostra conversazione debba continuare a lungo. Le chiedo la cortesia di potermi ritirare: ho la testa pesante, sarà forse colpa dell'umidità».

Lanciò uno sguardo distratto alla finestra, coi vetri picchiettati da una insistente pioggerella; Laudario la imitò, sorprendendosi a osservare le gocce che ricadevano sulla superficie trasparente in piccoli rivoli obliqui.

«Certo, certo, è comprensibile» annuì, rassegnato. Monica gli prese la mano e gliela strinse, in uno spento sorriso di commiato. Il vecchio funzionario della Giudiziaria ebbe la sensazione che fosse anche l'ultimo che la donna gli avrebbe concesso.

«Se le venisse in mente qualcosa...».

Sospese la frase e lasciò nelle mani di lei – la cui antica, nervosa eleganza veniva insidiata dal corrugarsi infido della varice – uno scarno biglietto da visita. Lei ringraziò, accomiatandolo con una frase di circostanza. Lo accompagnò alla porta e lo salutò con deferente distacco. Nel richiudere, esitò un poco sull'uscio per spiare, dalla feritoia dello stipite dischiuso, la lenta discesa del commissario che si allontanava per le scale. Solo quando avvertì lo sbattere del portone d'ingresso, richiuse a sua volta la porta di casa e vi si appoggiò con tutto il peso delle spalle, rilasciando i muscoli del corpo, come sollevata da un peso che andava facendosi insostenibile.

Trascorso un lasso di tempo interminabile, tornò nel salottino dove aveva intrattenuto l'ospite. Sebbene poco e niente avesse potuto nella sua lontana inchiesta, quell'uomo onesto e malinconico le faceva tenerezza e proprio non si capacitava del perché continuasse ottusamente a tormentarsi, sfasciandosi la testa in tortuose, involute ipotesi. A cosa e a chi sarebbe valso tanto inutile accanimento?

Si avvicinò al secretaire, tolse dal suo angolo la foto di Dominique. Sedette e si mise a riguardarla, come tante altre volte aveva fatto, all'insaputa di tutti, mesta sul divanetto rivestito di soffice copertina cremisi, nel silenzio sospeso della stanza, perfettamente in ordine. Di sicuro a Laudario non sarebbe dispiaciuto – se avesse avuto modo di trovarsi ancora là, a osservarla di nascosto – vedere il viso sottile di quella donna, indurito dagli anni e dall'amarezza, inumidirsi delle lacrime che un pianto sommesso, discreto, lasciava ora cadere.

Dodici

Si erano arrampicate per il sentiero sopra la collina e ora camminavano, tenendosi per mano, nel tratto dove più folta cresceva la vegetazione. Sulla cima erbosa di quel falsopiano si godeva di un bel panorama ma il terreno, molle e vischioso, lascito dei temporali dei giorni precedenti, rendeva il passo sdrucciolo, infido. Lassù in alto, però, in mezzo ai riverberi di luce azzurrina che un sole tiepido insinuava tra i filari delle viti e dei pioppi, affacciandosi discreto tra banchi di cirri malintenzionati, lo sguardo poteva coprire la vallata intera. Dominique chiuse gli occhi, fece un gran respiro e ristette immobile, sentendosi tutt'uno con l'aria e il cielo.

«Sei morta?» fece Gabriella, tirandola per una manica del piumone. La pesante imbottitura dei giacconi le riparava dai fendenti gelidi di un vento non ancora arreso al primo gorgoglio della primavera.

«Ehi, dico a te!» insistette la ragazza, scostandosi dal viso una ciocca bionda, indispettita dalla tramontana. Dominique non rispose e si girò per metà verso di lei, mordicchiandosi un labbro. Aveva un'espressione languida e gli occhi che ridevano: la sua amica aveva, all'opposto, uno sguardo imbronciato.

«Dominique, io a scuola, l'anno prossimo, senza di te, non ci torno».

L'altra sbatté le palpebre e piegò un poco la testa sulla spalla destra, stringendosi sulle braccia come a proteggersi dal freddo.

«Quanto sei sciocca! Vuoi proprio farmi arrabbiare? Oggi, che sono così felice!».

Gabriella si sorprese a pensare che non aveva mai visto l'amica in quello stato, eterea, sognante. A pensarci bene, forse non l'aveva neppure mai vista ridere. Ebbe vergogna di ciò che aveva appena detto e abbassò comicamente il mento, fingendosi interessata alla punta delle scarpe. Dominique allora la imitò, per sbeffeggiarla.

«Scema!» le urlò la compagna, che si era accorta dello scherzo; poi sbottò a ridere, in breve contagiando l'altra. L'eco delle risa si perdeva a valle, inghiottito dal silenzio degli alberi.

«Tutti quegli stronzi ridono di noi».

Lo aveva detto a bruciapelo, le era uscito di gola senza controllo. Dominique restò a bocca aperta, mentre sollevava lo sguardo su di lei.

«Ma che dici?».

«Quello che ho appena detto».

Dominique tornò a osservare il fondo valle: un mantello d'ombra si era adagiato sul dorso della collina, a causa di un repentino movimento di nubi limacciose che avevano occultato il sole.

«Tutti chi?».

«Tutti, tutti!» esclamò Gabriella con forza, irritata dalla neghittosa reazione della compagna. Dominique sembrava comunque non aver perduto il buon umore.

«Proprio tutti, tutti? Anche Marco?» sussurrò all'orecchio dell'amica, con una punta di civetteria. Gabriella si scostò, tirandole un'occhiataccia sprezzante.

«Comunque io con quelli non ci torno» ribadì con determinazione. Dominique le si avvicinò, maliziosa. Gabriella notò la strana luce che le brillava negli occhi, un misto di tenerezza e sconforto ch'ella non comprendeva ma da cui sempre era ammaliata.

Dominique accostò le labbra alle sue e le soffiò un bacio. Gabriella esitò, un poco arrossendo: non osava guardarla ma sapeva di avere lo sguardo di lei addosso e ne era insieme commossa e intimorita.

«Lascia stare Marco» la rimproverò, piccata «E poi lui che c'entra?».

Non ricevette risposta.

«Lui è diverso, se proprio lo vuoi sapere. E poi, a te che ti frega?».

«E poi qua e poi là» continuò Dominique, sullo stesso tono, facendole il verso. Gabriella provò dispetto e alzò il tono di voce.

«No, te adesso mi dici quello che hai in testa».

«Ma niente, niente. È solo che…».

Troncò la frase a mezz'aria, come colpita da un fulmine. Gabriella la vide fare un passo avanti e sporgersi a valle, la punta dei piedi sollevata perché la vista potesse spaziare.

«Che stavi dicendo?».

Dominique la tacitò con un brusco gesto della mano e continuò a guardare lungo il declivio, oltre lo stretto sentiero dei pioppi.

«Ma che c'è, insomma?».

«Vuoi star zitta, per favore?».

L'eco stavolta rimbalzò dalla collinetta e scivolò lungo il pendio, sino ai filari; là, tra l'odore dei mirti e delle bacche, gli steli d'erba si inchinavano ai colpi di frusta del tramontano: Dominique aveva scorto uno strano scintillio che non le riusciva di mettere a fuoco.

Gabriella le urlò contro qualcosa, ma lei non l'ascoltava nemmeno. Aveva cominciato la discesa verso quel punto d'infinito che tanta curiosità le aveva suscitato e, mano a mano che la distanza veniva meno, l'oggetto si palesava per ciò che effettivamente era. Gabriella le arrancava dietro, come sempre faticando a tenere il passo, come sempre costretta alle volontà dell'amica, che la fagocitavano.

La prima cosa che videro, nella conca fangosa che chiudeva il pioppeto, fu il cavalletto, ben piantato in terra e sopra di esso la macchina fotografica con quel pesante obiettivo. A guardarlo da là in basso, il cielo sembrava più angusto e opprimente.

Quando le due ragazze entrarono nell'inquadratura, l'uomo sollevò la testa e strizzò l'occhio sinistro, sino a quel momento incollato al cerchio dell'oculare. Sembrava imbarazzato, colto alla sprovvista e ora cercava un contegno probabile, la mano destra infilata nella tasca, la sinistra che carezzava il focale. Era alto e ben piazzato, le spalle strette nel giaccone impellicciato sul collo. Dominique continuava ad avanzare verso di lui, incurante dei richiami ansiosi della sua partner che la riempiva di contumelie.

«Ma dove vai, Cristo, dove vai?» guaiva Gabriella, inascoltata. Dominique sentiva quella vocina petulante spegnersi lontana. L'intera sua attenzione era calamitata dallo sconosciuto e dalla sua splendida attrezzatura. Tutto intorno non s'udivano rumori se non il fruscio ossessivo del vento che scompigliava i capelli della ragazza. L'uomo fu subito turbato da quel volto tenero e aggressivo, limpido e malinconico, su cui cadeva una luce insolita.

Fece finta di nulla, subito rituffandosi nei suoi esercizi fotografici.

«Mi scusi» disse lei, piegandosi verso il focale, sino a rientrare nell'inquadratura «Non volevo disturbarla. Mi ha colpito la sua macchina, è davvero molto bella. Sono una patita delle foto».

Si sentiva indifeso, non sapeva cosa dire: qualcosa di profondo nella voce di lei lo commuoveva.

«Mi chiamo Dominique».

Gli tese la mano, lui allungò timidamente la sua.

«Chiedo perdono, ma davvero non ho saputo resistere».

L'uomo balbettò qualche parola di circostanza ma la voce stentava.

«Comunque, io mi chiamo Dominique».

Il fotografo si chiese se la scena fosse reale o se la stesse solo immaginando. La ragazza si volse con sufficienza all'indietro e indicò con il dito la compagna, che faceva il verso della scontrosa.

«E lei è Gabriella» disse, con scarso afflato. Il sole andava tramontando, lungo la piana cominciava a stendersi una coltre nebbiosa.

«Piacere, io sono…».

La frase restò un poco sospesa, tra il rantolo del vento e il grufolare cupo di una civetta.

«Sono Loris…».

Fu come se una mano amica mi tirasse fuori, con un provvidenziale strattone, da un immaginario risucchio melmoso dentro al quale andavo a poco a poco affondando.

Mi levai di scatto, gli occhi vitrei, sbarrati: il respiro incespicò affannoso, una stretta soffocante mi afferrò alla gola. Mi ci volle un po' per riprendermi, percepire la distanza tra l'incubo e l'accadimento reale. Meccanicamente sollevai il cuscino sulla spalliera del letto e vi poggiai la schiena che doleva per le posture contorte cui avevo, privo di volontà, costretto il corpo; anche la testa partecipava dello stesso destino, imbevuta dei postumi di un agitatissimo sonno. Se vero sonno, poi, era stato. Cominciava a capitarmi spesso: temevo nel coricarmi, poiché durante il breve letargo della coscienza, l'angoscia divorava il subconscio, producendo onirici spaventi che turbavano violentemente il riposo; e i risvegli forzosi portavano spesso a veglie indesiderate, ansiose, dominate da un lieve senso di panico.

Non mi riusciva di rammentare bene, una volta desto, tutte le figure dell'incubo: di certo il volto cereo, esangue di quella ragazza – che ora aveva persino dei connotati umani e un nome – tornava come un rovello a desolare le mie notti. Peraltro, oramai, che differenza faceva la notte rispetto al giorno, la vita dei sensi e il loro totale obnubilamento, la *realtà* dall'*immaginazione*? E non risiede, del resto, in questo margine inesplorato, quella *verità* sulla quale l'artista da sempre si interroga?

Quando gli occhi si riabituarono al semibuio, diedi una stanca occhiata alla sveglia sul comodino: le tre e mezzo. Ripetei, come un automa, i gesti che solitamente accompagnavano la triste abitudine all'evento; rimasi ancora un paio di minuti seduto sul letto a misurare la circonferenza del soffitto, quindi mi alzai con calcolata lentezza.

Mentre mi trascinavo lungo il corridoio, un'ombra parve quasi staccarsi dalla parete e correre via furtiva, senza suono. Agghiacciai e, per un attimo, il corpo diventò di pietra. Non osavo muovermi, neppure respirare: il tempo utile a realizzare che doveva certamente trattarsi di un effetto curioso della luce che, dalla strada, filtrava funambola attraverso le persiane solo parzialmente abbassate. Ebbi modo di sorriderne, a tal punto era scosso il mio animo da trasformare un lampo su una parete buia in uno spaventevole fenomeno; che, sfortunatamente, si replicò un istante dopo, trasformando l'ombra di prima in una nera sagoma, in piedi davanti al vano cucina. Non sapevo cosa fare ma le gambe, traballanti, mi spinsero avanti, senza reale intenzione: e ancora l'evanescente figura evaporò tra le pareti della casa.

Cercavo di orientarmi, non avevo più neppure la certezza di essere davvero in me, sveglio e semovente tra le mura di casa. Allo stesso tempo, mi premeva lucidamente di appurare la sostanza di quella *cosa* e dove si fosse nascosta. Strusciai adagio, le spalle alla parete, avanzando di qualche metro: il trillo del telefono mi fece sussultare. Mi bloccai di nuovo, la schiena rigidamente inchiodata al muro;

avvertii distintamente un rumore – come di uno sportello che si richiudeva – provenire dalla cucina, mentre il telefono nel salotto continuava a gracidare. Ero rigido, senza più sangue che scorresse nelle arterie, ma dovevo uscire da quella catatonia e agire in fretta.

Raccogliendo le forze, mi precipitai a sollevare il ricevitore. Gridai, con l'avanzo di fiato che mi si strozzava in gola:

«Per carità! Chiunque lei sia, mi aiuti!».

Dapprincipio mi sembrò che la comunicazione si fosse interrotta, perché al di là del cavo non arrivava nulla, neppure un sibilo in sottotono. Disperato, ripetei l'invocazione e stavolta un fruscio isolato, quasi un soffio di vento simile a un lamento, solleticò il timpano.

«Loris… Loris» ansimò una vocina tenue, lontanissima, che pareva evocata da profondità abissali. Nuovamente qualcosa si mosse tra il corridoio e la cucina, per la seconda volta alle mie orecchie giunse il medesimo rumore.

«Brutti figli di puttana!» urlai, senza curarmi di dare un senso a quella rotta esclamazione. Stringendo il cordless nel pugno, accesi tutte le luci e mi lanciai in cucina; dove constatai che un battente della porta finestra, lasciata anch'essa semichiusa, urtava sullo stipite producendo colpi intervallati. Mi sporsi fuori, quel tanto che bastava a indovinare gli effetti di un venticello polveroso nell'aria umida di una notte priva di stelle. Rientrai in casa, sconfortato.

Il telefono, che ancora serravo nella stretta nervosa della mano, squillò ancora, facendomi sussultare. Maledii quell'aggeggio che non la smetteva di ronzare ma non ebbi il coraggio di rispondere. Sedetti in un angolo, ansimante come dopo una lunga corsa e attesi; l'apparecchio vibrò inesausto per un pezzo, prima di rassegnarsi al silenzio: che piombò cupo, profondo, in tutto il caseggiato. Rannicchiato sulla sedia, la testa reclinata su una spalla, le braccia incrociate al petto, le gambe accavallate, giacqui esausto, immobile per più di un'ora.

Inavvertitamente, scivolai nel sonno e a svegliarmi fu lo scalpitio della marmitta di un motorino, che rombava proprio sotto al mio palazzo. Ancora intontito, misi a scaldare il caffè e tornai a sedere, le ossa dolenti come mi avessero pestato; provvidi a mettermi qualcosa indosso e bevvi l'agognato caffè, a piccoli sorsi. Potevo sentire l'angoscia salirmi dal petto all'esofago, uscirmi di gola e vagare per casa, insalutata ospite. Provai a catalogare quanto avevo veduto ma non c'era volume in quella forma indistinta che muoveva dalle pareti senza luce, senza contorni visibili, simile a uno spettro inquieto e, come tutti gli spiriti, privo di sesso. Lo stesso poteva dirsi della voce che avevo avvertito al telefono, frequenza modulata e tanto lontana da sembrare un flebile impulso elettrico nella pur nitida, ossessiva scansione del mio nome. Temevo di impazzire, ero affranto all'idea che qualcosa di marcio orbitasse nell'emisfero cerebrale, ottundendo la ragione, affievolendo, giorno dopo giorno, ora dopo ora, le capacità intellettive. "Chissà – pensavo con apprensione – forse una di queste mattine mi sveglierò in uno stato di totale afasia, completamente estraneo al mondo e alle cose". D'altronde, già mi accadeva di perdere il senso del tempo e dello spazio e la realtà e il sogno si apparentavano, mescolandosi tra loro, indistintamente.

Con addosso un'ansia insopprimibile, camminai per casa come un lemure che cerchi un angolo dove sostare, in mezzo agli altri fantasmi che gli stanno attorno. Fuori, intanto, più alte salivano le voci del mattino e il chiarore ancora pallido del primo sole.

Stavolta il trillo del telefono si levò con uno stridore tanto acuto da non ammettere esitazioni.

«Chi cazzo sei? Che vuoi da me?» esplosi, scartato a priori qualsiasi ritegno.

Ci fu una pausa interlocutoria, seguita da una risatina irriverente che precedette di poco un sogghigno che conoscevo bene.

«Va bene, Varelli, che la sua simpatia nei miei confronti è pari a zero; però credevo che le regole del bon ton non le fossero proprio sconosciute».

Roberto Miceli parlava scandendo con precisione le sillabe, per farmi pesare l'imbarazzo. Restai muto per qualche secondo, ciò che gli consentì di perfezionare la reprimenda.

«Le consiglio di soppesare con scrupolo le esternazioni: qualcuno potrebbe anche aversene a male».

Quell'uomo aveva il pregio di mantenere sempre un efferato aplomb, anche nelle situazioni più scabrose: lui stesso, d'altra parte, maestro inarrivabile in sgradevolezze. Ebbe, ciò nonostante, il merito di svagare la mia ambascia, tramutandola in terapeutica collera.

«Nello scusarmi, mantengo fermo il punto: che vuole, a quest'ora, da me?».

Il *freelance* era un tipo che, in ogni circostanza, badava al sodo.

«Ascolti, Varelli. Ho bisogno di parlarle, e in fretta, di una questione che è bene chiudere definitivamente. Ora mi trovo nel bar d'angolo della piazzetta, qui a un passo da casa sua. Sono quasi le sette, questi bravi signori hanno appena aperto e il locale è tutto per noi. Ce la fa a raggiungermi in un quarto d'ora?

«Ah, guardi che non sono solo: accanto a me c'è una persona che ha lei pure qualcosa da dirle».

Alle sette e dieci minuti ero seduto a uno dei tre tavolini di quel piccolo bar, con l'ingresso a vetri che guardava la facciata esterna della Chiesa, faccia a faccia con il giornalista. Nell'assecondare la sua richiesta di invito non mi ero chiesto troppi perché; mi era bastevole strapparmi a quel soliloquio allucinato tra le mura domestiche. Il mio aspetto denunciava lo stato di delirio psicofisico dal quale ero appena e malamente riemerso. Miceli non perse l'occasione di sgraziatamente stigmatizzare:

«Gran brutta cera, amico mio! Dormito male?».

«Non sono affari suoi: e non sono un suo amico».

«Ma che caratterino!».

La consueta smorfia irridente straripava dalle labbra segnate dal burro di cacao. Vicino a lui stava una donna sui quarantacinque, le guance impiastricciate di creme, le ciglia generosamente rifornite di rimmel. Nonostante fosse ancora giovane e, nel complesso, piacente, c'erano segmenti rugosi sulla pelle e una rassegnata epifania nello sguardo a testimoniare le avversità dell'esistenza. Teneva le gambe accavallate e il piede destro, quello sospeso, ciondolava distrattamente.

«Cosa prende?» mi domandò Miceli, con misurato garbo.

«Un caffè, grazie».

Schioccò le dita, richiamando l'attenzione di un infastidito cameriere, un giovanotto smilzo che vestiva una divisa bianca e nera. Si curò subito dopo di presentarmi la sua ospite, intenta a mordicchiarsi le unghie.

«La signora Giuliana Boschi, la mamma di Filippo».

La donna mi tese la mano e sfoderò un sorriso fasullo: le unghie delle dita erano poco curate e smaltate di un rosso che andava scolorendo. Le feci un breve inchino con il capo e la osservai meglio. Vestiva una giacca di fresco lana color amaranto, sopra a una maglietta bianca di quelle elastiche, con le spalline scoperte, che le fasciavano stretto il petto, evidenziando – in mancanza dell'intimo – la sporgenza del capezzolo. L'indumento arrivava a malapena in vita e il jeans, basso sul bacino, lasciava parzialmente scoperto il lembo di carne tra il ventre e l'ombelico. La pelle, appena un po' aggrinzita ma coi muscoli ancora in tensione, lasciava intendere una ginnastica del corpo in parte dovuta al lavoro pesante, in parte a un affrettato *restiling*.

«Piacere. Giuliana Parenti, in Boschi» disse, comicamente enucleando le parentele. La "c" sdrucciola e l'accento vagamente strascicato, tradivano un'anagrafe romana.

«Loris Varelli» mi presentai, a mia volta poco credibile dietro a un sorriso faticosamente ostentato. Il rosso dei capelli, sostenuto dalla tinta, aveva la medesima tonalità di quelli del figlio.

«A dire la verità» cominciò Miceli «è stata proprio la signora a insistere per questo nostro incontro. Non è vero, Giuliana?».

Lo sguardo che il *freelance* le lanciò era di smaccata complicità; come altrettanto evidente si mostrò, da parte della donna, il desiderio di compiacerlo. Annuiva a ogni gesto o frase dell'ambiguo gazzettiere, muovendo la testolina avanti e indietro, come fanno i cagnolini di cartapesta nel cruscotto di certe automobili.

«La disponibilità di questa cara donna mi è stata di estremo conforto» continuò il mellifluo, con quel tono di scontata supponenza che trancia giudizi e previene fastidiosi dissensi.

«Era tempo, caro Varelli, che noi ci si spiegasse su una questione cara a entrambi».

Naturalmente, immaginavo che alludesse a Filippo e ai suoi tanti problemi ma restai a sentire, gli occhi infossati nelle palpebre ondeggianti per la stanchezza.

Miceli tormentò per un poco, con insolito nervosismo, il nodo della cravatta a pois che s'allungava sopra alla linea dei bottoni di una camicia azzurrina dalle maniche arrotolate al gomito. Il suo sguardo incrociò il mio, per posarsi poi sulla donna che certamente lui, in qualche modo, soggiogava.

«Allora, Giuliana» le disse, incitandola «vogliamo spiegare a questo stimatissimo signore il motivo per il quale lo abbiamo anzitempo sottratto al suo meritato riposo?».

La donna sembrò colta alla sprovvista, nonostante fosse più che plausibile che quel vanesio di Miceli un discorso dovesse averglielo accuratamente confezionato. Dopo qualche balbettio iniziale, sembrò aver recuperato la favella.

«Signor Varelli, intanto la ringrazio molto per tutto quello che ha fatto fino adesso per mio figlio».

Prendeva pause che le occorrevano probabilmente per riannodare la sintassi e darsi coraggio: sentiva il peso di una relazione posticcia, cui doveva soltanto dare voce, malgrado – con tutta ovvietà – la riguardasse molto da vicino.

«Non c'è di che, Giuliana. Filippo è un buon ragazzo, e avrei davvero voluto dargli una mano» mi voltai di proposito verso Miceli «in un momento così difficile e sfortunato per lui».

La signora Boschi tirò un sospiro di sollievo.

«Ecco, ha detto proprio bene! Filippo è sfortunato: è tanto bravo, si da un sacco da fare ma cosa vuole... Di questi tempi trovare lavoro, un reddito sufficiente a mantenersi...».

Bevve un sorso del suo caffellatte e si leccò le labbra con la punta della lingua.

«Il padre, mio marito, è scappato con una...» si interruppe, mordendosi la lingua per strozzare il vituperio «Io faccio quello che posso: non è che coi lavori domestici si guadagni granché, poi alle volte sto male e... Insomma, proprio non ci riesco».

Cercava, con lo sguardo, l'approvazione di Miceli che si limitava a rassettarsi il nodo della cravatta, un'espressione di rassegnata vacuità sul volto disincantato.

«Mio figlio ha due grandi passioni, la musica e le foto: è per questo che non gli è parso vero di conoscerla. Poi c'è l'Università che costa tanto: le rate, i libri. Insomma, è sempre sotto spese e quel contentino che gli passano quei tizi della radio mica gli basta. E allora, sa com'è...».

Mi fissò con un'aria languida, che implorava solidarietà. Io non dissi nulla, né nella mia faccia grave poté leggere quel consenso che certo auspicava. Parve improvvisamente smarrirsi, la voce ruppe in un singhiozzo. Miceli non perse tempo e la circuì con presa consolatoria.

«Giuliana, la prego, non faccia così. Se vuole, posso continuare io».

La donna si coprì il volto con le mani: non le riusciva di sostenere la parte e la disperazione che cresceva in lei era autentica. Se avesse potuto esprimere quel dolore, libera dai condizionamenti psicologici cui si costringeva, di fronte allo sguardo severo del suo ricattatore, di certo il racconto avrebbe avuto sfumature più sottili di quelle che, stentatamente, si provava a rabberciare.

«Si è messo con certa gentaccia, se non c'era lei me lo avrebbero ammazzato».

Si sporse verso di me, mi prese le mani e fece per baciarmele: con garbata ritrosia prevenni l'imbarazzante sceneggiata. La donna mi lanciò uno sguardo confuso, lacrimevole. Miceli, che aveva seguito la scena con ostentato sussiego, ritenne opportuno entrare in gioco.

«C'è di più, Varelli. Filippo mi ha chiesto del denaro, profittando di una mia... naturale inclinazione verso di lui. Provo tenerezza per quel ragazzo e saperlo in così brutte acque mi commuoveva».

Prese una pausa, sospirò, scuotendo il capo. Tergiversò un poco, l'aria teatralmente afflitta.

«Non avrei dovuto cedere al sentimentalismo. Si indebitò con me e passi: la cosa davvero grave la combinò in seguito, compromettendosi con due facoltosi signori della cui buona fede finì per approfittare».

Era ovvio che meditasse un finale a sorpresa, di quelli che ribaltano l'assunto iniziale. Giuliana s'intromise, replicando piagnucolosa la nenia.

«Se non era per lei, signor Varelli, e senza l'aiuto e la protezione del dottor Miceli, mi sa che non ce l'avremmo fatta».

Si voltò, guardandolo come si guarda un feticcio da idolatrare: il giornalista ammiccò sorridente.

«Sì, mi sono permesso di assistere personalmente la famiglia. Ed è quanto, nell'unirmi alle dovute espressioni di gratitudine della signora Boschi, intendevo farle sapere. Tra di noi, Varelli, sono insorti penosi fraintendimenti, che è opportuno rimuovere».

Soppesò, per un momento, l'effetto di quella esternazione sul mio volto in apparenza indifferente. In realtà ero stupito e anche piuttosto frustrato: la mente rincorreva i casi suoi, mentre mi sfuggiva il senso di quella futile commedia, di cui intuivo però il risvolto malevolo, la piega drammatica. Provavo pena per quella donna e per suo figlio ma non trovavo dentro di me risposte al loro insoluto, contorto dilemma.

«Mi sono offerto di fare da intermediario tra Filippo e quei due galantuomini, di cui certamente il ragazzo le avrà parlato» continuò Miceli, con fare cospirativo, implicitamente invitandomi a una complicità in precedenza mai accordata. «Naturalmente il mio protetto le avrà fornito una diversa e più allettante versione dei fatti».

Ancora una pausa e un inavvertito movimento degli occhi alla sua destra, dove Giuliana giaceva, oramai prona e indifesa, a capo un poco chino. Cominciavo a stancarmi e sentivo un flusso di sangue ribollire e montarmi alla testa. Ero stanco e frastornato, perso tra le mie ubbie senza nessuna voglia di farmi straziare da nuove spiacevoli contingenze.

Miceli, assunta un'espressione grave, diede un'ultima stoccata, fiero della sua abilità retorica.

«Mi compiaccio di avere, fortunatamente, ottenuto ciò che volevo: la denuncia sporta dalla parte lesa nei confronti di Filippo è stata ritirata».

Aggrottai le sopracciglia, sbalordito.

«Ah, perché sono stati anche capaci di denunciarlo!».

Miceli non si scompose e finse, a sua volta, stupore.

«Beh, Varelli, non facciamo gli ingenui. Quella è gente piuttosto in vista, con una rispettabilità da proteggere. Che male c'è, in fondo, nell'avere qualche vizietto? Quando poi ci sono persone come Filippo – e, per carità, non lo biasimo, dato l'affetto che nutro per lui; persone, dicevo che, per un motivo o per un altro, sono disposte a soddisfare certe manie: purché tutto venga poi, come ovvio, tenuto nel più assoluto riserbo».

Si volse ancora, contrito, quasi affranto, verso la sua "protetta" che aveva sgranato gli occhi, l'aria stralunata di chi non sa più a cosa aggrapparsi.

«Abbia pazienza, cara Giuliana, se, per amor di chiarezza, mi costringo a essere così esplicito; è giusto che il signor Varelli, involontario testimone degli eventi, sappia la verità su questa brutta vicenda».

Tacevo, la testa diventata improvvisamente un macigno di pietra dura.

«Pare che Filippo abbia accettato di firmare un accordo con quei due, una clausola che verteva su trattative di affari, commissioni e passaggi di denaro. Un patto cautelativo che, naturalmente, ometteva la vera natura delle prestazioni richieste al ragazzo. Filippo ha accettato le condizioni, ricevendone un lauto compenso anticipato; dopo di che, invece di stare ai patti, ha pensato bene di filarsela coi quattrini senza onorare l'impegno».

«E questo spiega le percosse, non è vero?» mi limitai, sardonico, a commentare.

«Ah, no, Varelli!» esclamò risentito il *freelance* «Conosco personalmente quei signori ed è impensabile che siano ricorsi a metodi vandalici per...».

«Va bene. D'accordo, ho capito» lo interruppi, alzandomi per prendere rapido congedo. Ero avvilito e mi contorcevo, da qualche minuto, in preda a una strana nausea. Miceli fece finta di aversene a male.

«Beh, non mi sembra molto educato da parte sua...».

«La sua versione dei fatti mi sembra alquanto lacunosa. Ad ogni buon conto, tutta questa storia non mi riguarda affatto».

«È strano. Lo ha detto lei stesso, poco fa, che avrebbe tanto voluto essere utile alla causa».

La sensazione del rigetto saliva, a poco a poco, dallo stomaco alla gola e l'insistenza di Miceli cominciava a darmi sui nervi. Lasciai una manciata di denaro sul tavolo e strinsi la mano di Giuliana Boschi che mi ricambiò di una stretta ansiosa, trepida; dentro di sé, forse, ancora anelava a una mia disponibilità riguardo lei e Filippo. Ma io avevo in animo di scomparire – e il più fretta possibile – dalle loro vite, pur nel malincuore dell'incerto destino al quale li abbandonavo. Mi chiesi, per un attimo, per quanta parte di quel loro calvario, mi sarei chiamato correo: subito, però, assolvendomi, come "involontario testimone degli eventi."

Salutai Miceli con un breve cenno della mano, lui mi ripagò di una smorfia sdegnosa. Non avevo percorso che una decina di passi, lungo il marciapiede che affacciava sul cortile della Chiesa, quando una mano mi afferrò alle spalle. Mi voltai di scatto, quasi sobbalzando: le mie fibre dovevano essere tese all'inverosimile. Roberto Miceli mi sorrise, divertito.

«Accidenti! Ora le faccio anche paura».

Teneva stretta la presa sulle mie spalle: me ne liberai, con uno strattone.

«Suvvia, non faccia lo scontroso. Ha visto? In fondo, le ho tolto un bel peso dallo stomaco».

«Il mio stomaco, per il momento, ha i crampi e lei, di sicuro, non è la medicina».

Quel sorriso molle, fastidiosamente costruito, fece spazio a un tono sprezzante, semiserio.

«A proposito. Le farà piacere sapere che ho assunto la signora Boschi al mio servizio, così disobbligandola da qualsiasi preoccupazione economica. Le dirò, la mia casa aveva davvero bisogno di una sistemata e Giuliana è un'eccellente tuttofare».

«Le ripeto, una volta di più, che non è affar mio».

«Lei crede? Eppure Filippo faceva molto conto sulla sua comprensione».

Non risposi. Forse c'era del vero in quello che asseriva, ma che cosa avrei potuto fare per quello sventurato? Cosa diavolo pretendeva da me tutta quella gente? Avevo i miei problemi e nel mio animo non c'era spazio sufficiente a contenere altre umane disgrazie. Per un istante vacillai, il respiro si fece corto al pensiero di quanto potesse ancora capitare al povero DJ.

Fu un attimo. Vidi il volto dell'uomo che avevo di fronte illuminarsi, poco prima di concedersi a un'estrema, infelice esternazione:

«Ci pensa? In un colpo solo godere degli ottimi servizi di quella brava donna e del suo espertissimo figliolo».

Gli scappò una risatina acidula, sorta di stridulo mugolio, fuoriuscito da qualche remota zona dell'organismo. Il braccio mi si mosse in automatico e andò a stamparsi sulla faccia del giornalista, facendolo barcollare. Perdette l'equilibrio e scivolò di lato, riuscendo a attutire la caduta con un'insospettata, atletica torsione delle gambe. Accorse gente dai dintorni e, in breve, ci trovammo circondati da un capannello di buone intenzioni. Un nerboruto giovanotto aiutò Miceli a rimettersi in piedi e lui si toccò il mento e il naso, tanto per fare una rapida stima delle conseguenze del tonfo. Io mi sentivo braccato dagli sguardi dei passanti che borbottavano tra di loro, azzardando discordanti teorie sull'accaduto.

Il giornalista si diede una veloce ripassata, riassettandosi il colletto della giacca che, a causa del ruvido impatto sul selciato, aveva le punte spiegazzate. Mi sarei aspettato che scalpitasse, furente per l'accaduto: avrebbe potuto insultarmi o decidere di ripagarmi della stessa moneta. Si avvicinò, invece, con impudente disinvoltura battendomi una mano sul braccio colpevole del reato. Scorsi appena nei suoi occhi un lampo vendicativo, subito sommerso dal sorriso scaltro che maneggiava come un'arma impropria. Commentò, con inespressiva pudicizia, guardando fisso nei miei occhi, ma rivolto ai presenti che esitavano, curiosi:

«Non è nulla, non è nulla: che nessuno si preoccupi per me».

Infine, con aria di sfida, tornò a provocarmi, sentenziando:

«E non tema neppure lei, Varelli: non ci saranno ritorsioni da parte mia. La sua volgarità non mi tocca. È ora che ognuno pensi ai suoi fantasmi, non le pare?».

E, rivolgendomi un'ultima, sarcastica occhiata, levò le tende, senza più voltarsi indietro. Rimasi a guardarlo, inebetito. Perché aveva parlato di *fantasmi*? Un'altra delle sue chiuse ad effetto? Un banale modo di dire? O forse quel tizio la sapeva lunga, molto più di chiunque altro.

Ma no, cosa andavo a pensare! Era evidente che fossi scosso, fuori di me, travolto dall'arrembante moltiplicarsi di situazioni abnormi, grottesche. "Parentesi chiusa", dissi, tra me e me, per darmi coraggio. Presi a caracollare verso casa, le gambe ancora tremanti, sbandando come un povero ubriaco.

Mi accorsi di lei solo quando bastò un niente perché le rovinassi addosso. Stava ferma, gli occhi febbricitanti per l'attesa, sul portone di casa. Ci misi un po' nel rendermi conto che la sola speranza di salvezza era là, davanti a me, come avesse avvertito la mia muta richiesta di soccorso; nel suo sguardo ritrovai i medesimi dubbi, i miei stessi inconfessati timori. Giulia ed io ci abbracciamo quasi con rabbia, tenendoci stretti per un tempo infinito.

Tredici

Seduti di fianco a un grande specchio ovale che dava alla prospettiva, con effetto a grandangolo, l'illusione della profondità, degustavano un mate che odorava di gelso affumicato, scambiandosi confidenziali amenità.

«Insomma, Gianni: non vorrai darmela a bere. Uno come te, abituato ai ritmi frenetici delle inchieste, all'azione, che passa le giornate tra le scartoffie di casa e le panchine all'ombra del Valentino. Ma dai, non ti ci vedo!».

Il commissario Laudario aveva avuto a che fare con quel tipo, per la prima volta, una trentina d'anni avanti, quando era un semplice brigadiere. Cesare Ravasi, pelle bianca e lucida come il marmo, capelli spazzolati d'argento puro, aria svagata da eterno adolescente, doveva, a occhio e croce, aver passato da lunga pezza la cinquantina, anche se il fisico non mostrava alcun segnale di depauperamento. Robusto, ben piantato, la muscolatura tenuta costantemente in esercizio, Ravasi aveva modi simpatici, schietti. Sulla sua vera età il mistero infittiva, avvolto in una nebbia che lui si guardava bene dal diradare. Tuttavia i conti dovevano pur tornare, si disse sorridente l'ex funzionario della Giudiziaria, mentre guardava, non senza una punta di benevola invidia, quel sempiterno giovanotto, che a sua volta lo ricambiava di uno sguardo puntuto, ironico. I due si erano frequentati in maniera assai incostante, senza però mai perdersi veramente di vista. Laudario si era ricordato di lui, in un barlume resipiscente, a proposito di quella antica, consunta fotografia intorno alla quale ora ruotavano certe sue congetture da vecchio, patetico equilibrista di logori trapezi. Lo aveva chiamato, con la scusa della rimpatriata – alibi inoppugnabile, data la reciproca, umana concordia – e quello aveva prontamente risposto, come sempre disponibile, a scatola chiusa.

Il commissario lo aveva raggiunto, in quel pomeriggio plumbeo, afoso, nello scantinato del vecchio palazzo in zona Porta Nuova, dove Ravasi accatastava da una vita, le attrezzature utili al suo lavoro di... Ci aveva pensato sopra anche quel giorno, prima di raggiungerlo: ma, una volta di più, non aveva potuto darsi risposta. Qual era il mestiere di Ravasi? Da tempo immemore, collaborava con la magistratura e le forze dell'ordine, nello scioglimento di pratiche delicate, riservatissime; il Comune stipulava con lui contratti a termine per la pianificazione delle architetture urbane; scuole e università lo cercavano per l'aggiornamento del materiale didattico e informatico; apprezzate riviste di moda e fotografia gli chiedevano consulenze nel settore.

Ravasi sembrava una specie di occhio del cielo che vigila sulle cose del mondo, deus ex machina, pronto a intervenire in situazioni altrimenti irrisolvibili. Nel sottoscala dello stabile di via Berthollet, dove un tempo erano cantine umide e per lo più inutilizzate, egli – con il consenso dell'amministratore e il mugugno di qualche sospettoso condomino – aveva installato il suo quartier generale, un ampio laboratorio dove giaceva un'oggettistica varia e costantemente aggiornata: tre portatili IBM, una decina di personal computer, una steadycam e una collezione di macchine fotografiche con sofisticatissimi obiettivi. Sopra una scrivania in mogano, quel giorno Laudario notò alcuni pezzi di cartoleria antiquaria, tra cui un paio di stilografiche e un pennino d'epoca che molto lo impressionarono, in controtendenza con le meraviglie tecnologiche che adornavano il locale.

Pure lo colpì, in un angolo lontano, un complesso macchinario di lenti e vetrini che poggiava su un grande carrello, insieme a lastre e oculari montati su due braccia meccaniche che sembravano periscopi di un sommergibile in avaria. Simili a monoliti catarifrangenti, due grosse lampade troneggiavano ai lati opposti di una parete dove nel mezzo era stata impiantata una grossa tela nera.

Un dispositivo deumidificatore rombava sommessamente, aspirando ettolitri d'acqua stagnante. Senza domandarsi altro, come un devoto valvassino alla corte di un potente signorotto feudale, Laudario sorseggiava dunque il suo mate, godendo dell'affabilità di un ospite sollecito ma non invadente.

«Ti dirò, Cesare, che questa nuova vita non è niente male. Sono tornato volentieri ai miei classici, alla musica».

Da una finestrella che dava sulla strada giungevano attutiti i rumori della città. Ravasi, deposta la tazza vuota sopra un tavolino apparecchiato alla buona, gettò al commissario un'occhiata interrogativa.

«Gianni, ti decidi o no a vuotare il sacco?».

L'altro lo guardò, un poco arrossendo. Ravasi, dietro l'espressione di finto rimprovero, aveva gli occhi che ammiccavano, divertiti.

«No, davvero» biascicò il poliziotto, smascherato nei suoi veri propositi «Volevo dirti... È un piacere rivederti».

«Condivido. E poi?».

«Ma non vorrei che tu pensassi...».

«Piantala, commissario!» sbottò infine quel concreto tuttofare «Dimmi ciò che ti preme, senza troppi preamboli».

Laudario allargò le braccia e cercò di velare l'imbarazzo cui si costringeva, per riguardo al suo generoso ospite; avrebbe voluto buttargliela lì a sorpresa, tra una battuta e l'altra, quella sua mezza idea da fanatico enigmista, senza farla, però, apparire come il vero scopo della sua visita. Stimava Ravasi, ne apprezzava la sobrietà e la discrezione, quella sua sempre più rara capacità d'ascolto: e da tempo si riproponeva un nuovo approccio, poi sempre rimandato, vuoi per un motivo, vuoi per un altro.

«Cosa vuoi, dicevi bene tu poco fa, a proposito del pensionamento» attaccò, cercando un approccio soffice al problema. «Mettiti nei panni di uno che, da un giorno all'altro, passa da una vita agitata alla conta oziosa del tempo che ha davanti. Finisce che ti vengono in mente le cose più bizzarre, le idee più cervellotiche».

«Del tipo?».

Era uno pratico, Cesare Ravasi, uno che andava per le spicce, quand'era il momento: avrebbe dovuto ricordarselo, invece di rasentare inavvertitamente il ridicolo con tutto quello stucchevole tergiversare.

«Tu eri il più grande fotografo e rivelatore di indizi ch'io conoscessi, ai tempi del mio commissariato» disse Laudario, con onestà.

«Acqua passata» si schermì l'altro, incrociando le braccia possenti. «Alcuni dei reperti che vedi qua dentro sono un puro passatempo personale».

Rovistò nell'anta di un armadietto di metallo, montato a metà muro sulla parete alle loro spalle, proprio accanto allo specchio.

«Guarda che bella!». Dal ripiano più alto aveva tirato fuori una Nikon, di un modello ormai fuori produzione.

«Con questa ho battuto il Paese palmo a palmo, venti anni fa. La tengo in custodia come una reliquia e mi da ancora parecchie soddisfazioni».

C'era un fondo di autentica commozione in quelle parole e Laudario notò l'armonia dei gesti con i quali Ravasi disponeva di quel prezioso materiale, per poi delicatamente restituirlo alla custodia.

Si convinse, finalmente, a entrare nel merito.

«Insomma, Cesare, per fartela breve: giorni fa, mentre mi trastullavo in casa, tra un caffè e un altro, mi è venuta voglia di sistemare certe vecchie cartelle, dove conservo ancora gli incartamenti relativi a vecchie inchieste. È una specie di archivio personale, che riassume parzialmente la mia carriera da poliziotto nella Giudiziaria».

Prese una pausa e Ravasi ebbe la sensazione che fosse ancora impantanato nel limbo, tra l'impulso incontenibile del parlare e l'intima, pudica inclinazione al tacere: sentimenti controversi, entrambi sul punto di esplodere o crollare. E sapeva che nei due estremi, ondivaghi e fatalmente convergenti, c'era l'uomo: il funzionario di polizia in congedo permanente, Gianni Laudario.

«Ricorderai l'affare Tagliavini – Alderisi» precisò, infine, questi, per nuovamente zittirsi, guardando dritto negli occhi il suo interlocutore. Cesare Ravasi non ci pensò sopra più di qualche secondo, prima di rispondere:

«La ragazza che trovaste maciullata in un casolare abbandonato, nella brughiera, dalle parti di Lanzo? Tenne, per mesi, i lettori delle pagine di cronaca nera con il fiato sospeso. Se non sbaglio, l'amica del cuore che, con ogni probabilità, doveva trovarsi con lei quella notte, non fu mai più ritrovata. Quel che è peggio, il caso restò insoluto e dopo qualche anno venne del tutto archiviato».

Laudario annuii, meditabondo, mentre un velo scuro e appiccicoso, simile a una colata di catrame, scendeva ad adombrargli il volto. Ravasi lo guardò con solidale amarezza.

«Non l'hai mai mandata giù, vero Gianni?» commentò, subito dopo pentendosi di quella ovvietà che rischiava di suonare persino offensiva alle orecchie di quel bravo poliziotto.

«E come avrei potuto, Cesare? Fu un'onta, una chiamata di correità che segnò irrevocabilmente l'intera mia carriera».

«Una carriera esemplare!» lo soccorse l'altro, con affettuosa tempestività. «Eri stato appena nominato, all'epoca, e l'inesperienza si paga. Il caso era terribilmente complesso e nessuno degli inquirenti seppe fare meglio di te. Devi fartene una ragione».

«Ieri sono tornato a trovare Monica Mercier, la madre di Dominique, la ragazza scomparsa» confessò, di rimando, Laudario che sembrava rincorrere un pensiero collaterale. «Vive sola, in quel quartiere nuovo dietro al Valentino».

Ravasi lo guardò, straniato.

«Questa poi! E che ci sei andato a fare?».

Una foto sgualcita passò di mano e Ravasi ispezionò il reperto con malcelato stupore. Laudario continuava imperterrito a raccontare il suo sogno privato.

«Non c'entra questo nostro maledetto mestiere. Qui è in ballo il senso delle cose, della vita: bisogna rimanere vigili, ragionare, Cesare, ragionare...».

Ravasi lo ascoltava, senza veramente intendere e, nel frattempo, rigirava quel residuo archeologico tra le mani, con l'aria assente di chi si sente improvvisamente coinvolto in un gioco di società di cui non conosce né regole, né finalità.

«Che roba è?» brontolò, interdetto. «Non si capisce niente».

Il commissario sorrise dentro di sé: era nuovamente in scena, sul luogo del crimine.

«Non te ne ho mai parlato. Ci arrivò anonima, pochi giorni dopo il delitto. Guardala bene».

Ravasi fece ciò che l'altro gli chiedeva.

«Avrei dovuto pensarci prima, avrei dovuto interpellarti per tempo. Magari adesso è tardi, magari non arriveremo a niente. Ma sta prendendo forma un'idea...» e si batté la fronte per meglio esplicitare il concetto.

Ravasi allora, cominciò a muovere lentamente il capo in su e in giù, come se, a poco a poco, dalla cripta ermetica di quelle mezze frasi, in apparenza insignificanti, una remota verità stesse per emergere, soperchiante, inoppugnabile. Cavò una lente d'ingrandimento dallo stesso armadietto dal quale aveva, in precedenza, dissotterrato l'amata Nykon e si curvò a perscrutare ogni segmento dell'antico resto fotografico; disegnava, sotto lo sguardo attento, febbricitante, di Laudario, precise traiettorie con la lente, setacciando con minuzia da esperto perito le virate, oramai tristemente appassite, del bianco e nero.

L'operazione si protrasse per un paio di minuti, mentre un silenzio tombale, solo contrastato dallo sferragliare dei motori delle auto sulla strada, calava come manto nevoso tra le pareti asettiche di quel singolare laboratorio. Ravasi riemerse come un sub dalle profondità dell'oceano, soltanto per gettare un'occhiata complice al commissario che dei movimenti dell'altro non perdeva una battuta.

Armeggiò dietro a un mobiletto rotondo, proprio in mezzo alla sala, cavandone uno strano aggeggio che Laudario, assolutamente ignaro di tecniche moderne, stimò una specie di lettore ottico a becco ricurvo. Alle estremità del beccuccio era montato un obiettivo che Ravasi regolò dandogli la profondità e la distanza che ritenne opportuna per valutare il "campione", la foto che, nel contempo, aveva provveduto ad adagiare sopra una lastra metallica, sistemata proprio alla base della sofisticata attrezzatura.

L'obiettivo allungò a periscopio sull'inquadratura, consentendo al fotografo di estenderne la panoramica. Laudario soprintendeva, con divorante ansietà, nell'attesa di un responso; finché, inatteso, sopraggiunse in lui un barbaglio, come un fiotto di luce interiore che lo sospese in un vuoto di senso, nel buio di un sussulto lontano: e vide la sua stessa ossessione farsi materia, nell'immagine violata del corpo di Gabriella e sentì le grida, inascoltate, di Dominique. Lo destò la voce possente di Ravasi.

«Sì, sì. Qualcosa se ne può ricavare. Però, caro commissario, non sono in grado di anticiparti niente, né di farti promesse che poi non riuscirei a mantenere».

«Stai pensando ch'io mi sia ammattito, vero?» fece Laudario, preoccupato di non risultare convincente agli occhi dell'amico.

«Niente affatto. Penso, invece, che tu stia inseguendo il *tuo* fantasma, come fa ciascuno di noi, del resto».

Laudario distolse lo sguardo, ch'era precipitato nuovamente all'indietro, sulle gote rosa della moglie Elisabetta quando infuocavano per le frasi ardite che lui gli sussurrava all'orecchio. Le parole di Ravasi gli scivolarono addosso come rigagnoli espansi d'un corso d'acqua in regime intermedio, a rischio di piena. Al *fantasma* non aveva pensato: l'ipotesi gli parve, per un attimo, terribilmente esaltante.

«Penso spesso a quelle disgraziate e alle loro famiglie» cominciò, quasi per giustificarsi di essere là, fuori tempo, a cercare improbabili ammende. «È un sentimento, in fondo, naturale; ma non credere sia solo senso di colpa o frustrazione. Ho sempre saputo che il mio mestiere mi avrebbe fatalmente trascinato nel fango, o prima o dopo. Non è come nei libri gialli, dove tutto deve sempre, in qualche modo, quadrare; è la vita, e nella vita di ognuno non è che i conti tornino così spesso.

«Quando capitò, io ero fresco di nomina, entusiasta, magari anche un po' velleitario; presumevo di poter cambiare il mondo e una disavventura ha finito per cambiare me».

Ravasi si accese una sigaretta e ne allungò una pure a lui: che tese il braccio per afferrarla, seguendo l'istinto; subito, però, ritirò la mano, divenuta improvvisamente pudica al ricordo delle tante raccomandazioni lasciategli in eredità dalla consorte.

«Tutta la tensione che avevo accumulato in quei mesi di lavoro febbrile, inesausto, commutò in una sorta di ansietà da impotenza. Gli indizi fugaci, i balbettamenti nel formulare strategie, per lo più vacue, le tante ipotesi campate in aria anticipavano, inevitabilmente, il fallimento. Precipitai nel panico, andavo dicendo a me stesso di essere totalmente inadeguato, e non solo e non tanto per quell'incarico. Mi era stata data una grande opportunità e l'avevo sciupata malamente: e c'era il rimorso per le vittime, la vergogna di fronte all'insaziabile attesa, l'allucinante dolore e, alla fine, la mesta rassegnazione dei genitori».

«Di occasioni ne hai avute, in seguito, molte altre, per esaltare il tuo talento» s'intromise Ravasi, per addolcire l'umore malinconico del commissario. «E le hai centrate pressoché tutte».

Laudario ci pensò sopra un istante, quindi piegò le labbra a un sorriso amaro.

«Ti ricordi di quel film dove c'è Paul Newman che impersona un avvocato, radiato dall'albo in quanto alcolista, cui viene affidato un incarico delicato che potrebbe riabilitarlo? A un certo punto, quando tutto per lui sembrerebbe compromesso, il suo secondo lo esorta ad accettare il risarcimento economico offerto dalla controparte per la sventurata cliente, un patteggiamento che equivale a una mezza vittoria, considerata la sproporzione delle parti in causa. Alle insistenze del vecchio collega che, per consolarlo, gli ripete che ci saranno altre cause con le quali rifarsi, lui replica testardo: "Non ci sono altre cause, c'è *questa* causa!"

«Ecco, vedi, è esattamente ciò che ho continuato a ripetermi in tutti questi anni: "Non ci sono altre cause, c'è *questa* causa!"».

Tacque e fece girare lo sguardo sulle meraviglie accatastate nella grande sala laboratorio.

«Un giorno mi spiegherai cos'è quella roba là!» disse, puntando il dito sul "dispositivo" attraverso il quale Ravasi aveva minuziosamente esplorato la superficie del vecchio bianco e nero.

«Cavolo!» reagì quello, ridendo. «Mi ci vorrà un mese almeno, data la tua notoria refrattarietà alla "tecnica"; e soltanto per introdurti all'argomento».

«Bah, forse anche meno» lo confortò ironicamente Laudario, «dal momento che è proprio nelle tue mani e in quelle della tua pregiata "tecnica" che affido, *estrema ratio*, le mie ultime illusioni».

Ravasi lo guardò, stavolta con sottaciuta, fraterna solidarietà.

«L'illusione di una vita» gli sussurrò, mentre si alzava dallo sgabello dove era stato seduto, per tutto il tempo, in precario equilibrio a sorseggiare la bevanda argentina.

Laudario annuì e gli fece cenno di voler togliere il disturbo. Si abbracciarono in una ridda di ringraziamenti e buoni propositi di presto rivedersi.

«Sappi che è mia ferma intenzione tenertela in vita il più possibile, quella tua *illusione*» proclamò Ravasi, per confortare le speranze del "suo" commissario. Laudario alzò platealmente le braccia verso il cielo, tirò un lungo respiro, rinnovandogli un ampio sorriso di gratitudine.

«Non so cosa potrai ancora trovare là dentro» disse, implicitamente alludendo alla foto. «Però sono sicuro che una delle chiavi, se non *la* chiave che potrebbe riaprire il caso è nascosta in quella maledetta immagine».

«Se è così, la tireremo fuori» gli venne a sostegno la voce ferma di Ravasi. L'ex poliziotto mosse la testa in un gesto di soddisfazione e si volse verso l'uscita. Tirò a sé la maniglia della porta di ottone, la fece ruotare in senso antiorario, come ricordava di aver visto fare al fotografo mentre lo invitava ad entrare nel suo antro da illusionista. Mise un piede fuori dall'uscio, si bloccò di colpo e Ravasi lo vide nuovamente girarsi, esitante, verso di lui.

«Senti, Cesare, non è che tu...» cominciò, per subito interrompersi. L'altro lo sollecitò a continuare. «Hai mai conosciuto un fotografo di nome Varelli?».

«Loris Varelli? Non personalmente, ma di fama. Perché me lo chiedi?».

Laudario stava per rispondergli e ripetere un copione abusato in quei giorni: però, all'ultimo momento, decise che sarebbe stato più opportuno astenersi dal farlo.

«No, non importa. Grazie ancora, Cesare».

Ravasi, un poco perplesso, lo guardò allontanarsi per le scale; un attimo dopo era già curvo a meditare sulla grana sfocata di quella misteriosa stampa fotografica.

Quattordici

L'albergo trasudava vecchiezza e umidità; le mura parzialmente crepate e le stanze tramortite da un odore stantio di polvere e di chiuso abbisognavano di qualche ritocco. La nostra camera era piuttosto piccola ma gradevolmente temperata, per un rigetto annoiato di brezza malandrina che, mescolandosi ai vapori del fiume, fischiava leggera attraverso le imposte in legno dell'unica finestrella che affacciava sul lungotevere. L'arredamento si consumava in un letto a due piazze, un comodino con abatjour stile settanta e un ampio armadio, pure di legno, con due ante a specchio; un tappeto sintetico ricopriva il pavimento, dal quale emanava un profumo di fresia, probabile residuo di un qualche additivo in uso per la pulizia delle stanze.

Non c'era una vera ragione per la quale chiederle di incontrarci proprio là, neanche fossimo due amanti ardimentosi, braccati dal senso di colpa e dal brivido della clandestinità. Sapevo soltanto di non averle mai dedicato l'attimo prezioso di un'istantanea che la raccontasse come io la vedevo davvero, con quella presunzione di verità che l'obiettivo fingeva ogni volta di restituirmi: e mi crogiolavo all'idea di trovare una luce, un miracoloso riflesso, una remota angolazione capace di riassumere l'intensità del suo sguardo, la dolcezza aggressiva, impudica del suo corpo. Fu forse per questo che concordemente rifiutammo l'idea di un domestico abbandono, preferendo la solitudine spoglia di un approdo a entrambi sconosciuto e per ciò stesso di noi immemore, dove meglio riempire il vuoto con il respiro delle nostre vite, respinte e ogni volta trepidamente ricongiunte. O forse altro fu il motivo che segnò, inedito, quel confronto.

«Da quando hai di queste *visioni*?».

Giulia stava distesa ai bordi del letto, le gambe appena ripiegate nell'incavo del ginocchio e i piedi che lambivano i cuscini e la spalliera; il busto eretto, la testa negligentemente adagiata all'altezza delle spalle lasciava un lato in ombra, esposto verso la luce attutita che pioveva dalla finestrella socchiusa, mentre offriva allo sguardo dell'obiettivo l'altra metà del viso, insieme aggrottata e languida nel controcampo dell'abbraccio fotografico. La pupilla attaccata all'oculare la osservavo e un po' provavo vergogna di quella nudità, appena sfiorata dal timido esitare del lembo di lenzuolo che le scivolava sui fianchi, vellicando il bacino, per lasciare la seducente curvatura delle natiche alla custodia di un chiaroscuro naturale.

«Mi hai sentito? Ti ho chiesto…».

«Ti prego, non muoverti! Così è perfetta».

Mi rifugiavo dietro la sequenza rallentata degli scatti, sia per ritardare la risposta che per provarmi a raccontare di lei l'immagine nascosta. L'avevo inseguita da una vita e ora mi sembrava di trovarmela finalmente davanti, arrendevole, ansiosa di mostrarsi, dietro il velo trasparente dell'occhio precipite in cristallini abissi di verde e acqua. Sorridevo della punta arcigna del suo naso, che mai come allora ne profilava il broncio, nonché della ciocca caduca, irriguardosa della messa in piega. Si arrese a un silenzio sdegnoso, che rendeva la posa assai eloquente.

Continuai a scattare, dilatando, però, il rapporto tra lo studio laborioso dell'inquadratura e l'attimo fatale del suggello. La tregua era destinata a essere, presto o tardi, interrotta.

«Oh, fanculo, fratello!» sbottò, infine, Giulia. Si era messa seduta sul lato lontano del letto e mi dava le spalle. Civettando pudica, si era tirata dietro parte delle lenzuola per avvolgersi seno e fianchi: così limitando le intemperanze del voyeur alla sola veduta del dorso magro e sinuoso. Brontolai, fingendomi disturbato dal suo repentino rifiuto: lei girò la testa fino a intercettare la mia sagoma, ingobbita al riparo del treppiede.

«E bada di non allungare troppo l'occhio».

«Magnifico!» esclamai, con l'intento di nascondermi il più possibile. «Con il materiale che, grazie a te, ho raccolto questa sera, vivrò di gloria e rendita per il resto dei miei giorni».

Scattò in piedi, strizzandosi addosso l'involto: l'irritazione era autentica ma compensata da una tenerezza inesprimibile che mi lanciava contro rivestita di stizza.

«Ah, dunque era questo che volevi da me, con la scusa della solidarietà fraterna. Il mio corpo, da dare in pasto a quei guardoni dei tuoi ammiratori».

Il mio male diventava, come accadeva da sempre, il suo – dall'infanzia svanita, nella desolata angoscia della perdita paterna, alla maturità scalpitante e in continuo debito di affetto – e viceversa: un *transfert* gemellare, al quale eravamo abituati, quasi la cronica manifestazione di una malattia originaria e disturbante, che ti lascia vivere ma contro la quale non può alcun antidoto. Giulia conosceva bene la mia ripugna verso ogni obbligo confidenziale: ma quel "segreto", dopo l'incontro con Carosi e Sannicoli, non mi appariva più tale. Andavo sempre più convincendomi che fosse stata ordita un'invisibile macchinazione contro la mia persona. L'adorata sorellina sapeva che se conforto avessi voluto trovare, l'avrei cercato solo in lei: così, avevo deciso di metterla al corrente del *fantasma*. E ora che un braccio lo avevo inaspettatamente allungato, Giulia vedeva con crescente timore la mia mano ritrarsi.

«Ti scongiuro, Loris, non scappare. Dimmi tutto ciò che ti affligge da quel giorno maledetto».

Un barbaglio di luce calda, iridata insinuò nella stanza, annunciando l'imbrunire. L'intonaco grigio delle pareti, qua e là segnato dall'insolente pertinacia di macchie inestinte, si colorò di un tono d'arcobaleno, mentre sul soffitto basso presenziavano fugaci ombre, come in una melanconica giostra di periferia.

Mi avvicinai a Giulia, la guardai distrattamente negli occhi, quasi temessi di incrociare il suo sguardo, che supponevo severo e febbrile, teneramente conciliante.

Mi prese per un braccio, invitandomi a sedere sul letto, accanto a lei: le poggiai per un attimo la testa sulla spalla, gracile ma piena di amorosa, materna vigoria. Sopra il grazioso incavo pesavano solitudini ch'ella provava da sempre a supportare.

Cominciai a esporle l'accaduto con parole eloquenti, a dispetto di tanta mia naturale predisposizione alla reticenza. Lei ascoltava – in un silenzio di cui s'avvertiva, però, lo scalpitio – delicatamente scombinando, con il tocco sensibile e irrequieto della mano, lo scolorito adagio dei miei capelli.

«Credo che si chiami Dominique. Non so nulla di lei, eppure ho la sensazione di conoscerla da sempre, come parte di una vita rimossa che ora vuole prepotentemente tornare in superficie.

«Tutto è iniziato quel giorno, da te, durante la pausa del dopopranzo, quando Carosi ha tirato fuori quella maledetta foto. Non fu solo panico, un malore improvviso e banale ma il riaffiorare di qualcosa di oscuro e profondo. Quella ragazza... È stupefacente, capisci? La vedo come ora vedo te, mi segue ovunque e sembra che nessun altro si accorga di lei; mi insegue anche nei sogni, strani sogni nei quali avverto anche altre presenze, che non mi riesce di distinguere. L'unica cosa che ho chiara è che *deve* esserci un nesso tra l'immagine della foto e queste allucinazioni».

«Che tipo è questa ragazza? Me la puoi descrivere?».

Senza esitazione ne feci un ritratto accuratissimo, soffermandomi sui particolari che esaltavano la sua unicità.

«Se tu avessi la ventura di vederla, anche solo per un istante, così *come la vedo io*! Sembra fuori dal tempo, fuori da *qualunque tempo*: e non solo per la foggia del vestito, piuttosto retrò. C'è *qualcosa* in lei... Gli occhi d'un nero accecante, le pupille che sembrano risucchiate in profondità incalcolabili e quello sguardo fisso, lontano... Dio, se potessi mostrarti l'atroce fissità di quello sguardo che trapassa! E quel volto livido, il corpo esile che sembra sanguinare...».

«Perché Dominique?» domandò, vistosamente scossa, Giulia, cercando in me la probabilità anche vaga di un ordine razionale. «Perché la chiami così?».

«Perché è così che dice di chiamarsi».

Nel darle queste risposte, nella faticosa concatenazione di eventi sconnessi, dubitavo profondamente di me stesso, delle parole che mi uscivano di bocca, lucide come un lampo di follia.

«Forse è qualcuna che hai conosciuto in passato» insistette Giulia, niente affatto rassegnata al semplice ruolo di spettatrice di un delirio annunciato. «Ne hai avute di ragazze, no? Magari di questa non ti ricordi più e invece...».

«No, no, Giulia!» le urlai, scuotendomi dal suo abbraccio caritatevole. Presi a camminare su e giù per la stanza, mentre lei, il corpo avvolto nel lenzuolo, mi seguiva con lo sguardo, allarmata.

«Credi che non ci abbia provato? Non ho fatto altro, in questi giorni; per quanto abbia messo la memoria a ferro e fuoco, ho dovuto arrendermi: mai conosciuta *una sola Dominique* nella mia vita».

Le mani serrate sulle tempie, la vidi scuotere prepotentemente il capo.

«Ma non è possibile, caro, è tutto così assurdo! Forse è solo un incubo, forse sei solo molto stanco, provato. Da quanto tempo non ti prendi un po' di respiro, una bella vacanza? In fondo, col mestiere che fai, ti potresti permettere più di una pausa».

Smisi di descrivere un cerchio ozioso intorno al perimetro della stanza e appoggiai la schiena contro la parete, socchiudendo gli occhi. Avvertivo l'umidità della sera calare lenta, implacabile, giù nelle ossa, bucare l'intestino, fino a contorcere la mucosa in uno spasmo acidulo; le mani stringevano la bocca dello stomaco e la piega delle labbra rovinò in una smorfia amara. Giulia saltò giù dal letto e mi venne vicina.

«Lo vedi che stai male?» muggì, asciugandomi la fronte, imperlata di sudore. Annuii sconsolato.

«Sì, ma non sono pazzo, credimi».

«Nessuno lo ha mai pensato» disse, in un filo di voce, le labbra teneramente accostate alla guancia sulla quale soffiò un bacio solidale. Mi venne spontaneo abbracciarla e rimanere aggrappato a lei, al suo corpo magro e vitale, alla affettuosa diffidenza attraverso la quale si provava a rielaborare quanto le avevo appena detto. Il buio scivolava a poco a poco tra le mura di quella camera distante al tempo, dove il ritorno dei rumori della strada, il canto ondulato delle acque incolori del fiume, ci apparentavano ancora a un principio di realtà.

Finimmo per essere due sagome indistinte, confuse alle tante ombre che muovevano tenebrose nel semibuio della camera.

«Dai, sorellina, non ti preoccupare troppo per me» le sussurrai, interrompendo la silente litania che ci cullava da qualche minuto. «Non sono sempre stato un visionario? Non era così che mi definiva la mamma? Ed era proprio ciò che faceva infuriare nostro padre, ricordi?».

Parve scuotersi lentamente da un sonno agitato e alzò lo sguardo, sfiorandomi il mento. A quel modo allacciati, sembravamo davvero due amanti passionali e l'albergo a Ripetta era il nostro occulto disimpegno, estraneo ai tumulti del mondo.

«È vero» confermò Giulia, seguendo con la mente il filo invisibile della memoria «Rammento bene i rimproveri che ti muoveva papà: temeva per il tuo futuro, diceva che non tenevi mai i piedi in terra, che camminavi parecchi metri sopra alla realtà».

I miei occhi, distratti dai gemiti silenziosi del sole che mormorava, sempre più lontano, oltre le imposte, scivolando tra le dune nere del crepuscolo, tracciavano linee immaginarie nel vuoto.

«Perché non provi con l'analisi?».

Sorrisi, cercando di non far trasparire l'amarezza. Povera Giulia! Ci girava intorno, con parabole affettuose, comprensive ma era sul lettino dello psicanalista che voleva condurmi: e, a essere onesti, non avrei saputo come darle torto.

«Lo sai? Il tuo collega Carosi mi ha invitato a cena giorni fa e mi ha presentato a un suo amico strizza cervelli, un altro svitato come lui».

Le raccontai, per brevi accenni, dell'incontro con il Sannicoli e di quanto, alla fine, era emerso.

«In poche parole, siete tutti convinti che mi sia venuta a mancare qualche rotella».

Giulia chiuse gli occhi e sospirò; non c'era moto di ribellione in ciò che mi disse subito dopo, nessuna pietosa volontà di schermarsi dietro vacue formule di acquiescenza. Ammirai il suo controllo e la sana disponibilità a evitare retoriche bugiarde.

«Loris mio, dobbiamo pur fare qualcosa. Andare per tentativi, cercare di capire dove sta il problema, cosa ti stia *realmente* accadendo. Ti renderai conto dell'enormità delle cose che affermi. E bada, non è cattiva fede la mia».

Ne seguì un lungo silenzio, durante il quale ognuno di noi cercò in se stesso quelle risposte che mancavano. Ci accorgemmo presto, solo guardandoci negli occhi, del corridoio cieco nel quale camminavamo fianco a fianco, chi sfiancato dall'angoscia di non trovare l'interruttore, chi con la sgradevole sensazione di aver consumato quel poco di fiamma che dava luce alla fiaccola.

Fu forse questo il movente, o la spontanea inclinazione del ricordo, che ci condusse, almeno in parte, a virare fuori tema.

«Mi sa che noi due non ci siamo mai veramente detti la verità» attaccò lei, ma senza il tono di chi si accinga, finalmente, a svelare un mistero da millenni insoluto. Il mio sguardo svicolò verso il pavimento, nell'angolo più lontano, dove s'era aggrumata un po' di polvere.

«Anche col babbo, con la mamma... Vivevamo vite separate, sotto lo stesso tetto, con l'idea di fare famiglia: noi soli, in quell'appartamento che era tutto il nostro universo. Come se bastasse questo a vincere l'infelicità. Mi ricordo che, da bambina, vi stavo a sentire, te e papà, sforzandomi di capire, di imparare qualcosa dal mondo degli adulti; speravo che mi arrivassero consigli sul come fare, come comportarmi una volta che fossi cresciuta anch'io e avessi affrontato la vita, forte del vostro esempio. Vi vedevo lontani e insieme così vicini, una ciambella di salvataggio nell'oceano immenso che mi spaventava, ed ero felice che il destino mi avesse messo accanto due uomini grandi e forti che mi facessero da guida nell'enorme mistero del mondo.

«Vi ascoltavo e non potevo comprendere la solitudine di quei discorsi. Chi poteva immaginare, allora, che tutti si sarebbero poi appoggiati a me? È così anche con Massimo, coi ragazzi. Io, che sono così insicura e avrei tanto bisogno di una spalla su cui piangere».

«Per la verità, era papà che parlava» dissi, togliendole inavvertitamente la solenne necessità dello sfogo. «Ti ricordi? C'erano quegli interminabili pranzi domenicali! Lui masticava a lungo, ruminava il suo cibo indifferente a quanto capitava intorno. Improvvisamente, alzava gli occhi dal piatto e emetteva la sentenza, prendendo a pretesto qualsiasi sollecitazione che poteva arrivargli da una nostra frase o da una banale allusione. Divagava sovrano ed egocentrico e io provavo, ogni tanto, non dico a contraddirlo ma semplicemente a interloquire. Lui, allora, era abilissimo a scantonare, lasciando che i miei intermezzi cadessero inascoltati, nel vuoto».

«Non l'hai mai sopportato, vero Loris?».

Abbassai lo sguardo, senza risponderle.

«Si limitava a fulminarmi con lo sguardo, poi scuoteva un poco la testa, sfiduciato. Guardava nostra madre, nell'attesa di un implicito assenso che tardava a arrivare. Allora si girava verso di te e ti lanciava festosi sorrisi: riponeva in te tutte le sue residue speranze di un passaggio di testimone».

Guardai mia sorella, come fosse la prima volta; afferrai con lo sguardo quegli occhi imperlati di goccia marina, umidi del pianto che da una vita le tracimava dentro.

«Rammento che, finito il pranzo, si alzava dalla sedia e, con la scusa di dare una mano a sua moglie nello sparecchio, si allontanava con lei in cucina e lo sentivamo riattaccare la predica. Tornava, quindi, a sedere sulla poltrona del soggiorno, quella coi gerani, la sua preferita: si metteva a leggere il giornale e aspettava che arrivasse la mamma a servire il caffè.

«Cosa le diceva quando erano soli? Me lo sono sempre domandato: perché, quando si riaffacciava con il caffè, lei aveva sempre addosso un'espressione un po' triste, sfiduciata?».

Giulia, a quelle parole, si strinse ancora più forte a me.

«Amavo papà» mi sussurrò, la voce rotta da un'emozione che non voleva erompere. «E amavo te, follemente. Ma non potevo accettare che tu lo disprezzassi così tanto».

«Oh, io tentavo soltanto di capire» obiettai. «Era evidente che considerasse me e nostra madre come un semplice uditorio, incapace di afferrare la profondità di quanto lui aveva da dire. Non alzava mai i toni ma il rimprovero era esplicito: quella pacata risolutezza con la quale si rivolgeva alla mamma... Aveva l'aria di chi detta appunti, senza nemmeno prendere in considerazione la possibilità di un contraddittorio».

Il rumore del traffico all'esterno sembrava ora deglutito dal risucchio tenue del crepuscolo, che dolcemente aggrediva la stanza, bucando gli infissi.

«Chi era, in realtà, Guido Varelli?» chiesi agli spiriti che mormoravano nel semibuio. «Cosa si aspettava da noi? Ho il rimpianto che sia morto così presto da impedirmi di mostrargli il rispetto che provavo per lui, malgrado fossimo spesso in disaccordo; anche se non avrei potuto dargli la soddisfazione di essere come lui desiderava che fossi».

Mia sorella si separò dall'abbraccio con molto tatto e mosse via, lasciando scivolare le lenzuola che le coprivano le nudità. Recuperò da una sedia l'intimo e un vestito scollato di seta azzurrina che vi

erano poggiati sopra. Seguivo i suoi movimenti leggeri, nel chiaroscuro della stanza d'albergo; infilò l'incavo perfetto dei piedi nudi
nell'interno di eleganti scarpette nere, a tacco alto e quartiere stretto, dove il sottile calcagno pareva implodere. Mi rimandò, fuggevole, un sorriso.

«Dimmi ancora di Dominique» mi incoraggiò, mentre la ciocca
dispettosa le danzava sul sopracciglio.

«Te l'ho detto: non sembra nemmeno una creatura di questo
mondo. Il suo volto mi ricorda una bella, triste fotografia, in bianco
e nero».

Giulia stava per replicare ma desistette. Si aggiustò sulle spalle
scoperte uno scialle di soffice seta, dello stessa tonalità d'azzurro
del décolleté, recuperò la borsetta in similpelle, che faceva pendant
con l'esclusiva calzatura e si diresse lentamente verso la porta.

«Ti spiace se cominciamo a tornare? Ho un mucchio di cose da
sistemare a casa».

Stavo ripiegando l'attrezzatura nella custodia e, probabilmente,
neppure feci caso alla sua richiesta. Lo sguardo accecato da un remoto flash, mi sorpresi a sentenziare:

«Non che papà fosse un fascista, questo no!».

Mia sorella si era bloccata di colpo, gli occhi scintillanti che mi
fissavano, non già trasecolati, piuttosto rapiti.

«Era un reazionario, certo. Talora gli sorrideva l'uso delle maniere
forti, non rifiutava del tutto idee estreme, sulla pena di morte era
solitamente ambiguo. Però fascista, no! Odiava le discriminazioni
razziali; ricordi i sermoncini che ci teneva sulla situazione dei neri
in America?

«E i filmati, Giulia, te li ricordi quei documentari sugli ebrei, sui
campi di concentramento? Ma no, tu eri troppo piccola, allora!
Dove l'aveva pescato tutto quel materiale? Erano autentiche rarità, per quegli anni. Ci mostrava immagini ributtanti e io montavo
su irretito, perché non capivo come quella gente non provasse a
ribellarsi. Stavano lì, inermi, impauriti, in attesa della fine, davanti a

quattro stupidi soldati dagli occhi inespressivi. "Perché non reagiscono", pensavo, "perché non li schiacciano quei vermi?". Mi rodevo il fegato, urlavo dentro di me dalla rabbia. Perché non facevano niente per liberarsi da quella oscenità, perché nessuno faceva nulla per impedirla?».

Il suono di un clacson in lontananza risuonò nella camera spoglia e in penombra, come un colpo di pistola. Giulia ebbe un lieve sussulto e io le venni vicino e strinsi le mani sulle sue braccia, coperte a metà dal velo di stoffa celeste.

«Pensa tu che scemo! E la mamma? Stava là a guardare, a volte piangeva. Secondo te, Giulia, piangeva per la sorte di quei disgraziati o per la sua?».

Attesi, incerto, una risposta che non venne. Giulia mi abbracciò ancora: chissà, pensai nel mio lucido delirio tra passato e presente, chissà quanto deve compiangere quel fratello mezzo matto, che avrebbe tanto voluto come solido punto di riferimento e che era diventato, nel tempo, un ben misero fardello, una delle sue tante obbligazioni.

Uscimmo in silenzio, uno dietro l'altra ed io, contenendo una strana sensazione di vertigine, richiusi la porta alle mie spalle.

Stavano camminando da quasi un'ora, senza sosta: fino a che lei, sorridendogli, gli mormorò che era stanca. Su di loro un crepuscolo odoroso di mirtillo e corteccia d'abete, di foglie sempreverdi, mentre la china ombrosa del fondo valle si colorava di un rosso vivo per i riflessi dell'ultimo sole sulla collina. Indugiavano lungo un sentiero di castagni, tra futili battute, sguardi furtivi e disarmanti silenzi. D'un tratto la ragazza si fece cupa in volto e aprì la bocca come per parlare ma non disse nulla, le labbra inermi, dischiuse in una piega attonita. Anche l'uomo avrebbe tanto desiderato dirle qualcosa, qualcosa di importante, confessarle tutto il piacere che provava accanto a lei e insieme tutto il disagio. Invece fu lei che interruppe quello sterile gioco al rimbalzo.

«È la prima volta che rifiuta la mia compagnia».

Lui guardò in aria, svagato.

«Da quando ci frequentiamo, Gabriella sembra non avere più nemmeno una vita propria, una propria coscienza. Sì, intendo dire che mi viene sempre dietro, mi asseconda su ogni cosa, anche se ogni tanto mi mette il muso».

L'uomo si guardò le mani, poi se le ficcò nelle tasche dei pantaloni: quei discorsi lo confondevano.

«Insomma, mi sta spesso tra i piedi» continuò Dominique, seccata «Io sto bene con lei, non mi fraintendere: ma vorrei anche starmene un po' per conto mio, da sola, a pensare. La solitudine…».

S'interruppe per guardarlo meglio, le spalle larghe, il bel volto dai tratti severi, i movimenti decisi e, al contempo, impacciati. Aveva un nome dolce, Loris, lo pronunciò quasi sillabando.

«Tu cosa ne pensi?».

L'uomo si riebbe, come riemergendo da un coma: sembrava che la distrazione fosse l'antidoto al mal di vivere che l' affliggeva.

«Di cosa?» gli riuscì a mala pena di balbettare.

«Di quanto ti ho detto, di me e di Gabriella».

Loris mosse appena la mandibola, pareva ruminasse una risposta che tardò ad arrivare. Negli occhi della ragazza passò una nuvola triste che lasciò una goccia di dispetto.

«Ma lo sai che sei proprio un bel soggetto, te? In due ore avrai detto, sì e no, una decina di parole: apprezzo la riservatezza, però…».

Sospirò nell'accorgersi che l'esortazione non aveva colto nel segno.

«O forse è che io dico cose che non ti interessano».

«Ma no, che dici? Al contrario, m'interessa molto».

Sembrava si fosse scosso, sibilò quella frase con il tono ansioso di chi tema di non venire creduto: lo sguardo, repentinamente levatosi a incontrare quello di lei, s'inabissò all'istante, come impaurito.

«Mi scuso» riprese, un attimo dopo, a voce bassa. «È che non amo intervenire su faccende delicate, che per di più non mi riguardano».

«Delicate?» ripeté la giovane, calcando sull'aggettivo. «Che intendi per delicate?».

Lui finì per confondersi del tutto e rovistò a tentoni nella retorica del plausibile.

«Sì, ecco, insomma, non conosco granché la… La tua amica».

Si aspettava di certo un'imbeccata, magari una provocazione qualsiasi, che non venne. Ora era lei a volgere lo sguardo altrove.

«Però, ecco, non mi pare che...» continuò, definitivamente avvitandosi in un circolo vizioso «Non dovresti, voglio dire, non dovresti essere così categorica».

«Alle volte, diventa insopportabile» riprese Dominique, come ignorandolo.

«Vorrei, allora, che sparisse dalla mia vita, per sempre. Poi mi viene il panico a pensare che non c'è e capisco quanto le voglio bene, quanto mi manca. Mi sa che è un po' gelosa di me, ha strane reazioni: come con quel tipo, giorni fa».

«Che tipo?».

C'era un'ombra di malumore negli occhi dell'uomo che la infastidì.

«Uno che mi stava dietro: che t'importa?».

Non gli diede neppure il tempo di una risposta: portò di getto le braccia al suo collo e cominciò a annusarlo come fa un cane con il padrone, per riconoscerne l'odore. Lui la lasciò fare, i muscoli del corpo rigidi, impietriti: gli parve che la cassa toracica dovesse esplodere, tanto il respiro s'aggrumava nel petto. Lei si mise a auscultare i battiti accelerati del suo cuore.

«Tu potresti, Loris» disse, in un soffio di voce, sfregando le guance nelle sue. «Tu potresti liberarmi da questa schiavitù».

Sul volto dell'uomo si dipinse un'espressione di elementare stupore, la fronte si increspò. Dominique gli carezzò il naso e le labbra con la punta dell'indice e ancora lo prevenne, esortandolo:

«Dimmi di te e di Stefania, ti prego».

Quindici

«Stefania, no!».

L'urlo risuonò nel vuoto ottuso dei rumori della notte e rimbalzò tra le pareti di casa, inghiottito dalle bocche spalancate e ululanti che si contorcevano sul soffitto. La notte era umida, così come il sudore che mi imperlava le tempie, confondendo l'odore della mia pelle a quello fresco di lavanda del cuscino. La palpebra accesa nel riflesso argenteo della luna piena che insinuava dai battenti della finestra, fissavo nuovamente il nulla. Mi provai di richiudere gli occhi, li strizzai in un fremito nervoso: avevo le palpitazioni e quel senso irriducibile di panico che non voleva più saperne di abbandonarmi. Pensai che un'altra notte così non avrei potuto sopportarla: pensai anche a un mucchio d'altre cose, mentre l'occhio si riempiva di lacrime sussultate dal naufragio dei neuroni.

Mi tirai su per l'ormai consueto itinerario notturno tra stanze e corridoi, il patetico andirivieni che, d'altronde, riusciva a stancarmi e mi consentiva, in qualche modo, di salutare, ancora integro, le prime luci del mattino. Stavolta fu lo scrittoio nello studio a chiamarmi e la mano frugò nel cassetto in basso a destra dove conservavo vecchie croste analogiche, che rinsecchivano là dentro da un tempo indefinito. La vista di quei seppiati ingialliti, ben oltre l'indotto nostalgico, mi restituì una distanza fatale dal mondo, una stupefatta malinconia che lentamente distolse l'ubbia. Raggruppai quel materiale e mi trasferii con l'involto in cucina; superata l'aritmia da malincuore, mi assalì un desiderio di caffè. Abbandonato su una sedia, le gambe accavallate, attesi il sibilo gioioso della moca, l'occhio ondeggiante tra le immateriali memorie in bianco e nero e la fiammella che provocava il sordo borbottio della caffettiera.

Le foto erano davvero molto vecchie; riconobbi mio padre, imbacuccato in uno sgualcito paltò con berrettino e paraorecchie. Nonostante fosse un bambino, aveva nel viso scolpita la piaga del tempo, di quel tempo eterno e immemorabile che segnò una generazione intera. E poi mia madre, che sorrideva del suo sorriso triste, che le dava un senso di infinito. Agitava la mano in un gesto di saluto all'obiettivo: aveva diciotto anni e pattini da pista di ghiaccio sulle scarpe robuste di cuoio nero, pattinare era sempre stata la sua conclamata gioia. La caffettiera schiumò ribollente: mi alzai a fatica, come se ogni istante di realtà, quella notte, si caricasse di un peso insostenibile. Versai il caffè, sfregai la tazzina calda con entrambe le mani e tornai a rilasciarmi.

Mio nonno stava fumando la pipa e seguiva con lo sguardo i rivoli di fumo che macchiavano la stanza e sporcavano di grigio il verso del fotogramma; il profilo glabro, scavato, riluceva nella filigrana macchiata da una luce opaca che tagliava di netto la foto. E zia Elda, le guance di un rosso acceso, sorella maggiore della mamma: dicevano fosse un po' tocca ma a me divertivano i suoi modi e facevo di tutto per favorirmi la sua compagnia. "Quanto tempo", pensai, mandando giù un sorso di quel liquido caldo e denso. Sfogliai ancora, a caso, la lunga sequenza di immagini che avevo sparpagliato sul tavolo della cucina. Tanti volti, primi piani, figure intere, piani americani, come al cinema, soltanto senza l'illusione magnifica del movimento: alcuni noti, altri dimenticati.

Chi erano tutte quelle persone, che parte avevano avuto – se mai l'avevano avuta – nella mia vita?

La fotografia, schiacciando le loro esistenze al margine dell'eternità, faceva di loro dei non-morti. Che ne era stato di quelle persone? E che ne era di me, che a quei fantasmi mi mescolavo, la mia vita al bivio tra realtà e qualcosa d'altro che non sapevo nominare?

Mandai giù il caffè fino all'ultimo sorso e, improvvisamente sospeso con la testa leggermente all'indietro e l'orlo della tazzina incollato alle labbra, mi trovai all'istante a ripensare l'incubo che m'aveva aggredito, rubandomi il sonno. Corsi allora nello studio e frugai tra cumuli di carte che soffocavano dentro cassetti ricolmi e sfaccendati, sino a quando non l'ebbi per le mani.

Era finita, chissà come, nel fondo di un insignificante tiretto, dietro negativi della cui esistenza già dubitavo, ombra tra le ombre di un passato su quale sembravano essersi depositati cumuli e cumuli di polvere.

Guardai l'immagine con immacolato stupore, come la vedessi per la prima volta: eravamo abbracciati e lei, più piccola di me di almeno una spalla, alla mia s'appoggiava ridendo di quel riso nervoso che mi dava inquietudine. Portavo capelli lunghi e, omaggio ai miei idoli musicali, ridicole basette primi settanta. Stefania aveva il bel viso ovale tirato come da insonnia: perché era tornata da me, proprio quella notte? D'un tratto alzai lo sguardo e mi parve che una sagoma scura strisciasse lungo la parete, tra il corridoio e la stanza da letto, per confondersi poi con il pavimento buio. Immobile, sentivo ogni singola stilla di sudore farsi stalattite sui muscoli del corpo.

«Dominique!» gridai, sentendomi mancare per l'emozione. Rimasi immobile a guardare quella forma oscura che si nascondeva dietro le volute del soffitto, nel silenzio stagnante, rotto soltanto dall'esitare incerto del respiro sul mio petto.

Le mani in tasca, l'aggeggio custodito nella tasca della camicia sotto alla giacca, con le minuscole cuffie infilate alle orecchie, se ne andava camminando per le strade della città, le labbra che seguivano mormoranti l'incedere musicale e l'espressione svagata e un po' persa che il correre emozionante delle note gli trasmetteva. Sua figlia era tornata da Londra con quella meraviglia tecnologica nel bagaglio, un IPod di ultima generazione acquistato a prezzo d'occasione in un negozietto di Charing Cross appositamente per il genitore.

«Papà, non puoi mica continuare con quel cimelio del mesozoico!» gli andava ripetendo da tempo, senza peraltro riuscire a persuaderlo, perché lui al vetusto reperto era assai affezionato: un magnifico lettore CD, di monumentali dimensioni, risalente alla metà dei novanta e dunque, per l'anagrafe continuamente aggiornata dai ritmi compulsivo – consumistici dell'era post elettronica (tutto era post del post, oramai), oggetto da museo archeologico.

Malgrado disavvezzo ai cambiamenti e dunque frastornato dalla burrasca indiscriminata di quelli rapidamente succedutisi negli ultimi quindici, venti anni, aveva dovuto cedere. Antiche nostalgie gli toccavano il cuore e sentiva quei passaggi di tempo obbligati come tante minute ferite della memoria, che lo turbavano; ma l'amore per Chiara e le di lei insistite rampogne avevano finito per prevalere sulla cocciuta idiosincrasia al "nuovo": ché quel termine, poi, così abusato in ogni campo dello scibile, già in sé l'infastidiva.

Doveva, però, confessare che, vinta l'iniziale ritrosia e acquisita una elementare pratica nell'uso, l'astruso affarino era divenuto un compagno indispensabile. Con quel microbo nel taschino e la microscopica, spumosa cuffietta nell'orecchio se ne andava a zonzo per la sua Torino che gli appariva persino più bella o per lo meno diversa dal solito. Teneva alto lo sguardo, facendolo correre lungo i portici, tra le pareti grigie degli edifici, nel sole timido di quel primo mattino che scivolava morbido tra le cuspidi ottagonali della Piazza *aperta*, a Carlo Felice dedicata. Evitando di contundersi con la già fitta popolazione accalcata nel frenetico, quotidiano viavai, alzò gli occhi al cielo, e ne fissò gli sparsi granuli aggomitolati a nembi, attraverso i quali i raggi filtravano a piccoli lampi luminescenti. Dentro di lui s'aprivano invero altri squarci, vampe di buonumore che le note del primo movimento dell'*Incompiuta* di Schubert gli restituivano: l'*Allegro moderato* marciava al ritmo impresso dalla bacchetta di Celibidache, al comando dell'Orchestra della RSTI, il che bastava a distrarlo dai dolori del mondo e dai propri. Perciò maledisse il vibrato, partorito non da quelle sapienti armonie, ma dal cellulare che lo richiamava all'infame condizione di essere umano:

«Disturbo? Ero certo di trovarti già in azione».

La voce di Cesare Ravasi non aveva nulla di melodicamente invitante ma sembrava comunque preludere, dal tono di impercettibile eccitazione, a qualcosa di molto interessante.

«Allora, Cesare, scoperto qualcosa?».

«Altro che, Gianni, altro che».

Il commissario non stava, in tutta evidenza, nella pelle, ma uno strano pudore lo invitava a mitigare l'entusiasmo; Ravasi, dal canto suo, lasciò che l'amico se ne stesse un poco a friggere.

«Preferirei che tu venissi a sincerarti di persona di certi... Particolari» tentennò, tra il dire e il tacere. Ci fu un vuoto dal silenzio riempito, un silenzio soltanto svagato dal gracchiare metallico del cellulare di Ravasi: il quale si preoccupò che non ci fosse più campo.

«Gianni, ci sei?» ripeté un paio di volte. E lui, il commissario capo della Giudiziaria in congedo, per esserci *c'era*: ma, improvvisamente, gli pareva di non sapere più che pesci pigliare.

Certo che avrebbe voluto sapere, e in gran fretta! Al contempo, però, una misteriosa catatonia gli impediva di prendere qualsiasi decisione; gli si arrampicava dentro lo spettro di una delusione cocente, adeguato compenso a quella gara contro il tempo e l'opportunità alla quale stoltamente si era piegato, finanche chiamando correi antichi compagni dall'affettuosa disponibilità, come il buon Ravasi. Ma cosa diavolo si aspettava saltasse fuori da quel dagherrotipo annacquato?

«Oh, commissario, sto parlando con te!» tuonò ancora quello, e lui capì, in un attimo, quanto stonato, se non ridicolo, apparisse ora quel titubare a fronte dell'impazienza fino ad allora esibita.

«Sì, sì, perdonami» balbettò, come volesse darsi ancora del tempo. E poi, sentendosi incalzato dall'altro: «Quando posso passare da te?».

Ravasi tergiversò un poco, deluso dai toni svagati del commissario.

«Laudario, guarda che sto lavorando per te. Sei te il fissato dei *cold case*, mica il sottoscritto».

Eppure adesso, Laudario si interrogava dubbioso sulla bontà di quello scavo tra antiche macerie: si stava chiedendo se la rimozione di verità tumulate in un abisso senza fine, avesse un qualche senso, ora diffidando del significato stesso delle verità eventuali che quel passato avrebbe fatto riaffiorare. Così assorto, finì con l'urtare goffamente un passante e gli parve di svegliarsi solo allora da un letargo durato più di vent'anni.

«Se ce la fai ad arrivare in laboratorio prima di mezzogiorno» lo ammoniva, intanto, Ravasi «vedrò di illustrarti quanto appreso dallo studio di quella cartaccia che mi hai portato a analizzare: e poi ti invito a pranzo. Vieni, commissario e vedrai che il tuo vecchio complice non ti deluderà neppure stavolta».

Annuì dentro di sé e mugolò un fonema che poteva interpretarsi come implicito assenso. Ringraziò quel paziente artista tecnologico e si aggrappò come sfiancato su di un tavolino all'aperto dell'Antico Caffè, uno storico locale della Torino eclettica, dove lui non aveva mai voluto sedere, stimandolo troppo modaiolo e decisamente oneroso.

Sebbene provasse irrefrenabile il desiderio di rituffarsi nella sequenza dei file postati sul suo modernissimo supporto elettronico (la seconda traccia proponeva il sublime preludio ai "Maestri Cantori di Norimberga", uno dei suoi favoriti) e, per qualche minuto ancora, sottrarsi al folle turbinio del reale, dovette dominare l'istinto per timore d'essere inelegante; tolto l'auricolare dal timpano, si apprestò a rispondere al cortese richiamo del giovane e affettato cameriere, che molto garbatamente lo esortava alla scelta del menù.

Cesare Ravasi si accese una sigaretta e ne offrì una anche al suo ospite che, come da copione, malvolentieri la rifiutò. Era un Ravasi gongolante quello che ora si compiaceva mostrare allo stupefatto Laudario una vecchia, consumata fotografia che, però, miracolosamente, *non sembrava più la stessa.*

«Allora, commissario, che ne dici? Un discreto risultato, non ti pare?».

Laudario sollevò appena lo sguardo, incantato da simile meraviglia, dalla luce dell'espositore che proiettava l'inquadratura virtualmente ripulita da ogni secolare asprezza. Quella che lo schermo del computer rimandava era un'immagine anni luce dissimile da quella che il detective in congedo aveva posto nelle sapienti mani di quel factotum.

«Come diavolo hai fatto?» domandò, trasecolato di fronte alla limpidezza del dettaglio che stava ammirando sul desktop. «Non che dubitassi della tua straordinaria perizia ma questo... Questo supera ogni aspettativa».

Ravasi tirò via una boccata di fumo, gli occhi che scintillavano compiaciuti.

«In effetti, non è stato facile ricavarne qualcosa di decente» sentenziò, implicitamente incoraggiando l'encomio. «Chi ha scattato la foto non era un genio: il bianco e nero dell'analogico, però, in qualche modo più affine a un' impressione di realtà rispetto al colore, ci ha dato una grossa mano».

Gianni Laudario si limitava a scuotere il capo, come inebetito davanti a un assioma di realtà che sembrava ora risolversi in tutta la sua deflagrante verità di immagine. Quei volti sorpresi dallo scatto del fotografo nel mezzo d'un amichevole interludio, parlavano ora di sé scopertamente. La memoria di un passato atrofizzato nel dolore della perdita e nel delirio di una colpa non rivelata, si dischiudeva come per magia davanti al suo stupefatto occhio di poliziotto sconfitto; l'immemore tornava a farsi memoria disturbante.

«E adesso, detective, che pensi di farci con questo materiale?».

La domanda, tanto necessaria quanto brutale nella sua ferrea, spietata logicità, lo colpì alla testa come una bastonata. La crudele presa d'atto delle possibili conseguenze della scoperta, gli provocò un profondo turbamento. Sicché tentennò nel mettere insieme una risposta non evasiva al nuovo, pesante dilemma che era chiamato a risolvere.

«Beh, nulla per il momento» cincischiò, insincero. «Devo solo cercare di mettere insieme delle idee che mi sono fatto sulla vicenda: e poi… Deciderò».

Ravasi avrebbe volentieri obiettato, ma Laudario lo intercettò.

«Davvero non so come ringraziarti, Cesare. Senza di te non sarei mai venuto a capo di nulla».

E subito aggiunse, frettolosamente scusandosi con il suo benefattore:

«Ti spiace, però, se rimandiamo il pranzo a domani? Ho un obbligo con mia figlia. Ah, il patto è che sia io a offrirtelo».

Il genio dei supporti informatici allargò le braccia, sorridente e rassegnato.

«Come vuoi» disse, tuttavia a malincuore per il ritardato convivio. «Ti faccio un paio di stampate e ti mando a casa a meditare».

Così Gianni Laudario riemerse da quel superbo antro dei miracoli, scosso da un brivido nel profondo. Tutto quel tempo trascorso invano! Gli sembrò che nulla gli fosse rimasto delle esperienze consumate, delle tante cose apprese. Guardò senza vera emozione, senza davvero compiacersene – come distrattamente si osserva un oggetto che non ci è mai appartenuto – la foto restaurata, con il profilo ora in piena luce delle due ragazze e, al centro quello, finalmente percepibile, del loro accompagnatore. Gabriella Alderisi e Dominique Tagliavini sembravano reciprocamente scrutarsi, quasi cercando l'una di prevedere le mosse dell'altra; nel bel mezzo se ne stava, l'aria svagata e sorridente, forse l'oggetto del contendere, un giovanotto alto e di bella presenza. L'ombra senza identità che scoloriva nel bianco e nero del riquadro analogico pervenuto, per mano anonima, negli uffici della Giudiziaria di Torino in una precedente vita, aveva finalmente un volto e un nome.

Malgrado gli inevitabili mutamenti provocati dal tempo, Loris Varelli non era poi cambiato di molto. Il profilo tagliente, l'accenno di barba incolta, ora ingrigita, l'espressione distratta dell'artista *in nuce*. Il puzzle sembrava essersi ricomposto.

Nell'attraversare incauto la strada, Laudario, immerso in questi e altri pensieri, non valutò il rosso per i pedoni: una grossa auto nera gli sfrecciò a un centimetro, in un tripudio di clacson e male parole che il conducente gli lanciò contro dal finestrino abbassato. Lui balzò all'indietro, spaurito dal turbine. Ma subito, come un automa, tornò con gli occhi e la testa alla foto che esplicitava incontrovertibile il verdetto. Ripensò alla legittima curiosità di Ravasi, che gli chiedeva come avrebbe disposto di quel nuovo elemento, della prova provata. Si bloccò, alzò lo sguardo verso un cielo velato, scontroso: ma cosa provava poi quella inconfutabile prova?

Il poliziotto continuò a camminare, l'olfatto in cerca dei tanti odori che provenivano dalla città. Incontrava con lo sguardo i viali porticati, i palazzoni alti dalle facciate eguali eppure diverse, a seconda della luce che cadeva sulle facciate grigie, marroni o color della malva. Si sorprese a pensare che mai Torino gli era apparsa così... – ecco che la parola tornava a fargli difetto – così *vera*; riconobbe la città dov'era nato e vissuto, la terra sabauda e partigiana, il laboratorio di Debenedetti, di Bonfantini, Gobetti, Bobbio, Soldati, i suoi miti liceali e universitari. Dove erano andate a finire le belle speranze, i sogni strampalati e gloriosi della gioventù, l'energia che dava la ribellione a un mondo inaccettabile? Tutto scomparso, svanito, perduto...

Non aveva voglia di tornare a casa, né di infilarsi nelle orecchie quei transistor che rimandavano dolci vibrazioni. Pensò per un attimo alla figlia e al suo giovane compagno: che ne avrebbe detto Elisabetta? Cosa gli avrebbe consigliato di fare? Stava fermo all'incrocio, indeciso sulla direzione da prendere: un errore, a quel punto, poteva compromettere ogni cosa, quel che gli restava e ciò che della giovinezza aveva irrimediabilmente perduto. Si accorse, con terrore, di non avere più scampo.

Svoltò per via Peano che erano passate le due. Nel porsi domande che non contenevano risposte aveva smarrito il senso del tempo e dell'orientamento. Le gambe gli dolevano, nella testa un grumo inestricabile di pensieri: tutti fatalmente convergenti verso una radura battuta dai piovaschi nell'intrico di una notte infuocata, dalle parti di Lanzo.

Si sedette sui gradini di una Chiesa dalle bianche membrature, uno stucco recente di nessun rilievo ornamentale ma che gli diede un senso improvviso di quiete; gli parve che anche quel dimenticato tempietto cristiano fosse dimorato dai fantasmi e si sentì parte di un universo dove gli stessi esili margini tra ciò che sopravvive e ciò che non è più fossero dissolti. Il cielo sopra di lui mormorava, anch'esso esitante sui colori da assumere. La mente, soffocata forse dal vorticoso rimuginare, differì verso gli anni del liceo: e rivide le aule odorose di gesso e ciclamino, le lunghe attese in fila su interminabili corridoi, le grida liberatorie negli intervalli in cortile o al Refettorio.

Un'immagine obliata dal tempo, spuntò dalle acque del rimosso: quella di una giovane supplente, capitata a dar lezioni di Educazione Artistica in quell'indimenticabile ultimo anno, nei mesi che precedettero gli esami della maturità. Torino era gonfia di umori primaverili e lo sguardo della classe esitava tra la cattedra e la finestra, oltre la quale s'immaginavano fughe lungo il Valentino e oltre, nei campi inondati dal sole. Quella piccola donna, timidamente assisa sopra una cattedra, alla sua prima esperienza di lavoro, stava evocando, con voce gentile, segnali impressionisti. Nel mare di parole inascoltate, qualcosa – non rammentava bene se a proposito di Cezanne o Matisse – gli era rimasto scolpito nel ricordo: tant'è che si sorprese ancora a declamare, rivolto a se stesso:

«Tutto quello che bisogna guardare con attenzione, è *ciò che non si vede*».

Poggiò l'ingrandimento fotografico sulle gambe e l'immagine gli si spiegò daccapo davanti agli occhi, in tutta la sua ambigua immanenza di immagine. Trascorsero così una manciata di minuti prima ch'egli sollevasse di nuovo lo sguardo per fissare un punto cieco nell'orizzonte.

Gabriella li osservava da lontano, le palpebre ferite dai raggi tremuli del sole che scendeva a perpendicolo, faticando tra le nubi spesse, rigonfie che facevano presagire imminenti rovesci. Oltre la collina, nel versante orientale del Po che già guarda San Mauro, la coltre nebbiosa diradava e s'affacciavano agitate condense di nembi, anticipate da lampi bluastri e saettanti fulgori. La ragazza si guardò attorno, agitata.

«Cosa c'è?» le domandò Dominique. Aveva al braccio quel suo nuovo amico, che emanava un certo misterioso fascino, dal quale entrambe le ragazze sembravano intrigate, ognuna a suo modo.

«No, niente, mi sembrava…» si schermì Gabriella, lanciando un'occhiatina all'uomo che taceva e pareva guardare nel vuoto.

«Ora che si fa?» disse ancora, ma tanto per dire, continuando a sbirciare quel giovanotto attraente ma per nulla coinvolto. Dominique alzò le spalle e le rivolse uno sguardo annoiato.

«Tu cosa vorresti fare?».

Gabriella le rimandò uno sguardo di sfida, gli occhi infervorati da infantile perfidia. Dischiuse le labbra e spostò l'attenzione sul nuovo venuto.

«Io… Voglio fare l'amore, con tutti e due, insieme».

L'uomo volse lentamente lo sguardo verso di lei e le sorrise, di un sorriso ambiguo, ineffabile. Dominique si staccò da lui e s'avvicinò tenebrosa all'amica che, istintivamente, fece qualche passo indietro. Nel silenzio che seguì, il tremolio sordo del cielo riecheggiò amplificato e sinistro. Gabriella si rese conto di avere addosso l'odore di lei, quel profumo di malinconia amara, di struggente disincanto che Dominique abitava con irritante naturalezza; ne fu, come di consueto, rapita ma ne provò anche, per un attimo, timore. Le riuscì soltanto, per allontanare l'inquietudine, di abbracciarla sfiorandole le labbra con un bacio. Dominique la respinse con un gesto gentile ma risoluto.

«Sta bene, tesoro» le disse, apparentemente senza emozione. «Ora vorrei che lasciassi me e Loris da soli, per favore».

Disse proprio così e lei, per un attimo sospeso nell'eterno, ristette, le labbra spalancate in un tumulto che non sapeva uscire. Le pupille si inumidirono, ma lei non voleva piangere, non voleva sprofondare nel ridicolo. Strinse forte i pugni, serrò le labbra fin quasi a farle sanguinare; poi si voltò di scatto e corse via, lontano, senza prevedere dove. Dominique la stette a osservare per un poco, mentre fuggiva dimenando le gambe alla rinfusa, in quelle sue movenze sghembe, disordinate. Era molto più che buffa: era patetica e così Dominique non rise, nel vederla fuggire via, ma irrigidì i lineamenti del viso fino a che le si disegnò in faccia una maschera agra, tragica. L'uomo ebbe allora l'impulso di stringerla a sé, di sciogliere nei baci quel corpo di granito, di cui avvertiva violento, ferocemente trattenuto, il rigurgito passionale.

«Non lo vedi anche tu?» fece lei, con aspra, sofferta crudeltà. «Non credi sia il momento di allontanarla definitivamente dalla mia, dalla nostra vita?».

Sedici

Il quartiere si era molto espanso negli anni a cavallo tra i sessanta e i settanta; le fondamenta dovevano essere state piantate nei primi anni del secolo ma di quei lontani innesti non restava più nulla. Sommerso da palate di cemento, un flebile rimasuglio di verde boccheggiava nel semicerchio di una pubblica aiuola. L'intera area, un tempo adorna di palazzine basse, con decoro allineate in una prospettiva ombreggiata dai platani, aveva subito una inopinata accelerazione modernistica che ne aveva sensibilmente modificato il tessuto urbanistico; sicché ora, nello smarrimento che seguiva ogni passaggio di stagione della sua esistenza, il commissario vi si aggirava con la desolazione che accompagna il rimpianto. Faticò a ritrovare la palazzina; quando premette il pulsante del citofono e riascoltò quella voce arrochita dal volgere degli anni e dallo stridere metallico del supporto, una morsa gli strinse il cuore. Poi, nel vederselo ancora davanti, gli parve che non fosse molto cambiato; la pelle era solo un poco più aggrinzita che una volta, radi capelli impigrivano sulla cute, deboli macchie lattiginose sparpagliate in disordine bene al di sopra delle tempie. Giacomo Alderisi era un tipo ombroso, anonimo, né alto, né basso, le spalle un poco curve sulle scapole scavate da perpetua magrezza. Il papà di Gabriella accolse Laudario con rassegnato mutismo, limitando il saluto a una smorfia che nelle intenzioni voleva somigliare a un sorriso ma che finiva col sembrare un digrigno. L'uomo indossava una camicia scura a righe verticali, con le maniche arrotolate sui gomiti sporgenti.

«Posso entrare? Mi spiace importunarla, ma sarà cosa di un minuto»

Alderisi, continuando a tacere, si scostò di lato per farlo passare. Laudario si fece avanti senza indugio, quasi a voler scansare l'insidia di un pentimento che da settimane lo incalzava, inutilmente provandosi a dissuaderlo dall'insensatezza di quel suo annaspare nel gorgo del passato.

L'appartamento era rimasto identico a come lo ricordava. Dall'ingresso, uno scampolo di corridoio affacciava su tre porte che introducevano rispettivamente a una cucina abitabile, a un soggiorno ampio e alla camera da letto. Accanto alla toletta c'era un altro ambiente, una cameretta con una sola finestra che guardava a ovest, verso il quadrilatero della "Cit Turin": e là Alderisi fece accomodare il suo ospite, sopra una poltroncina in finta pelle, dove Laudario sedette volentieri, le gambe accavallate, la schiena che mugghiava indolenzita.

«Aspetti qui» disse finalmente, in un soffio, il padre della ragazza assassinata. «Un attimo, soltanto».

Sparì nel semibuio del corridoio e il commissario si trovò solo a rimirare le pareti ingombre di poster e fotografie d'epoca; realizzò in un soprassalto di trovarsi nella stanza che era stata di Gabriella. La cameretta era rimasta identica ad allora, atrofizzata dentro una bolla temporale; capì che il tempo si era davvero fermato in quel luogo di morte e di culto, e ogni cosa – il letto con le lenzuola rigovernate di fresco, la scrivania con il paralume e la macchina da scrivere elettrica, il diario scolastico 1986-87, la gigantografia degli Spandau in bella vista; ogni cosa gli apparve come sospesa, irreale. Altre foto erano qua e là disseminate, foto che dovevano raccontare almeno due generazioni e che sembravano malinconicamente ritrarre il tempo di una famiglia che aveva conosciuto momenti di serenità. Di certo, l'orologio aveva smesso di funzionare in quel maledetto tardo pomeriggio di aprile, poiché *dopo* non c'erano state più foto a testimoniare alcunché.

A un certo punto si alzò, colpito da quella che – avvicinandosi per meglio osservarla – gli sembrò l'immagine più significativa e, insieme, la più terribile. Raggelate all'interno della cornice, Dominique e Gabriella si stringevano, guancia a guancia, per entrare nell'inquadratura. Facevano smorfie all'obiettivo, gli occhi spalancati e spensieratamente ridenti. Era una foto in qualche modo destinale, Laudario vi restò a lungo ingabbiato.

Un cigolio dietro di lui lo distolse dalle divagazioni. Subito si fece scuro in volto; Alderisi, claudicante, spingeva dinnanzi a sé una carrozzella sulla quale giaceva abbandonata una donna senza più età, lo sguardo assente e un sorriso lontano sulle labbra asciutte.

Quella che un tempo era stata la madre della sfortunata Gabriella, Amalia Alderisi, vestiva un completo grigio e tristemente sfiorito; lo sguardo non guardava, il sorriso non sorrideva e l'abisso si apriva indifferente in fondo a quegli occhi chiari e spenti: nelle mani ossute stringeva una bambolina di pezza, dalle bionde trecce e priva di un occhio. Laudario se la ricordava vigile e graziosa, il corpo nervoso e mobile, nel viso lo strazio della perdita ricondotto a dignitosa compostezza. Il commissario stentò a capacitarsi di ciò che ne restava.

Giacomo si sporse verso la moglie, sussurrandole piano nell'orecchio: la donna non muoveva un muscolo e nemmeno sembrava capire ciò che le veniva detto, né quanto capitava intorno. Alderisi si rivolse, quindi, al vecchio funzionario, al quale non aveva serbato, per l'accaduto, alcun rancore: tuttavia, se ne intuiva la diffidenza nel trovarselo di nuovo, inspiegabilmente, tra i piedi, dopo tutto quel tempo.

«Avrei anche potuto evitarglielo» disse, con la sua calata piemontese e sempre ostentando malavoglia «ma, poi, ho preferito che la vedesse: a mia moglie, commissario, lei aveva fatto un'ottima impressione».

Laudario avvertì allora una fitta dolorosa proprio in mezzo al petto, talmente forte e improvvisa che ebbe la sensazione del collasso e, per un attimo, sbiancò in viso. Istintivamente si rimise a sedere e tirò un profondo respiro.

«Sono già tre anni che *se ne è andata*» spiegò Alderisi, con quella voce secca, ruvida ma non sgraziata.

«Però io le parlo sempre e lei mi risponde, sa? A modo suo, mi lancia segnali molto precisi. Non è cambiato niente fra noi due, vero Amalia?».

Le carezzò i capelli e parve sciogliersi, per la prima volta da quando Laudario era entrato in quella casa, in un afflato sentimentale. L'ex poliziotto tossì, per due o tre volte, di una tosse secca, che gli procurò una fitta intercostale. Si portò, senza dare nell'occhio, una mano sul petto e sentì il battito farsi più regolare: forse non era ancora giunta la sua ora.

«La sua mente si è spenta poco a poco, un martirio consumatosi lentamente negli ultimi venti anni».

Laudario non poté fare a meno di volgere ancora lo sguardo sulla madre di Gabriella e ne percepì appena il leggero, involontario fremito delle dita sottili, un tempo molto curate. Il suo uomo, in apparenza abulico, doveva però riservarle devote attenzioni.

«Le salute è peggiorata definitivamente negli ultimi anni» spiegò Giacomo, con tenerezza rivolto alla donna. «Cominciò con una leggera atassia, rapidamente degenerata in catatonia muscolare; parallelamente anche i neuroni hanno deciso di tirare i remi in barca».

Fece una specie di sorriso, tirò dalla tasca un fazzoletto di carta e ci soffiò dentro, con gesto contegnoso. La pupilla inumidita roteò in cerca di un invisibile appiglio.

«Mi dispiace» sospirò Laudario, in un sussurro che non sapeva dire. Un silenzio pesante ingombrò quella camera, già colma di frustrate memorie.

«Certo, certo…» mormorò il papà di Gabriella, di nuovo levandosi in piedi per correggere la postura della moglie su quella sedia di costrizione. A Laudario parve di scorgere un movimento nello sguardo avulso di Amalia Alderisi.

«Allora, commissario: a che dobbiamo l'onore?».

Laudario sentì e non sentì, intento al controllo del battito cardiaco che, di tanto in tanto, compiva strane oscillazioni; con l'immaginazione frugava dentro l'impenetrabile dimora che accoglieva adesso i ricordi, le sensazioni e i pensieri di Amalia.

«Non ne abbiamo mai parlato molto, io e lei» disse Giacomo, inseguendo una sua idea. «Intendo dire di quel che è capitato a Gabriella e a quella sua amica là, com'è che si chiamava?».

Il commissario non rispose, almeno non subito. Distrattamente il ricordo era scivolato all'indietro, fino al giorno in cui rincasando aveva trovato Betta assopita di fronte alla TV accesa, appena stupendosi del volume un poco elevato: proprio lei, sempre così attenta nel non recare disturbo ai vicini. Aveva poggiato le sporte della spesa sul tavolo, camminato in punta di piedi e spento il televisore; si era poi voltato verso di lei che teneva la testa lievemente reclinata sulla parte alta del sofà. Nel vederla così arresa, la bocca lievemente dischiusa e le palpebre abbassate aveva sorriso; sì, aveva sorriso, come un imbecille, un attimo prima che quell'espressione idiota gli si spegnesse sulla labbra e una stretta gli serrasse la gola. Eppure sapeva, sapeva da tempo ma era come se non volesse credere, neppure per un momento, all'ineluttabilità di quanto doveva accadere, di quanto sarebbe accaduto. Non lo credette neppure allora, quando per l'ultima volta le sorrise.

«Commissario?».

C'era adesso una punta di asperità nella voce grave di Alderisi.

«Le ripeto la domanda, signor Laudario: cos'è venuto a fare qui, ancora?».

Cercava di indovinare negli occhi del funzionario di polizia, che guardavano ora lui, ora l'ombra di quella che era stata sua moglie, malamente adagiata sopra una seggiola da disabile, quella richiesta ch'egli non riusciva a formulare. Di nuovo il battito, nel torace ancora vigoroso dell'ex poliziotto, tornò a infuriare e Laudario rifletté se non fosse preferibile alzarsi, scusarsi per l'indebita intromissione e porre fine, una volta per tutte, a quella perversa commedia.

«Volevo dirvi...» cominciò, invece, stentatamente, e l'occhio scivolò ancora sulla carrozzella; «Intendevo comunicare a lei e alla signora che, forse, c'è una novità importante che riguarda l'omicidio di vostra figlia».

Ecco, lo aveva detto e adesso non poteva più tirarsi indietro. Vide Alderisi portarsi entrambe le mani sulla faccia, a stropicciarsela, quasi si fosse svegliato dopo un lungo sonno. Guardò il commissario, aggrottando la fronte in un'espressione dubbiosa.

«Che novità?» farfugliò, svogliatamente.

Fu soltanto suggestione o Laudario scorse davvero un movimento sopra la carrozzella?

«Conoscete... O meglio, Gabriella non vi parlò mai di Loris, un tale che lei e la sua amica Dominique frequentavano in quel periodo?».

«Loris?» ripeté Alderisi guardando verso la moglie e poi fissando il vuoto.

«Sì, Loris».

«Loris e poi?».

Stava per dirgli anche il cognome ma pensò che fosse inutile o addirittura controproducente. Preferì prendere anche se stesso in controtempo e allungare nelle mani dell'uomo la riproduzione in digitale del vecchio bianco e nero. Alderisi concentrò a malapena la sua attenzione sulla foto, per subito alzare uno sguardo interrogativo sul poliziotto.

«Ma che significa?» esclamò, un poco smarrito.

«La prego, osservi bene ogni particolare» lo incalzò Laudario, travolto il margine della reticenza. «Avevate mai veduto, lei e sua moglie, prima di oggi, quest'uomo?».

Batté l'indice sull'immagine rielaborata che ritraeva il volto di Varelli, al centro dell'inquadratura, tra le due ragazze. Alderisi gettò un'occhiata sospettosa sul commissario, quindi tornò sull'ingrandimento fotografico. Fu allora che, nel silenzio artefatto che seguì, quel movimento inavvertito divenne sordo rumorio, rantolo soffuso. Si girarono entrambi nella stessa direzione e videro distintamente il corpo di Amalia vertere obliquo sulla sedia a rotelle, il respiro della donna incespicando in singhiozzi asmatici. Nel prestargli immediato soccorso, si avvidero di quegli occhi spalancati in un'espressione spaventata e supplice: le fragili mani, percosse dal tremolio, avevano lasciato cadere in terra la bambola. Alderisi la chiamò più volte per nome con dolcezza, le carezzò una guancia, prese le mani della consorte nelle sue. Lei cominciò allora a quietarsi, mentre un rivolo spontaneo di saliva le sgorgava impietosamente di bocca.

Laudario si era, nel contempo, chinato a raccogliere la figurina pezzata e, nel restituirla con sorridente, imbarazzata cortesia, alla povera donna, si trovò, quasi senza accorgersene, le mani costrette da quelle di lei. Amalia lo fissava, lui non riuscì a sostenere la commozione implicita in quello sguardo e ritirò il proprio.

«Può badare a lei, un secondo?» gli domandò, in un filo di voce, Alderisi. «Vado a prendere la medicina».

Non avrebbe dovuto trovarsi là, lo sapeva bene. Avvertiva distintamente l'urlo di dolore sgorgare muto dall'animo di quell'infelice. La repressa impotenza di lei si confondeva con la propria; al commissario piacque pensare che, nel silente accoppiamento degli sguardi, si confessassero le reciproche, segrete lacerazioni.

Giacomo tornò con un bicchiere per metà riempito d'acqua: nel pugno serrato della mano libera celava una compressa che, con paziente gentilezza di tocco, fece deglutire alla consorte. Asciugò con un tovagliolo di carta quel poco di liquido che si era rovesciato dalle labbra della donna, per evitare che le bagnasse il collo del vestito. Posato sopra la scrivania il bicchiere, scosse il capo, sospirando e si massaggiò la nuca con le dita.

«A volte vengo preso dallo sconforto» confessò di fronte a uno spaesato Laudario. «Mi chiedo quanto potrà durare tutto questo e se avrò sempre la forza di...».

Con un gesto della mano tagliò l'aria e guardò per un momento la moglie che sembrava nuovamente preda della consueta catatonia.

«Poi mi dico che, in fondo, ognuno è prigioniero del proprio destino, bisogna sempre assecondarlo e imparare a conviverci. Mia moglie e io siamo stati felici, un tempo: o magari così credevamo ed è sempre importante credere in qualche cosa di buono. Ma di cosa stavamo parlando? Ah, sì!».

Riprese in mano l'inserto fotografico e diede un'altra occhiata, piuttosto sfiduciata. Laudario cominciava a capire ma non fece alcun commento, lasciando che l'uomo continuasse quel suo solitario monologo.

«Come ha detto che si chiama quest'uomo?» chiese ancora Alderisi, senza nessun vero intendimento a approfondire la questione.

«Loris Varelli» rispose Laudario, pronunciando per intero il nome del fotografo, con disillusa meticolosità.

Alderisi, tanto per compiacerlo, rigirò la foto per un po' tra le dita, per poi sollevare lo sguardo e scuotere il capo.

«Mai visto, né sentito. C'entra qualcosa nell'assassinio di mia figlia?».

Il tono era scettico, gli occhi non lo guardavano nemmeno più, sbirciavano piuttosto dalle parti della carrozzella. Laudario disse qualcosa, così per dire, e scoprì l'attimo dopo di essere stato, senza nemmeno volerlo, sincero.

«Non lo so. Ma conto di appurarlo presto».

Si sentiva uno stupido, in tutto quel discorrere al presente, come fosse ancora lui il responsabile agli uffici della Giudiziaria, invece che un povero pensionato, oppresso dalla nostalgia del tempo perduto.

L'uomo frugò ancora nella grana della foto, prima di restituirla, senza un commento, nelle mani del destinatario.

«La mia bambina...» sospirò, torcendo la bocca in un sorriso bleso. «Se fosse ancora tra noi, oggi avrebbe...».

Iniziò una patetica conta tra le dita di una mano e finì con il sorriderne egli stesso.

«Mi perdoni, commissario. Sono un po' stanco».

Laudario annuii e girò lo sguardo verso Amalia, che giaceva senza più espressione. Guardò anche, per un'ultima volta, tra le pareti di quella stanza, così ricolme di un vuoto che opprimeva.

«Bene. La ringrazio molto per la sua disponibilità, signor Alderisi» disse, accomiatandosi.

«La terrò senz'altro al corrente, se ci saranno sviluppi».

La voce arrochita del papà di Gabriella lo rincorse sul pianerottolo.

«Quei signori, i genitori dell'altra ragazza… Come si chiamava?».

C'era un velo d'angoscia, negli occhi di Giacomo Alderisi che ora inseguivano il tempo, con stanca rassegnazione.

«Dominique» precisò Laudario, che si era voltato verso di lui, per potergli rispondere.

«Ecco, sì. Volevo chiederle se è tornato anche da loro».

«Ho parlato con la signora. Pare che si siano separati, dopo la scomparsa della figlia».

L'uomo annuii, con un breve segno del capo e sentenziò:

«A quelli sembrava che non gliene fregasse niente della loro ragazza».

Si limitò a un impercettibile segno di saluto e scomparve dietro la porta, senza fare rumore. Laudario ci pensò su un attimo ancora: poi si guardò la punta delle scarpe, dove i piedi indolenzivano.

«Già…» ripeté tra sé e sé, nell'appoggiarsi al corrimano per principiare la discesa, al solito dimentico dell'esistenza dell' ascensore.

La donna sbatté più volte le palpebre offese dalle vampe di un sole già caldo che faceva breccia dalle feritoie della serranda socchiusa; dalla finestra, al lato del letto, un'aria rappresa penetrava soffusamente nella stanza. Doveva aver mentito a se stessa, fingendo di dormire, gli occhi ostentatamente chiusi, nello sforzo apparente di una possibile sospensione onirica. Invece aveva solo passato un'altra notte in bianco, in uno stato di paradossale levitazione, dove la realtà, costretta dai ricordi, mescolava ai propri i colori del sogno e nulla sembrava più ciò che era. Non avrebbe mai potuto spiegarsi meglio quella sorta di parentesi buia, piena di lampi distanti, immateriali, durante la quale la mente viaggiava da una dimensione a un'altra, senza più coglierne il margine. Da quanti giorni non le riusciva di calarsi in un sonno davvero profondo? Il problema non se l'era posto, dal momento che tutte le notti parevano uguali e che le giornate si inseguivano, confondendosi tra loro.

Come sempre, anche quel sabato mattina si sarebbe alzata, dopo una notte insonne, fingendo di riemergere da qualche parte di mondo, per ripetere piccoli, insignificanti gesti con implacabile precisione. Però, ogni giorno andato sembrava le rubasse qualcosa, piccoli lemmi di una narrazione che perdeva i pezzi, disordinandosi. Gli occhi, chiusi a una qualche ipotesi di sonno, si spalancarono; lei si girò dal lato sbagliato e fissò un poco la parete. Poi si tirò su, mosse le gambe di sotto alle lenzuola e cercò con i piedi nudi le ciabatte di pezza sul pavimento. Mentre versava del latte sulla tazza, macchiandolo con un'anima di caffè freddo, lo sguardo si sollevò dal tavolo della cucina e corse oltre lo stipite della finestra. Percepiva i silenzi dalla stradina periferica e udiva il ritmo perpetuo delle acque del Po che borbottavano più in basso, dietro la cinta del Moncalieri, verso Ponte Umberto. Bevve lentamente il suo latte e stimò che la giornata fosse davvero cominciata.

Pensò alla successione delle cose da fare e le scappò un sorriso, un banale sorriso senza attinenza con quei pensieri regolari, sistematici. Frugò nell'armadio a muro e scelse l'abito da indossare, un fresco lana marroncino, sopra il quale infilò una giacchetta nera e corta alla vita. Andò a specchiarsi, lagnandosi di quella piega ostinata sui capelli, che non le riusciva di correggere.

Trasalì nell'avvertire un rumore di passi che si avvicinavano sul pianerottolo; si appiattò sulla porta di casa, porgendo orecchio. Un'eccitazione ansiosa la divorava, la mano corse alla maniglia, girò di scatto e si trovò sulla soglia.

Lungo la scala, una donna robusta, le braccia arrampicate al corrimano, sembrò titubare a sua volta volgendosi a incontrare lo sguardo un po' perso di Monica Mercier, ferma sulla soglia di casa, con un'espressione disillusa sui tratti nervosi, severi del viso.

«Buongiorno, signora Mercier» fece la donna, colta alla sprovvista. «Ha bisogno di qualcosa?».

Fu un vero risveglio, per la madre di Dominique, sulle labbra una piega amara d'infelicità.

«Mi scuso, signora Loddoli. Credevo fosse la persona che sto aspettando».

Vedendo poi che quella non desisteva, impietrita sulle scale, aggiunse con una certa asprezza:

«Vada, vada pure. Non rimanga là, non si disturbi per me».

Rientrò in casa, chiudendosi sbrigativamente la porta alle spalle. L'altra, la Loddoli, donna per costume adusa a chiacchiere e pettegolezzi, rimase una volta di più sconcertata dai modi di quella vicina scorbutica e si allontanò non senza una punta di delusione.

Monica ne seguì il passo che balbettava, di piano in piano. Soltanto quando sentì il portone richiudersi pesantemente, tirò un lungo respiro e si riaffacciò nell'atrio.

Fuori il giorno era macchiato da una luce sporca, il cielo appesantito dalla maglia lanuginosa di nuvole dense. Raggiunse il bivio, con il cartello che indicava "tutte le direzioni"; poco avanti, superato l'incrocio, c'era la fermata del bus che l'avrebbe portata in pieno centro. Guardò l'orologio al polso: doveva attendere ancora per una decina di minuti. Alzò gli occhi verso l'alto, rassegnata a quei colori opachi, incerti che conosceva bene. Ogni mattina una patina fosca, ostinata, impediva di prevedere le superiori ragioni, cosicché nessun elemento lasciava intendere se il clima sarebbe volto al bello o al brutto.

Pensò, per un attimo, a un suo lontano soggiorno a Ischia e Napoli, dove le atmosfere si precisavano nette, limpide sin dal sorgere dell'alba. Scosse il capo, tutto questo suonava terribilmente futile. L'unica cosa importante era continuare a distrarre la mente, tenere il cervello sotto pressione, isolare l'angoscia in perenne agguato.

Un allarme scattò in lontananza e l'eco rimbalzò nello spazio aperto L'autobus di linea arrivò con la puntualità di sempre e, come sempre, lei si sistemò in fondo alla vettura, vicino al finestrino per poter guardare fuori. Sul mezzo pubblico poca gente, ancora assonnata, mentre Torino già pulsava al ritmo delle macchine che andavano accalcandosi sulle diagonali che convergevano verso il centro della città.

A una fermata, l'autobus accostò per far salire una donna alta e magra, una minigonna e una blusa azzurra, lunghi capelli ondulati con le punte che ricadevano arricciate sulle spalle. Monica trasalì, si alzò d'istinto e cominciò ad avanzare verso di lei, resistendo ai moti sussultori del suo cuore e a quelli dell'autoveicolo, fino a che non le fu accanto e poté sentire il profumo di quei lunghi capelli neri e lisci: la mano già protesa resistette alla tentazione di carezzarli. D'un tratto la donna si volse, mostrando un volto accigliato e lentigginoso e come spaventato da quella stretta marcatura, sulla quale probabilmente equivocò; Monica si fece cupa in viso, la luce ch'era sembrata per un lungo momento scintillare negli occhi chiari si smarrì all'istante. Abbassò la testa e lentamente tornò a occupare il suo posto. La consolava pensare che, con ogni probabilità, tutto questo non sarebbe durato a lungo.

Scese alla sua fermata e la città le apparve bigia e amorfa, uno stanco aggregato di corpi e palazzi, tenuti insieme da un mastice inconsistente e da un'insensata voglia di vivere e lasciarsi vivere. Visitò una serie di negozi, fece qualche spesa, vagò per un paio di ore tra i portici, fino ad appollaiarsi nel solito Caffè, in compagnia di uno stuolo di colombi, soggiornanti tra le cuspidi di un antico palazzo; questi, riconosciutala, le si precipitarono intorno tubando, pronti a ricevere le manciate di miglio che lei si procurava ogni giorno, apposta per loro.

Ordinò il solito bicchiere di latte macchiato a un giovanotto imberbe, dai modi goffi ma educati, che serviva al tavolo; e, come sempre, se ne stette a guardare l'andirivieni dei clienti che entravano e uscivano dal locale, dopo rapida consumazione. Lei, invece, non aveva alcuna fretta.

Quando ebbe finito, pagò il suo latte lasciando una buona mancia all' impacciato cameriere; lo stuolo di piccioni si levò in volo dietro di lei in uno stormire saturo di briciole di polvere e miglio. Il gestore del locale si affacciò all'esterno e scosse un poco la testa, la faccia interrogativa e severa da torinese diffidente. Dal tavolo accanto una coppia di quarantenni, lei rossa e attraente, lui calvo e con una barba a pizzetto, gli lanciarono un sorridente richiamo.

«Tipo strano, quella là» esordì il gestore, confidenzialmente rivolto ai due clienti. «La conoscete? Viene sempre, ogni sabato mattina, non dice una parola, da il cibo ai piccioni che, per dirla tutta, mi insozzano sempre la tettoia del cortiletto e se ne va via».

«Ho sentito dire che ha perso la figlia» si sbilanciò la donna.

«Un Campari e un caffè ristretto» ordinò il marito, indifferente.

«Si chiama Tagliavini, o per lo meno questo è il cognome del marito, ma sono separati» precisò il gestore. «È la madre di quella giovane scomparsa vent'anni fa e mai più ritrovata, sono in pochi a ricordare il fattaccio».

«Ah, sì, io me lo ricordo» si vantò la rossa. «La sua scomparsa è collegata a un fatto di sangue».

Si girò verso il suo compagno che fece una smorfia e inarcò le sopracciglia, palesando estraneità all'argomento.

«Sì, fu ammazzata una ragazza a Lanzo» puntualizzò il gestore. «Era un'amica... Intima della figlia di quella là; pare fossero insieme anche quella notte, tanto è vero che lei fu la prima a essere sospettata».

«Ma non fu opera di un maniaco?» domandò piccata la rossa. L'altro allargò platealmente le braccia, alzando gli occhi al cielo.

«Maniaco o meno, l'assassino non fu mai preso».

«Ma allora...» disse la rossa, sgranando ben bene le pupille. «Allora vuol dire che l'assassino è ancora a piede libero. Non è terribile, Gianfranco?».

L'uomo calvo, col pizzetto, la guardò di sbieco, senza espressione; per poi illuminarsi d'un sorriso convinto alla vista del giovanotto smilzo che armeggiava con un vassoio carico a Campari e caffè ristretto.

La Metro la condusse allo snodo ferroviario di Porta Susa: di là raggiunse a piedi la vicina stazione dei pullman e fece appena in tempo a salire su quello per "Chieri – Colle di Pino". Sedette in fondo, accanto al finestrino, per poter guardare fuori.

Monica Mercier accolse il rombo del motore in accensione con un tremito nervoso che la scosse da capo a piedi. Bastava davvero poco, oramai, a farla sussultare e pensò che tutto questo non sarebbe durato a lungo. Quando Alberto se ne era andato, lei non ne aveva fatto un dramma. D'altro canto, tutto moriva intorno e dentro di loro; lei non aspettava che una cosa soltanto, il momento in cui, presto o tardi che fosse, *l'avrebbe rivista* e nuovamente sentito il *suo* odore, ascoltato la *sua* voce, stretta nelle sue braccia. Semplicemente, aspettava *quel* momento, mentre tutto attorno era calato il silenzio.

Come ogni sabato, scese alla sua fermata e si diresse nella zona delle vigne, con il piede che sapeva il percorso a memoria, lungo filari di platani e faggi, verso la dorsale dei colli, tra villini e rustici, alcuni dei quali in abbandono. Raggiunse lo spiazzo da cui si godeva di una vasta panoramica sulla valle, un belvedere a ridosso di una chiesetta mezza diroccata, cinta da un cortiletto di sassolini e sporadici ciuffi d'erba.

All'interno dello sperduto luogo di culto, stavano due anziani inginocchiati davanti all'altare spoglio, con una finestrella a bifore dove gemeva una fioca luce rosata. Monica si avvicinò al candeliere, nascosto da uno dei pilastri della sola navata laterale dove, a parete, si indovinava un affresco, "Madonna con Bambino", di anonimo del Trecento.

Monica prese una candela e fece la sua offerta; non si segnò, né rimase a lungo. Uscita dalla Chiesa sedette sul muretto esterno, un angolo sbrecciato di pietra dura che affacciava sul fondo valle. Il sole adesso riluceva alto, arrampicato strenuamente sopra la coltre di nuvole che formavano un'unica massa violacea sul tetto di cielo allumato da fulgore giallognolo. I pensieri andavano e venivano nella sua testa, come treni in una stazione ferroviaria.

«Quando tornerai troverai tutto un po' cambiato» cominciò, ad alta voce. «Sai, ora vivo sola ma ho portato con me tutti i tuoi oggetti, i libri, i vestiti. L'impermeabile bianco, te lo ricordi? L'ho messo sul divano e la giacca arancione, con le spalline alte, va e viene dalla lavanderia, la potrai indossare ancora, se vuoi: forse è un po' scolorita, ma non importa, è anche fuori moda ma tu te ne infischi delle mode.

«Il portachiavi con l'orsetto migratore, mi sembrerebbe strano che te ne fossi dimenticata: lo tengo nel cassetto della camera da letto, insieme con l'orologio da polso e la parure Trifari, non ti devi preoccupare, la lucido tutti i giorni... Tutti i giorni...

«Troverai che qui è tutto un po' diverso, siamo tutti cambiati, Dominique. Però non ti dovrai più preoccupare di nulla, perché quando tornerai io ci sarò ancora, ci sarò sempre e penserò io a tutto quanto. Ti devo dire un sacco di cose e avremo tutto il tempo che vorremo, tu e io, se lo vorrai».

Un refolo di vento si levò in un lamento soffocato e si tirò dietro per qualche metro, fin sotto ai suoi piedi, granelli di polvere e briciole che lei si chinò a raccogliere, sfregandole con le dita per saggiarne la consistenza; e, in un'inesplicabile congiunzione di pensiero, le vennero alla mente una torta di mirtilli, la cui ricetta aveva appreso da sua madre e che cucinava per Dominique: e la prima volta in cui, con Alberto avevano fatto l'amore, proprio al riparo di quei filari laggiù. Ora, seduta in cima alle memorie disperse nell'ultima debole pellicola di sole, s'abbandonava stancamente a uno sbadiglio.

Diciassette

L'Eurostar avanzava veloce lungo quel tratto immoto di pianura padana. Il verde appena ingiallito delle distese dei campi si specchiava sui canali irrigati d'acqua, mescolandosi al rosso fulgido dei tetti delle case in lontananza e al grigio dei campanili di vecchie, malandate chiesette. Una luce obliqua, sporcata dalla leggera foschia che aggrumava sulla linea dell'orizzonte, cadeva sui colori creando tenui riflessi argentei.

L'ossessiva ripetizione delle forme e dei colori, distesi a macchia in perpetua deriva, lasciava indovinare – nelle dissonanze cromatiche che una luce ora violenta, ora evanescente disegnava giocando a rimpiattino con le forme – scorci di impercettibile levità, momenti di struggente, artefatta melanconia. Al fotografo accorto non rimaneva che attendere e *l'attimo* fatale, imprevedibile, si sarebbe fatto sguardo, emozione. Ed io pure aspettavo, l'occhio inghiottito dall'obiettivo della Nikon che volava fuori dal finestrino, ben oltre la spessa tenda del reale. Nel vedermi a tal punto distratto, il mio coltissimo compagno di viaggio, alzò gli occhi dal libro al quale, da una buona mezzora, sembrava avvinghiato, così apostrofandomi:

«Sei la sconcertante riprova di quanto il compianto Ugo Mulas, con piena ragione, aveva sempre sostenuto».

Luca Aldebrandi aveva voluto farmi da scorta in quella sorta di attraversamento terapeutico per le terre d'Emilia, verso un ipotetico, sospirato abbrivo alla guarigione da un'impalpabile, sinistra malattia che da qualche tempo rischiava di offuscarmi l'intelletto. Il motivo, nemmeno tanto pretestuoso, che l'aveva condotto al mio fianco, era un seminario di studi al DAMS di Bologna su alcuni inediti fiamminghi del cinquecento. Mi separai malvolentieri dal mio fedele occhio di vetro per rivolgergli uno sguardo interrogativo; lui sorrideva dietro la grinza altezzosa del viso. Mi voleva bene, apprezzava da sempre il mio lavoro, a lui dovevo quel po' di gloria che derivava dalla mia inveterata attività di "guardone". Bisognava conoscerlo bene per apprezzarlo, per non scambiare certe sue naturali affettazioni con civetterie classiste di sapore accademico. Alle volte, è vero, si prendeva troppo sul serio; però non potevi mai dubitare della sua sincerità.

Mi volsi verso di lui con una faccia priva di espressione, il che gli strappò un sorriso malizioso.

«Beh, tutti i tuoi esegeti sono sostanzialmente concordi nel ritenere che tu sia un istintivo della macchina fotografica, naturalmente dotato di sensibilità cinetica. Io aggiungerei che questo è, in fondo, il tuo pregio».

Lasciò ricadere il libro sulle gambe, che accavallava e scavallava torcendosi alla ricerca di una posa comoda nelle strettoie dell'angolo in cui sedeva; si sporse quindi un poco verso di me che avevo prenotato il posto di fronte al suo.

«Detto questo, mi sembra davvero improbabile che tu non abbia mai sentito parlare di Mulas».

Si divertiva un mondo con quei suoi stereotipi intellettuali, di cui si serviva per farsi beffe proprio di coloro ai quali più teneva.

«Vagamente» risposi, per stare al suo gioco.

«Bene. Ci troviamo in presenza di una classica situazione mulasiana. Il fotografo che scruta con insistenza un immagine che lui *sa* nascosta dinnanzi all'obiettivo: bisogna che pazienti sino a quando sarà l'oggetto a parlare, a stabilire un contatto, a *farsi vedere*. Quello diverrà il momento fatale dello scatto».

Naturalmente, aveva ragione, ma era sempre complicato ammetterlo; cosicché esibii una smorfia spazientita.

«Sei davvero un irriducibile» commentai, simulando sdegno. «Ogni occasione è buona per fare accademia».

«Eh, no, amico mio!» protestò altero. «Siamo molto lontani dall'Accademia, fidati».

«Se me lo dici tu che ne sei esperto...».

Riposto l'obiettivo, mi volsi nuovamente a guardare fuori dal finestrino. Non era più curiosità da fotografo, né sensibilità paesaggistica, volevo soltanto divagare dai pensieri che mi si gettavano addosso senza darmi requie. A quel punto, mi trovavo sull'orlo del baratro: dovevo capire se fossi giunto al capolinea o se si trattasse delle prime avvisaglie di un inciampo neurologico. Mi ero finalmente costretto a accettare – dietro sue reiterate insistenze – l'invito del mio vecchio compagno di classe, l'assai paziente colonnello Alessio Zurlan, da qualche tempo di stanza a Ferrara, al comando di un distaccamento dell'Esercito. L'idea era quella di farmi riposare, allentando per un po' i ritmi del lavoro e provare a riequilibrare un universo psichico in dissesto. Credo vi fosse, da parte sua la volontà, neppure troppo celata, di riabilitare un vecchio rapporto di amicizia, molto prossimo a un gemellaggio, caduto in disgrazia non per reciproca incostanza, ma a causa del destino che aveva trasportato le nostre vite lungo opposti emisferi.

«Ferrara? Ma non potevi scegliere una località più salubre?» aveva subito obiettato mio cognato, Massimo Cavalieri. «La pianura padana, e in questa stagione!».

Giulia, la mia amata sorellina, aveva fatto eco alle smorfie di disapprovazione del marito.

«Massimo non ha torto; e poi, una vacanza, ora? A mio parere, te l'ho detto, ti servirebbe un buon medico, uno psicanalista».

A me erano venute in mente le parole di quel Sannicoli, l'eccentrico amico di Umberto Carosi, l'analista stregone che mi aveva invitato a riconsiderare certi elementi inconsci che presiedevano la componente irrazionale, visionaria della mia *malattia*. Mi ero fatto convinto vi fosse qualcosa di rimosso, rifiutato dalla memoria in merito a episodi che *dovevano* avermi coinvolto da qualche parte, in qualche stagione della mia vita: situazioni che avevo vissuto e che, poi, la paura, la vergogna, il rimorso o altro accidente mi avevano inconsapevolmente spinto a obliare. Solo che adesso questo reprobo, affondato nell'inconscio, era pronto a far ritorno, a offendere le corde della ragione, sotto forma di incubo e visione, sino a fare di me un ossesso.

Dovevo difendermi, affrontare i miei fantasmi, sconfiggerli o, quantomeno, restituirli all'oblio. Perché una voce di dentro mi urlava di restare ai fatti, di far emergere a tutti i costi la verità nascosta, la logica, plausibile spiegazione di ogni arcano.

«Certo che Ferrara, di questa stagione, con l'umidità, il caldo, le zanzare...».

Aldebrandi mi guardava di sottecchi, nel riferirmi, lui pure senza originalità, il suo parere. Ma io ero già nuovamente assente, l'occhio perduto sul dettaglio di un campo arato dove un'ombra bigia s'allungava a mantello sopra il rosso della terra e degli steli, per effetto di un passaggio di nubi fosche che avevano di colpo ammutolito il sole.

Nell'entrare in stazione, il treno rallentò lentamente la sua corsa. L'aria era pervasa da una strana mescolanza di odori, mentre le scosse tremule di un venticello caldo solleticavano pruriginose la pelle. Appena usciti di stazione, lo vedemmo sbracciarsi al centro dello sparuto parcheggio per le auto. Sorrisi nel ripensarlo ragazzo, con quella sua non voluta rigidità che ne faceva, alto e forte com'era, una statua di marmo. L'uniforme che indossava con tanta autorevolezza lo rendeva quasi un'icona ai miei occhi; e, come avevo già notato nel nostro recente incontro torinese, c'era qualcosa di serenamente ammiccante nello sguardo, negli occhi dolci e severi al tempo stesso, che rallegrava la sua inclinazione malinconica, non così dissimile dalla mia.

Alessio Zurlan dimenava il braccio, per un attimo svincolato dall'esattezza marziale del gesto, nel salutarci con contenuto entusiasmo.

«Loris, mio Dio! Quasi non ci credo» mi disse, abbracciandomi. Con lui il tempo si era mostrato clemente: le larghe spalle diritte, il fisico prestante s'adeguavano al mutar delle stagioni senza pagare pegno. Poco più indietro, cortesemente defilato per consentirci di esternare la reciproca affettuosità di cui conosceva ormai la misura, Luca ci osservava compito. Con Alessio, ai momenti di esternazione spassionata si erano da sempre alternati lunghi silenzi, durante i quali, per sostanziale empatia, più forte emergeva l'assonanza. Cosicché restammo a lungo a guardarci, senza proferire verbo, perché si ricreasse spontaneo quel meccanismo d'intesa che aveva cementato il nostro vecchio rapporto. Aldebrandi si guardava intorno, con discrezione evitando di palesare insofferenze, come si fa in presenza di fidanzatini che si ritrovano dopo un periodo di separazione.

Zurlan se ne avvide e corse a omaggiarlo.

«Caro Professore, che piacere insperato!».

Poi, rivolto a entrambi:

«Se volete seguirmi, una macchina ci attende là in fondo».

Poco più avanti, verso il marciapiede, sostava un'Alfa Romeo, carrozzeria inguainata in una lamiera blu notte, con sopra la targa incisa la sigla dell'Esercito Italiano. Un giovanotto robusto, tarchiato, radi capelli a spatola e una mimetica indosso, abbandonò in un lampo il posto di guida per aiutarci a sistemare i bagagli nel vano posteriore e aprirci gli sportelli. Scattò sull'attenti dinnanzi al suo superiore che ricambiò il saluto.

«Il caporale Andrea Pomelli. Oggi si è prestato a farci da autista: in realtà, lo considero il mio braccio destro. È uno dei miei più attenti e validi guardaspalle».

Il giovanotto si esibì in una specie di buffo saltello, battendo i tacchi, gli occhi celesti che scintillavano di contentezza. La macchina partì, subito imboccando Via Cavour, in direzione del Castello degli Estensi. Oltre la linea delle Torri, una dispettosa nuvolaglia impiastricciava di fumo grigio i riflessi di un sole intristito, che scolorivano nell'acqua verdognola che stagnava sotto al levatoio e tutto attorno l'antico maniero.

L'automobile svoltò per Corso Ercole I, le ruote traballanti al contatto dei ciottoli pietrosi che pavimentano la strada. Ci immergemmo presto nel cuore dell'Addizione Erculea: sgranai le focali della Nikon per il doveroso saluto al Palazzo dei Diamanti e agli esterni decadenti del Palazzo Prosperi – Sacrati, una volta superato il valico di Corso Porta Mare.

Le "aperture" rossettiane avevano dato all'antico borgo, per sua natura "piatto", l'aspetto di un nucleo composito di strade, giardini e palazzi in continua mutazione, una pianta elaborata di *vuoti* e *pieni* che s'alternavano strutturandosi in una disciplina viaria anticipatrice d'altri più elevati progetti. Le trama urbana decostruita, con sensibilità architettonica per l'epoca fuor dal comune, in un vortice a quadrilatero di spesse mura immerse nel verde, si scomponeva davanti all'occhio dell'obiettivo in un variegato, imprevedibile disegno. Nella testa mi si spiegavano gli appunti ferraresi del Bassani e ripensai alla sagoma inferma del farmacista Pino Barillari, mentre osserva, dietro i vetri della finestrella affacciata sulla strada, l'eccidio dei martiri della libertà.

La macchina terminò la sua corsa a ridosso della Porta degli Angeli, nel punto in cui si apre una delle parentesi murarie che cingono la città secondo i quattro poli della sua estensione perimetrale. Il profumo dei tigli saliva alto a rallegrare l'estesa promenade, regno incontrastato di podisti, ciclisti e cinofili. Alla nostra destra spiccava una costruzione alta e squadrata, cui faceva riscontro inequivocabile l'insegna: "Corpo Speciale dell'Esercito"; l'intera sezione retrostante, di cui si intravedevano i padiglioni spessi e rettangolari, costituiva un nucleo riservato ai militari, praticamente *off limits*.

Zurlan ci invitò a scendere e diede qualche ordine al suo sottoposto che scomparve presto dietro il caseggiato a bordo dell'automobile. Il colonnello ci precedette all'interno di un modesto ingresso con guardiola, dove una coppia di militi si mise sull'attenti al passaggio del graduato, lanciandoci uno sguardo diffidente. Alessio camminava con andatura cadenzata e marziale, come spesso taciturno. Passammo attraverso un'ampia sala dove notai foto cameratesche alle pareti e di là transitammo per un corridoio lungo e largo, punteggiato nei due lati dalla presenza di spesse finestre ovali che davano, a seconda del lato, ora su una fitta vegetazione boschiva, ora su uno spiazzo ghiaioso da cui si profilavano nuovi edifici, paralleli alle cripte della Certosa. Il corridoio terminava dinnanzi a una robusta porta di faggio lavorato in fibre di ferro battuto.

Alessio estrasse una chiave d'ottone da una scatola di metallo appesa a muro, proprio di fianco alla porta. Un paio di mandate furono sufficienti a introdurci in una stanzetta arredata da un divano di pelle nera e da un paio di poltroncine di vimine; nel centro, vi era un tavolino basso, con la base a specchio e sopra ammucchiate alcune riviste. Di fronte a noi, due porte parallele aprivano su altrettanti appartamenti.

«Ecco le vostre abitazioni» ci informò Zurlan. «Ed ecco le chiavi. Le copie di quella che da accesso ai padiglioni le troverete nei cassetti dei vostri secretaire. Mi auguro che le camere siano di vostro gradimento».

Si voltò verso di me e mi sorrise, mentre ci informava, con gentile formalità:

«Devo assentarmi per sbrigare alcune pratiche d'ufficio; voi prendetevi pure tutto il tempo necessario al vostro comfort e, una volta pronti, raggiungetemi al Caffè Restaurant, nell'edificio che fiancheggia il nostro, in entrata. Quando riterrete di scendere, fatemi avvertire usando il telefono che sta sul comodino, a fianco dei letti. Vi basterà digitare il tasto col numero 2 e dare istruzioni al piantone».

Espletate le formalità, il colonnello si dileguò rapidamente. Luca ed io ci scambiammo una occhiata d'intesa, prima di infilarci ognuno nel proprio alloggio. A dispetto della minuta anticamera, la mia stanza si presentava piuttosto spaziosa e ne apprezzai subito l'encomiabile lindore. Sopra la testata del letto campeggiava un "Cristo sulla croce", a vaga imitazione di quello del Mantegna. Oltre al comodino, con sopra il telefono e una vecchia abatjour, un armadio a due ante, un secretaire con sopra un PC di nuova generazione e una seggiola malandata, completavano il mobilio. Nascosta in un angolo, la toilette non brillava in ampiezza.

Da una finestra con le tapparelle per metà abbassate, la luce del giorno insinuava mestamente. Avvolsi completamente la persiana, tirai a me le imposte e mi sporsi lungo la facciata dell'edificio che si allungava, in una affollata teoria di padiglioni, fino a rasentare le tumulate sfere della Certosa. Sotto la linea delle Mura correva un sentiero nel verde, interrotto solo dall'intrico di un boschetto di rovi e cespugli urticanti, superato il quale, si apriva una spianata da cui già si indovinavano le croci del cimitero ebraico. Se il paesaggio predisponeva a un atteggiamento contemplativo, l'osservatorio restituiva, all'opposto, un che di sinistro, che non riuscivo a spiegarmi.

Il Caffè si trovava in un seminterrato, nell'ala inferiore del circondario militare. Per raggiungerlo, opportunamente scortati da una coppia di militi impettiti, Luca ed io dovemmo riattraversare per intero i due corridoi e tagliare poi per un cortiletto interno. Nel locale s'era radunata una piccola folla d'astanti e dovemmo sgomitare per sederci al tavolo dove il colonnello conversava serioso con due colleghi gallonati.

Nel vederci arrivare s'alzò in piedi e sfoderò un sorriso invitante, emulato dai due graduati. Mi ero distratto un poco, tentato dalle foto alle pareti – tante, e di argomento non esclusivamente militare – e dall'ampiezza del bancone, dietro al quale, nello scintillio delle bottiglie e dei bicchieri lucidissimi, armeggiavano a turno tre ragazzetti in maglietta e grembiale bianco, a ritmo vertiginoso e senza tentennamenti.

Facemmo, quindi, conoscenza con il tenente Palombo, neoufficiale dai modi inappuntabili e dallo sguardo triste; e con il dinoccolato Capitano Crescenzi, un veterano dall'aria smaliziata. Poche battute, poi i due ufficiali, con un pretesto qualsiasi, si congedarono e io ne profittai per tentare di togliermi una curiosità.

«Che trambusto e quanta alacre attività in giro per i padiglioni. Non avrei mai immaginato di trovare tanti militari di stanza da queste parti».

Nel sentirsi addosso i nostri sguardi che ora lo fissavano impunemente, Alessio distolse il proprio e cominciò a tamburellare con le dita sopra al tavolo.

«Cosa prendete?» domandò, rifiutandosi di netto all'implicito quesito.

«Senti, non tentare di fregarmi» insistetti, di mala grazia. «Ti ho fatto una domanda precisa e credo di meritarmi una risposta adeguata».

Il mio amico sollevò appena lo sguardo su di me, uno sguardo incendiario. Sollevò il braccio destro e, con studiata lentezza, puntò l'indice della mano verso l'enorme specchio rettangolare dietro al bancone; in alto, impressa a caratteri cubitali dentro una sorta di lapide incorniciata a lutto, con tanto di sottilissima doratura ai margini, spiccava la scritta: ESERCITO ITALIANO – PRESIDIO MILITARIZZATO – REPARTO OPERATIVO INTERCETTAZIONI.

«E questo è quanto» sentenziò il colonnello Zurlan. «*Nihil amplius*, amico mio. E, se non vi spiace, proporrei di cambiare argomento».

Il volto di Alessio si oscurò di colpo ed egli si irrigidì in un prolungato silenzio. Dopo qualche esitazione, Luca si prese la briga di rianimare un'atmosfera fattasi inopinatamente tetra.

«Volevo ringraziarla, colonnello, dell'ospitalità. Le confermo l'intenzione di levare le tende domani mattina: come le avevo anticipato, la mia reale meta è Bologna».

D'incanto, il militare tornò loquace e chiese all'amico Aldebrandi ragguagli sul seminario di studio che lo avrebbe impegnato nel capoluogo.

Io lo osservavo di profilo, la linea del volto severa, distesa in un'espressione acuta, riflessiva, che gli arcuava leggermente il sopracciglio destro. Pensavo al tempo che s'era frapposto a noi, tempo che mi ingannavo di poter riempire con la foto immaginaria dei comuni ricordi. Mi stavo chiedendo cosa rendesse simili le nostre vite, in sé così differenti.

La domanda si confuse nel sussulto momentaneo che produsse in me un movimento vago, impercettibile, al di là della nobile testa del decorato, con fierezza incastonata tra il collo e le larghe spalle; come un'ombra veloce, insensibile agli sguardi, *qualcosa* passò veloce nel cortiletto antistante la vetrata: talmente veloce, che il gesto repentino con il quale mi issai in piedi per guardare meglio quella porzione di spazio al di fuori del locale, produsse come unico effetto il malcelato sbigottimento dei miei compagni di tavolo. I quali, dopo essersi a loro volta meccanicamente voltati per fissare, perplessi, il cortiletto deserto oltre la vetrata, si astennero tuttavia da commenti. Ricaddi a sedere, deluso, rabbuiato.

Quando finalmente mi resi conto dell'accaduto – o meglio, del non accaduto – non seppi come giustificare il balzo e tacqui, umiliato. Eppure, per un attimo... Avrei giurato d'aver visto qualcosa, o *qualcuno*, una presenza che mi era familiare, ma che era sguisciata via silenziosa, evanescenza fugace come la polvere che un vento inatteso levava ora nell'aria aspersa d'umidità.

Nel primo pomeriggio, Luca lasciò l'accampamento militare alla volta di Bologna, per onorare il suo obbligo accademico. Alessio si offrì di accompagnarlo, sempre molto sensibile all'idea di un sopralluogo nel mezzo di convivi intellettualistici.

Io scelsi la città, incamminandomi con la Nikon a tracolla. Mi tuffai nel cuore di una Ferrara sonnolenta, nel chiarore opaco del postprandiale agostano. Girai intorno al Palazzo Ducale e bighellonai tra i portici di Viale dei Martiri; raggiunta Piazza Trento e Trieste, sparai l'obiettivo sulla facciata della Cattedrale. Sembrava anch'essa assopita, l'occhio tra il gotico e il romanico strizzato ai raggi di un sole affaticato dall'ingorgo ozioso di nubi sabbiose che ne trasmutavano di continuo i colori, esaltandone l'originaria policromia; cosicché al giallo e al grigio delle formelle dell'architrave, s'alternava il rosa pallido dei pennacchi del protiro e così di seguito, in un susseguirsi caleidoscopico di riflessi mutanti che imbevevano il portale coi Profeti, l'*Annunciazione* e il bestiario.

Arretrai di qualche metro, fin sotto alla scalinata del Municipio, per dare alla veduta maggiore profondità. Simile a un allucinato presagio mi apparvero allora la configurazione allegorica dei leoni e la lunetta con San Giorgio e i draghi, nella loro multiforme condensa di tonalità.

Intorno a me, l'atmosfera restava come sospesa: persino il passo cadenzato e ozioso dei pochi visitatori che transitavano dalla via Garibaldi sembrava levitare.

Il tempo di qualche istantanea e proseguii verso via Mazzini, tra i vicoli del Ghetto ebraico, per affondare su Via delle Volte, profondissimo squarcio nelle arterie della città. Camminavo nel ventre popolare dei sepolti rioni, tra balconcini impreziositi da cime floreali, dimenticate botteghe d'artigiani e pareti rose da sottili crepe; il passo esitava sugli interstizi prensili dell'antico acciottolato, mentre odori di cucina provenivano dai retropalchi di storiche osterie, nell'eco periferica delle maestranze addette al riordino del dopopranzo.

D'improvviso tutto tacque: una diagonale di luce vivida, irreale, raggelò il selciato. Fermo nel mezzo delle antiche facciate, le dita frementi sulla montatura dell'obiettivo, ascoltavo la voce occulta di quel silenzio così assoluto, che raccontava inconfessabili segreti.

Montai un focale variabile, affinché il grandangolo consentisse all'immagine di *stringere* senza perdere in profondità; tutto mi appariva miracolosamente perfetto, la luce, il punto di vista, la prospettiva. Immersi, dunque, l'occhio nel reticolo virtuale e restrinsi l'inquadratura.

Il trasalimento fu enorme, tanto che il cuore precipitò in un tonfo: dovetti subito distogliere lo sguardo dal vetrino e restituirlo alla realtà della strada, con il gesto disperato e repentino. Rividi le Volte, la via stretta e deserta che correva davanti a me per una cinquantina di metri, prima di curvare ad angolo cieco. Fissavo impietrito il vuoto che avevo attorno, sentivo il sangue defluire all'impazzata lungo vene e polmoni, il battito risalire alla gola.

Attesi che la circolazione riprendesse il suo corso normale, presi coraggio e lentamente avvicinai l'occhio intimidito al cerchio dell'oculare; e nuovamente l'obiettivo *vide* ciò che lo sguardo *rifiutava di vedere*.

La *ragazza* si offriva al primo piano, solitamente illividita nell'aspetto vitreo, consumato, nel taglio démodé del vestito; nel viso, trasfigurato dal colorito esangue, stava impressa la consueta, dolente fissità.

Sopraffatto nella volontà, impaurito e inerme, cominciai a premere sul tasto che dava dignità di immagine alle forme; scattavo a ripetizione, in un movimento delle dita pressoché involontario, agivo come inebetito dall'impertinenza malaugurata di quella visione che si ripeteva infinita, scioccante nell'esclusività del mio sguardo. *Lei mi guardava* rigida, senza espressione. Di colpo, rialzai lo sguardo.

Lungo la strada *più nessuno*, solo un alitare tenue di caldo e di odori. Di *lei*, come temevo, *neppure l'ombra*. In lontananza avvertii un cigolio di ruote rompere il silenzio. Il rumore anticipò di poco l'entrata in scena di due biciclette, sbucate dalla curva e allegramente cavalcate da due ragazzi che chiacchieravano lanciandosi sguardi d'intesa. Nel vedermi fermo al centro alla strada, la macchina ancorata al treppiede, scartarono ognuno dal loro lato, regalandomi un sorriso. Quando furono passati, mi voltai anch'io a guardarli, sino a che non divennero un punto sfocato nell'orizzonte.

Diciotto

Si adagiò, o meglio si abbatté sullo schienale di fine taffettà che foderava il divano letto del salotto di casa e s'accorse, finalmente, degli sbreghi che lo mutilavano da più parti. Sospirò, vinto dallo strapotere del tempo sugli oggetti, nonché dalla propria inadeguatezza. Scosse il capo e si fregò le tempie con le dita; constatò che la casa andava a brandelli, con lui che faceva da inane testimone, desolato custode di memorie che immalinconivano, così come il suo sguardo sulle cose.

Gianni Laudario si guardò intorno e nulla gli sembrò più come prima. Che ne era di quelle pareti, delle teche che toccavano il soffitto, colme dei vinili e dei CD della sua collezione sinfonica? E dell'immane lampadario, con le candele che davano una luce dorata, a tutto tondo? E dei mobili, dei divani, di quel letto ora inutilmente a due piazze? Nulla gli sembrava avere più senso.

Chiuse gli occhi e respirò profondamente. Ripensò alle mosse di quella partita cominciata ventitré anni prima e capì che avrebbe dovuto chiuderla, perché tutto avesse fine *là dove era cominciato*.

Mentalmente riepilogò quanto messo a fuoco durante gli ultimi giorni. I pezzi del puzzle cominciavano a combaciare e ora aveva l'obbligo di restare concentrato sui fatti.

Quella stessa mattina aveva fatto nuovamente visita ai colleghi della Centrale; grazie alla disinteressata assistenza del solito Anastasi, responsabile della sezione "Relazioni con il Pubblico", aveva potuto riesumare documenti d'archivio perduti, tra polverose scartoffie, in magazzino. Per poter accedere all'Archivio, aveva dovuto pagare un duro pedaggio, sotto forma di intricata modulistica da compilare; in aggiunta, si era dovuto sorbire le dotte argomentazioni del zelante funzionario, a sostegno dell'utilità di quelle carte. Alla fine, però, se non aveva trovato esattamente ciò che cercava, di certo ora disponeva di più sicuri riferimenti.

Alcuni minuti appresso, seduto al tavolo di un Caffè in via Peyron, vecchio almeno quanto lui, aveva ordinato una spremuta di limone e composto al cellulare un numero di dieci cifre, recuperato chissà come nel disordine dei suoi appunti cartacei. Nutriva la speranza che il numero della persona che aveva in animo di richiamare fosse ancora lo stesso, dal momento che l'ultimo approccio risaliva a una decina di anni prima. Dopo l'ennesimo trillo a vuoto, era stato sul punto di attaccare, quando una voce che gli era assai familiare aveva bofonchiato garrula, in tono di rimprovero, all'altro capo.

«Pronto, Giuso, mi senti? Sono io, Laudario».

Lapidaria e tonante, la voce si era fatta di nuovo manifesta.

«A Lauda', ma lo voi capi' che nun me devi chiama' Giuso?».

Aveva gioiosamente ascoltato il crepitio di una risata roca, imbarbarita dalla strozzatura di un colpo di tosse.

«Come stai, commissario? Cos'è che ti spinge a farti vivo, dopo tutto 'sto tempo?».

«Volevo parlarti di una faccenda un po' privata, ma a tu per tu: non è che posso fare un salto a Roma, da te, nei prossimi giorni?».

«Lauda', ti conosco bene: che intendi per "prossimi giorni"?» e si era fatto un'altra risatina, increspata di catrame rimasticato. Il fumo delle sue sigarette potevi sentirlo anche al telefono.

«Vogliamo fare *domani*?» aveva chiesto, senza mezzi termini, il commissario, incoraggiato dalla sincerità antiprotocollo del suo interlocutore. L'approvazione era giunta all'istante, infarcita da qualche colorita interiezione.

Giuseppe Bontà, "Giuso" per i pochi veri amici (ma il vezzeggiativo lo infastidiva, comunque) era giudice istruttore presso la Giudiziaria di Roma Sud, dodicesima circoscrizione; trentacinque e rotte stagioni di onorata carriera, a un soffio dal pensionamento, un tempo temutissimo, addirittura inviso funzionario di giustizia e adesso, per molti versi, rimpianto. Laudario lo aveva conosciuto parecchie ere prima, durante uno stage nella Capitale, tra responsabili del settore "Giustizia. Era stata simpatia al primo sguardo.

Il giudice Bontà era un tipo grande e grosso, la testa rotonda di pelata incipiente, uomo di spessore e non solamente fisico; una insistita peluria dilagava per il corpo tutto e persino sulle dita delle mani, due spesse eliche a cinque generatori per leva. Era sbarcato a Roma giovinetto, fuggito dalla natale Anagni in cerca di fortuna, secondo una leggenda che a lui piaceva molto alimentare. Conseguita la laurea, dopo breve apprendistato presso un causidico, a sentir lui, di dubbia fama, aveva intrapreso una brillantissima ascesa sino alle alte vette della Magistratura.

«Gianni, mi sta bene, ma a un patto» aveva sentenziato, con quel vocione arrochito dal tanto letame cumulato su gola e polmoni. «Che tu rimanga, almeno una notte, a dormire da me. Così ti preparo una bella cenetta e ci facciamo due chiacchiere fuori copione».

Laudario aveva dovuto, *obtorto collo*, far buon viso a cattiva sorte: non perché non gli sorridesse l'idea di un goloso *rendez-vouz* con l'arguto giudice, ma perché aborriva alloggiare a casa di chicchessia. Un pudore antico, l'intima necessità di sentirsi libero di assecondare sempre e ovunque le proprie abitudini, gli facevano – in circostanze analoghe – preferire anche le scomodità di un modestissimo alberghetto di periferia, ai comfort di private abitazioni, circondato dalle gentili premure di amici o conoscenti.

Seduto, per meglio dire sprofondato, nel malconcio divano letto del salotto di casa, il commissario in pensione Gianni Laudario muoveva l'occhio tra le vecchie, amate pareti che ora, per metà straniere, quasi ostili, lo confondevano; per non farsi vincere del tutto dalla malinconia, si disse che era tempo di andare.

La sera di un caldo ma ventilato agosto ferrarese, Alessio e io decidemmo di cenare in un'accogliente locanda, a pochi metri dall'ingresso di Parco Massari, in Corso Porta Mare. Mi ero convinto, ormai, d'aver perso anche l'ultimo dei treni verso una parvenza di *tempo* e *realtà*: vivevo al di là della paura, volevo solo arrivare al limite, fosse pure un ricovero per instabilità mentale, o una miracolosa guarigione.

Non feci menzione al colonnello della recente disavventura in Via delle Volte, in fondo non modificava il senso delle cose e avrebbe avvilito il generoso Zurlan, che si prodigava per facilitare una mia possibile redenzione.

Sedemmo, dunque, nella confortevole veranda di un tipico ristorante della Ferrara rinascimentale, uno spazio ricavato all'interno di un giardinetto infiorato, simile a un chiostro; nel mezzo, una fontana di marmo bianco, venato di striature grigie, con ghirigori barocchi, spruzzava acqua di fonte.

«Allora, che ne pensi del tuo soggiorno ferrarese?» mi chiese Alessio, sfoggiando il più incoraggiante dei sorrisi. «Guarda, non vorrei sembrarti retorico ma mi pare già di notare nel tuo aspetto i primi segnali di un miglioramento».

Non intendevo disilluderlo e comunque non mi sentivo peggio del solito.

«Con il tuo aiuto e la tua presenza, le cose andranno certamente migliorando» dissi, nemmeno troppo insincero.

Mentre ci occupavamo, con il dovuto ossequio, della "zia ferrarese" e dei cappellacci, lo sbirciavo di sottecchi. Il colonnello Zurlan regolava il cibo con la stessa autorevole mano con cui sapeva dirigere un reparto militare. In ogni suo minuto gesto c'era un'esattezza che rasentava l'ossessione. A chi, come me, vantava di conoscerlo nel profondo, quei gesti apparivano necessari, ne esplicitavano il carattere, il suo essere *esattamente ciò che era*, con disarmante innocenza.

Ultimato il pasto, stimammo che una *promenade* lungo le Mura avrebbe facilitato la digestione e ritemprato lo spirito. La sera era tiepida, il cielo andava ripulendosi delle frattaglie nuvolose che, durante l'arco dell'intera giornata, ne avevano angustiato l'umore. La luce rosea degli antichi lucernari illuminava il tratto di sentiero, in lieve pendio, che si diparte dalla Porta degli Angeli, ombreggiato da filari rigogliosi di tigli. Alla nostra destra il terreno precipitava dentro una fitta boscaglia, oltre la quale si indovinavano gli alti profili del Distretto e della Certosa.

Parlavamo di un comune passato, quando ad Alessio sfuggì un'annotazione che reputai del tutto gratuita, persino offensiva.

«... E fu proprio in quella occasione che Stefania ti diede improvvisamente del bugiardo. Fu un fulmine a ciel sereno: provai a metterci una buona parola, ricordi? Ma, con lei, era del tutto inutile».

«Se non ti spiace, preferirei cambiare discorso!».

Ero furioso, non capivo perché volesse rimestare in quella ferita ancora sanguinante.

«Perché? Ho detto qualcosa di male?».

«Mi pare di averti già avvertito che non voglio che si parli più di quella donna».

«D'accordo, d'accordo, stai calmo!» ribatté, alzando i toni. «Non pensavo di scatenare un putiferio».

Un cane, in lontananza, prese ad abbaiare nervosamente. La luce levigata dei lucernari abbacinava il nero delle fronde di smerigli cristallini. Nonostante mi mostrassi subito pentito della mia impulsività, quanto appena accaduto aveva scosso l'animo sensibile di Alessio.

«Faccio bene a preoccuparmi» esclamò piccato. «Quando ci siamo rivisti, a Torino, sono stato troppo clemente con te; come amico fraterno, rivendico il diritto – dovere di scuoterti. Non sei più lo stesso, straparli, vedi fantasmi, ti irriti per un nonnulla».

«Stefania non è un nonnulla» replicai, nuovamente stizzito.

«Lascia perdere, dai! Stefania non c'entra niente. Che sta succedendo, Loris? Che ne è dell'uomo appassionato, dell'artista che mi vanto di conoscere?».

Quelle esternazioni dovevano certamente costargli una smisurata pena.

«Ti ho tanto ammirato, lo sai» continuò, provandosi di ritrovare quella serenità che gli invidiavo. «Avrei tanto voluto possedere un briciolo del tuo talento. L'ammirazione non è mai venuta meno, ho seguito sempre, sebbene a distanza, le tue imprese».

«Lo so, colonnello, lo so. Mi hai sempre sostenuto, incoraggiato nei momenti di sconforto».

«Oggi più che mai intendo continuare a farlo, gli anni trascorsi lontano non hanno modificato i miei sentimenti verso di te».

Bastò uno sguardo per intenderci e ritrovare la consueta armonia. Posammo le terga sul muricciolo sbrecciato di una torretta, all'ombra di una vecchia quercia.

«In fondo, è incredibile! Tu e io ci somigliamo molto, chi lo direbbe? Due solitari, un po' scontrosi e schizzati, ammettilo».

Un sorriso, velato di malinconia, gli illuminò il volto.

«Assolutamente giusto. Il destino è stato crudele a separarci».

Stava guardando fisso nel vuoto, quando improvvisamente si girò verso di me e affondò il suo sguardo sul mio.

«Ed è per questo» disse, facendosi serio «che dovremmo parlarci con franchezza, senza nasconderci nulla».

Sentivo i suoi pensieri inseguire i miei, nel chiarore di una notte che addolciva.

«Sai che non sono aduso alle confidenze» gli ribattei, sospirando. «Neppure con Giulia, la sola di cui mi fidi ciecamente».

Mi osservava attentamente, lo sguardo puntato sul mio come la canna di un revolver. Smentendo quanto appena suggerito, mi stavo lasciando andare a più intime rivelazioni.

«Vedi, Alessio, io sono assolutamente convinto che quella ragazza, Dominique, *esista davvero*, abbia avuto un ruolo, magari breve, ma importante, nella mia vita. Ma quando e perché? Sono queste le domande che mi pongo di continuo e che mi atterriscono».

Alessio Zurlan aggrottò la fronte in tante pensierose rughe.

«So che anche tu, come gli altri, pensi che io sia un allucinato».

«Ti sbagli. Io non penso proprio niente: non saprei cosa credere».

«Può darsi che lo sia, un demente, un allucinato che non ha consapevolezza del suo male. Tutti i santi giorni mi alzo la mattina, prendo una vagonata di caffè, fotografo, espongo i miei lavori, mi annoio nei convivi, parlo con un sacco di gente che pretende di sapere tutto di me. Poi, di quando in quando, Dominique viene a trovarmi».

Avevo la sensazione che si fosse stancato di ascoltare tutte quelle stramberie: lo vedevo chiudersi in se stesso, tra pareti di pensieri invalicabili.

«Di' un po', ti ho mai parlato di Laura Speranza?».

L'inopinato mutamento di rotta non sembrò stupirlo.

«Una nuova fiamma?» si limitò a chiedere, come stessimo affrontando l'argomento da ore.

«Sì e no, è una che conosco da anni; in passato c'era già stato del tenero fra noi».

«Ma di che cazzo mi parli?» sbottò Alessio, come rinsavito. «Cosa c'entra questa Laura, adesso? Voglio sapere di Dominique, piuttosto».

«Aspetta che ti dica di Laura, prima di giudicare».

Alzò gli occhi al cielo, mordendosi le labbra.

«Allora è vero, Loris, che ti sei rincretinito!».

«Era soltanto un modo per dirti che nulla è cambiato, che sono sempre lo stesso. La mia vita va avanti, nonostante *lei*, secondo abitudine».

«Cioè, come un ragazzino mal cresciuto, corri sempre dietro alle gonnelle» concluse Zurlan, sarcasticamente.

«Ma lo sai meglio di me che sono sempre loro a venirmi dietro» mi vantai, tanto per stare al gioco.

Mi colpì, all'opposto, la seriosità con la quale affondò sull'argomento.

«È vero. Ho sempre invidiato la tua capacità di fare breccia nell'animo femminile, senza praticamente scomporti: un'abilità innata, bisogna ammetterlo».

Sospese il discorso e si guardò intorno, come temesse di essere spiato. Notai che si era fatto improvvisamente pensieroso.

«Questa Dominique... Deve essere, senz'altro, una delle tue tante amichette» chiosò, con ironica perfidia. «Ti si sarà infilata nel letto chissà dove, chissà quando e tu neanche te ne ricordi più».

«Mi spiace contraddirti: poche o molte che siano, me le ricordo bene».

«A me non è mai capitato» sibilò, sottovoce, come non volesse essere udito.

«Che intendi?»

Sospirò, sforzandosi di sorridere; teneva basso lo sguardo, le spalle un poco ingobbite, come sempre quando lo aggrediva il malumore e si vergognava di aver reso palese il tormentato corso delle proprie meditazioni.

«Perché me lo chiedi? Al contrario di quello che capita a te, di me le donne neppure si accorgono. Lo sai perché? Perché non so come comportarmi, con loro non riesco a interagire. Un totale fallimento, su tutta la linea!».

Inghiottiti dal vortice dell'eterno ritorno, stavamo rivangando insensatamente episodi marginali della nostra vita con la sensibilità di due adolescenti immaturi.

«Andiamo, Alessio, basta con questa nenia! Era la tua insicurezza, il tuo carattere rinunciatario a farle desistere. La realtà è sempre molto diversa da quello che sembra».

Rabbuiandosi in volto, mi fece cenno di smettere.

«Va bene, non parliamone più. Sono un povero sciocco; oltretutto, ho colpevolmente svicolato dal tuo problema, molto più grave e pressante delle mie frustrazioni senili».

«Hai la tua vita, Alessio» insistetti «e non è cosa da poco; una carriera di prestigio, responsabilità importanti. A me sono rimasti gli stessi sogni che facevo da bambino: con l'unica differenza che mi illudo di materializzarli attraverso la fotografia».

Gli steli d'erba, sopraffatti da una nebbiolina gelatinosa, piangevano timide stille di rugiada. Alessio teneva lo sguardo alto sulle fronde immobili dei tigli.

«Come sta la tua bella sorellina?» mi chiese, la mente a setacciare altri percorsi.

«Oh, è sempre molto bella ed è anche parecchio cresciuta».

«Sarei felice di rivederla. Chissà se si ricorda di me».

«Come vuoi che ti abbia dimenticato? Sei sempre stato presente nei nostri discorsi. Le ho detto che sarei venuto a stare da te, per un po' di tempo».

Era sempre stato abile – nonché, a suo modo, spietato – nel farmi ricadere addosso, più incandescente di prima, il fuoco di un incendio che ritenevo estinto.

«C'è una cosa che non credo di averti mai detto, Loris e che, invece, sarebbe opportuno che tu sapessi. Me la tengo dentro da trent'anni e non ho mai avuto il coraggio di sputarla fuori».

«Riguardo a Giulia?».

«No. A Stefania».

Stavo per reagire, questa volta in malo modo: ma una mano invisibile mi strinse a tenaglia, inibendomi alla parola.

«Lo so, lo so» miagolò, per invocare clemenza. «Si era appena detto di non parlarne più. Però, ti giuro, questa cosa è per me una autentica tortura».

Mi limitai a un impercettibile cenno d'assenso.

«Te l'ho sempre taciuto, perché sapevo quello che provavi» cominciò, nella voce un ritorno lamentevole che non gli conoscevo. «Stefania ti amava disperatamente, come mai aveva amato nessuno prima di allora».

Lo fissai a lungo, attonito. Una lieve grinza mi torse le labbra, presto tramutandosi in un riso non voluto che, di lì a poco, esplose come un torrente in piena.

«Perché ridi? Cosa c'è da ridere?».

Alessio mi guardava interdetto, non sapevo come placare quel diluvio, né tantomeno giustificarlo.

«Sarò onesto con te, sino in fondo» disse, in tono grave. «Ero molto vicino a Stefania, in quel periodo, lei si appoggiava a me per chiedermi consiglio nei tanti suoi momenti depressivi».

Ricompostomi a fatica, scuotevo il capo dinnanzi alle patetiche esternazioni del mio amico.

«Ero pazzo di lei» affermò questi, a crudele postilla. «Ma, naturalmente, quella poveretta non vedeva che te».

«Non mi frega niente di quello che passava per la testa di Stefania» sentenziai per indurlo a desistere da quel gioco al massacro.

«Mi mostrai debole, anche con lei» continuò Alessio, fingendo di non aver sentito. «Un uomo senza carattere. Speravo solo in un suo gesto, in una parola che... Sono ancora persuaso che sarebbe potuta essere *la* donna della mia vita. Poi, accadde quella cosa orrenda e il dolore che ne seguì fu devastante. Ero annichilito e alla pena, si aggiungeva un terribile senso di colpa nei tuoi confronti, Loris».

Mi confondeva quel suo assurdo, ingenuo pudore: decisi di intervenire rudemente.

«Alessio, basta, piantiamola qua! Tutto ciò è ridicolo e totalmente privo di senso».

Il calpestio di passi in avvicinamento giunse opportuno a fugare l'involuta, esasperante controversia. La sagoma slanciata sbucò a sorpresa dal viale alberato e un tratto di luna calante ne illuminò il profilo: Luca Aldebrandi ci osservava incuriosito, le labbra piegate a un sorriso sornione.

«Buonasera, signori. Non pensavo di trovarvi ancora qui, in un'ora così insolita».

Diciannove

Roma dovette apparirgli un po' peggiorata dall'ultima volta che ci era capitato. Non ricordava più l'epoca, né il motivo che lo aveva indotto a calcare il suolo capitolino; doveva trattarsi quasi certamente di una stupida inchiesta, di cui, per fortuna, non conservava alcuna memoria. Ciò che rammentava bene, invece, erano le passeggiate romane, sottobraccio a Elisabetta.

Sua moglie parlava, parlava, commentando con enfasi tutto ciò che della città eterna le balzava agli occhi; Chiara – se la ricordava bambina, ma quanto tempo era passato, allora? – trotterellava, riparandosi dal sole con un buffo copricapo di spugna. Lui si trastullava tra antiche rovine e scorci decadenti, lo sguardo appeso al coacervo dei tanti fulgori architettonici.

Ora, in un anonimo martedì agostano, la capitale gli apparve deprivata d'anima e tutti quei preziosi resti, le estasi barocche e le impennate umbertine, fatiscenti colonne d'argilla.

Si disse che era soltanto un'impressione, la proiezione virtuale del suo sguardo avvilito, malinconico. Lo affliggeva l'immagine di un tempo perduto, la stessa straziante nostalgia che allontanava nel ricordo la sua Torino di cui, di anno in anno, rimaneva a stento l'illusione. Pensò che sul suo Paese si era depositata una coltre nera che illividiva la memoria, inibiva i sogni, abbrutiva le coscienze, rendeva cieco l'avvenire; per darsi speranza si disse alfine che il sordo brontolio della vecchiaia lo faceva invidioso del presente e pessimista sul futuro.

Il giudice Giuseppe Bontà lo accolse nell'elegante attico di Via Trevis, isolata traversa di un quartiere residenziale non distante dagli uffici della Regione. Bontà lo fece accomodare in un salotto sobriamente arredato, con una porta finestra che dava su un ciclopico terrazzo ricolmo di piante esotiche. Gli offrì da bere, spiegandogli che quelli erano giorni purtroppo dedicati alla rifinitura di odiose pratiche processuali ma, in compenso, anche di solitario ozio domestico, essendosi la consorte rifugiata nei più salubri ambienti di una villetta familiare, allocata sul litorale, nei dintorni di Sabaudia. A sostegno era accorsa la tuttofare filippina, affiancata dal laborioso marito, che manteneva ordinato il mobilio e, soprattutto, gli cucinava gustosi manicaretti.

A discapito di certe esuberanze caratteriali, schiettezze che sfioravano talora la malacreanza, Bontà teneva fede al cognome mostrandosi apertamente ospitale. Si fece vero cruccio, dunque, del fatto che quel piemontese testardo opponesse ferrea resistenza al suo invito ad alloggiargli in casa.

«A Lauda'!» sbottò il giudice. «Sei sempre il solito! Per una volta che mi capita l'occasione di prendermi un po' cura di te, tu che fai? Te la squagli!».

«Ma no, Pino, dai, non te la prendere: lo sai come sono fatto...».

«Eh, male! Sei fatto molto male, bello mio!».

«Ho solo bisogno dei miei spazi, in casa d'altri sarei sempre in imbarazzo, non riuscirei a muovermi a mio agio».

«La casa è grande, siamo solo io e te, hai una camera e un bagno a tua completa disposizione; tenuto in debito conto che il sottoscritto non è una spia del KGB, che altro vuoi per sentirti libero?».

Bontà si produsse in una specie di fischio rantolante che voleva somigliare a una risata. Tossì stizzosamente e infilò una sigaretta tra i denti, senza accendere, gesto che sortì un immediato effetto terapeutico.

«È l'unico rimedio per i miei bronchi, ormai strafottuti» spiegò, e sembrava serio. «Tu dirai: ma è quello il male, non il rimedio. Sarà, sarà... Però basta che io le guardi, ne senta la consistenza sulle labbra, ne assapori l'aroma per sentirmi subito meglio».

Bissò dunque l'ilare crepitio vischioso e pose orecchio al trillo del campanello, che annunciava visite in tutta evidenza assai gradite, vista l'espressione gongolante con cui saltellò verso la porta.

«È la nostra cena, Gianni» commentò euforico. «Vedrai che roba!».

Cerimoniosi, i due governanti asiatici si insinuarono nell'appartamento del giudice, muniti di prelibate scorte il cui profumo si espanse rapido tra le pareti. In quei momenti, Bontà pareva un bambino, tale l'irrefrenabile esultanza con cui accoglieva, grato, il sospirato dono. Non appena i due, dopo essersi profusi in dettagliati chiarimenti circa la composizione delle cibarie, tra inchini e salamelecchi, ebbero riguadagnato l'uscita, il giudice si affrettò nell'allestimento della tavola.

Fu solo a consumazione ultimata, le schiene abbandonate al conforto di un agile canapè, in un salottino climatizzato, che Bontà pretese d'essere messo al corrente della questione che al commissario premeva affrontare. Mentre il poliziotto argomentava, il giudice si faceva sempre più pensieroso.

«Quella vecchia storia irrisolta» mugugnò infine, tra i denti. «Non ti ha mai lasciato campare, eh? Eri al primo incarico, se non vado errato, una bella fregatura».

«Molto più che una fregatura» annuì, sconsolato, Laudario. «Un autentico tormento. Spero tu capisca, perché difficile da spiegare, la sensazione che provo ora nel rimettere assieme trascurati tasselli di quel dimenticato mosaico».

Bontà fece una smorfia e accese l'ennesima sigaretta.

«Ah, scusa tanto, ne vuoi una anche te?».

Istintivamente, Laudario allungò il braccio per subito ritrarre la mano.

«No, grazie. Ho smesso».

Il giudice tirò una lunga boccata, una nuvoletta di fumo si levò a coprire lo spazio tra lui e il suo interlocutore. Emise un nuovo, violento colpo di tosse, i lineamenti del volto gli si contorsero, le guance accendendosi di un rosso fuoco; rimediò con un'altra, intensa tirata che molto sollievo, a giudicare dall'espressione subitamente distesa, dovette infondergli.

«Va bene, Lauda', tanti auguri! Non vedo, però, come io possa esserti di aiuto: di quella storiaccia ricordo vagamente la cronaca e i particolari che tu stesso mi hai raccontato».

Il commissario si sporse in avanti con il corpo e guardò dritto il magistrato negli occhi.

«Io dico che puoi, Giuso: molto più di quanto tu non creda».

Bontà spiaccicò il mozzicone della sigaretta sul posacenere, si alzò per tirare fuori un paio di bicchieri e una bottiglia dall'anta di un mobiletto a parete.

«Nun me chiama' Giuso!» ripeté e alzò il bicchiere a mezz'aria in un gesto d'invito che l'altro rifiutò. Si versò due dita di grappa e tornò a sedersi. «Ok, poliziotto. Dimmi quello che ti passa per la testa».

Laudario si schiarì un poco la voce.

«Lo sai che ho buona memoria e anche una discreta capacità di collegare fatti apparentemente distanti o tra loro non conciliabili. Bene, l'illuminazione mi è arrivata ieri l'altro».

Bontà s'avvide che l'occhio del poliziotto era stato attratto da uno schizzo in grafite, incorniciato a parete.

«Un De Chirico inedito. Niente male, eh?» illustrò il giudice, gongolante. «Il cretino che me lo ha venduto, per una manciata di lire una dozzina d'anni fa, reputava di essere un grande intenditore. Ma torniamo a noi».

«Sì. Ti dicevo del colpo di genio; sono andato a scartabellare tra ritagli di giornali e riviste e ho trovato ciò che cercavo. Un omicidio, avvenuto a Roma, nell'autunno del 1981, vittima una ragazza di ventitré anni, te ne sei occupato tu, in qualità di giudice istruttore. Particolare raccapricciante: la giovane fu terminata a colpi di machete».

L'ispido faccione dell'esperto uomo di legge si imbronciò in una concatenazione di smorfie irripetibili, prima che la lampadina s'accendesse, illuminandogli l'occhio acuto. Si mosse veloce e scomparve dietro un lungo corridoio. Laudario lo sentì armeggiare in altro ambiente del labirintico appartamento, tra interiezioni scontrose e rumori di sottofondo. Ricomparve nel salotto pochi minuti dopo, nella mano stringeva una cartellina verde. Sedette, slegò l'elastico che fissava gli incartamenti, trasse dal contenitore un fascicolo e, presi in mano alcuni fogli, si dispose a verificarne il contenuto.

«Ah, ecco!» esclamò a un tratto, rallegrandosi della scoperta. «La ragazza alla quale alludi si chiamava Stefania Mannini».

Allungò il foglio, correttamente compilato nei caratteri della "Olivetti 22", perfetta sintesi leguleia, con foto e descrizione fisica dei connotati della vittima; una bella mora, viso ovale, vividi occhi neri e lineamenti nervosi nella carnagione chiara.

«Precisamente» assentì Laudario, mentre un largo sorriso gli illuminava il volto.

Bontà si sistemò meglio gli occhiali da presbite sul naso appuntito e lesse:

«Stefania Mannini, anni ventitré, iscritta al terzo anno della Facoltà di Architettura, residente in Roma, domiciliata in Largo eccetera, eccetera, rinvenuta cadavere in un boschetto dalle parti di Frascati, il cranio sfondato da una serie ripetuta di colpi presumibilmente inferti con un'accetta da boscaiolo.

«La ragazza era incensurata, nessun precedente penale, impegnata nel sociale, nessuna specifica appartenenza politica. Di carattere estroverso, niente inimicizie che facessero supporre una vendetta, una relazione sentimentale da poco avviata, nessuno screzio apparente con il fidanzato, un coetaneo pure incensurato, di carattere schivo, ex compagno di classe al Liceo, fotografo dilettante.

«La dinamica, le modalità del delitto, fecero pensare al gesto efferato e isolato di un maniaco: per un po' se ne diffuse la sindrome ma, fortunatamente, a quell'omicidio non ne seguirono altri simili. Purtroppo, le indagini non condussero investigatori e inquirenti all'accertamento di prove sufficienti a spiccare mandati di cattura e il caso passò in archivio, insoluto».

Bontà sollevò lo sguardo dai fogli dattiloscritti, si tolse le lenti e incontrò lo sguardo acuminato di Laudario che lo fissava con una scintilla di luce sinistra, quasi beffarda nell'occhio vigile.

«Embé?» stralunò il giudice, un poco intimidito da quello strano lampo negli occhi dell'ex funzionario della Giudiziaria di Torino.

«A Lauda', non mi verrai a dire che cogli analogie per il fatto che l'assassino ha usato un'accetta e che l'inchiesta è rimasta irrisolta, vero? Guarda che te ne posso citare un centinaio di analogie come queste».

«Ma non con gli stessi protagonisti, Giuso» precisò, determinato, il commissario. Bontà aggrottò le sopracciglia, si provava a leggere nei pensieri di quel cocciuto poliziotto ma ci capiva sempre meno.

«Che intendi?».

«Mi riferisco al giovanotto che era *sentimentalmente legato* in quel periodo alla Mannini ed era stato suo compagno di scuola. Mi sai dire altro di lui?».

Il giudice si strinse nelle spalle, prima di provarsi a rispondere.

«Mah, non c'è davvero molto. Uno come tanti, una passione sfrenata per la fotografia che dava esiti amatoriali soddisfacenti; introverso, un po' scorbutico e ineguagliato *tombeur des femmes*, a voler dare credito a ciò che si diceva in giro».

«Ti stupiresti se ti dicessi che è diventato un'autorità nel campo della fotografia?».

«Beh, no, a quanto si diceva, appunto… Perché, lo è diventato?».

Senza replicare, Laudario passò nelle grosse mani dell'amico la rielaborazione digitale della vecchia foto da cui avevano avuto inizio le sue ricerche. Bontà, infilatosi nuovamente gli occhiali, rimirò l'edificante quadretto con sguardo sempre più interrogativo.

«Grana analogica rifinita in digitale» commentò senza immediatamente intendere. «Cosa dovrebbe dimostrare?».

«È il capolavoro che ti avevo anticipato, opera del superbo Ravasi».

«Ah, questa dunque è la famosa foto che ti fu anonimamente recapitata» disse allora Bontà, ammirato. «Cavolo! Il nostro Cesarino ha fatto un altro miracolo dei suoi».

«Già. All'epoca non avevamo i mezzi per evidenziare un'immagine di questo tipo e il fuori fuoco dell'inquadratura complicava notevolmente le cose. Bene, delle due ragazze non fu difficile scoprire l'identità: la foto era stata scattata in una località campestre che presumemmo non lontana dai boschi di Lanzo, dove avvenne il ritrovamento del cadavere. Restava da capire chi fosse l'uomo: disgraziatamente, ho potuto appurarlo soltanto a distanza di venti anni».

Laudario tacque, sul viso l'ombra di un tormento che lo aveva angustiato per un paio di decenni ma non l'aveva vinto. Bontà cercò con la mano il pacchetto delle MS che stava accartocciato in un angolo del divano: emise un prolungato borbottio, accorgendosi ch'era vuoto.

«E allora?» domandò, esortando il collega, adombrato dai pensieri. Laudario alzò lo sguardo verso di lui, uno sguardo velato di amarezza e indicò con l'indice l'individuo al centro della foto.

«Guarda tu stesso, guarda con attenzione e vedi se ti ricorda qualcuno».

Sebbene riluttante, Bontà posò nuovamente lo sguardo sull'oggetto; ne studiò i margini, le sfumature, si soffermò a lungo sui caratteri femminili per poi concentrarsi sull'uomo. Fino a quando, esterrefatto, si precipitò a cercare una lente d'ingrandimento e ripercorse ogni singolo tracciato all'interno della inquadratura. Allora esclamò, la voce quasi strozzata per la sorpresa:

«Mi venga un accidente!».

«Lascia perdere» commentò ironico Laudario. «Alla nostra età meglio non evocare».

Ma l'altro si era già lanciato a capofitto nell'intreccio del capoverso giuridico appena citato, cogliendo al volo l'insinuata similitudine.

«Loris Varelli!» ululò per ricadere pesantemente tra le morbide sfere del canapè.

«Loris Varelli» gli fece il verso l'ex poliziotto. «Oggi, dovresti saperlo, è un fotografo piuttosto affermato».

Bontà si grattò la pelata e si asciugò con il dorso della mano la fronte madida di sudore; nonostante gli indubitabili effetti del climatizzatore sul caldo incombente, l'emozione esigeva i suoi costi. Continuò a fregarsi testa e nuca sino a che, repentinamente mutando espressione, notificò al collega investigatore il ritrovato scetticismo.

«Questo, però, caro il mio Laudario, non prova una beata minchia!».

«Ma la coincidenza è sorprendente, non trovi? Se poi ci aggiungi le circostanze in cui le due ragazze, a distanza di pochi anni, hanno trovato la morte, lo strumento, identico, adoperato dal carnefice per compiere entrambi i crimini, l'inappuntabile metodicità con cui il killer ha sepolto ogni più labile traccia del suo operato: beh, io trovo che le similitudini si facciano alquanto sbalorditive».

A ricusazione avvenuta, Laudario fu attratto dalla vista di un acquarello, raffigurante un corpo separato di netto dalla testa, che gli ricordava uno schizzo di Dalì.

«Lo ha dipinto un amico magistrato, innamorato del simbolismo. Dovrebbe raffigurare, a sentir lui, l'Italia di oggi, un corpo sfilacciato, le membra divise e senza più la testa».

«Toga rossa, eh?».

«Senti, Laudario, non divaghiamo. Che me stavi a di' di quel tizio, Varelli?».

«Che ovunque ti giri, te lo ritrovi tra i piedi» concluse lapidario il poliziotto in congedo.

«Due fatti di sangue, due esecuzioni cruente e inspiegabili, stessa intelaiatura, stesse modalità, nessun movente, nessun colpevole. In entrambi i casi, un nome che ritorna, una traccia vaga, un'ipotesi labile ma la sola di cui disponiamo. Loris Varelli era il partner di Stefania Mannini, la persona che più di altri a lei si accompagnava, prima che la ragazza fosse assassinata; Varelli *si trovava a Torino*, nei giorni precedenti il delitto Alderisi e una foto prova – inconfutabilmente, ora possiamo ben dirlo – che conosceva e frequentava Gabriella e la sua amica del cuore, Dominique Tagliavini».

Bontà continuava a inspirare avido da un mozzicone di sigaretta.

«Non prova un cazzo, commissario, e tu lo sai meglio di me» squittì il giudice, senza peli sulla lingua. «Se vuoi il mio parere, non hai in mano un accidente di niente. Sei fuori dai giochi, Lauda'! Hai la pretesa di indagare su un caso interrato vent'anni fa, fai leva su un paio di somiglianze che si reggono con lo sputo; rispolveri reperti contraffacendoli con trucchetti al computer, contravvieni palesemente il codice interrogando testi fuori da ogni procedura legale autorizzata; e, *dulcis in fundo*, vieni a cena a casa di un pubblico ufficiale in servizio permanente attivo per tentare di estorcergli indebitamente informazioni».

«Mi occorrono la tua solidarietà e la tua assistenza, Giuso» disse il poliziotto, per nulla intimorito dal verdetto del giudice. «Non ho la presunzione di disseppellire verità nascoste, né di riesumare casi archiviati; vorrei soltanto tentare di ricomporre gli anelli di una catena spezzata, un esercizio che, per me, vale il significato di una vita intera».

Bontà, che in fondo era stato sempre ammirato dalla tenacia e dall'onestà morale di quel vecchio funzionario, tossì rumorosamente di commozione, si ricompose a fatica e, recuperato l'accendino, lo sfregò fino a che la fiammella non fu sufficientemente alta e potente da incendiare il tabacco pressato nella sottile lingua di carta che ostentava gaudente tra le labbra.

«Va bene, commissario» disse, dopo aver aspirato un bel po' di fumo. «A disposizione. Dimmi pure cosa posso fare per te».

Il cielo là fuori cominciava a vestirsi dei colori del nero di una notte tardiva. Laudario diede un'ultima occhiata oltre ai vetri, allietato dall'oscurità in arrivo, lui così perdutamente crepuscolare e, per natura, avverso alle interminabili fluorescenze di quella parte di emisfero equinoziale.

«Potresti darmi, per favore, l'indirizzo di un buon albergo, non tanto decentrato e abbastanza economico?».

Venti

Anche quella notte dormii male: o meglio, non mi riuscì di chiudere occhio. L'immagine di *lei* mi perseguitava. Adesso sapevo che *la stavo cercando*: e altro non attendevo, se non che *lei* si mostrasse ancora, severa come una punizione, malinconica come i miei pensieri. Nemmeno più distinguevo, nel farsi luce dell'ombra, il margine tra il sonno e la veglia, tra la realtà e il sogno, la sera e il mattino; lo spazio intorno a me non era che un fondale, un trasparente illusorio che faceva del tempo una congettura tutta interiore.

Così cresceva in me l'ansia di *ritrovarla*. Perché Dominique era *l'immagine*, quella che inseguivo da sempre, la sola che avrebbe dato figura alla mia perenne ricerca di senso.

Tutti i miei ricordi più belli erano svaniti dietro il volto di mia madre, di mio padre, di Giulia, dei tanti che avevo incontrato, delle donne che *mai* avevo amato: e tutti quegli anni andati, altro non erano se non lampi, brevi interludi di luce nel buio pesto dell' esistenza.

Cominciavo a sentirmi come un piccolo Bartleby di provincia, raggomitolato in un angolo inconsapevole di mondo, chiuso in una sorta di inerzia suicida. Ero vissuto come l'Estragone di Beckett, nell'attesa inerte che un Godot qualunque aspirasse a diventare la mia stessa nemesi.

Quella mattina, il Professor Aldebrandi lasciò nuovamente il Distretto, alla volta di Nizza, dove sarebbe stato ospite di un collega d'oltralpe per una breve vacanza costiera. Allo stesso modo, il colonnello Zurlan mi anticipò le ragioni che lo avrebbero di necessità tenuto lontano da Ferrara durante il fine settimana.

«Ho già allertato Pomelli, il giovane caporale che hai conosciuto al tuo arrivo qui, perché durante la mia assenza tu possa far capo a lui per ogni necessità» si premurò di farmi sapere il mio vecchio compagno di scuola. «È già antipatico che io sia costretto a lasciarti solo, seppure per breve tempo; sarebbe imperdonabile che qualcosa, in mia assenza, venisse a turbare il tuo soggiorno al distretto. Mi sento completamente responsabile della tua tranquillità e del tuo necessario recupero».

«Andiamo, Alessio!» protestai. «Non sono un bambino».

«D'accordo, d'accordo. Ma con quello che stai passando, ogni minima precauzione mi sembra doverosa».

Preso congedo dai miei sodali, trascorsi metà della giornata a girovagare inerte per le strade della città. Fu solo nel tardo pomeriggio che mi decisi a fare ciò che *dovevo* ma non avevo ancora trovato il coraggio di fare. Rientrato nella mia stanza al Distretto, accesi il computer e creai una nuova cartella che chiamai "Dominique", per esorcizzarne il demone; vi inserii le foto scattate in Via delle Volte, il giorno in cui il "fantasma" continuava a apparirmi davanti all'obiettivo, per poi smaterializzarsi "nella realtà". Quelle immagini inoppugnabili, avrebbero fugato ogni apparenza, nel mostrare Dominique per ciò che era: una *presenza reale*, non la proiezione virtuale del mio inconscio malato. Cosicché selezionai con estrema cura il materiale, disponendolo a seconda dell'uso cui lo avrei destinato. Perciò fu comprensibile lo smarrimento, il senso di definitivo abbandono in cui mi lasciai cadere, quando mi accorsi che di *lei*, in nessuna di quelle foto, non sussisteva la benché minima traccia.

Tra le arcate dell'antico percorso cittadino, nei vicoli stretti pervasi dai fumi e dagli odori di cucina, Dominique semplicemente *non c'era*. Restavano le immagini delle case, dei pertugi adibiti a officina, degli angoli rarefatti nell'inciso della grana fotografica.

Mi sentivo perduto, disperavo persino di essere vivo; d'altro canto, non volevo darmi per vinto. Nel tentativo estremo, folle, di stanarla tra le pieghe recondite della foto, elaborai tutto ciò che la tecnica digitale applicata all'elettronica mi consentiva, affinché ogni singolo *frame* venisse dilatato, sezionato, deformato. In un succedersi di microscopici dettagli, la realtà mi mostrava il suo inedito: un balconcino intravisto sopra un angolo chiuso da una finestrella rotonda, un davanzale decorato da gramigne esposte a un'ipotesi di luce; persino il volto interrogativo di un anziano inserviente, colto al riparo di una grata ritagliata nel muro, dall'angolo cucina di un'osteria. Ma della ragazza dei miei incubi neppure l'ombra.

Non restava, dunque, che una sola verità: stavo lentamente impazzendo e mi trascinavo smemorato nel deliquio dei sensi, verso il baratro che mi attendeva.

Quando suonò al citofono dello stabile di Via Roberto Scott, un'anonima strada romana a una spanna dal quartiere Ardeatino, Gianni Laudario doveva nutrire ben poca speranza che ci fosse qualcuno a rispondere. Fu sorpreso nel sentire quel ritorno metallico dalla griglia acustica sotto alla pulsantiera, che anticipava un suono artefatto di voce maschile.

«Sì, chi è?».

Sulle prime pensò che fosse un domestico, non voleva credere che il proprietario fosse in casa, invece che altrove a godersi la vacanza. Esitò un poco, prima di porre la domanda.

«Il signor Varelli?».

All'altro capo, solo un respiro interdetto: ripeté la domanda e un sibilo agitò l'interfono. La voce divenne secca, aspra.

«No. Sono... Un amico. Chi lo cerca?».

Il commissario aveva da tempo acquisito un'abilità pratica, una sistematica capacità di adattarsi alle circostanze e, in pochi secondi, distrarre gli imprevisti.

«Mi chiamo Laudario. Sono un giornalista. Giorni fa mi ho preso contatto con il signor Varelli per un'intervista».

Seguì un prolungato silenzio; avvertiva un respiro intermittente, leggero.

«Loris non c'è, è fuori per una vacanza».

Laudario fece nuovamente appello alle sue risorse di esperto detective.

«Accidenti, un vero peccato. Beh, dovevo aspettarmelo, non è che avessimo fissato una data per il nostro incontro. Ora, però, sarà un problema: la rivista per la quale scrivo aveva in preparazione uno "speciale", che rischia di andare a monte. Saremo costretti a rinviare di almeno un mese e ai primi di settembre c'è quella mostra a Parigi…»

«E io che posso farci?» replicò la voce, senza scomporsi.

L'ex poliziotto non ebbe esitazioni.

«Era una cosa concordata con Loris; probabilmente se ne è dimenticato ma se non lo rintraccio in fretta lui stesso se ne avrà a male».

Tacque un istante, per poi affondare:

«Non è che lei potrebbe dirmi dov'è? O, quantomeno, darmi un recapito telefonico?».

Vi fu ancora silenzio: il commissario si sporse un poco all'indietro e guardò in alto, verso le finestre dell'ultimo piano, che sembravano serrate. Il citofono ricominciò a gracchiare e lui accostò nuovamente l'orecchio.

«Senta, non che abbia problemi a darle ciò che desidera ma chi mi assicura che lei sia effettivamente ciò che dice di essere? Loris è geloso della sua privacy, tende a non fidarsi. A me lascia spesso un doppione delle chiavi, quando si allontana per qualche tempo, perché dia un'occhiata all'appartamento, alle sue piante».

Il commissario si chiese perché il tipo fosse diventato all'istante così prodigo di inutili precisazioni. A lui premeva soltanto di ottenere quel che gli occorreva; decise di prenderla alla larga.

«Sì, capisco, signor…?».

«D'Arrigo».

A Laudario parve che quel nome fosse stato inventato di sana pianta.

«Comprendo bene il suo imbarazzo, signor D'Arrigo. Però, se può concedermi un attimo del suo tempo o soltanto affacciarsi un istante al balcone, le mostro la mia faccia e anche il tesserino dell'ordine».

Improvvisava, menando dettagli incongrui in tempo reale, per non insospettire l'interlocutore. Fece qualche passo indietro, abbandonò lo stretto marciapiede a ridosso dell'edificio e si trovò dall'altra parte della strada, vicino alla staccionata che delimitava il parco. Alzò la testa verso le estremità del palazzo e non vide nulla. Un'auto solitaria transitò in quel momento, profumando l'aria di gas metano. Laudario tossì e dovette precipitarsi sul lato opposto, perché il citofono aveva ripreso a stridere.

«Va bene, va bene» stava dicendo la voce, con tono di pacata disapprovazione. «Ascolti, signor...». Lui ripeté il suo nome. «Signor Laudario. Non è per sfiducia, ma è che proprio non posso. Oltretutto mi chiedo perché, se la faccenda era così importante, lei non abbia già avuto il numero dal mio amico».

«Fa' niente, signor D'Arrigo» si rassegnò Laudario. «Cercherò di fare altrimenti. Scusi il disturbo e buona giornata».

Il commissario si chiese chi mai fosse quel tizio: non certo un malintenzionato, non si sarebbe preso la briga di rispondere al citofono. Magari si trattava davvero del signor D'Arrigo, l'amico fidato cui l'artista era solito concedere le chiavi di casa: ma l'idea non lo convinceva più che tanto. Ad ogni buon conto, fece dietrofront e risalì il marciapiede sino alla Chiesa di via Nallino e proseguì oltre, in direzione dei portici di Piazza dei Navigatori; traversò la strada e raggiunse la fermata dell'autobus che lo avrebbe ricondotto nel centro della città, attraverso l'ultimo tratto della grande arteria che porta il nome di Cristoforo Colombo.

Non appena lo sconosciuto, presentatosi come il giornalista Laudario, si congedò da lui, l'uomo corse alla porta finestra del salotto di casa Varelli, aprì piano le imposte e si accovacciò per sbirciare la strada, senza timore che l'ignoto visitatore dalle spalle diritte e l'andatura un po' molle, che si stava incamminando verso il crocevia tra via Scott e via Guidi, potesse vederlo. La luce violenta del primo meriggio colpiva le inferriate e bruciava sul ferro della canna fumaria. Non gli pareva di aver mai veduto quel tale e ripensò che, da parte sua, era stato davvero ingenuo ad accorrere al suono del citofono. Si discolpò pensando che non c'era una vera ragione per non farlo, dal momento che almeno un paio di persone lo avevano visto entrare nell'appartamento: un'anziana coppia di coinquilini, peraltro assai discreti, che raramente si assentavano da casa.

Si grattò il petto nudo, lamentando una maleodorante sudorazione ascellare. Andò in cucina a prepararsi un tè caldo, a suo dire unico efficace antidoto alle veementi calure. Maledì, a mezza voce, quel dissennato, letargico fotografo che non aveva la minima cura di procurarsi il necessario per mantenere l'appartamento almeno in uno stato di decenza. Versò di mala grazia la bustina anonima nella brocca d'acqua bollita e si riempì il bicchiere di quella broda qualunque, con tutta probabilità insapore: non c'era di meglio, bisognava rassegnarsi. Una nenia reiterata, lamentosa lo raggiunse dalla camera da letto, titillandogli i nervi. Imprecò e, *lento pede*, si trascinò verso l'alcova, dove una bionda procace si dimenava nel letto, sbuffando proteste.

«Allora?» protestò la donna, dichiarando un accento dell'Est europeo. «Finalmente ti sei deciso a tornare. Chi era il rompiballe?».

La bionda stirò il corpo flessuoso parzialmente coperto dalle lenzuola e fece per accendersi una sigaretta. L'uomo reagì con veemenza, strappandole di mano la "gitane" e gettandola in terra. Lei, una venticinquenne formosa, si drizzò furibonda sulla schiena, e lo insultò nella propria lingua.

«Oh, ma che sei impazzito?».

«Ti sei bruciata il cervello? Ti ho detto che non voglio che fumi, qua dentro!».

La slava alzò le spalle, scoprì un seno perfetto e atteggiò il volto roseo a un'espressione cattiva.

«Ma se qua è tutto una puzza di fumo!».

Lui le si avvicinò irritato e la guardò con malanimo.

«Tu fatti gli affari tuoi e fai come ti dico io».

La giovane mugugnò un poco, affondando la testa nel cuscino. Lui la sentì ridere e vide il suo corpo agitarsi tra le lenzuola, mentre distendeva le gambe e con le dita dei piedi andava a strofinarli la patta dei calzoni. Un sorriso ironico, di sfida, lumeggiò tra le labbra sensualmente atteggiate.

«Non vuoi mica litigare, adesso?».

L'uomo, benché eccitato, manteneva un atteggiamento di rimprovero.

«Tanja, te l'ho detto mille volte, non dobbiamo sfidare la fortuna».

Lei gli lanciava sguardi inequivocabili.

«Ma quale problema, tesoro? Sanno tutti che stai a Roma per lavoro, anche tua moglie è convinta; sanno tutti che c'hai le chiavi della casa di Varelli e che lui è contento se, quando è via, vieni a dare un'occhiata».

«Dobbiamo stare attenti, noi due» ripeté lui, piegandosi un poco in avanti, scosso da qualche fremito di piacere. Avvertì un suono sordo, una lontana vibrazione, da qualche parte all'interno dell'appartamento: con la mano bloccò la caviglia della donna, per inibirne il pericoloso movimento ondulatorio.

«E sta ferma un attimo!» le intimò, di colpo inquieto. Lei lo guardò infastidita: l'uomo si lanciò nel corridoio, le orecchie tese a identificare la provenienza di quel suono che si faceva sempre più acuto man mano che lui si avvicinava al salotto; infine, si ricordò di aver sotterrato il cellulare tra blocchi di filtri e negativi sopra il tavolo della sala da pranzo. Riuscì a rispondere alla chiamata, appena in tempo.

«Massimo, dove ti eri cacciato?» cantilenò una voce femminile. Massimo Cavalieri buttò fuori un respiro profondo, prima di giustificarsi.

«Giulia, come va? Scusami, sono a casa di Loris. Ero in terrazzo per dare acqua alle piante e non avevo sentito il cellulare. Sai che stasera ho un appuntamento di lavoro da queste parti».

La risposta fu soffocata da un sibilo che aumentava di intensità. Massimo allontanò d'istinto il telefonino dal padiglione auricolare.

«Perdona cara, ma sento malissimo. Come stanno i ragazzi?».

«Amore, sono in spiaggia e il segnale va e viene. Tutto bene, comunque. E tu?».

Dal tono, a Massimo parve che la moglie non fosse del tutto sincera.

«Bene, bene» biascicò, di rimando.

«Quando pensi di raggiungerci? Sono un po' preoccupata per Loris; il suo cellulare è sempre spento. Tu, per caso, hai notizie?».

Rispose svogliatamente. La comunicazione, che andava a singhiozzo, finì per interrompersi. Massimo Cavalieri guardò il telefonino con odio, poi lo gettò sopra il divano, stizzito. Ci mancava anche Giulia a mandargli in vacca la festa, con la scusa dello stramaledetto fratello! Al diavolo lei e quella specie di protesi di una macchina fotografica! Potevano sposarsi tra loro, se proprio non potevano fare a meno l'uno dell'altra. Un lamentio molesto salì a cantilena dal boudoir.

«'fanculo pure te, scema di un'ucraina».

Ventuno

Si era messo a vagare tranquillo per la città eterna, nell'ora che volgeva al crepuscolo. Gli piaceva camminare in su e in giù, senza meta, mettendo in ordine le idee. S'attardò sul crinale della sera, nell'attimo in cui il cielo si tingeva di viola, preludio all'evanescenza della luce.

Giunse a Piazza Farnese sul diradare del giorno; dileguatasi tra nubi incipienti l'aura infuocata del sole al tramonto, la piazza stessa e i dintorni cominciavano a riempirsi di vocianti comitive umane. Gianni Laudario stette a lungo in contemplazione di ciò che lo sguardo aveva la fortuna di accogliere; nelle orecchie risuonava ancora l'eco della voce inviperita della figlia Chiara.

«Ma ti rendi conto, pa'? Ti sei impazzito? Io ti conosco bene: ti sei innamorato di questa idea pazzesca e adesso non molli».

Aveva dovuto arginare quel fiume in piena, spiegare come stavano realmente le cose. Ma non c'era stato verso di convincerla.

«Se la mamma fosse stata viva, te le avrebbe cantate lei, ti avrebbe certamente dissuaso».

«Chiara, vuoi starmi a sentire?».

Aveva provato a mettere in chiaro le sue opinioni, a nudo la sostanza delle sue scoperte, ciò che davvero si riprometteva di ottenere, ma senza risultato.

«Papà, guarda che se sei intenzionato a andare fino in fondo con questa sciocchezza, succeda quel che succeda, non contare sulla mia approvazione. Ti voglio bene, ti ho sempre ammirato, ma ora, credimi, vederti ammattire a questo modo, mi sconvolge».

Forse Chiara aveva ragione, quella che al solerte commissario pareva essere la verità, quella verità vanamente rincorsa da una vita, era solo *la sua verità*, o una mezza verità. Ma come farle intendere cosa avrebbe significato per lui? Ci stava provando, aveva tentato di aprirle il suo cuore, una volta di più.

«Chiara, ascolta: è solo una possibilità, probabilmente l'ultima prima della resa definitiva. L'ultima sigaretta non si nega al condannato. Sai bene che quella storia è stata un chiodo fisso per me, ne parlammo a lungo anche con tua madre. Forse non è del tutto vero che Betta avrebbe disapprovato, credo che sarebbe stata felice di vedermi così entusiasta, dopo tanto tempo».

«Entusiasta di cosa, papà?» si era ribellata Chiara. «Ma se in mano hai poco più che niente?».

Era rimasto colpito da quelle parole, ci aveva pensato su prima di obiettare.

«Quanto credo di aver scoperto e quanto ancora mi rimane di scoprire, resterà un fatto privato. Serve a me e alla mia coscienza. È il dettaglio che manca, l'anello di una catena che si rinsalda. Ed è tutto quel che mi resta per godere finalmente di un esilio sereno, in pace con me stesso e con il mondo».

«So quanto ti sia costato ammettere la sconfitta» era arrivata, puntuale, la smentita. «Dal momento che credo di conoscerti come le mie tasche, non posso immaginarti felice se non quando avrai consegnato alla giustizia *il* colpevole, anche dopo un secolo. So che speri così di attutire il tuo dolore e quello di coloro che hanno atteso per anni, inutilmente, che fosse fatta giustizia. Ma non voglio pensare che questo legittimo desiderio ti trasformi in un ottuso carnefice, persuaso che una contorta teoria diventi sentenza».

Chiara aveva concluso l'arringa con un monito.

«Ti scongiuro, pa'! Non ostinarti nel voler riesumare i morti, non ti porterà bene».

Forse era proprio ciò che lui sperava, forse la sua "bambina" non aveva torto. Ma, in quel momento, Gianni Laudario, il poliziotto, non poteva fermarsi. Non è del tutto vero, pensava, che il tempo lenisca le ferite: *quella* era rimasta aperta e non la smetteva di lacrimare. L'angoscia era cresciuta, come un male incurabile tormentandolo per giorni e notti. Il ricordo di quelle ore, dei volti, tutte le immagini sparse del calvario gli venivano addosso come grandine sulla testa.

Che restava, al dunque, di Dominique, di Gabriella, dei loro affetti, delle loro speranze? A cosa stava pensando proprio ora, Monica Tagliavini, di tanto in tanto gettando lo sguardo su quella foto triste, dove la figlia si sforzava di sorridere? Che ne era stato di una ragazza diversa dalle altre, estranea alla vacuità del mondo?

E che andava rimuginando Giacomo Alderisi, mentre stancamente trascinava una sedia per paraplegici con sopra il corpo inerte della moglie, quel corpo assente che gridava inascoltato il proprio dolore?

Il rintocco di una campana lo distolse dalle meditazioni. Abbassò un poco lo sguardo, che era restato appeso alle fenditure di un cielo limpido e stellato, e li vide seduti su un tavolino di un bar all'aperto; anche loro lo avevano notato, uno dei due si era sporto per osservarlo meglio e aveva ammiccato all'altro, in un gesto d'intesa. Laudario si chiese dove li avesse già veduti: sfregò le meningi, sino a quando la memoria non si riaccese.

Probabilmente fu la giacchetta di canapa rosa confetto, abbinata a pantaloni a maglie strette di improbabile tonalità fucsia a farglielo identificare come quel giornalista di nera che, se non ricordava male, si era dato in tempi recenti al più sfacciato dei gossip. Qualcuno li aveva presentati a Torino ma non ricordava chi, né la circostanza.

La faccia quadrata, dai lineamenti irregolari che era con lui, doveva appartenere alla stessa categoria.

«Commissario, si ricorda di me? Mi chiamo Roberto Miceli, faccio il giornalista. Ci siamo incontrati a Torino, in più di un'occasione; lei era un detective piuttosto famoso, a quel tempo».

Ricordava, ricordava sempre meglio ed erano ricordi affatto sgradevoli; quel tipo si era sempre dimostrato infido, con quei modi da gigolo malavitoso che non gli riusciva di dissimulare.

«Questo è Giampaolo Costa» proseguì Miceli, indicando il suo compagno di tavolo, che si protese a stringere la mano di Laudario.

«Costa è un valoroso collega che si occupa di finanza».

Il commissario ricambiò senza entusiasmo i saluti e Miceli lo pregò di sedere al loro tavolo, invito che Laudario accettò malvolentieri, per non apparire scortese. Il freelance fece schioccare le dita per richiamare l'attenzione del cameriere, un ragazzo riccioluto che Miceli squadrò con occhio malizioso. Laudario ordinò una bibita analcolica.

«Che cosa la spinge a Roma in questa stagione, commissario?» domandò il giornalista.

Il poliziotto riferì puntualmente il vero motivo della sua presenza nella capitale. Né ebbe poi a pentirsene, perché alle sue parole i due gazzettieri strabiliarono, guardandosi palpitanti negli occhi.

«Commissario, che stupefacente coincidenza» esclamò il freelance, infervorato.

«Non ci crederà, ma Giampaolo ed io abbiamo gustose novità al riguardo».

Si davano di gomito, ridacchiando e Laudario intuì, dietro al disgusto che l'individuo a pelle gli provocava, di essere sulla pista buona. Sentiva di aver violato ogni più elementare codice deontologico, ma si fece subito assolto: perché dalle rivelazioni del Miceli comprese che stavolta aveva davvero fatto centro.

Ventidue

La corriera navigava a velocità di crociera verso il litorale eroso dalla salsedine e dalla schiuma del mare che, appena mosso da un alito di vento, si infossava a riva nella sabbia rovente. A metà pomeriggio, il cerchio rosso e giallo del sole gonfiava l'orizzonte di macchie dorate. Laudario mosse appena gli occhi, al riparo dietro lo schermo di lenti polarizzate e guardò fuori dal finestrino, contuso da una luce così fitta e incolore da sembrare nebbia.

Considerò che non era mai stato a Sabaudia prima di allora; un istante dopo, invece, si ricordò di un'estate in cui aveva fatto tappa in quei paraggi, per compiacere la moglie Elisabetta che avrebbe percorso centinaia di chilometri pur di sdraiarsi sulla sabbia a essiccare al sole.

Scese dalla corriera e si guardò per un po' intorno, disorientato. Malgrado del posto non avesse praticamente memoria, avvertì netta la sensazione che tutto fosse comunque cambiato, il lungomare, la spiaggia, le villette a schiera lungo la dorsale litoranea. Si massaggiò le tempie e il cranio, prima di calarsi sulla testa un panama sdrucito. Si tolse la giacca e se la gettò sulle spalle; rimboccò le maniche della camicia che annusò, imbarazzato dall'inevitabile ristagno di sudore.

L'indicazione della villa gli era stata fornita da quel demonio del Miceli: come il reporter ne fosse venuto a conoscenza era un dettaglio del tutto trascurabile. Si concentrò sui segni di biro che aveva tracciato sopra un foglietto di carta ruvida e mosse convinto in direzione di una collinetta a forma di quadrilatero, che dava a strapiombo sul mare.

La residenza estiva dei Cavalieri / Varelli era davvero sontuosa. Una cinta muraria in mattonato rosso separava la costruzione dalla strada; attraverso le sbarre di ferro del cancello d'ingresso si intravedeva un giardino all'inglese con le siepi adeguatamente livellate.

Lassù i rumori si attenuavano e la festa dei colori e delle voci del lungomare scemava in un mormorio indistinto.

Laudario premette l'indice sul citofono al lato dell'inferriata e lasciò trascorrere un minuto buono senza ottenere udienza. Riprovò una seconda volta, con analogo responso.

Al terzo tentativo stava per desistere rassegnato quando, finalmente, vide sopraggiungere di gran lena, dal lato del giardino dove lumeggiava una larga piscina ovale, una donnina magra e nervosa, di età indefinibile e provenienza asiatica, che agitava nella mano guantata un paio di forbici da potatura.

«Chi vuole lei, per favore?» domandò mentre squadrava il nuovo arrivato, da capo a piedi.

«Mi chiamo Laudario. Sono della polizia giudiziaria».

A garanzia di quanto appena affermato, il commissario fece sventolare il distintivo che, insieme alla pistola di ordinanza, aveva omesso di riconsegnare al momento del congedo.

«Chi desidera?».

«Vorrei parlare con la signora Cavalieri. È cosa di pochi minuti».

La donna si acciglò alla vista dell'identificativo e arretrò sospettosa.

«Signora non è in casa. Lei ha mandato?».

«No, però la mia visita non ha nulla di ufficiale; vorrei soltanto fare un paio di domande alla signora, in tono strettamente riservato».

La domestica rifletté a lungo sulla scelta da operare: il suo occhio vigile restava incollato al distintivo del funzionario. D'improvviso, sembrò rabbuiarsi.

«Capitato qualcosa a dottore Cavalieri?».

Il commissario ci mise un po' a trovare la risposta; forse tutta quella luce e quel caldo lo stavano affaticando.

«Oh no, per carità, niente del genere! Non c'è proprio nulla di cui allarmarsi, mi creda: ho solo bisogno di scambiare due parole con la signora».

La governante tornò ad assumere un'aria di diffidenza.

«Ha appuntamento?».

Cominciava a sentirsi fuori luogo, una sensazione che lo accompagnava ormai da diverso tempo; però, si dava conforto pensando che quella fosse una tappa obbligata per poter tagliare vittoriosamente il traguardo.

«Purtroppo no, le dicevo appunto che la mia è una visita informale. Prometto che non ruberò alla signora che pochi minuti del suo tempo».

La donna, alla fine, cedette. Gli fece cenno di attendere, indietreggiò di qualche metro, trasse di tasca un cellulare e, composto un numero di sole quattro cifre, cominciò a parlottare freneticamente.

«La Signora aspetta in spiaggia. Lei viene con me. Da questa parte, prego».

La filippina lo scortò sul retro della villa; ripiegata sulla roccia che digradava verso un angolo di costa, una lunga gradinata scendeva a valle, attraverso un sentiero lastricato che si faceva largo tra piante e arbusti. Scrupolosamente pedinato dallo sguardo scettico di quella piccola mantide orientale, il commissario cominciò a scendere verso la spiaggia.

Si fermò a metà percorso e guardò il mare, una tavola di onde pacate che fugaci lambivano quella costola di litorale, per spegnersi sulla sabbia. L'aria era gravida di iodio e calore; a Betta quei profumi non sarebbero dispiaciuti. Per un attimo, gli sembrò di avvertire l'odore del corpo di lei e venne assalito da un senso di vertigine. Chiuse gli occhi, sopraffatto dal peso insostenibile della sua assenza. Guardò in basso, cercando di scrollarsi di dosso la dolorosa zavorra.

Vide l'angolo di spiaggia appartato, una piccola ansa scavata su una gobba rocciosa sospesa tra cielo e mare: un lembo nascosto di minutissima sabbia, un cerchio magico, isolato da una barriera di canneti disposti a schiera, che formavano un reticolo a difesa di occhi indiscreti. Appena al di là dell'esclusivo anfratto, il commissario poteva scorgere movimenti frenetici e divertiti, udire il chiassoso richiamo dei ragazzi che si inseguivano rumorosamente sul bagna-sciuga, gli spruzzi d'acqua e il tramestio degli ombrelloni e delle sdraio che si aprivano e chiudevano. Al di qua del recinto di canne, invece, l'atmosfera pareva irreale. Riprese la discesa e indugiò sugli ultimi gradini che lo separavano dalla meta.

Aveva presto notato il flessuoso dorso femminile disteso al sole sopra un grande telo azzurro: una giovane donna, in topless, la testa reclinata da un lato, godeva dei laboriosi massaggi di un atletico accompagnatore, chino su di lei. Poco più avanti, in prossimità della riva, un robusto maschietto e una ragazzina dai capelli chiari, si trastullavano in ozi virtuali; lo sguardo calamitato dai display dei cellulari, muovevano inesausti e veloci le dita sui tasti; solo di tanto in tanto alzavano gli occhi verso l'acqua del mare che, in quel punto, incespicava sulle fenditure di uno scoglio. Malgrado fossero praticamente appiccicati, parevano l'un l'altro volontariamente ignorarsi.

Non appena Laudario affondò l'infelice scarpa di cuoio nero sul manto sabbioso, un cumulo di sguardi incuriositi si posò su di lui. La donna alzò la testa mostrando stupita l'occhio smeraldino e pungente, mentre una ciocca di capelli corvini le ricadeva sulle ciglia conferendole un aspetto sensuale; Laudario ne venne all'istante folgorato. Contenendo un principio di imbarazzo, si fece incontro alla coppia; lei si accovacciò sulle gambe affusolate, rivelando un nasino lievemente ricurvo sulle nari dischiuse e un principio di seno che si coprì pudica con la mani. L'uomo schizzò in piedi, come punto da una vespa e fece mostra di sontuosi bicipiti; i folti capelli neri, cominciavano a ingrigire sulle tempie. Quanto ai ragazzi, loro pure si erano girati, per un attimo abbandonando le pratiche di telefonia elettronica e fissavano il funzionario della Giudiziaria senza espressione. Laudario fece un goffo gesto di saluto con la mano, facendosi avanti.

«Per cortesia, si tolga scarpe e calzini» grugnì il bell'attempato, in tono minaccioso. Il commissario si bloccò, il piede gli restò a mezz'aria, nell'atto di concludere il passo. Superata l'impasse, si risolse alla totale obbedienza. Sfilò i calzini e li aggomitolò ognuno dentro l'apposita calzatura. A piedi nudi, dentro di sé dolendosi delle vesciche, si fece avanti.

«Buongiorno. Mi chiamo Gianni Laudario» si presentò, sventolando l'abusato distintivo.

«Sono un commissario della Giudiziaria».

L'avvenente muscolato guardò distrattamente la consumata patacca che l'intruso aveva fatto svolazzare a mo' di sfollagente e si girò verso la donna, che era rimasta a osservare in silenzio l'arrivo dello sconosciuto.

«Dovete perdonare il disturbo che vi arrecherò: prometto che sarà cosa breve. Desidererei parlare un momento con la signora Cavalieri».

Laudario allungò l'occhio verso la bella signora che, nel frattempo, aveva pensato bene di recuperare il suo reggiseno.

«Immagino che lei sia il signor Massimo» disse, rivolto al massaggiatore e istintivamente protese la mano per stringere la sua. Dietro di lui si levò, allora, un'arrochita melodia.

«Immagina male. Mio marito è a Roma, trattenuto da impegni di lavoro».

Quando la vide meglio, in piedi al fianco del suo partner occasionale, al commissario lei parve ancor più seducente. Giulia Varelli aveva un viso dai tratti irregolari, nervosi, intriganti almeno quanto il tono della voce; non sembrava eccessivamente seccata dalla presenza del poliziotto, piuttosto un velo di preoccupazione le incupiva il profilo ingentilito dal taglio eccentrico della pettinatura.

«Questo signore è un mio caro cugino» si premurò di spiegare. «Si è offerto di fare compagnia a me e ai miei ragazzi per il weekend. Non è vero, Claudio?».

L'uomo annuì, squadrando l'indesiderato ospite come fosse un alieno.

«Spero che lei non debba comunicarmi nulla di spiacevole» insinuò la donna, mordendosi inquieta le labbra.

«La rassicuro subito, signora» precisò Laudario. «Non porto nessuna cattiva notizia, desidero soltanto porle qualche domanda, sempre che lei sia d'accordo».

La donna si irrigidì: le si leggeva addosso una comprensibile apprensione.

«Da chi ha avuto questo indirizzo?».

Il quesito non era imprevedibile ma sortì sul poliziotto un effetto spiazzante. Per un attimo, fu tentato di dire la verità ma cambiò subito parere.

«Cara signora, non sono tenuto a soddisfare la sua curiosità. Comunque, non abbia timore: la mia presenza qui è del tutto informale».

Il prestante "cugino" stava per intervenire ma Giulia lo anticipò.

«D'accordo. Di cosa è venuto a parlarmi?».

Nel frattempo, anche i due ragazzi si erano avvicinati. Il maschio non seppe far meglio che mostrare la sua insofferenza nei confronti del commissario.

«A ma', che vuole questo?».

«Gianluigi, pensa ai fatti tuoi! Tu, Sara, per favore, occupati un po' di tuo fratello».

La ragazza si atteggiò scontrosa e mugghiò irriverente verso il consanguineo.

«Hai capito, Giangi? Vedi di toglierti dalle scatole».

Quello le rispose con un gestaccio ma girò i tacchi, brontolando sommessamente. Giulia si volse verso la figlia, che era rimasta impalata a fissare il nuovo venuto, fulminandola con lo sguardo.

«Va bé, ho capito, ma che palle, però!» sbottò la ragazzina, nell'atto di subire la stessa sorte del fratello. Giulia sussurrò qualcosa all'orecchio del cugino che annuì, tirandosi da parte.

«Va bene, commissario» disse la donna, sospirando. «Mi dica pure ciò che deve: ma le concedo soltanto pochi minuti».

Sopra di loro, la litigiosità di due grosse nubi aveva notevolmente affievolito la potenza dei raggi solari.

«Guardi bene questa foto, signora» si raccomandò Laudario, nel porgere alla padrona di casa la foto restaurata da Ravasi. Giulia restò interdetta, le sopracciglia aggrottate. Rigirò l'oggetto tra dita, lo guardò con crescente stupefazione.

«Questa persona» mormorò, puntando l'indice sul soggetto che aveva attirato la sua attenzione «... Assomiglia a mio fratello Loris».

Pronunciò il nome del fotografo con voce tremante, come se l'immagine compiaciuta del giovane Varelli tra le due amichette torinesi, l'avesse gettata nel panico.

«Oh, mio Dio!» esclamò, guardandosi intorno smarrita. «Gli è capitato qualcosa?».

«Non si agiti, signora Varelli» la rassicurò prontamente Laudario. «Io non so neppure dove si trovi suo fratello, in questo momento. Tutto ciò che volevo era una *conferma*».

«Ma allora... Questa cos'è?» piagnucolò la donna, frastornata. Si concentrò a lungo su quella strana fotografia, di cui non gli riusciva di afferrare il senso; mentre guardava, scuoteva il capo sconsolatamente. Quando la restituì nelle mani di Laudario, sembrava spossata.

«Commissario, se volesse avere la bontà di spiegarmi...» disse, fissando il poliziotto con occhi stanchi e intimoriti. A dire il vero, Laudario non sapeva da dove cominciare: si dibatteva nel dubbio se affrontare di petto la questione o lavorare ai margini, per accenni, evitando i dettagli, in modo tale da blandire la sua bella interlocutrice. Trovò a fatica le parole, descrivendo un periplo intorno al cuore del problema.

Giulia lo stette ad ascoltare, nel più assoluto silenzio, mentre narrava di delitti impuniti, di ragazze scomparse, della sua Torino. Erano rimasti in piedi, sotto un sole dapprima minaccioso, poi dimesso, infine soggiogato da nubi irascibili.

«E Loris cosa c'entra, in tutto questo?» domandò, alla fine, in un filo di voce, la sorella del fotografo.

A Laudario quella domanda parve un'implorazione, un implicito invito a fugare ogni terribile sospetto. Rivide la donna distesa sul velluto sabbioso e ripensò ad Elisabetta che si pasceva ai raggi del sole: le due immagini, per un istante, vennero a sovrapporsi, turbandolo.

«Noi pensiamo che suo fratello possa aiutarci a far luce su quei lontani avvenimenti».

«Io non capisco proprio come...» balbettò Giulia, che sentiva i nervi sul punto di cedere.

«Abbiamo, seppur tardivamente, appurato che Loris si trovava a Torino in quei giorni» la incalzò Laudario, che sentiva ricrescere dentro di sé l'istinto del poliziotto.

«Il suo nome non emerse mai dalle indagini ufficiali, eppure è evidente che conoscesse le ragazze. A quel tempo, lei e suo fratello abitavate ancora insieme: possibile che non gliene abbia mai parlato?».

«Come ha detto che si chiamavano quelle due?»

«Gabriella e Dominique».

«Mai sentite prima d'ora»

«Ne è proprio sicura?» insistette Laudario, cercando di non offenderla. «Lei era molto giovane, allora: magari Loris non veniva a raccontarle cose di una certa intimità, però potrebbe benissimo averlo sentito fare quei nomi, in casa».

Giulia Varelli lo guardò con durezza, stringendo forte le dita nel pugno; cominciava a diffidare dei modi insinuanti di quello sbirro che nascondevano una volontà inequivocabile.

«Mi sta, forse, facendo intendere che *lei* lo crede colpevole di quel delitto?».

Laudario la vide fremere di rabbia, in quel corpo fragile e nervoso da cui si sentiva attratto. Ripensò alle reprimende della figlia Chiara, che intendeva dissuaderlo dal perseverare in quell'insana detection.

«Ma che va a pensare, Giulia?» stranì, come fosse stato toccato nell'orgoglio, come fosse stata messa in discussione la sua buona fede. «Sono emersi particolari nuovi e ci troviamo costretti a valutarli. Tutto qui».

«Ma certo!» sbottò improvvisamente la signora Cavalieri. «Era a questo che si voleva arrivare. Un'accusa di omicidio, in piena regola! E io, stupida, che quasi mi lascio persuadere dalle sue maniere gentili».

«Non sia sciocca, Giulia» protestò, di rimando, il commissario. «Se fosse stato necessario, avrei potuto farla convocare d'ufficio alla Giudiziaria. Invece, sono venuto di persona, a chiederle una collaborazione amichevole».

«Ma la smetta, per favore!».

L'aitante cugino di Giulia che, su esplicito invito della sua "protetta" se ne era rimasto in disparte, mosse alla carica, sbraitando.

«Sì, ora basta davvero! Lasci in pace la signora e se ne torni da dove è venuto».

Laudario se lo trovò davanti, a dimenarsi con aria minacciosa. Il vecchio funzionario stava giocando sporco ed era perfettamente cosciente che, se scoperto, poteva essere soggetto a denunce.

«Vede, signor…» attaccò, dominando gli istinti. «A proposito, non so ancora il suo nome».

«Ferrini… Claudio Ferrini» si presentò l'altro, con voce sprezzante.

«Caro Ferrini, sa cosa succederebbe se io mi decidessi a fare sul serio?».

Bluffava, ricambiando lo sguardo tagliente del suo antagonista.

«Lei e la signora Cavalieri, se io lo richiedessi, sareste convocati, nel giro di poche ore, negli uffici della Procura di Torino: una comunicazione d'urgenza alla quale, capite bene, non potreste certo sottrarvi».

Si girò verso la donna che ascoltava preoccupata.

«La burocrazia, alle volte, è così puntigliosa. Nel vostro caso, potreste essere trattenuti con l'accusa di intralcio alle indagini e…» tornò a fissare, con aria di sfida, il baldanzoso partner della Varelli «… Resistenza a pubblico ufficiale».

Mentiva, dicendo il vero e non andava fiero di se stesso, lui sempre così attento a non infrangere il codice giuridico, a non eludere neppure la più oziosa delle dettature istituzionali.

Benché furente, Claudio abbassò lo sguardo e le penne. Giulia comprese che ogni decisione sarebbe spettata a lei e fece uno sforzo immane per ricomporsi.

«D'accordo» sospirò, cedendo alle supreme ragioni dell'etichetta.

«Se vuole seguirmi, io credo che staremo più comodi di sopra, signor Laudario».

Il commissario chinò appena il capo, in ossequio al buon senso di quella donna; non vi era dubbio che ne fosse suggestionato, la qual cosa non lo riempiva certo d'orgoglio.

Ventitre

Seduto su un divanetto rivestito da una tela di finissimo taffettà, nella penombra del salotto nel villino dei coniugi Cavalieri a Sabaudia, Gianni Laudario rischiò più volte di assopirsi. Pigramente adagiato sopra quel morbido giaciglio, cullato dalle ventilate rotazioni di una grande pala che pendeva dal soffitto, attendeva che la fascinosa proprietaria tornasse dalla doccia. Per non soccombere alla sonnolenza, decise di alzarsi ed esplorare lo spazioso soggiorno che affacciava proprio sul segmento di spiaggia dove si era calato poco prima. Lo sguardo indugiava tra le pareti della stanza e si soffermò per un poco sul volto bruno e volitivo di un uomo che sorrideva dentro la cornice di una foto, sistemata nello scomparto a vetri di una libreria.

«Lo ha evocato invano, giù in spiaggia» disse una voce roca e seducente, alle sue spalle.

«Quello è mio marito, l'architetto Massimo Cavalieri».

Nel tono aveva colto uno strascico provocatorio. Si voltò a guardarla e la salutò con rinnovato impaccio. Provava imbarazzo nell'essere, in qualche misura, attratto da lei. Giulia Varelli indossava un kimono bianco, ricamato con oscure crittografie orientali; l'esotico indumento lasciava in vista le gambe magre, perfettamente cesellate nell'incavo delle ginocchia. Anche prescindendo dall'aspetto, sicuramente invitante, qualcosa in lei di non immediatamente tangibile lo seduceva.

Giulia lo invitò ad accomodarsi, con lei accanto, sul divano: nel viso della donna si disegnava una ruga di impazienza, nell'occhio ansioso calava, come sempre, la pertinace frangetta. Giulia si portò alle labbra una sigaretta e ne allungò una al commissario. Lui protese il braccio ma subito lo artigliò, respingendo l'offerta. Scorse nelle dita di lei un tremolio nervoso, mentre sfregava il generatore dell'accendino, per ottenere la scintilla. D'istinto si protese ad aiutarla, accidentalmente sfiorandole le falangi.

«Grazie» – mormorò lei, ricambiando la cortesia con un accenno di sorriso.

«Commissario, sono a sua completa disposizione».

«Signora Cavalieri…» cominciò cauto il commissario, e subito la donna lo interruppe.

«Giulia, se non le dispiace».

«Giulia, certo» ripeté Laudario, che più la guardava più si sentiva deprivato del coraggio necessario a continuare e si trovava costretto a darsi animo. «Ho assoluto bisogno di mettermi in contatto con suo fratello e non ho la più pallida idea di dove andare a cercarlo».

«E io che ne so?» rispose lei, senza tergiversare. «Mica ci sentiamo tutti i giorni».

«Ho provato a casa sua, ho chiesto in giro: niente da fare, nessuno ne sa più nulla».

La donna rigirava la sigaretta tra le dita e, di tanto in tanto, se la portava alle labbra: piccoli gesti insicuri che mal ne celavano l'agitazione. Il commissario la osservava, a sua volta inquieto.

Durante il lungo menage coniugale e dopo la prematura scomparsa della sua Betta, non aveva mai manifestato interesse per altre donne; né ora si capacitava di quel repentino vacillare dei sensi.

«La pregherei, Giulia, di facilitarmi il compito».

«E in che modo? Io…».

«Lei deve solo rendere possibile un incontro, in privato, tra me e suo fratello Loris».

Giulia Varelli socchiuse gli occhi e smorzò la sigaretta sul posacenere; un lampo lumeggiò negli occhi smeraldini.

«Le ripeto che non so dove sia andato a cacciarsi».

«Mi perdoni, ma ho forti motivi per dubitarne» affermò il commissario, in tono risoluto.

«Facciamo così: mi dia un numero telefonico o un qualunque indirizzo dove sia possibile contattarlo».

Giulia accese un'altra sigaretta, aspirò una lunga boccata, espulse il fumo in un soffio concitato. Nuovamente schiacciò il cilindretto appena smozzicato sul posacenere e si alzò in piedi; fece un giro della stanza, tallonata dallo sguardo pressante del poliziotto.

Tornò a sedere e accavallò le gambe; l'occhio del suo inquisitore scivolò sul piede nudo, che dondolava chiuso nella ciabattina di corda indiana.

«Lei mi piace, commissario. Dico davvero: ha una faccia perbene, di quelle che si vedono sempre più raramente in giro e uno sguardo acuto, intelligente».

La lusinga, inattesa, servì a mettere Laudario in ancor maggiori difficoltà.

«Signora Cavalieri... Giulia» cominciò, tanto per sciogliersi dai nodi in cui si attorcigliava e senza avere la benché minima idea di dove sarebbe andato a parare. La Varelli lo stava osservando, il volto dorato dal sole e una grinza infida sul lembo inferiore dello zigomo sinistro, che le conferiva un'espressione disinvolta. Il commissario non ci aveva messo molto a capire che si sarebbe battuta come una furia per evitare che il fratello finisse sotto accusa.

«Mi ritengo una persona molto paziente e considero lei una donna saggia che, qualche minuto fa, mi ha espresso a chiare lettere la sua disponibilità a collaborare. Io l'ho presa in parola».

Le gentili dita rovistarono ancora nel pacchetto delle sigarette.

«Lei fuma troppo e tende a eludere la conversazione».

La sorella di Loris restò interdetta, la sigaretta pressata tra l'indice e il medio. Spalancò gli occhi che rilucevano come due minute gioie incastonate nelle palpebre e arricciò le labbra in un sorriso nervoso.

«Direi di soprassedere sui miei vizi e arrivare al dunque» ribatté sarcastica.

Intendeva di certo esasperarlo, per metterlo alla prova. Laudario cominciava a temere che la donna nutrisse più di un dubbio sulla correttezza giuridica di quella procedura così scopertamente farraginosa.

«Per la verità, mi pare di essere stato sufficientemente chiaro» dichiarò con puntiglio il poliziotto, dopo un momento di esitazione. «La mia è una richiesta elementare, utile alla riapertura di un caso drammatico, del quale si comincia, forse, a intravedere una svolta importante: una domanda semplice che richiede una risposta precisa».

«Loris non ha fatto mai niente di male, se è questo che vuole sapere».

«Non mi sono mai permesso di sostenere il contrario».

«E allora, perché...».

«Gliel'ho detto: voglio solo fare quattro chiacchiere *informali* con lui, per chiarirne la posizione riguardo alla vittima e scagionarlo definitivamente da ogni relazione con il fatto criminoso. Sappia che agli atti non c'è nulla che possa far pensare a una connessione tra Loris e quell'odioso delitto.

«Ed è proprio per scongiurare che il caso venga ufficialmente riaperto e i sospetti divengano accuse, sicuramente infondate, che è *assolutamente necessario* che io parli con suo fratello».

Giulia si sistemò ansiosa la sigaretta tra le labbra e attese che fosse lui ad accenderla. Soffiò una nuvola di fumo e cominciò a mordicchiarsi il labbro superiore; non ci voleva molto a intuire quanto difficile fosse, per lei, risolversi a una qualche decisione.

Guardò il commissario con tale intensità che lui fu costretto a svagare lo sguardo altrove.

«Mi racconti esattamente come andò a Lanzo, quel giorno maledetto».

All'inattesa richiesta, Laudario reagì con simulata naturalezza ed espose i fatti – nell'ordine del materiale di cui disponeva – concisamente, non rifiutandosi, invero, ai dettagli più scabrosi.

Lei ascoltò in rigoroso silenzio, attenta a non perdere un passaggio di quel metodico riassunto. Quando il poliziotto ebbe terminato il suo resoconto, si umettò le labbra e cavò un delicato sospiro.

«Una brutta storia» commentò, congiungendo le braccia come avesse freddo. «Come ha detto che si chiama la ragazza scomparsa?».

Glielo aveva già detto, ma glielo ripeté come fosse la prima volta.

«Dominique» ripeté Giulia, reprimendo un singhiozzo. «Poveri genitori! Chissà che pena».

Smaniava, irrequieta: s'alzò un paio di volte, girò in tondo per la sala, poi riprese posto a fianco del commissario che, invece, mostrava d'essersi completamente rilasciato. Non che fosse vero ma Laudario aveva imparato a far tacere i propri sbalzi d'umore.

«Ora, che Loris conoscesse quelle ragazze è un dato di fatto, la foto lo evidenzia in maniera inoppugnabile» disse, come rivolto a se stesso.

«Di tutta quella tragica, assurda vicenda, ci restano solo due tracce: la foto e il "fermo" di un giovanotto, in stato di evidente alterazione allucinogena, avvenuto negli uffici della Questura torinese, pochi giorni prima del delitto. Poca roba, due elementi in apparenza sconnessi e che, però, si riconducono a una sola pista, quella del fotografo Loris Varelli»

Terminata la "requisitoria", Laudario si aggiustò i baffi con un impalpabile movimento delle dita.

Giulia sembrava assente, il volto segnato dall'ansia che neppure la perfetta doratura riusciva a mascherare; tristi presagi le attraversavano la mente, quelle dolenti novità dovevano averla travolta.

«Io... Io non so davvero cosa dire» balbettò, prostrata. «Loris non aveva segreti per me e questa storia mi sconvolge».

Piegò la testa di lato, assalita da un sentimento d'ira e vergogna verso quel giudice inopportuno.

«Amo mio fratello» confessò, con le dita asciugandosi una gota su cui era scesa, impertinente, una lacrima. «Un legame inviolabile ci unisce da sempre. I nostri genitori sono mancati presto e lui è rimasto il mio grande conforto, anche se adesso ho un marito scrupoloso e dei figli».

Laudario ripensò, con una punta di civetteria, al fusto brizzolato e ai due capricciosi virgulti che impigrivano sul bagnasciuga.

L'avvenente padrona di casa aveva del tutto abbassato le difese e nel vederla così sconfortata il poliziotto non poté fare a meno di avvicinarla, per cingerle le spalle con la presa rassicurante del suo braccio. Giulia non si oppose all'istintività di quel gesto solidale e rivolse al suo persecutore un'occhiata supplichevole.

«Mi aiuti, commissario. Mi sento come perduta».

Laudario fu sul punto di spingere all'estremo l'impulso consolatorio: si controllò, da ultimo sublimando il desiderio in un casto sfrigolio del braccio sull'incavo della spalla, velato dal kimono.

«Provi a fidarsi di me, Giulia. Non le sto, forse, mostrando per intero la mia disponibilità? La cosa migliore è che io possa incontrare al più presto Loris, per chiarire insieme a lui tutto il necessario. Le prometto fin d'ora che non sarà uno spietato interrogatorio ma un sereno scambio di confidenze. O, per lo meno, questo è il mio auspicio».

La Varelli si girò a guardarlo e, in quel momento, si trovarono a un fiato di distanza. Il commissario la sentiva palpitare di angoscia, udiva distintamente le intermittenze del cuore che ritmava sfrenato, il profumo di lei che invadeva la stanza.

«Sarei perduta senza di *lui*! Mi giuri che non gli accadrà niente di male».

Laudario non staccava gli occhi dai suoi e, perduto tra quei riflessi di cristallo, si sentiva già un perfetto imbecille.

«Glielo prometto» mentì, docile e bugiardo come un innamorato.

«Sono in pena per lui, anche perché non mi fa avere sue notizie da quasi una settimana. È stato parecchio male, in questi giorni e ha finalmente deciso di prendersi una vacanza, dopo tanto tempo».

Si alzò, muovendo verso il secretaire di mogano lucidissimo, frugò tra i cassetti, ne estrasse una penna a inchiostro nero, con la quale tracciò dei segni sopra un foglio di carta sottile che allungò di seguito al commissario.

Laudario lesse e rilesse, come non volesse credere a ciò che vedeva: incisi su quel foglio, in bella grafia, c'erano tutti i dati che gli occorrevano.

«C'è in lei un'aria di casa, un odore buono» gli sussurrò Giulia, azzardando un debole sorriso.

«Non mi faccia pentire di essermi così tanto esposta».

«La ringrazio. Lei non ha nulla da temere».

Il commissario piegò il foglietto, lo ripose nella tasca della giacca e stava per infilarsela, pronto al commiato, quando la voce di lei lo raggiunse palpitante.

«La scongiuro, Gianni! Mi tenga sempre al corrente».

Lo colpì che l'avesse chiamato per nome, era la prima volta durante tutta la conversazione, ma non se ne lasciò irretire.

«Un'ultima cosa, Giulia» la ammonì, già sull'uscio di casa. «È fondamentale che lei non anticipi nulla a suo fratello della mia visita. Mi dia retta, sarebbe inopportuno che sapesse, non possiamo prevedere il tenore delle sue reazioni».

Fece un mezzo inchino e si protese, alquanto goffamente, a baciarle la mano. Nel dirigersi verso il giardino, che separava la ridente residenza estiva dei Cavalieri dal ripido sentiero che aveva percorso in salita, il passo divenne esitante; si fermò sull'ingresso, voltandosi piano a incontrare lo sguardo inquieto della donna. La salutò con un gesto misurato del capo e, senza più voltarsi indietro, prese la strada del ritorno.

Lei lo stette per un po' a guardare, mentre scendeva verso il litorale, coscienzioso nei movimenti, così come lo era stato nell'eloquio. Un pensiero l'agguantò di colpo, scuotendole l'animo. Si portò d'istinto le mani alla bocca, come a impedire che lo sgomento le montasse alla gola. Avrebbe voluto far ritorno in spiaggia, dove i figli s'attardavano ancora, ma avvertì una sensazione di vertigine che la indusse ad accucciarsi sul divano.

«Dominique» mormorò, nel ricadere all'indietro sulla morbida tela di taffettà, vinta da un'inusitata spossatezza. «Oh, mio Dio! Dominique».

Ventiquattro

Tornai al mondo dopo un sonno immalinconito da visioni di Dominique. La malattia che mi umiliava nel corpo e nello spirito, strisciò come una serpe tra le pareti del cervello, ovunque spargendo il suo veleno; a poco, a poco, senza averne piena coscienza, ne fui intossicato.

Dovevo avere dormito per ore, come non accadeva più da tempo, perché mi accorsi che fuori quasi imbruniva. Nel cielo un groviglio di nuvole cominciava a schermare il sole. La strada mi chiamò ancora: da una traversa di Via Mayr Ripagrande mi rituffai nei vicoli a ridosso delle Volte.

Lasciai che la Nikon infuriasse in un diluvio di inquadrature su spaccati di vita cittadina, angoli poveri e screziati, spazi nobili e remoti dove cercare il senso perduto delle cose.

Accettando l'invito di Alessio, mi ero, probabilmente, dato l'estrema chance di riscatto: ma il fantasma continuava a perseguitarmi, perché *era in me*, invenzione sublime e tragica della mente che mi seguiva ovunque andassi. Fuggire sarebbe stato inutile, bisognava prendere di petto la realtà, per quanto sembrasse *irreale*.

A questo pensavo, spostando di continuo l'obiettivo senza veramente rendermi conto a cosa l'occhio mirasse; finché non intercettai una sagoma conosciuta, sgattaiolare tra gli interstizi dell'acciottolato. Si voltò, proprio a tempo per finire nell'inquadratura del digitale, nel volto l'affanno e l'emozione di chi voglia scongiurare l'ipotesi di essere osservato: levai lo sguardo dall'oculare e guardai la strada che sembrava nuovamente deserta e ammutolita. Che fosse stato un nuovo, crudele miraggio di quel doppio fondo di reale, che era diventato la *mia sola realtà*?

Per infondermi fiducia, ripetei a me stesso che, a differenza di Dominique, l'uomo che avevo appena intercettato esisteva, visibile a chiunque. Così, senza pensarci sopra, mi infilai io pure nel portone dentro al quale lui sembrava svanito. Mi ritrovai in un andito buio, dove cadeva una luce soffusa. Sotto la suola delle mie scarpe qualcosa scricchiolò, nel disegno a rombo che adornava la pavimentazione. Alla mia destra, scarsamente illuminata, una scala di marmo bianco, piena di polvere, virava a chiocciola, tra pareti dall'intonaco scrostato, salendo ai piani superiori. Scelsi, ispirato dal caso, di proseguire dritto per l'angusto corridoio che conduceva a un cortiletto interno, chiuso a cerchio da un intermezzo di portici. Al centro del porticato, tra ghiaia e radi ciuffi erbosi e incolti, stava una fontana con vasca dove fruscianti getti d'acqua andavano a morire, benefica fonte d'ossigeno per una esigua colonia di minuscoli pesciolini rossi.

Nel silenzio che regnava intorno, quello ininterrotto del flusso d'acqua nella fontana condominiale era l'unico suono avvertito. Non avrei saputo che direzione scegliere se, d'improvviso, un vicino cigolio non avesse ridestato la mia attenzione. Alla mia destra, un cancello in ferro battuto, mezzo arrugginito, stava per richiudersi: mi precipitai a varcarne la soglia e terminai la mia corsa nel rettangolo spoglio di una incustodita saletta, tra fiocchi di polvere che si levavano al passaggio e larghe pareti dalle maglie sfrangiate. Da un'alta finestrella, la luce filtrava, in timido fiotto, sospendendo granelli di acaro nell'aria malsana. La stanza era completamente murata, né lasciava intravedere altre aperture e dentro non c'era anima viva, a parte me: per cui, dopo essermi un poco guardato intorno, avrei certamente fatto marcia indietro se un particolare non mi avesse incuriosito.

Seguendo con lo sguardo il pulviscolo di lanugine vischiosa calamitato nell'atmosfera rappresa, mi accorsi che il fascio di luce giallognola che lo rendeva visibile si insinuava nella spessa superficie del tramezzo, per spegnersi al di là del muro.

Ipotizzando l'eventualità di un recesso segreto, mi accostai alla parete e ne tastai la superficie palmo a palmo, fino a quando una leggera pressione fu sufficiente a svelare il varco.

Le mura si scostarono, rivelando un risicato anfratto, attraverso il quale si accedeva a un altro livello. Avanzai alla cieca per una decina di passi, la curiosità tumultuava. Davanti a me soltanto una porticina bassa, del tipo di quelle di servizio, riservate al personale o ai fornitori di un albergo: all'interno della stessa risuonavano voci inintelligibili.

Nel buio pesto dell'angusto transito, l'unica fonte luminosa arrivava dallo spioncino in mezzo alla porta, dove con cautela accostai l'occhio.

Vidi uno stanzino con scarno arredo, una finestra ovale fregiata di ghirigori che simulavano un viluppo di rampicanti – in vago stile liberty; di lato, sotto un'altra finestrella rotonda, spiccava una riproduzione del "Petit dejuneur sur l'herbe". Nel centro era stato sistemato uno spazioso divano rivestito da un panno nero, le cui estremità – dalla mia prospettiva parziale – facevo fatica a scorgere; ai piedi del canapè, era steso un tappeto di foggia orientale dal disegno stravagante. Sul parquet che vestiva la pavimentazione scalpicciavano suole di scarpe calzate da singolari personaggi, uno dei quali subito riconobbi nella vecchia conoscenza cui stavo, appunto, alle calcagna.

Umberto Carosi spiccava in altezza e potevo vederlo bene dallo spioncino, in piedi di fronte a me, il volto statico, irrigidito.

Gli era accanto un tipo tarchiato, torace rigonfio schiacciato dentro una camicetta hawaiana, faccia rugosa, pelame sparpagliato tra mento e braccia. Appresso, leggermente fuori quadro, notai pure un individuo di altezza media, braccia e gambe piuttosto corte in proporzione e smorfia di plateale soddisfazione sul volto glabro; gesticolava parecchio e aveva l'aria di impartire ordini. La sagoma non mi era del tutto estranea e mi subito mi domandai se l'avessi già veduto in precedenza.

Ma la vera sorpresa si materializzò all'istante con lo svelarsi di un imprevedibile fuori campo: muovendo da sinistra, Roberto Miceli, giacchetta rosa confetto e pantaloni avana su mocassino testa di moro, sforò lo schermo e andò ad abbracciare uno ad uno i presenti; il coro si unì presto al solista in festosi gorgheggi. Tenevo l'occhio premuto sullo spioncino e devo ammettere che la nuova condizione di voyeur, se da un lato mi atterriva – non sapendo cosa aspettarmi da quel misterioso raduno di grotteschi carbonari; dall'altro mi avvinceva, spingendo la curiosità a livelli di guardia – e sognavo d'essere sulla scena, invisibile e indiscreto, la Nikon nel pugno.

Esaurito il repertorio di ilari svolazzi – per me quasi una sequenza da film muto, perché delle voci arrivava niente altro che un babelico brusio – i presenti presero a interloquire, per qualche minuto, concitatamente. Era evidente fosse Miceli a dare le coordinate di un gioco di società che di lì a poco avrebbe impegnato il gruppo di convitati. Dei quattro, quello meno partecipativo sembrava proprio il Carosi, che se ne stava acquattato in disparte, negli occhi il lampo del predatore pronto a colpire. Quegli stessi occhi che, appena un attimo dopo, sembrarono due torce sfavillanti nel buio: e il motivo mi fu presto, tristemente noto.

Miceli, momentaneamente uscito di scena, fece trionfale ingresso in compagnia di due ragazzetti imberbi, dei quali si poteva facilmente desumere non avessero ancora raggiunto la maggiore età. Erano completamente nudi e i corpi, debitamente oliati per farne risaltare lucentezza e plasticità, richiamavano, nelle forme, certa iconografia neoclassica e libertina. A osservarli bene, gli occhi chiari e lucidissimi, l'espressione vaga e i forzosi risolini che gli colorivano le labbra carnose, si evinceva fossero stati obbligati ad assumere droghe.

Lo spregiudicato *freelance* li scortava tenendoli abbracciati, sorridente e compiaciuto, l'occhio furbo che strizzava fiero all'indirizzo dei congiurati. Il tizio dagli arti sproporzionati rispetto alle dimensioni del resto del corpo – nei cui panni presto riconobbi il tirapiedi di un politico – si accostò ammiccante al giornalista e gli allungò un assegno che il viscido fece scomparire all'istante nel taschino della giacca. Si strinsero la mano e Miceli mormorò all'orecchio dell'altro qualche parolina che dovette mettere particolarmente di buonumore il politicante, perché lo vidi ridere di gusto, sguaiatamente.

I due compari si avvicinarono al Carosi, tirandosi dietro i due giovinetti che, dal canto loro, continuavano a ridacchiare inebetiti. Il volto del chimico sembrava una maschera di cera, la voglia contenuta dietro un'espressione quasi dolente, sofferta. Il glabro gli disse qualcosa, presumo una parola di incoraggiamento, mentre Miceli prendeva a palpare i ragazzi nelle parti intime, accentuandone risa e moine; quindi provò a scuotere il collega di Giulia, tirandolo per la mano, affinché lui pure profittasse delle grazie dei due virgulti.

Nel momento in cui Carosi, infiammato a dovere, si decise a tendere le sottili dita verso quello dei due adolescenti che maggiormente ne eccitava i sensi, mi decisi a mollare la postazione. Potevo ritenermi appagato da ciò che avevo appena veduto e reputai malsano continuare a crogiolarmi nel disgusto, correndo peraltro il rischio di venire, prima o dopo, scoperto: e, da siffatti protagonisti, non potevo certo attendermi "distinti saluti" o l'invito implicito a compartecipare ai ludi carnali.

Ripercorsi il tragitto a ritroso, molto attento a non fare il minimo rumore; negli occhi mi sarebbe rimasta a lungo la sequenza immorale e più di tutto l'espressione trasmutata dell'insospettabile chimico. Non che del Carosi mi fossero sfuggite le stramberie, l'eccentricità dei modi e delle argomentazioni: ma non potevo immaginarne le perversioni. Del lurido gazzettiere e dei suoi complici non mi sorprendevano i commerci porno pedofili: piuttosto consideravo con stupore quanta differente antropologia tendeva ad accrescere la ridda degli avventori del sesso proibito e ad alto costo, trastullo oramai tra i più accreditati nel nuovo costume di casa.

Una volta raggiunto l'atrio e intravisto lo spiraglio di luce che affiorava dall'uscio del portone accostato, guadagnai il più rapidamente possibile l'uscita e corsi a perdifiato per le vie scarsamente animate, tra passanti accaldati e turisti a caccia di locali aperti.

In un attimo realizzai che non avevo neppure provato a testimoniare alcune fasi del banchetto erotico, con qualche scatto fotografico: eppure era la cosa che, in quei concitati momenti, più avevo desiderato. Confessai, con orrore, a me stesso quanto quel desiderio fosse soltanto brama di guardone, tensione puramente estetica, non immediatamente giustificata dal rigore dell'onesto cittadino che, anche a rischio della propria incolumità, si presti a denunciare le più nascoste nefandezze. Dovevo rimediare, mettere al corrente le autorità di quanto stava accadendo, al riparo di mura inviolabili. Le dita mossero veloci sulla tastiera del cellulare alla ricerca del prefisso di polizia: ansimavo, mancando a ripetizione la corretta sequenza dei numeri. Quando l'ebbi trovata e l'immancabile anonima vocina femminile mi comunicò, in differita, la combinatoria delle occorrenze da selezionare, fui assalito dai dubbi e riattaccai.

Cosa avrei potuto affermare, in mancanza di prove tangibili? Certo, dovevo limitarmi all'essenziale, "In Via Tal dei Tali un gruppo di depravati sta abusando di due minorenni": e se tutto, nel frattempo si fosse già compiuto? O, comunque, se quelli fossero stati tanto astuti dall'aver largamente previsto, in caso di pericolo, un piano di rapida evacuazione e simultanea cancellazione di ogni elemento probante? Io, invece, innocente relatore, sarei stato magari identificato attraverso il numero – quelli oramai di te riescono a sapere tutto – e, una volta rintracciato, messo addirittura sotto torchio. No, troppo rischioso, persino controproducente.

Sconfortato, vigliaccamente mi feci assolto da ogni responsabilità. L'impotenza, la frustrazione provata mi riportarono alla mente il *fantasma* e la paura che avevo dentro nuovamente straripò, aggredendo il respiro che soffocò in gola. Mi guardai intorno, come in preda al panico: ogni cosa pareva rivoltarsi contro di me, tutto mi sembrava ostile ed ebbi la sensazione di aver perduto la bussola, di non sapere neppure più dove mi trovavo.

Per mera casualità, imboccai Via Roma in direzione della Cattedrale; barcollante tra i portici, scorsi, come in un sogno, l'insegna dorata di un negozio: sopra la vetrinetta ancora illuminata, nonostante l'avvenuta chiusura, stava appeso un sigillo in similoro, un cigno bianco dal lunghissimo collo infiocchettato da un nastrino nero, recante la scritta *"Il Cigno d'oro* – antica merceria di Ferrara."

L'occhio stupefatto restò sospeso in aria, mentre la pellicola del pensiero si riavvolgeva come in moviola nella mia mente. Trasalii per un veloce movimento alle mie spalle: un ragazzo e una ragazza, teste pettinate da *rasta* e tatuaggi ovunque, transitarono veloci a piedi scalzi, forse appena urtandomi; dall'altro lato del portico, un anziano dai folti capelli bianchi e scarmigliati dalla corsa, sfrecciò con la sua bici *old style*, omaggiandomi del suo sguardo sereno.

Ristetti, come intorpidito: poi tornai a guardare l'insegna e tutto avvenne come in un'istantanea. La finestra della memoria, una memoria incosciente, involontaria si spalancò, affacciandosi sull'abisso del tempo: allora *vidi* e fu una fitta terribile, dolorosa, perché l'immagine mi folgorò nella sua irrefutabile flagranza.

«Ma certo! Come ho potuto?» esclamai, come in una trance. «"Il *Cigno Bianco*"! Dominique!»

Venticinque

La testa sembrò distaccarsi dal collo mollemente piegato, nella postura sbilenca che il leggero assopimento gli aveva fatto involontariamente assumere. Il movimento secco, imprevisto, del tutto innaturale gli dette l'impressione di uno strappo alla cervice. Maledì il giorno in cui, cedendo alle lamentazioni incalzanti di sua figlia, aveva deciso di acquistare il nuovo telefonino.

Del resto, era il solo strumento, Internet a parte, attraverso il quale comunicare con Chiara, soprattutto ora che la distanza, tra loro, si era fatta chilometrica. "Colpa mia", pensò Gianni Laudario, avrebbe almeno dovuto silenziarlo quel dannato aggeggio. La bocca ancora impastata nell'affrettato risveglio, farfugliò a mezzo tono in risposta al caloroso saluto della sua interlocutrice.

«Oh, papà, scusami! Non è che stavi già dormendo?».

Guardò l'ora e si vergognò di quel tramontar dei sensi, fugace e ingestibile, tipico nel vecchio pensionato.

«Ma no, Chiara, che vai a pensare? Sono appena le...».

Rabbrividì, nel gettare nuovamente l'occhio sulle lancette della sveglia. Dal momento che una qualsiasi reazione all'altro capo tardava a venire, fu colto da un eccesso d'ansia.

«Pronto, Chiara? Pronto?» sibilò esageratamente elevando i decibel.

«Eccomi, pa', non temere: è che sono in "skype" e quindi i tempi di ascolto e nelle risposte sono un po' ritardati».

«In cosa sei?».

Ancora un breve silenzio, che precedette la divertita spiegazione di Chiara.

«"S-k-y-p-e", pa': è una frequenza via web che mi consente di conversare a lungo e di risparmiare molto sulla telefonata».

«Ah, sì...» borbottò il commissario che, in realtà, ci aveva capito ben poco.

Lo riempiva di gioia risentire la voce calda di Chiara, in ogni suo gesto, frase, così come nell'aspetto, del tutto somigliante alla madre. Identica persino nelle premure, visto che era la terza volta che lo chiamava nella stessa giornata. Quella figlia capace e giudiziosa era l'unica certezza che gli restava, unica sua ragione e consolazione. Lo indignava che il suo Paese, nonostante le accertate doti intellettuali, non gli riservasse altro destino che l'espatrio: ma la sapeva felice, in vacanza con il suo amato *boyfriend*.

«Te la stai godendo Roma, almeno?».

Laudario titubò nella risposta, incespicò in qualche contraddizione, fornendo alla figlia materiale per un'aspra requisitoria.

«Guarda, papà, non mi raccontare balle! Si capisce benissimo che con la testa tu stai da un'altra parte».

Come e dove trovare le parole per smentirla?

«Dimmi che non è vero, che non stai ancora dietro a quella indagine insensata!».

Il suo mutismo non era condizionato da "Skype" e suonava come aperta confessione.

«Ma come, dopo tutto quello che ci eravamo detti e, soprattutto, dopo tutto ciò che *tu* mi avevi promesso!».

Ricorse a scuse implausibili, nel tentativo di blandirla.

«Accidenti, papà, sei a Roma! Con tutte le meraviglie che hai intorno, pensi solo a quella scemenza! Ero felicissima quando mi hai detto che, finalmente, ti saresti concesso una bella vacanza».

«No, ti pare, sono molto rilassato, sai e mi diverto» balbettò l'ex poliziotto, mentre la figlia iniziava a sentire stridore di unghie sui vetri, nel faticoso quanto inutile arrampicarsi del padre sugli specchi.

«È che... Vedi tu cosa mi va a capitare! Il mondo è davvero piccolo: passeggiavo estasiato ai Fori, quando chi ti vado a incontrare? Te lo ricordi, vero, il giudice Bontà?».

«Sì, sì, va bene. E poi?».

«Sai come vanno queste cose: non ci si vedeva da anni. Mi invita a cena, rivanghiamo i vecchi tempi e salta fuori quella brutta storia...».

«Così, come per incanto, vero?».

«Lasciami dire, per favore. Lo metto al corrente delle mie scoperte, lui si mostra molto interessato; riusciamo persino a correlare la mia inchiesta con una alla quale lui aveva presenziato, in qualità di giudice istruttore, una cosa tira l'altra e insomma...».

Non sapeva più che altro aggiungere e attese la sentenza, che arrivò nei tempi differiti del web.

«Insomma, eccoti di nuovo a caccia, come un segugio testardo e affamato».

Il breve silenzio che fece seguito all'amara riflessione di Chiara accentuò in lui il già copioso senso di colpa: sapeva di averla delusa e sperava comunque nell'assoluzione.

«Sei più cocciuto di un mulo! Bada solo di non cacciarti nei guai, bugiardo di un poliziotto».

L'adorava, anche quando pretendeva di fargli da mamma, nelle veci di Elisabetta che lo aveva viziato per sempre. Per non diventare molesta, Chiara spostò altrove il discorso.

«I genitori di Glenn sono molto simpatici e carini con me. Mi farebbe piacere se vi conosceste».

Lui assorbì il colpo con apparente nonchalance.

«Oh, se è per questo, capiterà... Capiterà».

Tacquero per un poco, lui la sentiva respirare piano e viceversa: a stento frenavano la commozione.

«Chiara, mi manchi».

Lo disse d'impeto, non riuscendo più a tenere quel prorompente sentimento per sé.

«Anche tu mi manchi. E mi manca tanto anche la mamma».

La temperatura nella sua stanza d'albergo, nonostante l'efficacia del termoregolatore, cominciava a levitare: "una questione ormonale", si disse Laudario, asciugandosi una flebile lacrima che declinava verso lo zigomo alto e forte.

«Che ne diresti se, dopo l'estate, me ne venissi a stare un po' da te?» disse, scrollandosi di dosso l'emozione. Per tutta risposta, sentì arrivare una risatina.

«Ma se il solo pensiero dell'aereo ti terrorizza! Per non parlare del caffè che fanno da queste parti. No, non sopravvivresti».

«Va là, che con tua madre di giri ne abbiamo fatti!».

«Sì, ma sempre in macchina o, al massimo, in treno: e con la moca in valigia».

Proseguirono ancora per un bel pezzo, su questo tenore. Infine, Chiara dovette congedarsi, non prima di averlo ammonito.

«Ora ti lascio, caro il mio vecchietto. Bada bene di non andare a sbattere il grugno contro i mulini a vento. Dai retta a me, ti prego: riponi lo scheletro nell'armadio e non scherzare troppo coi fantasmi perché può essere pericoloso. Ti voglio bene. Ti mando un grosso bacio».

A conversazione ultimata, Laudario restò seduto sulla sedia di vimini della sua stanza d'albergo in Trastevere: gran bella "singola", con affaccio a ridosso del fiume. Dal balconcino si godeva di una vista strepitosa sui tetti rossi della Capitale; in aggiunta, grazie alla mediazione di Bontà e di un altro suo collega romano, la cifra necessaria al pagamento dell'alloggio non sarebbe stata così elevata come temuto, in considerazione del quartiere dove l'hotel era allocato.

S'alzò lentamente, srotolando di mala voglia il gomitolo in cui il corpo s'era accucciato, nell'ozio delle poche ore di riposo che si era concesso. Tergiversò un poco ancora, contando i passi che gli occorrevano per andare da un lato all'altro della stanza. Ma era tempo di decisioni: e le scelte si riducevano, d'obbligo, a non più di un paio. L'ora era arrivata.

Si infilò la giacca beige, a minutissimi quadri, di cui – a ben guardarsela indosso – sembrava sempre meno convinto; si gettò nel corridoio, per darsi sprone, chiudendosi silenziosamente la porta alle spalle.

Il suono metallico di una sega circolare, proveniente da un caseggiato basso, nell'antro angusto e buio dove un ometto tozzo e curvo si prodigava nel suo lavoro di fabbro, spezzava la tumida quiete di un sonnolento pomeriggio estivo. Il sole saliva lento, nel diradarsi delle esigue nubi ancora manifeste in cielo mentre mi avventuravo sui bastioni di Via dei Baluardi, per fermarmi a ridosso di una terrazza alberata che guardava all'orizzonte il campanile di San Giorgio. Da quel lato delle Mura, il paesaggio oscillava tra lo scorcio anestetico di una discarica e un giardino di verde e siepi, in mezzo al quale serpeggiava una ciclabile.

Tutto mi appariva così illogico, immateriale: il maestoso filare dei tigli, il colore avvizzito delle foglie, i riflessi ocra e argento delle case, la baldanza fuori dal tempo della cupola di San Giorgio, la stessa mia presenza là, in quel preciso momento. Ma vivevo una realtà parallela e fremevo nella speranza che il mondo mi svelasse il suo mistero; lo avevo da sempre spiato dal buco della serratura dei miei obiettivi e ora, nel vedermelo davanti come per la prima volta, me ne sfuggiva il senso.

Un numero sconosciuto illuminò il display del cellulare: solitamente non avrei risposto ma era destino che le cose prendessero una certa piega.

«Caro Loris, spero di non aver interrotto nulla di importante».

Povero Alessio, quante inutili premure! La voce del colonnello Zurlan costituiva un eccellente antidoto ai cattivi pensieri, con una tempistica che aveva del miracoloso.

«Comandante, che ne è di te?» domandai, scherzosamente, pur prevedendo la risposta.

«Tutto bene, ma di più, come immagini, non posso dirti. Tu, piuttosto: il fido Pomelli mi ha messo al corrente delle tue continue fughe dal Distretto».

«Ehi, colonnello! Sta bene che, alla mia età, io abbia ancora bisogno di una balia: però cerchiamo di non esagerare, per favore».

«Per carità, non ti scaldare, era solo una constatazione. Ti chiamo per avvisarti che dovrò trattenermi ancora qua per ragioni di ufficio; tra le libertà di cui disponi c'è anche quella di ironizzare su di me e sulla vita da recluso che mi sono imposto».

Erano parole dure: velavano, dietro un'ironia dal retrogusto asprigno, una mancanza di autostima che esasperava il suo umore, nonostante l'autorevolezza della scelta di vita che, in piena coscienza, si era imposto.

«Smettila, Alessio, o sarò costretto a dilungarmi in piaggerie che non meriti».

«Va bene, va bene, amico mio. Ci vediamo, suppongo, tra due o tre giorni... Ah, dimenticavo: se fai tanto di passare un minuto dal presidio, chiedi al caporale di stanza nel tuo padiglione che ti consegni il bauletto in cui ho conservato del materiale che ti riguarda».

Colse nel breve silenzio che intercalò la nostra conversazione, un attimo di inevitabile perplessità.

«Non stare lì a lambiccarti il cervello» mi rimbeccò, divertito, Zurlan. «È roba che ho preservato negli anni: diciamo che volevo farti un piccolo regalo che, spero, ti sarà gradito».

Ero stupito e insieme roso dalla curiosità.

«Oh, mi raccomando! Non te ne dimenticare».

«E chi se ne scorda? Corro subito, amico mio».

Un regalo da parte di Alessio: valeva una vita sola, piegata in due esistenze divise da destini uguali e contrari, entrambe volte a rincorrere utopie parallele.

Girai i tacchi, affrettandomi sulla via del presidio militare.

Gabriella arricciò il naso, sbirciando di traverso la traballante insegna del vecchio locale, un rustico dominio avvolto nelle brume della circostante radura.

Erano arrivati là sopra, incespicando nel groviglio cespuglioso e urticante dei sentieri: a un passo da Lanzo, il belvedere spaziava immoto in un magnifico totale su colline di pavesiana memoria.

Il locale, caratteristico punto di ristoro, alle carte incognito e frequentato solo da occasionali viandanti e vecchi contadini del luogo, aveva un'intelaiatura in legno, pochi tavoli, una veranda all'esterno e un camino dove ardeva una tenue fiammella; dalla generosa fornace giungevano odori invitanti. Dominique rideva dei sospetti e dei timori della compagna, che una cromosomica insicurezza portava a diffidare con premeditazione di qualsiasi cosa o persona le capitasse a tiro.

«"Locanda del Cigno Bianco"» lesse Gabriella, ad alta voce, il timbro già sdegnoso.

«Che roba è? Non c'è nessuno dentro, sarà certamente una porcheria».

Dominique la guardò di traverso, palesandole il fastidio. Viceversa, l'uomo si mostrava sensibile alle fisime della ragazza.

«Ha l'aria di un posto tranquillo dove starcene un po' insieme; però, se non ti piace, niente ci obbliga a rimanere» disse, per rassicurarla.

Gabriella ricambiò con una smorfia di approvazione le affettuose attenzioni del nuovo amico; Dominque, invece, non teneva più a freno il dispetto.

«Ma lasciala perdere, Loris!» tuonò, i nervi a fior di pelle, esasperati dalla capricciosa, recidiva neghittosità della compagna.

«Se stiamo dietro a quella, non troveremo mai pace».

Gabriella la fulminò con lo sguardo, lei la ripagò di una boccaccia; nel vederle così ridicolmente aggrottate, l'una nei confronti dell'altra, all'uomo sfuggì un sorriso malevolo.

«OK, avete vinto!» cedette alfine l'incontentabile e alzò le spalle, come arresa, suo malgrado a un avverso destino. *«Però, non facciamo tardi: ho promesso ai miei che sarei rincasata non oltre la mezzanotte».*

«E che palle, Gabri!» la rintuzzò, seccata, Dominique. *«Ma se non abbiamo nemmeno scuola, domani!».*

«Dimentichi, bella mia, che siamo sommerse dai compiti».

L'infantile battibecco si trascinò a lungo e della distratta litigiosità delle ragazze l'uomo profittò per posizionare la macchina fotografica sul cavalletto, montato di nascosto dietro una siepe alle loro spalle. Non visto, azionò in gran fretta l'autoscatto. Sgusciò velocemente in mezzo alle due amiche, con la scusa di mediarne l'alterco e le costrinse a una qualche posa: la macchina riprendeva a loro insaputa e l'uomo represse tra i denti un risolino sincopato, simile a un lamento.

Sedati gli ultimi dissapori, entrarono nel locale e andarono a sedersi a un tavolo accanto al camino: faceva ancora freddo in quel tardo crepuscolo primaverile. Lui poggiò la fedele Nikon ai suoi piedi e pietrificò il volto in un'espressione di scherno. Dentro di sé rideva, soddisfatto e assente: per il resto della serata, se si eccettui l'ordinazione del pasto, quasi non proferì parola. Nel vederlo atteggiarsi così sornione e distaccato, Dominique si mostrò turbata ed esigette una spiegazione.

«Nessun problema, ragazze. Vedrete, vedrete: presto saprete tutto».

E fu l'ultima cosa che disse, prima di calarsi in un mutismo ancor più esasperante, all'ombra di un sorriso fesso, gli occhi lucidi che, di tanto in tanto, sgranava come vedesse cose agli altri inafferrabili. Fuori cominciava a cadere una pioggerella densa, anticipata da tonanti fragori: sotto al camino, la fiammella andava lentamente consumandosi.

Ventisei

Una intera nottata a occhi aperti, sbarrati, non le aveva portato alcun consiglio. Il tormento che l'attanagliava sembrava insopprimibile: lei che, fino ad allora, aveva sopportato con stoica fermezza la rutilante serie di eventi negativi che, negli ultimi mesi, si erano abbattuti sulla sua vita più pesanti di un macigno.

Giulia cercò con la mano il corpo che respirava piano al suo fianco e ne carezzò lo spesso torace. L'uomo grugnì, nel sonno inconsapevole e si voltò dal lato opposto; lei ritrasse con gesto istintivo la mano e si coprì il viso: nonostante il drappo della mantovana, una luna rabbiosa offendeva la notte di rotondità scintillanti, penetrando indiscreta dalle finestre aperte.

Le ombre che la luce disegnava sul soffitto, in forme immaginifiche, le apparivano segni contorti, mostruosi graffiti chiaroscurali, presaghi di sorti maligne.

Scostò il lembo del lenzuolo e, nel sollevarsi a fatica dalle ubbie dell'insonnia, fu investita dall'odore salmastro di cui l'etere era imbevuto. Un leggero fremito ventoso agitava la coltre velata dei tendaggi; salutò compiaciuta quella pur mite brezza che aveva il merito di far muovere un poco l'aria. Andò alla finestra che dava sulla scogliera e fissò a lungo le sponda marina spumosa e quieta e il bagnasciuga disabitato.

La casa di Sabaudia era stata, fin dal principio, il suo regno, il sacro rifugio dove riparava, durante i fine settimana e nel corso della buona stagione, per allontanare da sé – fugace ambizione – le infinite complicazioni del quotidiano. Il luogo l'aveva scelto lei, i soldi li aveva messi Massimo: il suo Massimo, quel Cavalieri, rispettato professionista degli spazi, che aveva finito per sposare.

Dov'era, adesso, suo marito? Perso in qualcuno dei suoi progetti a medio e lungo termine, su cui si arrampicava senza sosta, in una sfrenata rincorsa al piacere, più che al bisogno? Perché l'impulso insopprimibile a edificare ambienti, intricati labirinti perimetrali che riempiva del suo infaticabile estro innovativo, costituiva senz'altro e da tempo, coito assai più soddisfacente di quelli misurati ed estemporanei che riservava alla moglie.

Si erano conosciuti ai tempi della scuola, si erano poi lasciati e ripresi, in un rapporto infinito che – anche nelle necessarie pause – non prevedeva soluzione di continuità. Era stato e sarebbe rimasto *il suo uomo*; tuttavia non si peritava ora di tradirlo, senza grandi rimorsi, con quel granitico tuttofare, bello e molto preso da se stesso come, in fondo, lo erano per natura gli uomini. Lo aveva circuito, mentre passeggiava da sola – dov'era Massimo, anche allora? – su e giù per il lungomare; magari un po' impulsivo nei modi ma, a suo modo, galante e carico di energia sessuale.

Non si vergognava di aver ceduto così banalmente al richiamo dei sensi, ché quel vigore insperato, eccitante, l'aveva fatta sentire meglio, restituendole autostima, voglia di vivere. Non che le cose con il marito andassero, poi, così male: continuava a stimarlo, ad avere fiducia in lui, il padre dei suoi figli, il solo essere a cui avrebbe affidato le cure del corpo e dello spirito. Quando lui era lontano – cosa che accadeva piuttosto spesso, vuoi per i reciproci impegni di lavoro, vuoi per quel suo mal riposto zelo che altri e più profondi vuoti riempiva – ne sentiva palpitante la mancanza. Massimo era un uomo colto e attraente, un compagno che le amiche le invidiavano. E, allora, Claudio Ferrini che ruolo aveva nella sua vita? L'amante occasionale e prestante, così diverso da quegli abituali cliché? Che irritante ovvietà! Che vanitoso, sciocco pretesto!

Era certamente un effetto della noia, di quella maledetta, opprimente caducità umorale che sferrava assalti brutali, piegando ogni sua furiosa resistenza: la lotta pugnace di una coscienza offesa nel suo verso socievole, spigliato, altruista. La *noia*, immancabile, obbligata, nei lunghi pomeriggi affaccendati da vacue relazioni sociali, nell'ostinata commedia della madre premurosa e presente, nelle interminabili serate mondane a braccetto del consorte, tra baciamano e baciapile, chiacchiere fatue e "intellettuali", sguardi languidi o altezzosi. La *noia* avvilente dell'eterna messa in scena dell'esistenza.

Lo sguardo, affogato tra le onde piatte del mare, a tratti abbacinata dalle fluorescenze lunari, nuotava altresì, incosciente, in acque gravide di memoria; come lampi improvvisi, il caro profilo paterno di Guido Varelli e quello strenue, accorato della madre Cristiana, squarciavano la luttuosa bonaccia della notte. E poi Loris, quel fratello mai cresciuto, strangolato dal nodo scorsoio di un talento naturale, sua salvezza e dannazione; quel fratello così desiderato, unica speranza negli anni desolati della crescita. Loris, che una malattia insinuante, misteriosa e iniqua rischiava di strapparle via per sempre: e che ora un pericolo non meno grave minacciava molto da vicino.

Reagì all'oblio ricacciando, con un atto di superiore volontà, quell'angosciosa immagine dalla mente. Scese al livello inferiore della villa, noncurante della completa nudità. Aprì la porta-finestra dell'ampio salone e scalza calpestò l'erba del giardino, irrorata da gocce di umidità. Chiuse gli occhi e cominciò a respirare profondamente, sempre più forte, tanto da far vorticare la testa, fin quasi a sentirsi levitare come una danzatrice *sufi*, il corpo sollevato da terra e senza più gravità. La sensazione durò per qualche minuto, piacevolmente spossandola: alfine ricadde, immobile, sul bordo della piscina. "Perché mai – si rimproverò – non sono stata vicina a Loris? Perché mi sono fidata delle parole gentili e terribili di quel poliziotto?"

Si strinse sulle braccia, l'umido cominciava a penetrarle nelle ossa e la faceva un poco tremare. Sentì distintamente il tocco delle dita che le titillavano la nuca, dandole piacere. Due mani calde le strinsero i fianchi, solleticando l'epidermide, già carezzata dal venticello. Girò piano su se stessa e si lasciò avvolgere nel conforto dell'abbraccio. Claudio, ancora assonnato, premette le labbra sulle sue.

«Che fai, piccola, non dormi?».

Avrebbe voluto essere invisibile o a mille miglia di distanza, ma affrontò la situazione con consona naturalezza, sottacendo il malumore.

«Niente caro, è solo il caldo che mi fa smaniare. Torna pure a letto, tra un attimo ti raggiungo».

Ferrini emise una sottospecie di brontolio e vocalizzò il disappunto con uno sbadiglio rumoroso; scuotendo il capo, in segno di disapprovazione, girò le spalle, in obbedienza ai desideri dell'amante.

"Le foto di Loris", già meditava lei, incurante del resto. Tutto era cominciato da una foto. Giulia si chiese se non fosse arrivato il momento di scomodare Carosi e scongiurarlo di dire finalmente *la verità*: perché di certo *lui sapeva*. Ripensò a Dominique: poi, per una strana associazione, le venne in mente Stefania; a lei Stefania non dispiaceva, si ricordò di aver pianto quando Loris tornò a casa, quella sera e le disse che era morta. Tremò di nuovo, al pensiero del fratello.

Si convinse che non c'era più altro tempo da perdere: bisognava fare presto, presto...

Fu davvero molto strano quel giorno, dopo essere annegato per ore tra profumi, ricordi e lampi fotografici, varcare una volta ancora la soglia del Distretto militare in Corso Ercole. Dopo che i due piantoni mi ebbero concesso il passis, provai netta la sensazione dell'esilio dorato, della cella di contrizione nell'eremo rupestre, scioperato dalle tentazioni del mondo esterno.

Un senso di disagio, non appena risucchiato da quella sorta di imbuto metafisico, che odorava di carcere, divise militari e tiglio selvatico, mi aggredì all'istante.

Conoscevo il caporale di turno al padiglione presso il quale allocavo: un giovanotto bruno, piccolo di statura ma dalla muscolatura ispessita che implodeva sotto la divisa verde *marine* a maniche corte. Mi salutò impettito, sull'attenti, e mi porse un bauletto di legno, dal coperchio ricurvo, serrato da bandelle laterali. Il soldato mi procurò anche la chiave per violare la toppa.

Rientrato nella mia stanza, stetti un poco a guardarmelo quel romanzesco scrigno, custode – come nelle avventurose novelle dell'infanzia – di chissà quali appassionanti segreti. Con il senno di poi, bene avrei fatto a restarmene lontano, immerso nelle mie folgorazioni visuali: ma è una gratuita sciocchezza riavvolgere a posteriori il nastro già corrotto dell'esistenza. Ciò che di seguito accadde, *doveva accadere* e la causa fu, comunque, inevitabile.

Scoperchiato il baule, restai allibito dalla quantità di materiale stipato, ma secondo raziocinio, all'interno di quel modesto contenitore. Riconobbi la mano di Alessio nell'ordine scrupoloso con cui i reperti erano stati allineati, in modo tale che tutto venisse conservato con cura, senza stralci, né pieghe, senza il timore che qualcosa potesse andar perduto, lacerato, distrutto o semplicemente corroso, spiegazzato. Coperte da un involto di stoffa, le vestigia stavano raggruppate in tre fila, selezionate a seconda del materiale raccolto. Un gruppo di lettere, in parte vergate a mano, in parte battute a macchina, erano legate assieme dal doppio nodo di un elastico; un quadernetto a righe recava appunti e annotazioni. Trovai pure una variegata scelta di fotografie in analogico, un astuccio in finta pelle, con un paio di stilografiche di ottima marca, un vecchio portafoglio a tacco, contenente un assortimento di monete internazionali, per lo più fuori uso; persino una porcellana, che riconobbi, un talismano portafortuna raffigurante una antica divinità egizia, che il mio amico giurava essere appartenuto all'ultimo discendente di una dinastia di faraoni.

Alessio Zurlan era una creatura, in fondo, prevedibile: irrimediabilmente portato alla logica, alla concatenazione urgente e necessaria delle cose, alla combinatoria degli elementi utili a giustificare un'azione, una scelta, la matematica soluzione di un dilemma. Così anche nelle relazioni tra esseri umani, laddove più pressante diventava la domanda di una mediazione razionale a quale che fosse il problema – nelle occasioni di scontro, come in quelle affettive. Voleva, *doveva* capire: e questo furore cognitivo, questa estrema disponibilità, appunto, alla disciplina contrastava, da una vita, le mai del tutto sopite ambizioni artistiche. L'estro, che era in lui desiderio e colpa, soccombeva al demone dello scacchista, di colui che, al momento di giocare la sua mossa, ha già previsto tutte le possibili controbattute dell'avversario. Il suo giurato nemico, l'antagonista con cui mai sarebbe venuto a patti, sembrava essere, a conti fatti, la vita medesima.

Ma anche di questo era consapevole e, in buona sostanza, come chiunque, il suo obiettivo naturale era la serenità, l'equilibrio. Mi ero convinto – con una buona dose di invidia, non lo nego – che lui lo avesse, seppur soffrendo, raggiunto.

Dell'astuccio, della porcellana e del "tacco" poco mi importava: ben altrimenti mi intrigavano foto, missive e "appunti di viaggio."

Nelle serie degli analogici mostrava versatilità, per la scelta dei soggetti e delle angolazioni, talora persino geniali. Qualcuno dei suoi scatti ebbe su di me un effetto struggente.

Una morsa alla bocca dello stomaco mi impedì di rimanere con l'occhio attaccato al primo piano di una sorridente Stefania Mannini, la mia ex dei tempi della maturità. Inverosimile, come a distanza di decenni, ancora mi torturasse quel suo sorriso malizioso, quello strizzare l'occhio alla macchina e così pure alla vita stessa. I suoi ondulati e scurissimi capelli ricadevano flessuosi sulle spalle robuste e nello sguardo si fissava per sempre e a posteriori quella luce ammonitrice e interrogativa, che tutto scrutava giudicando.

Quanto l'avessi desiderata, soltanto in quel momento mi fu veramente dato di capire: e quanto odiata, ripudiando in lei certa meschina attitudine al sogghigno snobistico e alla conseguente risibile accidia che mi erano proprie. Poveri idioti! Con lei tutto andò come *doveva* andare e non restò in me neppure una stilla di pentimento.

C'erano poi foto risalenti alla nostra avventura nella Terra del Fuoco e più oltre ai margini della Patagonia. Scatti non particolarmente raffinati, a dire la verità, ma che dell'impresa – che, all'epoca, per giovanile furore, ci parve titanica – restituivano un ottimo resoconto. Fui commosso nel rivedere un'immagine che ci voleva insieme, durante la nevicata a Roma dell'ottantacinque, rinserrati nelle giacche di pelle *casual* che, per divertimento, avevamo acquistato insieme, in un negozio della Tiburtina dove mai più avremmo rimesso piede. Ridevamo di gusto, davanti all'obiettivo, noi due così poco adusi agli entusiasmi.

Presi, di seguito, a sfogliare le lettere e i fogli sparsi, che contenevano annotazioni di diverso tipo e umore, catalogati anch'essi con particolare acribia. Facevano parte di un nostro lontano carteggio e riguardavano soprattutto i nostri rapporti con Stefania.

Ero consapevole delle frustranti inibizioni che rendevano spesso impossibili al mio amico le strategie amorose, alle quali viceversa avrebbe dovuto liberamente abbandonarsi; parimenti non mi era stato difficile intuire la natura dei suoi sentimenti verso Stefania, la reciproca "simpatia" e il fitto dialogo che intercorreva tra i due. Tuttavia, nulla mi aveva trattenuto dal forzare la mano, nel momento mi ero accorto che la ragazza volentieri si sarebbe concessa, per trascinarla alla mia causa.

In quelle righe, Alessio aveva riversato le sue amare riflessioni, su di sé e sul prossimo. Quanto male mi fece constatare la sequela di ingiusti rimproveri attraverso cui condannava se stesso per la superbia del suo ardore frustrato. Proprio lui, così leale, invece, e comprensivo verso chi, come me e quella sciocca civetta della Mannini, lo ripagava di egoistica, se non strafottente, noncuranza.

La scrittura, incalzante nelle aspre, puntute reprimende della giovinezza, andava via via distendendosi in cifra più matura e armonica, di adulta consapevolezza, con il correre degli anni. Delle tante note che velocemente scorsi, ne riporto una, nell'ultimo significativo capoverso, da lui verosimilmente redatta dopo il nostro recente, insperato incontro torinese:

"Se inizialmente, nel rivederti, avevo titubato, complice una rilassatezza emozionale, una sorta di cinismo di ritorno, parente stretto, temo, della mia condizione di milite devoto alla causa; ora, a breve distanza dalla eccezionale serata trascorsa insieme ai nostri occasionali pronubi, tutto è tornato perfettamente chiaro nella mia mente. Ringrazio il cielo, mio ritrovato amico! Il regalo che oggi mi fai, con questa tua inattesa epifania, non puoi nemmeno immaginare. Ti saluto, mio vecchio, insostituibile sodale, con la gioia di sempre."

Sorrisi e lasciai ricadere il diario dentro al suo contenitore. Mi sdraiai sul letto, a pancia in aria, le mani incrociate dietro la nuca, sopra al rigido cuscino e restai là, a crogiolarmi, in mezzo alla corrente dei pensieri e dei ricordi che mi affollavano la mente.

Una sensazione imbevuta di letizia, di singolare benessere si impadronì di me, riconciliandomi al presente. Di colpo schizzai in piedi e corsi alla finestra; lo sguardo volò, complice l'immaginazione, oltre l'alta teoria di siepi che coronavano l'edificio, isolandolo. Nel volo superò le cime degli alberi e le tegole rosse che foggiavano, come arcani copricapo, le tettoie delle case; ricadde poi, non so il perché, nella stanza e incespicò sul bauletto aperto. Fu forse per l'ansia inconscia di testimoniargli per intero la gratitudine che gli serbavo per avermi fatto accedere al suo intimo archivio; fu per non disubbidire alle ferree regole che disciplinavano ogni atto, anche il più banale, nella vita di Alessio; o, più semplicemente, per non mostrami del tutto avulso di galateo, che volli riporre quegli oggetti per lui sacri nell'esatto ordine in cui li avevo trovati, avvolti nel reliquiario.

Soltanto allora mi accorsi che, sotterrata dal cumulo di carta e dall'altro materiale, nel fondo del cofanetto giaceva, del tutto avulsa dal resto e come dimenticata, una boccetta di vetro opaco, contenente una sostanza granulosa dai colori cangianti, tra il celestino e il violaceo, in tutto simili a quelli del glicine. La sfilai lentamente dalla pila di carte sotto cui stava sommersa; guardai esterrefatto quegli insoliti granelli che s'agitavano al di là del vetro, a poco a poco riconoscendone, con crescente stupefazione, la consistenza.

Non potevo credere ai miei occhi! E un pensiero, che avrei dovuto sopprimere nella memoria, mi fece trasalire.

Arrivò all'albergo che i colleghi romani gli avevano segnalato nel tardo pomeriggio di una calda giornata ferragostana. Un viaggio comodo che gli aveva, però, gettato addosso un carico di stanchezza e di malinconia: stanchezza presumibilmente dovuta ai tanti spostamenti che si era sobbarcato negli ultimi mesi, libero – come gli rimproverava Chiara – di correre dietro ai suoi fantasmi. La malinconia (talora avrebbe dovuto definirla *infelicità*), era la compagna inseparabile, taciturna di una vita.

Gianni Laudario iniziava a prendere coscienza dei luoghi. Gli era già capitato di passare per Ferrara, in passato, sebbene costretto dai tempi rapidi delle incombenze operative. Di Piazza Sacrati custodiva, così, larvate reminiscenze: l'ampio parcheggio, con gli alberelli spogli ai quattro lati, la strada asfaltata che disegnava un quadrato perfetto, lasciando al marciapiede uno spazio ragionevole, stretto tra la facciata esterna di una Chiesa, i negozi e i ristoranti nei rimanenti tre lati e di fronte la facciata dell'Hotel "Savoy", con l'ingresso su via Garibaldi.

Al primo impatto, dalla città estense era rimasto favorevolmente colpito, lui così restio ad allontanarsi da Torino, dalle guglie austere dei portici dove volentieri si perdeva, sentendosene come protetto.

Nei casi non frequenti in cui, per lavoro o tributo d'amore nei confronti della moglie, più avvezza agli spostamenti, doveva trattenersi a lungo lontano dalla sua città, veniva presto colto da un senso ottuso di smarrimento e da una inclemente nostalgia di casa che, a stento, sopprimeva, sorretto dall'idea che più cresceva il desiderio, maggiore sarebbe stato il fervore del rientro.

La calda ospitalità della Direzione e del personale dell'albergo gli recò il conforto di cui necessitava. Venne introdotto alle camere da una giovane e bionda inserviente dall'accento straniero. Notò subito il nitore della stanza, una singola spaziosa che affacciava sulla

Piazza. Sollevato da temute ugge collaterali, cominciò a sentirsi a proprio agio e ricambiò la zelante cameriera di sorrisi e lauta mancia. Quella ringraziò e fece per uscire, per bloccarsi poi, inaspettatamente, sull'uscio. Si era voltata all'improvviso e si era messa a fissarlo, ponendolo in una condizione di disagio.

«Oh, mi perdoni, signore» sospirò la cameriera, rendendosi conto di aver varcato, con l'insistenza dello sguardo, la soglia dell'indelicatezza. «Io credo di conoscerla».

Era di statura corta, longilinea nelle forme e veloce nei movimenti. Dal tono cantilenato della voce e dalla scelta sintattica, l'ex funzionario della Giudiziaria ne riconobbe l'origine.

«Lei è uno della polizia, vero?».

Laudario si limitò ad annuire, con uno stentato gesto del capo.

«Credo di averla vista, molto tempo fa, penso dieci anni, a Torino. Forse mi sbaglio?».

«No, non si sbaglia. In effetti, è là che lavoro».

Lo meravigliava la cronologia, perché la pensava molto più giovane di quanto evidentemente non fosse.

«Mi chiamo Olga. Ero commessa di negozio di abbigliamento a Torino, appena arrivata dalla Bielorussia, che è il mio Paese».

Laudario le strinse la mano, mentre cercava un improbabile identikit della donna nella memoria, faticando nel metterne a fuoco la fisionomia.

«Ho incontrato un operaio emiliano, lassù e allora adesso vivo qua col mio sposo e i miei figli, due femmine e un maschio».

Il commissario sbuffò, tra sé e sé. Cosa aveva a che fare con lui, la piccola Olga? E, soprattutto, perché metterlo al corrente, al dettaglio, della sua vita privata?

«Ho molta nostalgia di Torino, sa? Però anche qui a Ferrara sono contenta, mi trovo molto bene».

«Signora, mi perdoni» intervenne Laudario, che aveva finalmente preso la saggia decisione di interromperla. Fatta salva la consueta buona volontà, cominciava a spazientirsi, fermo sulla soglia della camera, le gambe stanche e il modesto bagaglio da disfare.

«Non vorrei apparirle scortese ma sono un po' stanco e avrei davvero bisogno di una doccia».

«Mi scuso tanto, ispettore, ma io la conosco e volevo tanto chiederle una cosa».

La sensibile accelerazione timbrica con cui aveva pronunciato la frase, metteva in risalto una strana concitazione, che non sfuggì al poliziotto.

«Magari, dopo…» aggiunse la cameriera, schermendosi.

Laudario ci pensò sopra un istante e stabilì che fosse preferibile cavarsi subito il dente; la invitò a sedere sulla poltroncina che stava accanto alla scrivania e si accomodò sul bordo del letto.

«Mi racconti tutto, Olga. Se possibile, provi a essere concisa».

Lei non si fece pregare, lo ringraziò, mentre cercava nella mente le parole adatte a tradurre ciò che tanto le premeva.

«Lavoravo in negozio, a Torino, da un anno ormai, quando ci fu un delitto nel palazzo dove abitavo. La vittima si chiamava Marco Angeletti ed era una persona molto gentile con me».

Prese una pausa, per dare ordine al discorso.

«Non ho più dimenticato che era proprio lei a fare indagini».

Come un lampo nel cielo oscuro, tutto riemerse dal rimosso. Ricordava molto nitidamente l'accaduto e gli sovvenne anche la modalità particolare del loro incontro.

«Sono stata chiamata in commissariato a testimoniare e lei, ispettore, mi ha interrogata. Non scordo mai con quanta gentilezza».

Il quadro si era ricomposto nella memoria del commissario. Marco Angeletti era implicato nel racket della droga e in un giro di prostituzione minorile che, a quel tempo, infestava la città. Si era inizialmente pensato a un delitto maturato in quell'ambiente: per poi scoprire che la responsabilità dell'omicidio gravava, per questioni di eredità familiare, sul fratello del morto ammazzato.

Adesso che l'aveva di fronte – il colorito ceruleo negli occhi vispi, sfavillanti sul viso ovale, il fisico aggraziato, con la linea appuntita dei seni bene in vista nello stretto reggiseno, che riluceva come un opale dentro la divisa bianca e blu d'ordinanza – riusciva con buona approssimazione a ricordarla, seduta immobile davanti alla sua scrivania, la posa impettita, mentre lui le rivolgeva scontate domande di routine.

La giovane addetta alle camere, nel cui aspetto esterno il tempo pareva essersi arreso, era tornata a fissarlo, la schiena ritta sulla poltrona imbottita di stoffa a strisce verticali, di diverse tonalità di verde.

«Va bene, Olga» disse lui, provandosi di allontanare da sé quello sguardo, a tratti invadente.

«A parte la piacevolezza del ricordo, c'è qualcosa d'altro?».

La russa sbatté un poco le ciglia, mordicchiandosi le labbra dove un tocco educato di rossetto aveva impresso un tenue passepartout.

«Sì, se non sono noiosa. Volevo sapere... Se lei è qui per la storia del Distretto militare».

Laudario inarcò le sopracciglia, folgorato dal riferimento inatteso e puntuale della donna. Si chiese se fosse solo una semplice coincidenza.

«Veramente...» rispose con un balbettio che ne esplicitava lo sbigottimento; era terribilmente insicuro circa la direzione da prendere.

«No, non ne so nulla. Sono qui per una breve vacanza. Di che storia parla? Quale Distretto?».

La donna, in tutta evidenza delusa, abbassò lo sguardo.

«Peccato, peccato» ripeté, in un mormorio di rassegnazione.

Il commissario si scosse, non poteva rinunciare alla ghiotta opportunità. Con molto tatto, cercando di non scoprire le sue carte, insistette affinché Olga le svelasse ogni particolare della trama alla quale aveva appena alluso. Non era forse, Loris Varelli, ospite – a quanto gli avevano spiegato – di un distaccamento dell'esercito in terra d'Emilia? Concentratissimo sui casi suoi, non si era posto il problema di cosa ci facessero i militi arrampicati, in tutta segretezza, sulle Mura della città del Savonarola: forse era quello un modo per avvicinarsi a entrambe le verità.

La domestica sembrò riprendere fiducia; alzò di nuovo lo sguardo verso Laudario, si schiarì la voce e riattaccò discorso.

«Deve sapere che, con mio marito, abitiamo dalle parti del Distretto, in una di quelle palazzine proprio davanti alle Mura. C'è un grande prato in mezzo, con panchine».

Il commissario non aveva affatto presente la geografia in oggetto ma, schiumante com'era di curiosità e per non sciupare altro tempo, le fece intendere di aver perfettamente chiaro il riferimento.

«Là dentro, nella caserma, c'è strana atmosfera» continuò quella, rimarcando in astratto il dettaglio per conferire un'aura di mistero al racconto, allo scopo di impressionare maggiormente il competente interlocutore che, dal canto suo, si mostrava assai sensibile al resoconto, edulcorazioni incluse.

«Durante il giorno non si sente volare una mosca: sembra una postazione abbandonata e, invece, è piena di soldati. Di sera ci capita spesso, al contrario, di incontrarli; hanno tutti una faccia scura, non si lasciano avvicinare, se gli domandi qualcosa ti rispondono a brutto muso. Una volta hanno perfino fatto rastrellamento nei paraggi, come nazisti o sovietici. Volevano entrare in casa, ci chiedevano documenti, volevano sapere tutto di noi.

«Abbiamo chiesto alla polizia spiegazioni ma loro hanno detto che non sapevano niente e che avevano ordine di lasciar fare ai militari quello che volevano. Noi siamo tutti spaventati, ispettore».

Laudario non ci capiva granché ma leggeva nello sguardo della donna un velo di sincera apprensione, dietro la terminologia confusa e vagamente effettuale di cui ammantava il racconto. Dei fatti conseguenti all'installazione del Presidio sapeva obiettivamente molto poco, avvolti come sempre nel riserbo ufficiale. Del resto, altre erano le sue occorrenze e più che mai stringenti.

«Da un paio di settimane, c'è un nuovo problema» soggiunse Olga, con abilità oratoriale consumata sospendendo il discorso, al quale il commissario restava appeso come un pesce all'amo.

«Ora in caserma, tra i soldati, ci sta pure un *civile*».

Altra pausa, cui fece seguito un lungo sospiro.

«E chi sarebbe questo... *Civile?*» si affrettò a suggerire il poliziotto in congedo che, fiutando preziose novità, non stava più nella pelle.

«Non so il nome, né il perché sta là» rispose lei, inarcando le spalle. «Però, a me sembra strano che quello sta là, quando nessuno si può avvicinare e noi sappiamo che ai civili non è permesso di entrare».

Già, tutta quella faccenda suonava assai strana anche alle sue orecchie e le fece cenno di proseguire. La cameriera, per tutta risposta, strisciò veloce verso di lui e andò a sedergli accanto, con fare cospirativo.

«Io l'ho visto, più di una volta» disse, in uno sbatter ancor più fragoroso di ciglia, mentre s'accostava talmente al commissario che, questi, seduto in pizzo al letto, nell'atto di scostarsi fu sul punto di perdere l'equilibrio e cadere sul pavimento. «Va spesso in giro per la città, quasi sempre da solo, con grosse macchine fotografiche. È un tipo strano, molto strano».

Laudario s'alzò in piedi, per sfuggire l'imbarazzo che gli dava l'incomoda posizione in cui l'aveva costretto Olga, incollandosi a lui nella concitazione del parlato.

«Devo dire, però, che non tutti i militi sono prepotenti» precisò la donna di servizio, dopo un breve intervallo. «Il comandante del Distretto, colonnello Zurlan, è persona molto gentile con tutti noi del quartiere: ma anche lui muto sul perché e per come...».

Laudario guardò la valigetta, gettata in un angolo, ancora da disfare; poi diede un'occhiata alla toilette, dove la tendina della doccia era leggermente scostata. Non che avesse scoperto grandi cose ma, se non altro, la fervida relazione di Olga lo aveva convinto della bontà delle scelte operate sino a quel momento. Le tracce e il percorso seguiti convergevano: non restava che verificarne l'esattezza.

«Allora, vedendola qui, mi sono chiesta: magari l'ispettore, che è così bravo, ci può aiutare».

Si era come distratto, la mente svagata dall'impercettibile ronzio del condizionatore che mitigava l'arrembante ascesa delle temperature. Le prese la mano, con il garbo démodé del vecchio gentiluomo, aiutandola ad alzarsi e le strinse nel pugno dell'altro denaro, per ripagarla della preziosa testimonianza.

«Non tema, Olga» la rassicurò nel congedarla, scortandola sino al corridoio. «Non mancherò di fare indagini accurate sul "caso" che lei mi ha esposto e le farò, senz'altro, sapere».

«La prego, ispettore!» lo ammonì quella, allontanandosi verso l'ascensore. «Scopra qualcosa: noi qui abbiamo tutti un po' paura».

Nel richiudersi la porta alle spalle, Laudario si guardò la punta delle scarpe, mocassini neri, un poco aggrinziti, che sfidavano la moda e la decenza. I piedi gli dolevano e nella cervice era presumibile che qualche ossicino si fosse annodato su se stesso. Si spogliò con studiata lentezza, infilandosi a corpo morto sotto il getto d'acqua temperata della doccia; vi rimase a lungo, riflettendo sull'immediatezza di quanto aveva premeditato. Quando uscì dal bagno, le pudende avvolte in uno dei bianchi, spumosi asciugamani a disposizione dei clienti, il corpo rilassato al contatto della soffice seta, aveva già deciso di rimandare l'evento al dopocena. Valutò che l'obiettivo non avrebbe, in poche ore, potuto spostarsi poi di molto: e, a una giudiziosa disamina, il buonsenso lo consigliava di attendere ai bisogni corporali, da diverso tempo inevasi. Il distaccamento militare e il fotografo Varelli potevano aspettare.

Lui, nel frattempo, avrebbe vigilato nei dintorni del criptico avamposto, il fiato sul collo della preda. In quanto ai militari, il rispetto glielo avrebbero assicurato il distintivo e il nutrito corredo di incartamenti bollati di cui l'aveva dotato il previdente Bontà.

Espletò, nel tempo dovuto, le abluzioni rituali; si rivestì, avendo cura di accostare i colori dello "spezzato", a ricordo dei premurosi richiami della consorte.

Attraversò la hall sfoderando uno dei suoi sorrisi più accattivanti e varcò la soglia dell'Hotel rinfrancato da una corrente fresca che gli asciugò la fronte già in ebollizione. Tutto volgeva al meglio e lo metteva di buonumore il pensiero dei famosi ricettari emiliani, con cui avrebbe saziato il palato e lo stomaco, da troppe ore digiuni.

Guardò, per un attimo, la piazza, tonificato dalla lieve brezza appena levatasi: non vide, però, quanto, proprio al centro della medesima, accadeva davanti al suo naso.

Ventisette

Inizialmente, non ci avevo fatto troppo caso; poi, a guardar meglio, mi fu chiara l'origine dell'effetto di *déjà vu*. Per un attimo, i nostri sguardi si erano addirittura distrattamente incrociati. Chissà se un posticipato lazzo mnemonico sarebbe occorso a lui pure, o se aveva cancellato dalla mente quel casuale intoppo per le vie di Torino. E chissà cosa ci faceva l'uomo dalla faccia ombrosa, elegante ma come costretto nella candida divisa di ufficiale di polizia che quella sera avevo casualmente urtato, tutto solo per le vie di Ferrara.

Fui persino tentato di fotografarlo e lo misi sotto il tiro dei miei obiettivi; avrei forse voluto avvicinarlo, tanto stanco e deluso mi sentivo in quel momento, pregandolo di farmi un po' di compagnia. Aveva l'aria e il passo di chi è abituato alla solitudine e viceversa lo sguardo di chi conosce gli uomini e le loro perversioni. D'altronde, doveva essere quello il suo mestiere, mettere luce dove è buio pesto, penetrare nell'animo, nei contorcimenti della psiche umana: magari sarebbe stato capace di fare chiarezza anche nella mia, a un metro dal dirupo, dallo schianto del non-ritorno.

Così volsi, per un breve istante, l'obiettivo verso di lui, spostando di qualche centimetro il cavalletto che avevo posato proprio nel centro della piazza, insolitamente sgombra di vetture.

Fotografavo alla rinfusa, senza reale coscienza di quello che avevo davanti allo schermo: il solito vecchio trucco cui ricorrevo per ingannare il tempo e, soprattutto, me stesso. Stavolta, però, il diversivo mostrava la corda, il futile spazio dell'inquadratura non bastava a eludere il tormento. Non si trattava più di fantasmi in agguato, bensì della *verità*, agghiacciante, inconfutabile come un delitto che si credeva perfetto.

Quelle lettere, quei diari... Ho omesso di parlare del mio, pagine di un block notes sparpagliate nel fondo del ripostiglio da Alessio, un po' alla meglio, ché neanche la sua perizia era arrivata a classificarle. Tra quelle righe, custodivo più di un segreto.

Non sapevo ancora cosa avrei fatto della mia vita, da quel preciso istante in poi; vivevo nel dubbio, forse più che prima, non già nella paura, che lo spiraglio aperto nell'incubo aveva paradossalmente placata.

A Giulia avrei scritto una lettera, un giorno o l'altro; tenevo il cellulare rigorosamente spento, perché non potesse intercettarmi.

Mi colse il desiderio di chiudermi nuovamente nelle segrete del mio forzato eremo, stendermi sopra il letto, legnoso quanto un giaciglio francescano e navigare nell'oblio: tutto sarebbe parso più semplice, a occhi chiusi, nel silenzio del padiglione. Smontai in tutta fretta l'armamentario fotografico, l'agitazione contrastava il bisogno assoluto di quiete, di stordimento.

Quando fui al Castello, durante l'impaziente, catartica retromarcia, lo rividi, quasi un segnale, l'obbligo imprescindibile del destino. A lenti inforcate, spostava l'occhio avido tra le proposte del menù di un caffè – ristorante, di fronte ai bastioni dell'antica residenza degli Estensi.

Decise di sedersi nell'angolo più lontano del piccolo ambiente esterno, dove una decina di tavoli stavano raccolti intorno alla cinta di un pergolato di legno scuro, rivestito di fiori. Ne osservavo i gesti e la compostezza del sostare, seduto a schiena dritta, il tovagliolo adagiato sulle gambe unite. Mi avvicinai alla pergola, arrestandomi sulla soglia. Mi limitavo a osservarlo, nella speranza che anche lui si accorgesse di me, ma il suo sguardo era calato sulla carta dei cibi e nulla pareva distoglierlo dalla gratificante incombenza.

Feci qualche passo avanti e scambiai poche battute con il cameriere, fingendo interesse per il locale, al solo scopo di sollecitare l'attenzione del poliziotto: ma lui continuava a fissare imperturbabile la lista. Gli scattai un paio di inutili foto, cogliendone il profilo, assai fotogenico; quindi gli voltai le spalle e fuggii, l'animo in subbuglio, verso tutte altre sorti.

Alzò la testa, di quel tanto che occorreva per farsi notare dal lesto giovanotto in camicia bianca e pantaloni neri, addetto alle ordinazioni; per la prima volta, dopo mesi, cominciava ad avvertire un sentimento di moderata soddisfazione verso se stesso. A bassa voce, quasi con il timore di offenderne la dignità, ordinò al cameriere cappellacci di zucca al ragù bianco, verdure miste al *gratin*, un quarto di "bianco" della casa, acqua minerale naturale. Laudario fissò lo sguardo sul ponte levatoio del Castello, le dita che tamburellavano sul bordo del tavolo. Dalle alte torrette, il sole rimbalzava sulla canna dell'arrugginito pezzo d'artiglieria che mirava alla piazza, ferendogli le pupille; si parò la vista con gli occhiali polarizzati, che gli conferivano un aspetto, se possibile, più austero. Gli sembrava di vivere a qualche metro dal suolo, calamitato in un risucchio circolare, che prescindeva da spazio e tempo.

Non gli dispiaceva di starsene seduto a oziare, in attesa che le specialità della casa venissero a solleticargli le papille gustative. *Semel in anno*, si disse, senza l'angustia di rovelli polizieschi: tutto considerato, per il definitivo canto del cigno non c'era di che aver fretta. La soluzione l'aveva a portata di mano, chiusa tra le mura cinquecentesche dell'Addizione: poteva concedersi il lusso di aspettare, di posticipare l'evento. Fece un rapido riepilogo degli elementi di cui disponeva: la presenza accertata di Loris Varelli a Torino, nei giorni immediatamente precedenti l'omicidio di Gabriella Alderisi e la scomparsa di Dominique Tagliavini; lo stato di estasi catatonica in cui il fotografo si trovava al momento del "fermo" operato dai colleghi della "Municipale", che faceva supporre un uso cospicuo, da parte dell'indiziato, di sostanze stupefacenti; il "fuori fuoco" dell'analogico, pervenuto all'epoca, per mano ignota, agli uffici della Giudiziaria e che, successivamente rielaborato grazie ai sofisticati strumenti di Cesare Ravasi, conduceva all'inoppugnabile identificazione dei tre soggetti ritratti: le due ragazze del massacro di Lanzo e, in mezzo, Loris Varelli. C'era, infine, la mezza testimonianza strappata alla sorella del sospettato, l'affascinante Giulia. Laudario era convinto che la donna sapesse molto più di quanto stentatamente dichiarato. Se a tutto questo si aggiungeva lo strano caso dell'omicidio di Stefania Mannini, all'epoca sentimentalmente legata al Varelli, avvenuto a Roma, alcuni anni prima, in circostanze mai chiarite e con le *stesse* modalità esecutorie... Ebbene, le coincidenze diventavano quantomeno allarmanti.

Ogni tassello, ogni particolare tornava al suo centro, congiungendo anelli nella medesima catena. Magari sarà stato fortuito l'approdo, forse rocambolesco l'assemblaggio dei fatti e qualcuno avrebbe manifestato più di una perplessità in sede di riscontro probatorio: ma il risultato non cambiava. Doveva parecchio alla (buona) sorte che, d'altra parte, tutti ci condiziona. Era altrettanto vero, però, che memoria e tenacia avessero giocato un ruolo determinante durante l'interminabile iter investigativo.

Considerò, per un attimo, che si fosse sbagliato, che l'esito si tramutasse nell'ennesimo buco nell'acqua; ne concluse che nulla sarebbe cambiato. Come durante una partita a scacchi, la lettura di un buon libro, l'ascolto di una sinfonia, *il percorso* avrebbe fatto *la differenza*, sarebbe stato la differenza, fino al compimento del viaggio. Un percorso pulito, trasparente, logico nell'illogicità delle sue sotterranee trame, dell'occasione sghemba che lo aveva generato. La pazienza lo aveva sorretto, anche quando si era sentito perduto, vinto, rassegnato; se, anche stavolta, la soluzione fosse stata errata, lui non avrebbe avuto più nulla da rimproverarsi, fermo nella certezza di non aver lasciato niente d'intentato. Lo esaltava il pensiero che il suo uomo fosse là, a poche centinaia di metri di distanza e che lui avesse deciso, dopo miglia di instancabile navigazione, giunto alfine in prossimità del porto, di allentare il timone, per mettersi a girovagare compiaciuto intorno alla riva. Ma aveva voglia di assaporarlo attimo per attimo, il sottile sapore del riscatto, della redenzione: e, allora, ne ritardava il momento, così come l'amante esperto indugia sui preliminari, per spingere al limite il momento dell'orgasmo.

Sentiva il corpo fremere, la tensione montare, ma si vantava di aver saputo resistere, come un atleta esperto, all'ansia da prestazione. D'altra parte, non era neppure in grado di presupporre, data la non ufficialità dell'inchiesta, le conseguenze in termini legali delle *proprie* azioni, prima ancora di quelle del presunto assassino.

Cosa importava, però, alle vittime – a patto di reputare Dominique Tagliavini una vittima, al pari della sua sventurata compagna – di tutto quel suo irriducibile impegno? E quanto al colpevole il venire smascherato, da chi non aveva più il potere di farlo? Perché tanto irragionevole affannarsi attorno a un cumulo di ceneri, già spazzate via dal vento del tempo?

Doveva scrollarsi subito di dosso il velo dei cattivi pensieri e guardare con fiducia all'avvenire: la tenebrosa ossessione era a un passo dal congedo. Ora desiderava solo godere del tramonto estivo nella pigra quiete di quel laborioso angolo di pianura padana; al *suo* fotografo avrebbe concesso, tra non molto, il ruolo scomodo del primo attore, dietro le quinte di una messa in scena fin lì riservata ai soli comprimari e monca del finale. Era tempo di rialzare il sipario sull'atto che mancava.

Accolse, dunque, con un sorriso privo di remore, la fumante pietanza al gusto dolciastro di zucca, insaporita dal famoso ragù emiliano, che il giovane cameriere gli porse, quasi inciampando in un buffo inchino.

"La luce che ha invaso la stanza sembra sparata da un grosso riflettore, tanto è densa e incandescente. È una nebbia dorata, dilata la prospettiva in un vortice che toglie proporzione agli spazi, così che l'angolo vicino alla finestra mi appare ora lontanissimo.

Eppure fuori è notte fonda, lo so, ma è una notte che non riesco a immaginare, perché è la luce, questo fiotto irreale di energia radiosa, a dominare il sogno. Perché certamente io sono *nel sogno* e non riesco a uscirne.

Sto seduto sul letto, le ossa mi dolgono ed è una condizione piuttosto abituale. Ciò che proprio non capisco è tutta questa luce. Se provo a spostare lo sguardo verso la finestra non vedo niente, se non l'abbaglio che cancella ogni colore; gli stessi odori non sono più quelli, né il tiglio, né l'erba inumidita dal ristagno: neppure il tanfo da caserma, le uniformi imbevute del sandalo antisettico, non il ritorno acidulo della varechina dalle ritirate. Inodore e incolore è la sostanza in cui è immerso il mio sogno, la mia stessa stanza non ha più odori, né colori. Eppure…

Eppure, tutto sembra così *reale*, l'immagine stessa che compare nell'angolo lontano e si sposta al centro della stanza materializzando l'incubo. *Lei* è davanti a me, ferma ai piedi del letto, ma non ha luce intorno, è una sagoma scura e indistinta, un'acuta vertigine dei sensi. C'è qualcosa di strano, però, in quello sguardo attonito e cupo; sono fiamme, lamine taglienti, i suoi occhi sbarrati, fissi su di me e, come al solito, cercano *oltre* me, verso un assoluto che non so definire. Ma stavolta, nel passare oltre, mi *trapassano*, mi passano da parte a parte, facendomi sanguinare. Posso *sentirlo* il dolore, riesco a *vederlo* il sangue, tutto quel sangue che le maschera il viso, mentre gli occhi sono lampi, saette che offendono lo sguardo. Ha i capelli impiastrati di fango, il ricciolo smorto sulla spallina gracile; il colorito della pelle è violaceo, le labbra tumefatte si torcono in una contrazione innaturale.

Non ho paura, è l'angoscia che mi divora, il peso di quella condizione di dolore che affonda nel mio, che ora *so*, anche se non so dire. Il tuo dolore nel mio, il dolore che *io* ho provocato.

Devo svegliarmi, *devo*. Ci sto provando, Dominique, ma proprio non posso. E se fossi, davvero, sveglio?

Lo sguardo di *lei* affonda su di me, fino a farmi male, non mi resta che distrarlo; giro la testa verso la luce là fuori che ottunde le tenebre. E, finalmente, *vedo* la notte farsi nero mantello, nel raggiro tenue della luna, nel veltro soffice di stelle opache che distraggono l'oscurità. Quando torno, angosciato, a guardare negli occhi il mio fantasma, *lei non è più*. Un sospiro profondo, il respiro soffia sulla luce, diradandola. Sono davvero *miei* gli occhi che vedono? *Svegliati*, per pietà!

Poggio i piedi in terra, delicatamente, mi tiro su, non sento il corpo che vibra, la spina dorsale che si inarca, i muscoli delle gambe che sorreggono. Cammino leggero, come levitassi: è chiaro, è tutto un sogno, non c'è spavento, solo *angoscia*.

Attraverso la stanza, apro piano la porta, nessuno deve sentirmi. Ogni cosa è identica a se stessa, come nella realtà, le sedie, le pareti quadrate, il piano del tavolino ingombro di inutili riviste. Non avverto il suono del mio passo, né la sensazione tattile del piede nudo che appoggia sul pavimento: non ho nulla da temere, se non il timore del non risveglio. Perché *devo* svegliarmi, devo parlarti, Dominique, spiegare che non c'è spiegazione in tutto quel sangue, nel dolore che si perpetua. Io *non sono io*, allora ho bisogno di quella roba, ne ho bisogno, capisci? Soltanto che poi perdo la cognizione del tempo, l'identità, la proprietà delle azioni, dei gesti. La memoria mi abbandona, né dopo la ritrovo, per distorta che sia: tremo al pensiero che, una volta sveglio, ne sarò nuovamente, definitivamente, dimentico.

La mano afferra la maniglia, posso vederla mentre esita, spettatore del mio film, le dita che falliscono nel movimento involontario. È forse il sogno a inventarsi una realtà parallela? Questo è l'incubo *reale*: essere prigionieri della realtà! Dunque, se alla realtà non c'è rimedio, bisogna continuare e andare *fino in fondo*, al margine estremo. Con uno sforzo tremendo, la mia mano tira a sé la porta e spalanca la vista sul corridoio. Ancora un passo in avanti, inavvertito. Sposto lo sguardo ora alla mia destra, ora a sinistra: intorno non c'è anima viva, solo un lugubre silenzio.

Se è vero che sto sognando, è un sogno che pensa a occhi aperti; senza più esitazioni, mi lancio verso il lato sinistro del corridoio e comincio a camminare, tra pareti che confabulano tra loro, né avverto il sommesso mormorio. Le lucette, alte a muro, hanno brividi intermittenti, come palpebre che s'aprono e chiudono al mio passaggio: ma io procedo senza guardarmi indietro, una soggettiva che avanza nelle deviazioni ottuse degli angoli del corridoio che lascia intravedere, a poco a poco, porzioni analoghe di spazio, come in un labirinto cieco. Una sensazione improvvisa di benessere mi invade, così estranea e contigua all'ansietà che corrode, simile a un tumore in continua metastasi. Se il corpo avanza leggero, libero dalla conta delle purulente ecchimosi che, di norma, lo affliggono, la malattia prende rifugio nell'animo, e l'affanno cresce, di minuto in minuto, fino a implodere dentro, fino a togliermi il respiro...

Percorro corridoi vuoti, pareti che si assommano sempre uguali, lati incerti di un'improbabile figura geometrica. Grandi finestre rettangolari affacciano sull'esterno, nell'aria che profuma di rugiada. Sull'ultima curva, d'improvviso, il corridoio va a morire, inghiottito in un baratro che ha la forma di un'enorme arcata grigia, una porta aperta sul vuoto. In quel nero profondo e imperscrutabile, come cicatrice nella carne, sta inciso il profilo di *lei*, insostenibile e osceno nella purezza severa dello sguardo. Arretro in un capogiro che fa del pavimento e delle pareti sabbie mobili che tentan di risucchiarmi; tutto intorno è mobile e vago, tutto pare sul punto di precipitarmi addosso.

E, di colpo, comincio a *sentire*. Sento la nudità del corpo che trema, della pelle che raggrinzisce, sento il peso dello spavento che torna a prendere il sopravvento, ospite insalutato che uccide l'angoscia e commuta il dolore in emozione febbrile, nell'eccitazione dei nervi che riprendono freneticamente a vibrare, nella tensione che sfibra i tessuti, che mi fa battere forte il cuore. E sento le gambe cedere, la schiena che duole, la testa che vorrebbe staccarsi dal collo attorto. Vorrei chiudere gli occhi, voltare lo sguardo all'immagine che incalza, scalpita, esige il compenso a tanto dolore. Dominique, se davvero potessi leggere in quel tuo sguardo!

Ma tutto ciò che vedo è il mio terrore riflesso nei suoi occhi; chissà *dove sei*, nascosta in quello sguardo attonito, negli occhi che bruciano dentro pupille dilatate e gonfie, nei lineamenti lividi, le guance violate e bluastre, le braccia che si distendono inermi lungo i fianchi. Provo tristezza e spavento per quel tuo vestito lacero e fuori dal tempo, con le ridicole stellette fluorescenti sulla maglietta azzurra dalle larghe spalle rigonfie, molto più grandi delle tue, morbide e incavate sulla linea del seno: e le calze, che forse non togli mai, eternamente sfrangiate sulla minigonna di filo, troppo pesante per la stagione.

Cosa vuoi da me, cosa pretendi ora? Io non riesco a ricordare e non ricordo nulla, anche se *so tutto*. Ciò che voglio è dimenticare, scordarmi di te, di Stefania, di Laura e delle altre, di una vita che *non* ho vissuto.

Ma lei continua a fissarmi e io, con un supremo atto di volontà, rifuggo il suo sguardo. Devo far ritorno a casa, devo *uscire dalla realtà*. Ripercorro all'inverso la strada che mi ha condotto sino al vicolo ottuso del nulla. Mi do coraggio, mi dico che l'unica cosa da fare è tornare nella stanza, calarsi nel sonno e, finalmente, svegliarsi. Però il piede inciampa e traballa, mi appoggio alla parete per non cadere; mi volto ancora e *la vedo*, è dietro di me, non ne vuol sapere di lasciarmi in pace, di rendermi quella pace che sogno. Va via, ti scongiuro! Se urlassi, le mie grida richiamerebbero gente e allora verrei scoperto, sarebbe la fine. Corro via, mi muovo alla rinfusa e inciampo e cado: la faccia a terra, il ventre che bacia il pavimento nudo e freddo, una tempesta di caldo e paura nel corpo che non sa rialzarsi, negli occhi che vedono il mio terrore.

Strisciando sui gomiti continuo ad arretrare, una lacrima mi attraversa il volto, nella temperie confusa dei sentimenti su cui non ho più alcun controllo.

Forse è la febbre a farmi sragionare, costringendomi al dormiveglia. Addosso la schiena alla parete, abbasso lo sguardo, *per non vedere*: ma adesso *sento*, sento la paura. Davanti a me qualcosa muove, in sottotono si approssimano voci nel lato lontano del padiglione. In preda al panico, mi contorco, chiudo gli occhi ma quando li riapro, *lei è davanti a me*. Grido, e ancora le volgo le spalle e mi getto avanti, ansimante, ma le voci aumentano di tono, mentre passi concitati si accalcano sul pavimento. In breve, quel vociare si fa assordante, insopportabile; mi tappo le orecchie con le mani, in un gesto istintivo e disperato, ma l'eco perfora il suono e entra dentro di me, fin nelle viscere, mi scuote come uno stelo d'erba ingobbito dal vento.

Di nuovo cado, mi rialzo ma non c'è scampo: non riuscirò a liberarmi di *loro*, non sarò più capace di svegliarmi. Ho vergogna delle mie nudità, non ho percezione di quel che potrà accadermi, adesso.

Ora sono a un passo da me, mi stringono nella morsa; sono con le spalle al muro, chiudo gli occhi e aspetto che tutto si compia, ogni speranza sembra svanire.

Un lampo squarcia il cielo, nell'aria calda la luce penetra da una finestra che si spalanca, i vetri tremano per il rimbombo del tuono. La finestra! In un solo momento, tutto si fa chiaro, dentro e fuori di me: la finestra! L'invisibile silhouette avanza verso di me, le voci diventano grida: ora tutto mi appare per ciò che è, così vivido e sensibile ed io mi sorprendo a ridere. È un riso isterico, strozzato, un ingorgo tremulo che sfuma a fior di labbra. Un passo ancora, solo un passo: non trovo il coraggio di farlo, sono come bloccato, inerte. Un pensiero fugace mi attraversa la mente, un ricordo antico, un remoto abbrivo della memoria; prima che ne abbia piena coscienza, le mani fanno leva sul marmo freddo del davanzale e ora mi trovo in piedi, accanto alla vetrata che si illumina a giorno per le vicine folgori del temporale che incalza.

Spalanco la finestra e guardo la schiuma verde delle Mura, i tetti bassi delle case, nell'orizzonte macchiato dal giallo sporco dei lampioni. Sulle cuspidi grigie dei capannoni della Certosa, le anime dei morti non fanno rumore; silenti muovono le foglie dei tigli agitate da una brezza vivace e, improvvisamente, tacciono tutte le voci che fanno calca, dietro di me.

Chiudo gli occhi davanti a quel silenzio perfetto, assoluto: e congedo un sospiro, che svanisce lento nell'aria, mentre il corpo si lascia cadere nel vuoto in un movimento che non ha peso.

Cado all'indietro, quasi fluttuante e nella caduta mi accompagnano evanescenti, tutti i fantasmi della mia vita, sorpresi dalla magia di uno scatto immaginario.

Sono immobile, adesso, gli occhi rivolti verso l'alto. Non sento alcun male, non avverto dolore: la struggente malinconia dell'infinito mi fa da tappeto. Sotto di me, la terra s'agita nelle viscere brulicanti di forme sottintese; sento il suono chiassoso delle cicale, l'impalpabile luccichio delle poche, temerarie lucciole. Sopra di me, anche il cielo scompare, dissolvendo in una gigantesca nuvola, vestita di bianco. Peccato non poterla fotografare tutta questa immensa pace.

Poi, di colpo, più nulla…"

Ventotto

La giornata si presentava bigia, uggiosa, il clima umido e appiccicoso. Intorno alla bara di abete, in un camposanto nel viterbese – di dove i Varelli erano originari – tra faggi e mirteti, sostavano composte non più di una ventina di persone, compreso l'officiante e un addetto alla manutenzione.

Giulia Varelli, la sorella del defunto, aggrappata al braccio del consorte, l'architetto Massimo Cavalieri, nascondeva le lacrime dietro un paio di occhiali scuri; la doratura della pelle non impediva alle smagliature del viso, tirato allo spasimo, di trasparire. Teneva la testa un poco bassa e la bocca, di tanto in tanto, si torceva, come volesse espellere l'enorme dolore. Dietro i coniugi Cavalieri stavano i due figli, Sara e Pierluigi, che si guardavano intorno con aria stralunata.

Non lontano dalla coppia, Laura Speranza, una longilinea dai lunghi capelli sbrigliati di colore chiaro, occhi di luna piena, spargeva fiotti lacrimali, tra singhiozzi rumorosi. Pare fosse stata, in mezzo alle molte di cui si era contornato e che avevano consegnato il fotografo agli onori del gossip, una delle presenze femminili più costanti.

Luca Aldebrandi, insigne storico dell'arte, ottimo amico e mentore del defunto, disse qualche parola di estremo commiato. Accanto a lui Umberto Carosi, un chimico che lavorava nella stessa azienda farmaceutica dov'era impiegata Giulia, gli occhi minuti, quasi spenti, persi nel vuoto, sembrava pensare a tutt'altro; aveva un aspetto sciupato, dietro l'ostentata perfezione del completo grigio dove affondava il corpo lunghissimo e magro.

Nicoletta D'Allevi e Mario Fanti, colleghi tra i più cari e stimati dal povero Loris, se ne stavano tacitamente in disparte, gli occhi piantati in terra, sul tumulo, a inseguire chissà quali ricordi.

Le larghe spalle strette nell'impeccabile uniforme con le stelline d'alto grado, il colonnello Alessio Zurlan, spiccava per altezza e nobiltà di tratto, pur nell'afflizione che ne increspava i muscoli facciali e ne ingobbiva appena la postura; comandava il distaccamento militare sulle Mura della città estense, dove Loris, il suo amico più vero, era ospite e dove, malauguratamente, in sua assenza, aveva trovato la morte. I sottoposti giuravano che mai lo avevano veduto in uno stato di tale cupezza e che egli non riusciva a perdonarsi di essere stato lontano, proprio nel momento in cui il vecchio, fraterno compagno di scuola si era deciso a porre fine, tanto inaspettatamente quanto brutalmente, alla propria esistenza: di quell'epilogo inverosimile e mostruoso non si dava pace, ritenendosene, in qualche misura, corresponsabile.

Lui, invece, aveva optato per restarsene in disparte dal gruppo di fedelissimi che accerchiava la salma appena deposta dello sfortunato fotografo. D'altra parte, si poteva ben dire che neppure lo conoscesse, fatto salvo un incontro, o meglio, uno scontro accidentale che aveva innescato improvviso il *déjà vu*. Il commissario Gianni Laudario guardava la bara dove giaceva l'uomo ch'egli aveva inseguito invano, attraverso tre città, nella sua lunga caccia all'uomo, durata più di venti anni. Alla fine era riuscito ad arrivargli praticamente alle costole. Ma era destino dovesse finire diversamente da come lui aveva auspicato.

In fondo, l'alacre commissario voleva soltanto rendere giustizia ai morti e allo strazio dei familiari e pagare un debito verso se stesso, non all'integerrimo funzionario di polizia ma all'uomo, al cittadino Laudario. Dopo tutto, la scelta del fotografo, qualunque ne fosse stata la causa reale e ispiratrice, sigillava l'intera vicenda, probabilmente esentando lui da un cumulo di scocciature. Restava la pena per l'uomo e la frustrazione – ancora più forte che quella provata durante la spossante, inane inchiesta – di non averlo potuto affrontare di persona, per estorcergli quella verità che l'uomo si portava dentro come un peso indicibile: quel peso che, in ultimo, lo aveva annientato.

A questo stava pensando il poliziotto in congedo, mentre osservava defilato il drappello degli affranti, radunati attorno alla tomba che ospitava le spoglie del defunto. Dai giornali aveva appreso un resoconto sommario dei fatti: il fotografo che vaga nudo, semicosciente, nel cuore della notte, lungo uno dei padiglioni del Distretto, incurante dei richiami dei militi accorsi nel generoso quanto vano sforzo di bloccarlo. D'improvviso, si sporge sopra il davanzale di una finestra e, senza un grido, si getta nel vuoto.

Laudario tirò su lo sguardo dalle rovine della memoria, in tempo per vedere una prima goccia d'acqua piovana precipitare sul polsino della giacca, seguita da altre, sulla manica e sopra la spalla. Una pioggerella fitta cominciò a cadere, effetto inevitabile del lento sciogliersi della condensa d'umido che costringeva la piana dov'era addossato il piccolo cimitero.

Tumulata la bara nella Cappella di famiglia, il minuto gruppo dei partecipanti alla triste ritualità iniziò a disperdersi, altresì obbligato dall'insistita trama del piovasco. Ci furono ancora timidi abbracci e strette di mano. Laudario vide Giulia intrattenersi con Umberto Carosi: il chimico prese le mani della sorella di Loris nelle sue e si piegò verso di lei in sommessa litania. Poco distante, Massimo Cavalieri conversava con il Professor Aldebrandi e il colonnello Zurlan: l'espressione dei volti ne esplicitava la commozione.

Il commissario notò ancora qualcosa che lo colpì profondamente. Nicoletta e Mario, gli affezionati colleghi di Loris, si avvicinarono al loculo per deporre, tra corone di fiori e fasce listate a lutto, una Nikon priva di obiettivo, insieme a vecchi negativi di foto.

Laudario ristette, il capo chino, l'aria stanca. Perduto in quel magma che aveva il sapore amaro della pioggia e delle lacrime, non si avvide della mano che ora premeva delicatamente sopra il suo braccio. Quando, infine, si voltò lei gli parve radiosa, pur nello strazio che le trasfigurava i lineamenti spigolosi del viso.

«Grazie per essere venuto».

«Ma come, mi ringrazia?» ribatté, quasi brusco, il commissario, colpito da quell'approccio gentile. «Non mi ritiene, in parte, responsabile di ciò che è accaduto?».

Lei lo guardò fingendo di non capire.

«Perché dovrei? Loris non immaginava certo che la polizia lo stesse cercando».

«Sì, ma lei sapeva…».

Giulia si strinse nelle spalle e piegò le labbra a un'espressione che a lui parve di infinita amarezza.

«Che importa ciò che io sapevo, ciò che lei credeva? Io non le ho mai creduto, *mai*, nemmeno per un attimo. Loris è morto solo, tra i suoi fantasmi».

Adesso era lui che non comprendeva il senso di quella frase: fece conto di non avere udito.

«Non ha pensato di avvertirlo, di metterlo in guardia?».

Una leggera ruga traspariva sotto lo zigomo, infossandole una guancia.

«Le avevo fatto una promessa, ricorda? Lei mi è parso una persona onesta, uno di cui ci si può fidare. Mi ero persuasa che mio fratello non avesse nulla da temere… Almeno non da lei».

Laudario affondò lo sguardo su quegli occhi che galleggiavano in un mare senza fondo; avrebbe voluto abbracciarla, dirle ciò che si teneva dentro da quando l'aveva vista distesa tra le sabbie di Sabaudia. Provò vergogna di sé, di quello sciocco intenerimento senile.

«A essere sincera ho provato a chiamarlo» confessò la donna, distogliendo lo sguardo da quello del poliziotto. «Non so cosa gli avrei detto. Comunque, è stato inutile perché, come sempre negli ultimi giorni, il suo cellulare era muto».

Si piegò a un sorriso nervoso, mentre le sottili dita prendevano a rovistare nelle maglie della borsetta di cuoio nera, che stringeva tra le mani: ne estrasse un taccuino dalla copertina grezza e lo porse al commissario. Laudario lo strinse nel pugno, come per paura di perderlo. Giulia si soffiò il naso, nascondendo le lacrime nel fazzoletto aperto.

«Non se ne abbia a male, commissario: a differenza di quanto riteneva lei, io non ho mai potuto credere che Loris fosse un assassino».

Si morse le labbra, per impedire alle parole di uscire spontaneamente, quindi soggiunse:

«Non se la prenda, perché temo che lei *avesse ragione*».

Lo disse d'un fiato e corse via, lasciandogli in regalo il profumo del suo tailleur grigio scuro e lo scintillio degli occhi tristi, che avevano il colore del mare quando è agitato. Laudario rimase a guardarla mentre s'allontanava a braccetto con il marito: Massimo lo salutò con un breve gesto della mano. L'automobile, nel ripartire, alzò una nuvoletta di gas sul piazzale sterrato dov'era parcheggiata. Il commissario si mise nelle tasche il taccuino e si incamminò verso la fermata della corriera, incurante degli altri che non si curavano di lui.

In albergo ricevette una telefonata, mentre era intento a ripiegare gli abiti nella valigia. Giunto alla fine della corsa, non ne comprendeva più il senso; né più lo preoccupavano i torti o le ragioni, le sue e quelle degli altri protagonisti di quella storia buia, iniqua, che voleva solamente gettarsi alle spalle.

Cosa fosse *realmente* accaduto tra le macerie di quel vecchio rudere, nel cuore tetro di Lanzo, era materia che apparteneva alle memorie giudiziarie; che lui ci avesse visto giusto, non avrebbe cambiato le sorti dei vivi e dei morti, né modificato il corso della giustizia. La sua vita, d'ora innanzi, non sarebbe stata né migliore, né peggiore che prima: semplicemente, un poco più mutila, e così a seguire, di giorno in giorno, di anno in anno, fino al termine dei giochi.

Gianni Laudario cercò a lungo, invano, il cellulare, tra gli effetti personali: s'accorse che l'aveva di fronte, soffocato in mezzo ai cuscini, sopra il letto ancora disfatto.

«Parlo con il vecchio leone della Mole Antonelliana?».

La risata che assomigliava allo scoppiettio di una vecchia marmitta asmatica, tolse ogni dubbio circa l'identità del parlante.

«Giuso!» esclamò gioioso Laudario. «Ti giuro che non c'è altra voce che avrei voluto ascoltare, adesso, a parte la tua».

«Sì, sì, vabbè» si schermì il giudice Giuseppe Bontà. «E nun me chiama' Giuso! Allora, Lauda', che mi dici del funerale?».

«Che vuoi che ti dica di un funerale?».

Bontà rise ancora, il riflusso annaspò nella trachea.

«Ma che mi vuoi prendere per il culo, Laudario? Guarda che io ti conosco bene: qui c'era in ballo il tuo orgoglio, hai rischiato di mandare in vacca tutto il lavoro svolto».

«Sai che c'è, Pino? Che non me ne importa più un tubo di tutta 'sta faccenda. Ti dirò, anzi, che sono arrivato alla conclusione che si sia trattato di un paradosso ossessivo, che ha finito per travolgere la mia vita: e, purtroppo, non solo la mia».

«Invece io, guarda un po', comincio a pensarla diversamente. E, se stasera vieni a cena con me, cercherò di spiegarmi meglio. C'è una trattoria coi fiocchi a Frascati, proprio in cima al colle: un combinato disposto, come si dice tra di noi giureconsulti, di frescura e qualità. Che ne pensi?».

Laudario si sentiva stanco, deluso, amareggiato e il suo unico progetto per la serata sarebbe stato di gettarsi tra le lenzuola e dormire, con il sonno fugando l'insidia del malumore. D'altra parte, resistere all'impatto adrenalinico del Bontà non era per niente facile; oltretutto, faceva troppo caldo per mettersi a tracchéggiare, sicché si lasciò convincere.

«D'accordo...» disse sottovoce, mentre lo assaliva uno strano pensiero.

Il locale, punta di diamante tra i molti che affollavano i Castelli, stava arroccato alle falde della piazza del belvedere, in cima a una salitella che curvava su una strada senza uscita. La temperatura era decisamente più bassa che a Roma e Laudario non rimpianse di avere con sé la blusa cotonata della *Lacoste*, dono di compleanno della figlia Chiara.

Sedettero a un tavolo di formica, all'aperto. Il ristorante era arredato con il gusto tradizionale del luogo, secondo un criterio che mescolava sapientemente antico e moderno. Bontà ordinò linguine alla salsa d'aragoste e invitò il commissario a fare altrettanto.

«Mica quella roba surgelata che te servono normalmente» commentò con enfasi. «Queste sono di prima qualità, sentirai che musica!».

Laudario sorrideva, cercando di farsi trascinare dall'ironia del giudice; non fece menzione della interiore battaglia che, dal giorno precedente, combatteva contro feroci e invisibili nemici, rischiando di sprofondare in un abisso buio e senza ritorno.

«Sono molto contento che tu abbia accettato l'invito» commentò Bontà, affilando lo sguardo sulle pietanze appena servite in tavola. «Domani torna mia moglie e finisce la pacchia; così ci tenevo a stare un po' con te, anche perché poi chissà quando me capita più».

Durante il pasto, si scambiarono poche battute sul tempo e la politica; fu solo davanti a una tazzina di caffè corretto, che Bontà affondò il coltello su quella ferita che, per il suo collega della Giudiziaria, ancora sanguinava.

«Il fatto è che, a mio parere, hai fatto centro. Proprio il suicidio di quel disgraziato ha smosso le acque e portato a galla scorie depositate da tempo sul fondo di un oceano inesplorato».

A quelle parole, Laudario storse un poco la bocca. Da un lato, non voleva più saperne di quella storia assurda, che gli aveva lasciato addosso il tanfo insopprimibile dell'orrore; d'altro canto, nella testa continuava ad avvertire il dispettoso ronzio di troppi cattivi pensieri.

«Devi sapere che il giudice Mannelli, il magistrato che ha svolto le indagini sul disperato epilogo del tuo fotografo, è una mia vecchia conoscenza» spiegò Bontà, gonfiando il petto in un respiro profondo. Diede un'occhiata intorno, poi allentò la cintura dei calzoni per far defluire meglio il fiato, oltre che il cibo trangugiato. «Sapendoti personalmente coinvolto nell'affare, mi sono permesso di contattarlo».

Vuotò d'un sorso il contenuto della tazzina e si umettò, soddisfatto, le labbra, prima di proseguire.

«Il Varelli era ospite del colonnello Zurlan, su al Distretto. I due pare si conoscessero sin dall'adolescenza, erano stati compagni di banco a scuola, un'amicizia interrottasi a seguito della partenza di Zurlan per l'Accademia Militare; da allora sembra non si siano più rivisti, anche se talora comunicavano per lettera, fino a un casuale rabbocco, pochi mesi fa, proprio nella tua città, invitati da amici comuni a una relazione universitaria. Buono il caffè, eh?».

Laudario fissava il vuoto, perso nelle pieghe del racconto del giudice.

«Eccellente!» esclamò, come per un improvviso ritorno alla realtà.

L'altro lo guardò di sbieco, facendo schioccare la lingua.

«Che ti dicevo?... Ah, sì! Interrogato da Mannelli – che è un prodigio nel rubare informazioni al teste, persino al più reticente – Zurlan dichiarò d'essersi presto allarmato per le condizioni di salute del suo vecchio amico, che gli avrebbe confessato di soffrire da un po' di tempo di un disagio psicofisico, con manifestazioni patogene; insonnia, incubi notturni e... Fantasie diurne».

Laudario guardò nella tazzina il caffè che andava raffreddandosi; quando tirò su lo sguardo, incontrò quello del giudice che era rimasto a osservarlo.

«Che intendi dire, con fantasie diurne?».

«Nel senso che *vedeva* cose, persone che, nella realtà, non esistevano. E te credo!».

Bontà sbottò in un'altra risatina anfetaminica e s'adagiò allo schienale della sedia con tutto il considerevole peso del corpo, facendola scricchiolare. Laudario lo scrutava perplesso.

«In buona sostanza» precisò il giudice romano «dai riscontri del medico legale che ha effettuato l'autopsia, su richiesta del magistrato e consenso della famiglia; dai riscontri, dicevo, è emerso, in tutta evidenza che il nostro amico fosse dedito all'assunzione di droghe. In particolare, al momento di lanciarsi nel vuoto, senza paracadute, aveva nel sangue un discreto contenuto di una sostanza allucinogena, molto rara in Europa, granuli di polvere estratta e lavorata nel Messico e nota con il nome di "Ojos de El Diablo."

«Ora, devi sapere che un concentrato di questa robaccia, chimicamente trattato e integrato in minutissime dosi ad altre componenti farmaceutiche, viene utilizzato in alcune terapie antidepressive; il dosaggio è calibrato, perché queste medicine possano dare assuefazione».

Malgrado sembrasse assente, Laudario non trascurava una virgola del discorso di Bontà. Sfocati brani di memoria lo trascinavano, spinti dall'incedere del racconto del causidico, verso pagine scritte in un lontano giorno di aprile, nella stanze grigie della Giudiziaria di Torino; vanamente interrogato dall'addetto alle "accettazioni", un giovanotto alto e ben piantato sembrava vittima di una forma di catalessi. L'immagine svanì, giusto in tempo per consentirgli di recepire l'ultima parte della relazione dell'amico magistrato.

«Se opportunamente combinato, l'*Ojos* può aiutare nella stimolazione dell'umore. Ma, allo stato di natura, e se mescolato all'alcool, diventa un'eccitante potentissimo, una droga micidiale che ti spedisce all'istante nell'iperuranio. Insomma, basta uno solo di quei granuli a convincerti di stare a tavola con Gesù Cristo a mangiare il guacamole.

«Eccitazione spasmodica, delirio, sdoppiamento della personalità: finito l'effetto ti senti come svuotato, spento e tendi a rimuovere le cose che ti sono capitate mentre eri strafatto. Ti serve altro, Lauda'?».

Il commissario se ne stava a capo chino, quasi le parole di Bontà gli piovessero addosso come le pietre in una lapidaria esecuzione. Avrebbe dovuto esultare, perché nell'arringa del giudice capitolino c'erano capi d'accusa sufficienti a perorare la sua causa e inchiodare Varelli alle proprie responsabilità. Eppure, tutto ciò che sentiva crescere dentro era un sentimento di immane pietà per l'assassino della giovane Alderisi.

Il locale, nel frattempo, cominciava a vuotarsi. I due commensali stavano seduti, sotto il manto di un cielo venato da deboli stelle; solo l'intima luce di una lampada da tavolo contrastava l'immanenza delle tenebre. Una breve, silenziosa parentesi, estenuò il pathos, consentendo al giudice una chiusa a effetto.

«Stoccata finale, la dichiarazione rilasciata a Mannelli da un tal Carosi Umberto, di professione chimico, impiegato nella medesima azienda farmaceutica dove presta servizio Giulia, la sorella della buonanima. Ebbene, Carosi, cultore di fotografia e reperti d'epoca, avrebbe affermato di essere entrato in possesso, acquistandolo da un antiquario, di una foto in analogico, a firma Varelli, presumibilmente scattata negli anni ottanta e raffigurante un suggestivo scorcio collinare dalle parti di Lanzo. Ed ecco che, sullo sfondo, spunta un casolare: non uno qualunque, Lauda', esattamente *il tuo casolare*, lo stesso dove ritrovaste il corpo della poveretta!».

Laudario adesso si contemplava le scarpe, quel desueto modello di mocassino scamosciato che lui portava, in estate e in inverno, con l'unica variante del calzino, cotonato in quella stagione, lanuginoso durante le lunghe, pungenti sferzate del crepuscolo torinese.

«Commissario mio, ma me stai a senti'?» sbottò Giuseppe Bontà. «Guarda che parlo soprattutto nel tuo interesse».

Laudario alzò finalmente lo sguardo e assentì con un mezzo sorriso, che sapeva di gratitudine ma non nascondeva amarezza.

«Ma certo, Pino, che ti ascolto» affermò, per subito riabbassare la testa.

Una repentina folata di vento sollevò la tenda nel vano di accesso del ristorante: in lontananza, echeggiò un tuono. Bontà guardò in alto corrugando la fronte.

«Qua finisce che va a piovere!» esclamò, toccandosi la schiena indolenzita. «C'ho certi doloretti alle vertebre!».

Il commissario controllò l'ora sul cellulare. Lui e il giudice erano rimasti gli unici avventori ancora accampati nel locale, mentre già proprietario e personale si preparavano per la chiusura, riponendo alacremente le sedie sopra i tavoli e spegnendo a una a una le insegne. Anche Bontà verificò la posizione delle lancette sull'orologio da taschino e emise una sorta di grugnito bonario, con il quale richiamò l'attenzione di un assonnato cameriere. Nonostante le proteste di Laudario, il giudice pagò il conto e mise nelle mani dell'inserviente una generosa mancia.

«Ultimo e, direi, definitivo dettaglio» sentenziò, infine, mentre riscendevano a valle, verso il posteggio dove avevano a fatica trovato un residuo di spazio dove infilare la macchina. «I prodigiosi ragazzi della scientifica di Ferrara hanno trovato, ficcati alla meglio dentro una tasca laterale del bagaglio a mano di Varelli, una serie di fogli sparsi, contenenti vecchie annotazioni e ricordi del fotografo; in quelle cartacce viene fatto il nome di una tale Dominique, che gli inquirenti ora presumono essere stata un amichetta del fotografo, quando ancora questi non era che uno spiantato giovanotto con smanie da artista».

Quando si furono accomodati in macchina, Bontà, dopo aver sistemato con cura lo specchietto retrovisore, batté con bonaria irruenza la grossa, irsuta mano sulle spalle di Laudario.

«Se e come utilizzare i dati a loro disposizione spetta alla questura ferrarese» concluse il magistrato, girando la chiave nel cruscotto per avviare il motore della sua Renault. «Ma, perdinci, detective! Ti meriti, per quel che conta, tutto il mio ammirato plauso».

Fece ritorno nel suo alberghetto d'oltre Tevere, quando da poco erano rintoccate le due. Nella *hall* aleggiava il roseo pallore di un'illuminazione soffusa e il turnista di notte, un giovanotto smilzo, dall'aria piuttosto svogliata, lo salutò con un sorriso stiracchiato. Il tipo stava seduto dietro al banco della *reception* con gli occhi incollati a un *Norton Aspire* di nuova generazione e tutto faceva intendere che non si aspettava di dover essere disturbato, proprio in quel momento; quando si voltò per sfilare dal quadro alle sue spalle la chiave della stanza di Laudario, questi non poté fare a meno di dare una veloce sbirciatina allo schermo del PC, dove si alternavano, in dissolvenza incrociata, immagini di ragazze discinte su sfondo di spiagge esotiche.

Da sempre diffidente degli elevatori, salì tre rampe di scale per raggiungere i suoi appartamenti. Accese la luce dal pannello esterno al comodino del letto, si tolse in fretta giacca e camicia e si gettò nel letto con ancora indosso scarpe e pantaloni. La testa reclinata sul cuscino, le dita incrociate sopra al petto, rigirava i pollici, meditando. Riepilogò rapidamente gli avvenimenti che lo avevano condotto ramingo per il Paese, di città in città, alla ricerca di un *fantasma*. Ora che lo aveva trovato, si sentiva più deluso e svuotato di prima. Le graziose parole rivoltegli da Giulia Varelli non lo avevano redento da quel senso di colpa che cresceva di ora in ora, di misura in misura; né l'avallo "istituzionale" e i rallegramenti dell'amico Bontà valevano a distruggere i tarli rimasti appesi al tragico epilogo di quella angosciosa vicenda.

Continuava a chiedersi, incredulo, per quale contorta ragione si fosse da ultimo convinto, dopo tanto affaticato prodigarsi, di rimandare al giorno appresso la visita al Distretto: se avesse seguito l'istinto, forse ora Loris sarebbe ancora vivo. Invece, quelle *verità* che di certo il commissario avrebbe saputo strappare a Varelli, il fotografo le aveva trascinate con sé, nel tetro silenzio di una fossa.

Gli sovvenne, come lampo, il gesto leggero di Giulia che rovistava con le dita nella borsetta; gli aveva porto un taccuino di cui si era completamente dimenticato. Ricordò di averlo lasciato sopra una stipa dell'armadio a muro, accanto alla cassaforte. Lo tenne per un attimo sul palmo della mano, quasi volesse soppesarne la consistenza; quindi se ne tornò sul letto, si sdraiò a pancia all'aria e cominciò a sfogliarlo, piuttosto pigramente, più per una sorta di omaggio alla beltà infelice di Giulia Varelli che per reale interesse.

Notò che sul lato esterno della copertina marrone che rilegava il quaderno, in una specie di tasca plastificata, c'erano due fotografie, una in bianco e nero – che doveva essere stata scattata parecchi anni prima – con un primo piano sorridente di Loris Varelli e del suo vecchio amico Alessio Zurlan; nell'altra, a colori, assai più recente, posavano il fotografo e l'affascinante sorella. Stette per un poco a guardarle, prima di dedicarsi alle note scritte da Loris.

Erano, per lo più, pagine concitate, frammenti che rivelavano stati d'animo discontinui. Laudario leggeva e, ogni tanto, si fermava a riflettere sul senso e la direzione di quegli appunti. Si chiese a che scopo Giulia aveva voluto che finissero nelle sue mani; ci pensò sopra per un bel po', senza riuscire a darsi una risposta concreta. Riprese stentatamente la lettura, per soffermarsi sulle ultime pagine che gli parvero, in qualche misura, rivelatrici. Lesse, dunque, ad alta voce per evitare che la concentrazione, già labile, sfumasse:

«Non so il motivo che mi spinge a riassumere in queste poche cartelle il significato profondo di ciò che, in fondo, è stata la mia vita. Essa può dirsi cresciuta sotto *un doppio sguardo*: quello innocente dei miei occhi che cercano di orientarsi nella luce, senza vedere; e quello dei miei obiettivi, impudico, insaziabile. Sono loro *l'occhio del mondo*, la *mia* verità e dannazione! Se curvo lo sguardo dentro il magico schermo vedo cose inaudite, leggo la realtà dietro le apparenze e poi la *trasformo in ciò che voglio*.

«Ma dov'è la verità? Non so dire se l'obiettivo me la riveli o nasconda: so solo che ogni volta che separo l'occhio dal magico vetrino, mi sento orfano... Dominique adesso è qui, davanti a me, sotto forma di condanna. Ha il volto scavato e malinconico di Carosi, quel mattoide, sia dannato lui e le sue foto! Però, aveva ragione, è il passato che torna e mi inchioda a responsabilità atroci – di ladro, di assassino – che avevo seminato nel rimosso...

«Sarà per questo, che il caso mi ha fatto imbattere per due volte, nel giro di poco tempo, in quel poliziotto dal volto triste e intelligente. Mi piacerebbe parlargli, per confessare a lui ciò che neppure a Giulia ho avuto il coraggio di rivelare: povera sorella mia, come sono stato bugiardo con te! Ho mentito anche ad Alessio, mio unico amico, che forse qualcosa di me aveva capito.

«Oggi sono qui, prigioniero di me stesso, dentro questa stanza che per me equivale a una cella. Dalla finestra arriva una luce violenta che mi trafigge le palpebre. Sono qui, solo, come sempre; ho davanti il vuoto e una piccola ampolla di vetro smeriglio che custodisce un grande segreto: un granello bianco e inodore, capace di illuminarmi e poi di farmi dimenticare... Dimenticare...».

Laudario richiuse di botto il taccuino e fece ritorno alla realtà, colmo di tenerezza, un sentimento che non sapeva spiegarsi. Una folata nostalgica lo investì e si ritrovò con la mente nella fattoria dei nonni paterni, nel cuore delle Langhe. Quanto era spaventevole e euforico perdersi tra i boschi, fino a tardi, in compagnia delle ombre che con il tramontare del sole infittivano e lo inebriavano, raggelandolo tra i suoni freddi e indecifrabili della natura, mentre vagava stordito, incurante dei richiami materni. Ripensò al fortuito incontro con il fotografo, da Varelli stesso considerato uno degli scherzi che fa il destino.

"Sta bene", si disse, "capitolo chiuso". Gettò lontano da sé lo sgualcito quadernetto e corse a recuperare l'Ipod. Posizionò la traccia e azionò il comando; l'allegretto scarlattiano gli purgò le orecchie, assordate dal clangore del passato.

Ascoltava, rimuovendo dalla testa ogni residuo pensiero; fino a quando tra i rintocchi del "re minore" non si affacciò un accordo che gli parve stonato.

Arrivò improvviso, indesiderato, come una scossa elettrica mentre si sistema la spina nella presa. Si chinò a raccogliere il taccuino di Varelli, finito in un angolo del pavimento, frugò avidamente tra le pagine sparse che componevano il diario, ne rilesse più volte un passaggio. Sfilò, quindi, dalla tasca della copertina le due foto, riguardandole con spasmodica attenzione. Quando rialzò lo sguardo, negli occhi gli balenava un luccichio insolito. Tolse la sicura alla serratura della valigetta da viaggio, l'aprì, ne rimestò l'interno, scombinandolo. Non appena ebbe nuovamente tra le mani ciò che cercava, sedette sul letto, come spossato.

Loris Varelli aveva il volto segnato da una piega sorniona, mentre svettava proprio nel centro della foto, tra le due studentesse torinesi, in quel piccolo prodigio di macchinazione digitale che aveva restituito dignità di forma a un dilettantesco analogico.

Lo sguardo incollato al capolavoro informatico di Cesare Ravasi, Laudario cercò al tatto il cellulare, intorno a sé. Imprecò nel trovarlo, dopo una vana serie di tentativi, stritolato nella morsa delle lenzuola sfatte; digitò veloce un numero sulla tastiera e attese. Dopo diversi squilli una voce sgraziata, ben diversa da quella che avrebbe gradito riascoltare, si decise a rispondere. Stupito, tartagliò una qualche scusa, prima di riattaccare. Nel ricomporre la numerazione che aveva salvato in rubrica si accorse, però, che la serie combaciava perfettamente con la precedente. Sbuffando, si riprovò: a rispondere fu la stessa voce di prima e sul medesimo tono.

«Mi perdoni» si giustificò Laudario. «Non è questo il numero…?» e ripeté la decina, pronto per essere confutato.

«È esatto» confermò, invece, la voce all'altro capo, tenendo ferma la rudezza.

«Io cercavo la signora Giulia Cavalieri» insistette il commissario.

«E lei chi sarebbe?» domandò, con asprezza, la voce.

Il funzionario dell'anticrimine glielo disse. A risposta, giunse un digrigno perentorio.

«Ora non può rispondere, sta riposando. Ha avuto un grave lutto, lo sa?».

«Va bene» si rassegnò Laudario. «Può riferire alla signora che ho chiamato e che avrei urgenza di sentirla, appena possibile?».

«Può darsi» grugnì ancora il suo fantomatico interlocutore, che recise di netto la conversazione. Il commissario scosse il capo, per un attimo chiedendosi a chi appartenesse quella scorbutica intonazione che lo aveva liquidato, senza concedergli speranze. Ma i tempi erano davvero stretti e ad attenderlo c'era una prova molto più ardua e inaspettata rispetto a quelle sinora affrontate. Perché adesso, finalmente, *aveva capito*! Stavolta non sarebbe stato così ingenuo da ritardare l'urgenza: anche perché ora sapeva *esattamente* che cosa fare.

Ventinove

Un "notturno" delle linee comunali, sfrecciò a velocità sostenuta da Via Cavour in direzione del Castello. Le grosse nubi che, dal mattino, ingombravano il cielo, graffiando di bianco e grigio l'azzurro intenso di quelle ultime giornate estive, smaltavano ora l'aria di un denso nerofumo.

Incastonate come rubini fluorescenti nella notte, le luci dorate della dimora estense affascinavano le acque increspate e verdognole del sottostante fossato.

Al commissario tutto quello sfavillio, che illuminava la prospettiva di Corso della Giudecca, faceva pensare al riverbero di un lago artificiale esploso nel cemento.

Laudario era giunto a Ferrara nel tardo pomeriggio e, con la mirata cautela alla quale il mestiere l'aveva abituato, si era procurato le informazioni che gli occorrevano.

Si mosse per tempo, senza più esitazioni. Penetrò nei vicoli che disegnavano i percorsi che avrebbe battuto, di lì a poco, così memorizzando le traiettorie che ipotizzava di dover descrivere. Quando tutto gli apparve sufficientemente chiaro, riparò al "Savoy" dove non gli fu difficile trovare una camera per la notte. Telefonò alla figlia, menandogli una qualche dilettevole scusa a giustificazione del mancato rientro tra le mura di casa propria.

Cominciava a sentirsi finalmente a suo agio, malgrado i detriti di quella vicenda assurda si fossero depositati, forse per sempre, nel fondo dell'animo. Le dita corsero furtive nel risvolto della giacca dove misurò al tatto la canna del revolver, custodito nella cintola che portava all'ascella: ne provò sollievo ma anche un acre retrogusto, perché detestava far ricorso alle armi.

Attraversò via Garibaldi a passo sostenuto e tagliò verso il Castello, per sbucare, al di là del levatoio, tra i ciottoli pietrosi di Corso Ercole d'Este.

Mentre camminava, lo sguardo dritto che già abbracciava le guglie del Palazzo dei Diamanti, riepilogò mentalmente le informazioni di cui era in possesso. Era venuto a conoscenza di particolari non trascurabili; l'"individuo" disponeva di una sua residenza privata, dove trascorreva buona parte dell' esiguo tempo libero.

Superò l'incrocio di Corso Porta Mare, gettò una furtiva occhiata alle polverose fatiscenze di Palazzo Prosperi – Sacrati e tirò via per la Certosa. Man mano che s'avvicinava alle porte del cimitero, l'illuminazione si faceva più fioca e il giallo smunto dei lampioni si fondeva con quello delle villette, ancora per lo più disabitate, che correvano sul fianco sinistro dello stretto marciapiede; dal lato opposto, il silenzio opprimente della notte esagerava l'eco di un televisore acceso.

La Certosa già alle spalle, si fermò ad ascoltare il pesante rintocco di una campana; lasciò che il silenzio l'avvolgesse di nuovo, intanto che ripassava gli appunti che aveva scarabocchiato sopra a un foglio. Alzò lo sguardo sul cartello all'imbocco del vicolo e annuì gravemente: quella cosiddetta "del Portone" era la traversa che anticipava la "Porta degli Angeli" e il Distretto.

Gettò una rapida occhiata sul viale: alla sua sinistra correvano alte le mura di un edificio che somigliava tanto alle case coloniche della sua infanzia, coi tetti rossastri e le tegole a spiovere. Sul lato opposto, vi erano un paio di caseggiati bassi, a mattonelle, a soli tre piani, con i balconcini adorni di gerani e rare luci alle finestre socchiuse. Di là in avanti, il vicolo curvava a gomito, per inoltrarsi lungo un sentiero dove lo sterrato mutava in terriccio rosso ed erbacce.

Poco prima della svolta, il commissario notò una villetta con giardino, che una cancellata di ferro e un muricciolo di pietra bianca e grigia proteggevano dalla strada. A lato del cancello, Laudario vide il citofono ma, nell'atto di pigiare il pulsante, venne paralizzato da uno scalpiccio proveniente dalla stessa parte di vicolo da lui appena superata. Ebbe il tempo di indovinare, a pochi metri di distanza dal punto in cui si trovava, le rovine accatastate di quella che, a giudicare dall'insegna rimasta intatta, doveva essere stata un' antica fornace: tra quei resti si acquattò con tale sveltezza da restarne lui stesso meravigliato. Accovacciato tra le macerie poteva dominare l'intera prospettiva.

L'attesa fu breve: il tempo di consultare le lancette dell'orologio da polso e rialzare lo sguardo, che se lo trovò davanti, alto, le spalle diritte e il piede fermo, la testa un poco rincagnata sul collo, in una posa involontariamente difensiva. Il petto muscoloso e il bacino largo faticavano nella stretta della "polo" a mezze maniche: il commissario stimò che, nell'insieme, l'uomo aveva un aspetto un po' goffo. Su di lui, Laudario si era puntigliosamente documentato: mancava solo una piccola ma sostanziale verifica e l'ordine si sarebbe ricomposto.

Il vecchio funzionario della Giudiziaria aspettava solo che l'uomo si decidesse a varcare la soglia del giardino di casa, per sferrare l'assalto e chiudere definitivamente la partita. Lo vide armeggiare dinnanzi al cancello, scrutare, oltre le inferriate, dentro alle finestre chiuse. Accadde, però, qualcosa di inatteso.

Anziché rientrare nei suoi appartamenti, il tipo si volse rapidamente e ricominciò a camminare, superò le mura diroccate dove Laudario stava nascosto e scomparve oltre il sentiero, inghiottito dall'anfratto boschivo che del vicolo determinava il margine estremo.

Per un attimo, Laudario si smarrì. Non gli riusciva di comprendere quanto era appena capitato e si vide costretto a improvvisare. Decise in fretta di assecondare l'istinto.

Si inabissò lui pure dentro quel sentiero rabbuiato dai filari uniformi dei tigli, dalle increspature nodose dei rovi e degli arbusti, nonché dal consumarsi delle ultime fiammelle di una luce già pigra.

Avanzò cadenzando il passo, muovendosi a tentoni, talora imprecando per lo struscio urticante dei tanti cespugli. Quel tratto buio e sconnesso terminò in un viottolo ghiaioso, da dove Laudario poté rivedere il cielo. A una cinquantina di metri da lui, lungo un percorso di terra disseccata, uno steccato di legno mezzo marcito, ostacolava il passo. Non senza fatica, scostò le assi del recinto che cigolarono rumorosamente nell'aria ferma. Il tracciato si inoltrava ancora fin sulla cima di una collinetta, laddove si poteva intravedere la facciata in ombra di una villa.

Dopo aver monitorato, con sguardo stupefatto, la deriva quasi innaturale del paesaggio, Laudario si accingeva ad allungare il passo verso la salita, quando il suono di una trepidante vocina scaturì nella notte, facendolo trasalire. Si voltò di scatto ma, sulle prime, non vide nulla; un istante dopo rabbrividiva, sentendosi tirare per un braccio.

Un'anziana signora, il corpo ossuto calato in un vestitino a fiori che profumava di un'eleganza fuori dal tempo, gli si materializzò davanti. Nonostante l'età fosse, in apparenza, piuttosto avanzata, mostrava un viso fresco, asciutto: gli occhi le brillavano mentre proferiva frasi dialettali, incomprensibili per il commissario. Con l'indice teso, sembrava indicare proprio la villa in cima alla collina. Laudario – che cominciava seriamente a credere di essersi perduto in una realtà parallela – le tese la mano, in un mezzo inchino, pregandola di tradurre quanto appena detto. La vecchia ripeté, sempre indicando l'estremità della collina:

«Stia attento, giovanotto, che c'è il demonio là dentro».

Teneva il corpo un po' piegato in avanti e ogni tanto si aggiustava i capelli bianchi, assai curati, che le scendevano sul collo magrissimo.

«Non entri, non entri! Vada via, per carità di Dio! Si sentono delle voci, là sopra, di notte».

Gesticolava, inquieta, lo sguardo oscillante tra il commissario e la casa sulla collina. Laudario faticava a sostenere quello sguardo che pareva bucare l'infinito, nell'ansia implorante delle parole.

«Io... Io ho visto e sono viva per miracolo! Talvolta si sente ridere... Ma non è un vero riso».

Aveva accostato le labbra alle orecchie del poliziotto e bisbigliava monconi di frasi, di cui poche sembrava avessero un senso compiuto, aggravate dal tono supplice, da un'inclinazione al tragico; si picchiettava la testa con le dita, talora abbozzando un sorriso triste, sciupato.

«Nessuno mi vuole credere, perché, sa, sono un po' matta, io! Povera me!».

Si coprì le guance con le mani, sentenziando:

«Mi creda, bel signore: non vada lassù, non ci vada».

Laudario avvertì la dolcezza ruvida del tocco dei polpastrelli sul viso e il suono flebile della voce che andava spegnendosi. La vecchia signora si ritrasse in un movimento che, in breve, la distanza rese impercettibile: scomparve nel fogliame, lieve e arcana come nell'apparire.

Al commissario, che già dubitava di quanto visto e udito, occorse qualche minuto prima di decidersi a proseguire nel cammino. La strada, man mano che la meta si faceva prossima, mostrava un fondo più regolare e percorribile, dopo le asperità del tratto precedente. In ultimo, a ridosso della vetta, l'erba cresceva compatta e rigogliosa. La villa stava adagiata nel mezzo di un giardino circondato da robuste piante rampicanti e protetto da un ombrello di castagni d'India che, pressoché sconosciuti in quelle terre, dovevano essere stati selezionati e trapiantati su precisa disposizione del proprietario. Da là sopra si godeva di una veduta a raggiera che copriva per intero l'area circostante le Mura.

L'abitazione si distendeva intorno a un porticato di legno solido: dall'interno non si udivano voci, né filtrava alcuna luce. Sulla piana governava un silenzio irreale, quasi la natura avesse ritenuto opportuno ritrarsi, ottundere i suoi suoni abituali. L'atmosfera straniante inibiva Laudario che dovette far ricorso alla sua consumata esperienza di agente di polizia per non recedere.

Avanzò di qualche metro, si affacciò sulla soglia: il terreno ghiaioso scricchiolava sotto ai suoi piedi, così come le assi di legno spesso che facevano da tappeto ai portici. Il rumore dei suoi passi veniva amplificato dalla quiete immota che regnava dintorno. Si accorse che la porta era socchiusa: la spinse un poco avanti, sporgendo-si sull'uscio. Aveva davanti a sé un unico grande vano, immerso nel buio. Fece un profondo respiro, per darsi coraggio e sgusciò nell'appartamento.

D'istinto sollevò lo sguardo sul soffitto di travi che intersecavano in un disegno a croce, incombente sulla pavimentazione a matto-nella. Laudario registrava mentalmente le forme e i colori che schia-rivano ai riflessi della torcia elettrica che lui stringeva nel pugno.

Evitò di un niente l'impatto con i gradini di una scala che saliva a chiocciola verso un livello superiore. Guidato dal cono di luce pro-dotto dalla torcia, il commissario poté verificare che, dietro al cilin-dro formato dai cerchi concentrici della rampa, l'oscurità diminuiva in prossimità di un altro ingresso, anch'esso lasciato aperto.

Un'insana curiosità sopperiva ai timori, incitandolo ad andare sempre oltre: scostò piano la porta che cigolò penosamente, spalan-cando su un sottoscala raffreddato da luci grigie, livide. Il funziona-rio della Giudiziaria proseguì senza più indugi per uno stretto cor-ridoio, lungo il quale cadeva una luce smorta: molto diversa dall'ab-baglio plumbeo che lo investì quando, al termine della strettoia, si trovò immerso nelle volute di una sala ampia, dalle pareti rivestite di carta trasparente, della stessa fredda tonalità dell'intonaco al qua-le perfettamente aderiva.

Luci illividite dal neon sporcavano di un ghiaccio tetro la sala e la temperatura era scesa di parecchio. Il commissario si guardò at-torno. L'ambiente, netto e spoglio, conteneva due alte cassettiere di metallo a scomparti, sul modello dei cataloghi delle biblioteche; schede cartacee, redatte a mano e contrassegnate da dati alfanume-rici, si alternavano a provette sterilizzate, anch'esse siglate in lette-re e cifre. Ma ciò che maggiormente lo stupì, fu la presenza di tre grandi vasche di marmo, dello stesso algido colore che connotava l'ambiente, simmetricamente disposte al centro della grande sala.

L'ex poliziotto l'attraversò da un lato all'altro, per capire se vi fos-sero entrate attigue o passaggi nascosti; constatatane l'assenza si avvicinò alle vasche. Due di queste contenevano ampolle di vetro spesso, dov'erano state intubate stele di microflora, irrorate da un liquido incolore. La terza, la più esterna, era la sola a essere sigillata da una grossa tela di cellophane che poco lasciava trasparire del contenuto. Per quanto si sforzasse di vedere attraverso quella rigida copertura, il commissario poteva ricavarne solo deboli impressioni. Riusciva a malapena a scorgere nel fondo una forma oblunga, la cui sostanza non era, però, in grado di stimare.

Laudario gettò uno sguardo rapido dietro di sé, verso la porta dalla quale era appena entrato. Restò fermo, per qualche secondo, a respirare quel silenzio glaciale che lo avvolgeva: dopo di che, passò risolutamente all'azione. Dalla tasca della giacca estrasse un temperino, servendosi del quale recise, con un trancio secco, l'involucro e spalancò alla vista, la cosa percepita attraverso il cellophane.

Malgrado il mestiere lo avesse immunizzato dagli incerti scabrosi che, di norma, gli occorrevano si trovò, gli occhi sbarrati, increduli, a dover trattenere l'ondata di pena e rigetto che subito l'inopinata "visione" gli procurò.

Disteso sopra un letto di ghiaccio sfuso, prodigiosamente conservato alle ingiurie della decomposizione, un corpo di giovane donna occupava il fondo dell'insolito tumulo. Nonostante l'estenuazione del *rigor mortis*, il cadavere sembrava essere stato deposto nella vasca da non più di un paio di settimane. Superato lo sgomento, Laudario trovò la lucidità necessaria a un più accurato controllo del macabro reperto.

La donna poteva avere non più di vent'anni: di media altezza, forme brevilinee, mostrava un viso incavato su cui la morte aveva impresso un lampo terreo, trasfigurando il rosa tenue delle guance in chiazze bluastre, illividite dal trapasso.

Gli occhi scuri, perduti in una profondità imperscrutabile, erano rimasti spalancati in un'espressione di terrificato stupore. A Laudario parvero, invero, segnati da una malinconica fiamma che doveva ardere da molto più tempo. Le braccia scoperte e magre scivolavano arrese sui fianchi; sui polsi risaltavano i tagli probabilmente inflitti dallo sfrigolio di qualche legaccio; sul seno, un gonfiore rossastro rivelava una ferita piuttosto larga, una specie di squarcio profondo, inferto con un arma da taglio a lama spessa, presumibilmente un'accetta da boscaiolo.

La ragazza aveva ancora indosso i suoi indumenti, in diversi punti stralciati e macchiati da stille di sangue ormai raggrumato. Il commissario ne fece meccanicamente l'inventario: una maglietta scolorita, dalle spalline rigonfie; una minigonna stretta in vita, scarpette da tennis alte sulla caviglia e quel che rimaneva delle calze di nylon chiaro. E, in un solo istante, tutti i fantasmi che costringevano l'esistenza di Laudario a un eterno, dolente carosello di memorie e sensi di colpa, riapparvero e fecero circolo intorno a lui: l'ultimo dei tasselli che mancavano al completamento del puzzle aveva finalmente trovato il suo posto.

Dominique Tagliavini sembrava la stessa ragazza di allora, come se anche il tempo si fosse dissolto di fronte all'iniquità della sua morte. Aveva indosso gli stessi indumenti di quella sera di ventitré anni prima, quando era uscita di casa, in compagnia della sua amica del cuore, Gabriella, per non farvi mai più ritorno. Colui che aveva trucidato la giovane Alderisi, aveva forse deciso, in un primo momento, di portarla con sé: un viaggio assai breve, a quanto era dato valutare a un'analisi anche sommaria dello stato di conservazione del corpo.

Poco tempo dopo il rapimento – o magari quello stesso giorno – l'assassino aveva portato a compimento il suo barbaro rituale, sacrificando anche Dominique; per tirarsi poi appresso, inverosimilmente, il cadavere a mo' di trofeo. Questo era l'aspetto che maggiormente disturbava il commissario, lo lasciava attonito. Nonostante il tempo avesse saturato, come prevedibile, i tessuti epidermici della povera ragazza, sfibrandone i primigeni connotati; pur tuttavia, per effetto di un'inconsueta alchimia, i resti si reggevano ancora intatti, tenuti assieme in macabra plasticità.

Laudario tirò su lo sguardo da quel piccolo capolavoro d'orrore sublimato, come riemergesse da una lunga apnea. Era sconvolto, respirava in affanno. Tossì un paio di volte, emise un profondo respiro, inspirando quell'aria ingombra di morte per subito ricacciarla fuori, in un soffio umido che si confuse con il gelo della sala. La voglia di fumare, che più non lo abbandonava, negli ultimi convulsi giorni, si mischiò al senso di vomito che risaliva dallo stomaco alla gola. La nausea lo sconvolgeva, provò a piegarsi sul bacino per mitigare gli spasmi.

Percepì un movimento da tergo, che si fece presenza nella macchia d'ombra materializzatasi sulla parete; ne avvertì il singulto nervoso, molto vicino al suono distorto di una risatina sincopata, che spezzò il silenzio. E capì di non essere più solo.

Si girò sul busto, con calcolata lentezza, per contenere il senso di rigetto. Lanciò un'occhiata cupa davanti a sé, uno sguardo colmo di rancore ma anche pietà, un sentimento che intendeva destinare all'uomo che aveva di fronte e, insieme, a se stesso.

Di quel misterioso, indecifrabile individuo conosceva, ormai assai bene, l'identità. Era alto e robusto, la testa sembrava penzolargli in avanti, quasi pressata sul collo, come quella di un enorme feto rannicchiato su se stesso, che non abbia alcuna smania di lasciare l'ovulo. Stretta nel guanto nero che gli fasciava la mano, la canna di un revolver silenziato brillava nella luce artificiale che raffreddava la sala.

«Sono davvero onorato, commissario» disse, alzando appena lo sguardo per incontrare quello tristemente offeso di Laudario. «Ho sempre saputo, che ci sarebbe riuscito, prima o poi».

Ma il poliziotto non aveva l'aria di chi voglia fare conversazione. L'unico desiderio del vecchio funzionario sarebbe stato quello di scomparire: non per paura ma per inibizione, perché si vergognava della propria stupidità e avrebbe voluto restare solo con se stesso e riflettere sui suoi tanti, imperdonabili errori.

«Non si aspetti da me congratulazioni» ebbe soltanto la forza di ribattere, in un tono che rasentava il sarcasmo. «Sebbene abbia lavorato di fino e con astuzia, lei non è quel genio che certo dentro di sé ritiene d'essere, ma soltanto un paranoico frustrato e io la compiango».

Quelle parole colsero, forse, nel segno. Un alone nero velò il sorriso forzato che quasi contorceva le labbra dell'uomo in una smorfia sprezzante. Perché il colonnello Alessio Zurlan non era quella ridicola caricatura di militare che molti ritenevano fosse. Restò per un attimo ammutolito, gli occhi che quasi lacrimavano, rimuginando sulla battuta aspra, cattiva di quell'uomo integerrimo, che pure lui sinceramente stimava.

Scosse il capo, l'animo una volta ancora imprigionato nell'intrico interiore che lo devastava.

«No, commissario. Mi duole che lei abbia di me un'opinione così errata. Le giuro che io sono perfettamente cosciente di essere un *fallito*».

Calcò sull'ultima parola, come volesse evidenziarla in grassetto. Istintivamente, Laudario carezzò l'arma che teneva nascosta nella cintola sotto alla giacca.

«Ciò che vorrei farle capire» continuò Zurlan, spalancando gli occhi, in uno sguardo cieco «è l'affetto, la totale ammirazione ch'io nutrivo per *lui*, nonostante tutto».

Quel corpo, così ben piantato, sembrava dimenarsi furiosamente nella gabbia a mezze maniche della "polo."

«Sì, commissario. Ammiravo Loris Varelli, fino alla venerazione».

«Ma certo, colonnello! Chi potrebbe dubitarne?» lo rimbrottò ironico Laudario. «Tanto è vero che ha cercato di incastrarlo, di farlo apparire colpevole di delitti mai commessi».

Il colonnello ebbe un sobbalzo, nel sentire quelle parole che continuavano a provocarlo, a ferirlo nell'orgoglio.

«Ah, fosse così facile! Ma cosa credeva, dopo avermi rovinato la vita?».

Fu allora che Laudario comprese di essere a un passo dalla *verità*; capiva anche di camminare sul limite, al margine del precipizio, e che una sola parola fuori posto sarebbe bastata a accorciargli la vita. Non gli restava molto altro che azzardare.

«Ma cosa sta dicendo, Zurlan? Se *proprio lei* ha spinto il povero Varelli sul baratro, decretandone la rovina e la morte prematura».

Vincendo la paura, che gli faceva tremare le ginocchia, il commissario avanzò di un metro verso il suo avversario che non si aspettava tanta spavalderia. Zurlan fece un passo indietro, pur continuando a tenere la pistola puntata contro di lui.

«L'*invidia*, Zurlan» proclamò Laudario, guardandolo fisso negli occhi «l'invidia lo ha reso folle: lei ha piegato la sua invidia verso di lui, uccidendolo, dopo averlo angariato».

«Non è vero!» gridò il colonnello, digrignando i denti, il volto deformato dal livore e dallo spavento. Ansimava, mentre il dito esitante si inceppava sul grilletto. Laudario stava sudando freddo, ma non recedeva di un millimetro, la mano a sfiorare il lembo della giacca per sincerarsi che la pistola fosse sempre là sotto, al suo posto.

«Ma che ne sa, lei, di me, di Loris, e di tutto il resto...».

Si interruppe e abbassò di un niente lo sguardo, subito riprendendosi; sembrava che lo sfogo lo avesse calmato, i lineamenti del viso, fino a quel momento tirati allo spasimo, andavano lentamente distendendosi. Ricominciò a parlare, pacatamente, con quel suo tono velato da corde malinconiche.

«Lo ammiravo, per quel suo estro quasi diabolico, per la geniale necessità con cui partivano i suoi scatti. Sembrava che la realtà stessa fosse là davanti soltanto per lui, per specchiarsi nell'acutezza del suo sguardo. Loris Varelli non era solo un brillante fotografo: aveva qualcosa in più... *Sapeva* qualcosa che gli altri non sapevano».

Così dicendo, Zurlan ricambiava lo sguardo di Laudario, pur se dava la sensazione di mancarlo, di essere assai distante dal tempo di quella illogica prossimità. L'uomo della Giudiziaria attendeva paziente, nelle pause, come nei ritmi del delirio; intuiva che non gli sarebbe stato più accordato diritto di replica.

«Anche con le donne tutto gli era facile» riprese il colonnello e un velo d'amarezza rabbuiò il tono della sua voce. «Mi impressionava il contrasto tra la sua acida riservatezza, la volontà di evitare il prossimo e, viceversa, il successo di cui godeva».

Prese una nuova pausa, passandosi una mano sui capelli, come a togliersi qualche ingombro dalla testa; mentre l'altra restava ferma sul revolver, che mirava sempre ad altezza d'uomo. Strizzò appena gli occhi, dove scivolavano gocce stantie di sudore: sembrava sofferente, come dovesse darsi una grande forza per continuare a raccontare il suo segreto, una confessione che non poteva più, in alcun modo, rimandare.

«Le donne... Non che facesse niente per conquistarsene i favori, anzi; dava la sensazione di poterne fare a meno e quelle, invece, si avvicendavano isteriche al suo cospetto, per fargli da modelle o rimboccargli le coperte».

Rise, di quel suo risolino nevrotico, a singhiozzo, che pareva un lamento.

«Loris Varelli! Ah, un autentico capolavoro, il mio punto di riferimento assoluto. Dove lui riusciva, senza flettere ciglio, io fallivo. Non è divertente?».

Rise ancora, e sembrò che gemesse. Laudario aveva le tempie imperlate di sudore e lo sguardo che oscillava a pendolo dagli occhi del suo antagonista a quella pistola puntata con fermezza contro di lui. Ma non avrebbe mosso un muscolo, come avesse di fronte un cobra.

«Eppure, non ci crederà: non c'è stata persona più comprensiva, generosa, disponibile con me, di quanto non sia stato lui, in tutta la mia vita. E la mia vita, commissario, è stata ben poca cosa».

Le labbra gli si schiudevano frementi, in soprassalti nervosi, per poi richiudersi seguendo il movimento dolente dello sguardo, che ora scintillava, ora si ritraeva distratto, quasi assente.

«Coltivavo anch'io gli stessi suoi interessi: così diversi, così uguali. La mia passione per la fotografia non era certo seconda alla sua, ero convinto di avere della stoffa. E lui mi incoraggiava, mi spronava nei momenti di maggiore insicurezza, mi stimolava a continuare. Però, commissario, era solo un gioco con il quale si divertiva a prendermi in giro, a godere del mio impaccio, dei miei ridicoli tentativi a confronto dei suoi scatti folgoranti.

«Gli volevo bene, davvero. Ho finito per identificarmi in lui, il protagonista al quale avrei voluto assomigliare. Ma io *non ero lui*, era questo il grande problema».

Laudario ascoltava, senza perdere una sillaba di quel discorso rantolante, così lucido e insieme allucinato, come lo sono tutte le autentiche, sincere rivelazioni. Quante ne aveva ascoltate, negli anni della Giudiziaria! Quella, però, era la più importante, arrivava da molto lontano, poche straordinarie pagine a sigillo di un'opera incompiuta. Il commissario ascoltava, mentre il sudore scendeva copioso sulla fronte e sugli occhi, piantati addosso a quello strano fenomeno e alla sua pistola d'ordinanza. Sudava, Laudario, immobile nel mezzo di quel largo sottoscala, umido e freddo, con l'animo più ghiaccio di quelle mortuarie pareti e la pelle raggrinzita dai brividi che la percorrevano.

«Fu Loris, praticamente, a gettarmi tra le braccia di quella ragazza, Stefania» stava dicendo Zurlan, ormai travolto dalla ridda dei ricordi che tornavano a grappoli in quella testa sofferente.

«Avevamo fatto le scuole insieme, ci conoscevamo bene, con lei sembrava che tutto filasse liscio. Mi sentivo orgoglioso di me stesso, felice, per la prima volta corrisposto. Stefania poteva essere la donna della mia vita: poi, un giorno, Loris le chiese di posare per lui... Da quel preciso istante, le cose cambiarono radicalmente».

Il milite venne colto da un sibilo asmatico che lo costrinse a interrompersi; dovette recuperare fiato e autocontrollo, prima di proseguire.

«Lei cominciò a trattarmi con freddezza, con distacco, d'improvviso diventò un' estranea. Non mi riusciva di capire, stavo male, chiesi ancora aiuto al mio amico. Loris mi disse semplicemente che ci eravamo sbagliati sul conto di quella donna, che lei non mi meritava, indegna com'era della mia superiore dignità. Eh, già! Non mi ci volle molto per capire che quella cretina si era invaghita di lui».

Tacque di nuovo: negli occhi di Alessio Zurlan, Laudario vide un vuoto profondo e cieco, pieno di dolore e follia.

«Fu allora che meditai di ucciderla, anzi di ucciderli entrambi».

La voce del colonnello schioccò come una frusta, raggelando il commissario.

«Fortunatamente io sono e resto il molto degno, razionale colonnello Zurlan, privo di fantasia e creatività, nato per indossare una bella divisa. Mi resi conto che quel gesto mi avrebbe screditato: uno stupido conato di volgare gelosia, che mi avrebbe reso ancora più sciocco e banale agli occhi di tutti e impotente di fronte al mio superbo idolo.

«No, dovevo usare la testa, la logica che prevale sempre sull'immaginazione. Se volevo veramente *emanciparmi* da lui, lui *doveva vivere*. Ah, che meravigliosa sensazione, signor Laudario! Architettai ogni cosa alla perfezione, senza una sola sbavatura. La invitai a uscire insieme, un'ultima volta, con una scusa qualsiasi e la tolsi di mezzo. Tentai di depistare gli inquirenti per far ricadere la colpa su Varelli, ma non mi riuscì. Poco male, mi sentivo *libero*, in qualche misura realizzato. Con Loris continuammo a corrispondere, in amicizia, sino al momento in cui le nostre vite si separarono... Per poi nuovamente incontrarsi, molto tempo dopo...».

La grande sala, asettica, attutì il frastuono che preannunciava un temporale. Le luci al neon oscillarono, vellicate dal lampo, in un balenio intermittente.

Per pochi attimi fu nuovamente silenzio, tra le pareti macchiate dall'umidità. Quindi Zurlan riattaccò, schiarendosi la voce:

«Loris viveva per la fotografia o meglio, gli obiettivi erano una protesi degli occhi, l'espressione più autentica del suo pensiero. Mi aveva confessato una certa tendenza alla depressione e che, per vincerla, tendeva a fare abuso di certa roba che gli aveva venduto un tale a Guadalajara, durante un nostro avventuroso viaggio in quelle zone: una polvere distillata in granuli, che gli indios chiamavano "occhi del diavolo" Me ne ero procurata una dose anch'io, tanto per fare lo sbruffone: ma non avrei mai avuto il coraggio di assumerla. Ricordo che quella sostanza lo rendeva euforico, quasi lo strappava alla coscienza, per subito precipitarlo in una trance catatonica; non gli restava memoria di quanto accaduto ed io tenni subito a mente il particolare, perché pensavo che mi sarebbe tornato utile, un giorno».

Un tuono più fragoroso fece vacillare il neon tra luce e buio. Gli sguardi dei due uomini si perdettero a caccia di ombre nel chiaroscuro che frammentava l'illuminazione, ravvivando e spegnendo di continuo le frigide tonalità dei colori. Laudario non ebbe neppure il tempo di pentirsi di avere abbassato la guardia nello stesso momento in cui capitava al suo avversario, che Zurlan ricominciò a raccontare.

«Non potrò mai dimenticare quella sera, nella campagna intorno a Lanzo. Me ne stavo in pace, a fotografare, quando le vidi arrivare. Erano molto giovani e graziose, in particolare quella là…».

Indicò con un gesto del mento la vasca dove aveva insaccato il corpo della malcapitata.

«Mi disse di chiamarsi Dominique. Aveva diciotto o diciannove anni ma notevoli capacità intellettuali e la maturità di una donna vissuta. Si tirava dietro un'amichetta, che le stava appiccicata come una mignatta, un tipo lagnoso che dipendeva totalmente da lei. Rividi in quelle due il mio contrastato rapporto con Loris; e, credo per vergogna, sottostima di me e delle mie possibilità, mi presentai a loro prendendo a prestito il nome del mio vecchio amico.

«Mi eccitava vedere Dominique, nonostante le lamentele della sua compagna, prodigarsi in lusinghe nei miei confronti. Iniziammo a frequentarci e il nostro diventò un rapporto intimo. Ero su di giri, stavo per battere Loris sul suo stesso terreno, spacciandomi per lui. Fu solo in seguito che capii quanto la mia soggezione al suo talento fosse ancora viva e presente, un cancro dal quale mai mi sarebbe riuscito di guarire. Ma avevo altro per la testa, in quei momenti di pura esaltazione egotica».

Schiuse le labbra nel risolino isterico che aveva il potere di inquietare Laudario.

«Fu un vero trionfo, commissario, e lei lo sa bene».

Guardò verso l'ex poliziotto con occhi esaltati da patetica vanità: ma, a ben vedere, di quello sguardo si avvertiva acuto l'urlo di desolazione.

«Giocai con quelle due al gatto con il topo e, dopo averle uccise, decisi che Dominique sarebbe stata il trofeo, il simbolo della mia guerra di liberazione dalla schiavitù di Loris. Ne congelai il cadavere e me lo portai appresso per tutti questi anni. Ogni tanto scendo da lei e le parlo e la ringrazio, perché, in fondo, mi ha voluto bene e ha creduto in me. Ma *dovevo farlo*, spero che mi abbia capito».

La scena, tragica e grottesca, andava consumandosi con atroce lentezza. Laudario sentiva su di sé quella pena ma aveva *paura*, paura della fine, una fine sciocca, senza qualità. Si sentì, come non mai, sconfitto e inutile.

«Ma la guardi, commissario, la guardi!» stava dicendo Zurlan, muovendo la canna del revolver in direzione della vasca. «Non è una meraviglia? Uno dei tanti miei capolavori. Se solo sapesse, se potesse anche solo immaginare... E la foto, allora, la foto che le ho spedito in ufficio! Formidabile, no? Una prova inconfutabile, creata dal nulla: e mica coi sistemi di adesso, eh no! Mi dica onestamente,

Laudario: chi avrebbe saputo combinare qualcosa di simile, con l'analogico?»

Si fermò, guardando fisso il commissario, quasi desiderasse la meritata acclamazione. Lo sguardo, rimasto senza risposta, si rabbuiò. «Purtroppo sfocò e la vostra totale mancanza di fantasia fece il resto».

Tornò a guardare l'insolita bara di marmo grigio, con dentro il "suo trofeo".

«Cara Dominique... Me la sono portata dietro per vent'anni, di città e in città, di rifugio in rifugio, sfidando impudicamente il destino, senza mai essere scoperto. E sa perché? Perché sono bravo, preciso, attento e *paziente*, commissario, molto paziente».

Un lampo più forte accecò di luce vivida l'alto soffitto screziato. Vi fu una nuova scossa sonora dal cielo e un violento scroscio grandinò sul tetto della villa. Alessio Zurlan guardava lontano, chissà dove, mentre i suoi occhi sembravano scrutare il suo intimorito spettatore.

«Tutte le prove cancellate, non il più piccolo indizio: solo *una foto*. L'avevo fatta con l'autoscatto, a sorpresa, non avevo bene in mente a cosa potesse servirmi. La ritoccai, non fu cosa facile maneggiare quei negativi ma il risultato fu sorprendente. Non potevo metterci sopra la mia firma ma quel prodigio avrebbe cambiato l'ordine della storia.

«E allora, signor poliziotto, mi dica: dov'è che ho sbagliato?».

Laudario ebbe la sensazione dell'improvviso risveglio da un sogno stralunato: e, finalmente, poté togliere la parola al suo concitato antagonista.

«Vede, Zurlan, è stata una questione di *proporzioni e somiglianze*» disse, con voce flemmatica, nonostante la paura che l'attanagliava. «Devo anzitutto riconoscerle il merito di essere stato abilissimo nel confondere le tracce, nel mascherare o invalidare ogni dettaglio. L'omicidio di Lanzo è diventato la mia persecuzione, un marchio indelebile inciso a fuoco sulla pelle».

Zurlan si produsse in un inchino, la testa leggermente piegata sulle spalle muscolose.

«Le faccio pure i miei complimenti per la foto, anche se, a essere onesti, proprio quello scatto ha finito per firmare la sua condanna. È stato il *boomerang* che le è ritornato fra i piedi».

Il colonnello aggrottò le sopracciglia, nello sguardo un'espressione interrogativa.

«Eh, sì, perché due cose, Zurlan, mi colpirono alla lettura di quella specie di testamento intimo e postumo, riservato da Loris Varelli a lei e alla sorella Giulia. Vi si parla di molte cose e, soprattutto, dell'importanza delle immagini, delle foto dove tutto è scritto senza menzogna, senza le reticenze cui la realtà ci abitua. Basta solo *saper vedere*».

Durante la breve arringa, Laudario continuava a non perdere di vista il colonnello e gli parve ch'egli, nell'ascoltarlo, muovesse impercettibile il capo in cenno d'assenso.

«Ma ogni discorso, riversato in forma di lettera frammentaria, disordinata, sembrava rimandare a una fotografia ch'egli aveva conservato a margine, come in appendice. In quell'immagine ci siete voi due, sorridenti: il vostro è un sorriso pieno, sincero, spontaneo. Forse non avrà un grande valore artistico ma quella fotografia vi racconta molto bene e rivela un prezioso particolare: una curiosa *somiglianza* somatica, nel fisico prestante come in certi tratti del volto, laddove si eccettui la *statura* che vede lei, colonnello, primeggiare almeno di una spanna.

«Allora mi si è accesa una lampadina e ho cominciato a riflettere meglio sulla vostra amicizia e su quella *differenza* che meglio si esplicitava nella foto di Lanzo».

Il temporale, dopo una iniziale sfuriata, sembrava essersi un poco involuto; la pioggia continuava invero rumorosamente a cadere, dietro i vetri della finestrella che appannavano.

«Sapevo che sarebbe diventato grande nella sua arte» ricominciò Zurlan, quasi tremolante, la voce rotta da un fremito emozionale.

«Con quelle macchine sapeva cogliere la realtà meglio di chiunque altro e ogni oggetto poteva riconoscersi nelle sue foto come le scarpe del contadino nel dipinto di Van Gogh. Quando lo rividi, dopo così tanti anni, quasi stentavo a riconoscerlo: era confuso, spento, malgrado tutta la celebrità di cui godeva. Mi disse di avere delle visioni, di non dormire la notte, mi fece il nome di Dominique; mi parlò anche di una foto, una radura con il riflesso lontano di un casolare, una foto che qualcuno aveva giurato fosse sua ma che *sua non era*.

«In tutta franchezza, mi pareva che sragionasse mentre, in un certo senso, era come se rivivesse le immagini del mio delitto, del *suo* delitto».

Abbassava e rialzava rapido lo sguardo. Laudario, nuovamente concentrato su quei movimenti nervosi, quasi inavvertiti, titillava con le dita il calcio della pistola nascosta dietro il risvolto della giacca. Cominciava a temere, per quel suo fiuto da poliziotto, che non gli sarebbe restato molto tempo ancora per reagire.

«Povero Loris. Lo ho amato veramente, sporco fannullone pieno di sé, con quei suoi sogni da narciso egoista. Credo che gli altri neppure li vedesse: trattava uomini e donne come creature invisibili, che prendevano sostanza solo grazie al potere dei suoi obiettivi.

«Non ci crederà ma, in un primo momento, ho pensato davvero soltanto a dargli una mano, perché mi rattristava vederlo così prostrato. Quando ho infilato tra la sua roba quell'intruglio messicano, non pensavo che le conseguenze potessero raggiungere livelli estremi. Brutta carogna, ha voluto morire, sottrarsi al destino di penitenza che lo attendeva, sfuggire definitivamente alla mia vendetta: schifosamente egoista, fino alla fine».

Ciò detto, puntò l'arma mirando al volto del commissario, il muscolo del braccio gli pulsava nella tensione. Laudario arretrò vistosamente, rischiando di inciampare.

«Loris è morto, poveraccio e io sono vivo: ma *lui* è restato dentro di me, per sempre».

Gli occhi, stanchi, scivolarono per un istante nelle palpebre socchiuse e il braccio armato gli cadde su un fianco. In quel brevissi-
mo lasso di tempo, Alessio Zurlan si smarrì: un tempo esiguo ma
sufficiente a Laudario per pensare, far correre la mano nella fon-
dina, estrarre e rivolgere, a sua volta, la canna della 7,65, colpevolmente mai restituita – come d'obbligo al congedo – al reparto della
Giudiziaria, verso il "suo" assassino.

Contemporaneamente, la follia riaccendeva in Zurlan la volontà.
Il bossolo esplose un attimo prima che Laudario meditasse di fare
fuoco, deflagrando nel suo braccio destro. L'urto lo catapultò all'indietro e lui contenne il dolore in un lamento sommesso. Cadde in
terra, raggomitolato su se stesso, il braccio libero premuto sull'altro, sanguinante: la pistola, nella caduta, rotolò a qualche metro di
distanza.

Zurlan gli si avvicinò e prese a contemplarlo dall'alto, in un'e-
spressione che tradiva pietà per quell'uomo ai suoi piedi, sfinito,
dolorante. Laudario tirò su lo sguardo, le labbra contorte da muta
sofferenza. Si sentiva impotente al cospetto del colonnello, del nemico invisibile che aveva avvilito i suoi giorni, tormentato le sue
notti, per venti lunghissimi anni. Nel guardarlo, però, da sotto in su,
in quella posa impacciata di bambino tradito dalla vita, che aveva
meticolosamente costruito la propria rivincita sperando, sino alla
fine, di riappropriarsi di se stesso e della dignità rubata; nel vederlo così, prigioniero del passato e infine arreso all'evidenza del fallimento, gli venne da sorridere. Ma rideva di se stesso, come se si
fosse improvvisamente guardato allo specchio e colto in tutta la sua
fragilità di poliziotto ottuso e testardo, scioccamente orgoglioso.

«Che peccato!» esclamò Alessio Zurlan, dopo una lunga parentesi
di angoscioso silenzio.

«Tutto questo io davvero non avrei saputo prevederlo».

Distese in lungo il braccio armato sul cranio di Laudario. Il
commissario aveva smesso di guardare il rivale; curvo su se stesso, inerme, ripensava a Chiara, a Elisabetta, a una uggiosa giornata

di primavera tra i boschi di Lanzo. E, tremando per lo spavento, sorrideva, sentendosi come la vittima sacrificale di un rito arcaico, omaggio di un demone meschino, simile a quelli che aveva incontrato da giovane nelle pagine esaltanti dei narratori russi.

La detonazione fece tremare le pareti della stanza: le vasche vibrarono, come il corpo di Dominique, tumefatto nella bara di marmo grigio. Il rinculo sbalzò il corpo dell'uomo all'indietro e il fiotto di sangue esploso nella calotta cranica investì la sala, schizzando sulle gambe di Laudario che, d'istinto, si riparò il viso con le mani.

Quando le scostò piano dagli occhi, vide la colata di rosso che inzuppava i suoi indumenti e il pavimento, dove si erano sparpagliati rimasugli del cervello appartenuto al colonnello Alessio Zurlan. Di fronte a quello spettacolo, ultima performance nell'eterna, folle recita del militare, il commissario realizzò ciò che era accaduto; un conato di vomito gli torse l'intestino e rigettò piegandosi carponi, la testa che ciondolava sul collo e sembrava quasi essersi staccata dal resto del corpo.

Passò altro tempo prima che Laudario trovasse le energie necessarie a risollevarsi; in seguito faticò nel camminare, si sentiva spossato, le gambe che cercavano il perduto equilibrio. Il corpo pesante di Zurlan giaceva poco distante da lui, i lineamenti del volto resi quasi irriconoscibili dallo sparo. Superato il raccapriccio, il commissario fu preda di un indicibile sconforto. Ciò che adesso stava provando era un sentimento che sconfinava la scena del crimine, andava oltre la pietà per il carnefice, oltre il rammarico per la brutale evoluzione della vicenda. Pensò che stava male, come mai gli era capitato in vita sua; pensò anche che non aveva più voglia di patire, di far proprie le umane debolezze. Tutto gli appariva assurdo, illogico e rifletté, una volta di più, sull'infame privilegio *del pensare*. Si accorse della pistola, scivolata in un angolo della sala; se ne era quasi dimenticato, la raccolse per puro senso del dovere: una scusa per restituirla al suo reparto, sebbene dopo così tanti mesi, l'avrebbe certo trovata, senza pagar pedaggio. Perché di quella storia assurda, inverosimile giurò, che mai avrebbe fatto parola con nessuno.

Ricompostosi dignitosamente, scavalcò quel povero corpo inanimato e in un baleno, ritrovò la strada dell'uscita. Fuori cadevano ancora poche gocce irrisolte di una demotivata pioggerella e la campagna intorno alle Mura odorava già di rugiada. Lanciò uno sguardo sospiroso sulla Certosa e si incamminò lungo il sentiero dal quale era venuto.

Epilogo

Dopo alcune giornate piovose, il clima sembrava volgere al meglio. In città, a settembre inoltrato, il traffico andava, di giorno in giorno, intensificandosi.

Considerò che non gli riusciva nemmeno più di distinguere i giorni, catalogandoli per impressioni, secondo l'umore, come faceva un tempo, quando militava nella Giudiziaria. Sorrise del paradosso per il quale la conta sembrava più spontanea durante gli affanni del mestiere e la quadratura perfetta, nonostante il lavoro divorasse le ore in un precipizio pressoché inarrestabile. Ora, invece, che ne avrebbe avuto a bizzeffe, con il tempo sembrava aver rotto ogni rapporto: e che il rintocco cadesse sul mezzogiorno o la mezzanotte, lo lasciava piuttosto indifferente.

Il pensionato Gianni Laudario se ne stava seduto da una buona mezzora sopra una panchina dei giardini pubblici e si guardava intorno, come un bimbo curioso fissando la gente, con irriverente insistenza; non era esattamente suo costume anche se, per guadagnarsi da vivere, di persone ne aveva dovute inquadrare molte: ma, nel privato, forse per naturale contrappunto, manteneva di norma un atteggiamento schivo, sapeva rendersi invisibile. Si consolò pensando che la gente, a quella sua indelicata curiosità, non avrebbe badato, tutta presa com'era nei casi propri.

Il caso Tagliavini – Alderisi si era definitivamente chiuso, all'insaputa dell'opinione pubblica e degli inquirenti. Per la stampa, il suicidio del colonnello Alessio Zurlan, in apparenza inspiegabile, aveva cause legate alla personalità complessa del militare, al peso delle tante responsabilità nella missione ferrarese, a forme depressive subentrate a una crisi sentimentale. Nessuno degli "addetti ai lavori" ipotizzò analogie con la morte di Loris Varelli e i misteri di Lanzo.

Dal canto suo, il commissario avrebbe portato con sé nella tomba il suo segreto: così pure i dubbi che gli restavano.

Quale tremenda, inconfessabile verità si celava nelle pieghe dell'animo di Alessio Zurlan, nella sua instabile personalità schiacciata da quella prepotente ma, a conti fatti, infinitamente più fragile dell'amico fotografo, l'alter ego amato e odiato? E chi era, in definitiva, Loris Varelli? Quale *realtà* le sue foto si proponevano di svelare?

Nel "testamento" lasciato in custodia alla sorella Giulia, Varelli scriveva, tra l'altro, di *essere ladro e assassino.* Che significato avevano quelle parole? A cosa si riferivano e perché? Cosa *vedeva* l'artista rubacuori, il fotografo infelice, dietro l'occhio di vetro dei suoi preziosi obiettivi?

Un involontario movimento del braccio ferito, gli provocò una fitta dolorosa. L'arto colpito dal proiettile del colonnello gli faceva ancora male, un fastidio al quale, con ogni probabilità, avrebbe dovuto per lungo tempo, forse per il resto dei suoi giorni, rassegnarsi. Alzò gli occhi al cielo, dove il sole aveva iniziato il suo lento declino; le giornate si erano sensibilmente accorciate e quell'anticipato oblio della luce che in passato lo rallegrava, oggi finiva con il renderlo malinconico.

Cominciava a sentire il fiato gelido della solitudine e non sapeva darsi pace per una sensazione così insolita e disturbante. Eppure quel cielo era il *suo* cielo, il tetto del mondo sotto al quale era nato e dove si sarebbe addormentato per sempre: lo spazio convesso, capriccioso, volubile della *sua* Torino.

La palla di plastica a strisce bianche e rosse rotolò ai suoi piedi, distogliendolo dai pensieri. Un bimbetto gli si avvicinò prudentemente, guardandolo con un po' di apprensione, per raccattare il suo giocattolo; lui lo accolse con un sorriso e gli allungò la sfera. Il piccolo diede un calcetto alla palla e corse via, ridendo. Nel seguirlo, per un po', con lo sguardo, Laudario lo vide perdere l'equilibrio e cadere, subito soccorso da un giovanotto dinoccolato che doveva essere il padre.

Il commissario diede un'occhiata all'orologio, ripiegò con cura il romanzo di Mario Soldati che, da giorni, si provava a terminare e frugò nelle tasche per cavarne uno stropicciato foglio di carta che stirò sulle gambe, meglio che poté, per rileggerlo con attenzione. Era una mail della figlia Chiara che, grazie a Dio, stavolta gli era riuscito di stampare.

" … Ci ho pensato sopra a lungo", gli aveva scritto Chiara, "Alla fine, ho convenuto che la proposta del Professor… sull'opportunità di un post-dottorato londinese è davvero allettante. Se consideri la situazione di precariato nella quale, nella migliore delle ipotesi, mi costringerei, tornando in patria, puoi ben capire perché sia così tentata di restare…

"La famiglia di Glenn mi ospiterebbe volentieri: con lui le cose continuano a filare piuttosto bene. Glenn ha un ottimo lavoro, questo ci da una certa sicurezza per l'avvenire. Il mio compagno mi dice sempre una cosa importante, che giro anche a te; nella vita tutto finisce, ci sono continui cambiamenti e l'importante è che uno *muova avanti con la sua vita, senza guardarsi indietro*…

"Insomma, pa', io la decisione l'avrei presa e, credimi, non senza un grosso travaglio interiore. Sai quanto ti voglia bene e quanto soffra la tua mancanza. Ho intenzione di venirti a trovare molto spesso e poi… Mica detto che scelga di vivere qui per sempre!

"Naturalmente, conoscendoti, non ti chiederei mai un trasferimento: fuori da casa tua, dalla tua Torino, saresti un invalido! Papa', vorrei che tu ed io fossimo felici, comunque vada. Ci sentiamo presto e conto di essere da te verso la fine del mese, così ce ne stiamo un po' insieme.

Ti abbraccio forte. Tua, Chiara."

Fece del foglio un cartoccio e se lo infilò nuovamente in tasca. Cominciava ad avvertire un crescente formicolio sulla gamba sinistra. Decise finalmente di alzarsi da quella panca di legno – un po' troppo duro per le sue natiche – rifilata nell'angolo meno esposto del parco. Si rassettò la giacca, fece un sospiro; gli occhi frugavano nel crepuscolo incipiente, a caccia di memorie. Provò pietà di sé e della sua nuova condizione di reduce dal futuro incerto.

Si guardò una volta ancora intorno: oltre a lui, da quel lato del giardino che dava sulla strada, si erano attardati una coppia di anziani e il giovanotto con il bimbo.

Senza ne avesse reale intenzione, infilò una sigaretta tra l'indice e il medio della mano destra e la fece volteggiare tra le dita. *"Muovi avanti la tua vita, senza guardarti indietro"*. Chissà cosa avrebbero fatto della loro vita Gabriella e Dominique, se gliene fosse stata data la possibilità. Scosse il capo e si portò la sigaretta alle labbra. Accese e, quasi senza accorgersene, tirò una lunga boccata, come fosse il gesto più naturale al mondo. Per un istante si guardò le dita della mano che stringevano quella sottile striscia di carta arrotolata nel tabacco. Gli scappò un sorriso, lungo quanto una boccata di fumo: quindi, a passo veloce, si incamminò verso l'uscita.

La palla a strisce bianche e rosse gli passò rasente per andare a infilarsi sotto alla panchina dove, appena un attimo prima, lui stava ancora seduto. Il piccolo arrancò scomposto sino al punto in cui la palla si era bloccata, precipitando addosso a quelle logore scarpette da tennis, alte sulla caviglia, calzate da gambe lunghe e magre. Lui avanzò timidamente e tirò su uno sguardo spaurito sulla giovane donna che sembrava non essersi neppure accorta di lui e della sua palla.

Il bimbo si fermò e la stette a guardare, con la bocca spalancata per lo stupore; perché *lei* aveva i vestiti in disordine, il volto di un pallore insopportabile, le guance incavate e lo sguardo fisso nel vuoto. I capelli neri e lisci le ricadevano in un groviglio disordinato sulle spalle e gli abiti erano curiosamente impiastricciati qua e là da macchie di colore rosso. La ragazza aveva un'espressione triste, infelice: o così al bambino parve.

Sembrava che lo ignorasse e lui voleva comunicarle, in qualche modo, la sua presenza ma con le parole ancora bisticciava. Provò e riprovò, non ottenendo alcuna risposta.

D'un tratto, la ragazza piegò di poco la testa e abbassò lo sguardo, incrociando per un attimo quello del bambino. E, per un attimo, in un movimento impercettibile degli occhi, sembrò corrisponderlo: quindi, tornò a fissare il nulla, come niente fosse accaduto. Il sole, intanto, lanciava un ultimo, disperato barbaglio di luce, prima di nascondersi dietro alle nuvole.

«Gianluigi, che cavolo stai facendo?» tuonò il genitore, nel vedere il figlio imbambolato davanti alla panchina vuota. Il bimbo si volse verso il padre, con un'aria desolata.

«Oh, non vorrai mica che ci chiudano qua dentro, no?» insistette quello, sbracciandosi.

«Dai, andiamo a casa, va'!».

Il bambino ora cercava di guardare nella stessa direzione in cui pareva che la ragazza guardasse, oltre lo spazio obbligato del parco e sopra ai tetti delle case che mutavano colore all'imbrunire. L'uomo cominciò a spazientirsi, raggiunse il figlio e lo tirò via per un braccio, forzandolo a seguirlo. Gianluigi continuava a voltarsi e a disegnare ampi gesti di saluto con la mano.

«Ma con chi ce l'hai?» gli domandò il padre, voltandosi lui pure verso l'angolo deserto. «Guarda, prometto che domani ci torniamo alla tua panchina, va bene? Ora, però, andiamo, se no tua madre chi la sente».

Scomparvero, mano nella mano, oltre la soglia del cancello, lungo il muricciolo che delimitava il margine del giardino. Una folata improvvisa di vento scosse le fronde degli abeti, portandosi dietro foglie secche e polvere rossa. Da un lampione, a lato del marciapiede, un fiotto di luce indorò l'angolo più estremo del parco, riservando l'ultima sua carezza a una vuota, solitaria panchina.

Walter Mazzotta 2012.

Ringraziamenti

Grazie di cuore agli amici Laura Zadra e Massimo Blasi che, con affettuoso, filologico puntiglio, hanno seguito l'evoluzione di questo libro, dandomi preziosi consigli.

Indice

Antefatto   7

Uno   13

Due   27

Tre   41

Quattro   53

Cinque   71

Sei   87

Sette   105

Otto   127

Nove   139

Dieci   153

Undici   173

Dodici   197

Tredici   215

Quattordici   225

Quindici   239

Sedici   251

Diciassette   267

Diciotto   279

Diciannove   289

Venti   299

Ventuno   307

Ventidue   311

Ventitre   321

Ventiquattro   329

Venticinque   337

Ventisei   345

Ventisette   361

Ventotto   373

Ventinove   389

Epilogo   411